中国古典诗词创作与鉴赏

（第二版）

曾晓鹰　著

西南交通大学出版社
·成　都·

图书在版编目（CIP）数据

中国古典诗词创作与鉴赏／曾晓鹰著. —2 版. —
成都：西南交通大学出版社，2017.10
大学生人文素质教育“十三五”规划教材
ISBN 978-7-5643-5792-4

Ⅰ. ①中… Ⅱ. ①曾… Ⅲ. ①古典诗歌 – 文学欣赏 –
中国 – 高等学校 – 教材 Ⅳ. ①I207.22

中国版本图书馆 CIP 数据核字（2017）第 235531 号

大学生人文素质教育“十三五”规划教材

中国古典诗词创作与鉴赏
（第二版）
曾晓鹰 著
责任编辑 郭发仔
封面设计 墨创文化

印张 16.25 字数 291千
成品尺寸 170 mm × 230 mm
版次 2017年10月第2版
印次 2017年10月第5次
印刷 四川森林印务有限责任公司
书号 ISBN 978-7-5643-5792-4

出版发行 西南交通大学出版社
网址 http://www.xnjdcbs.com
地址 四川省成都市二环路北一段111号
西南交通大学创新大厦21楼
邮政编码 610031
发行部电话 028-87600564 028-87600533
定价 39.00元

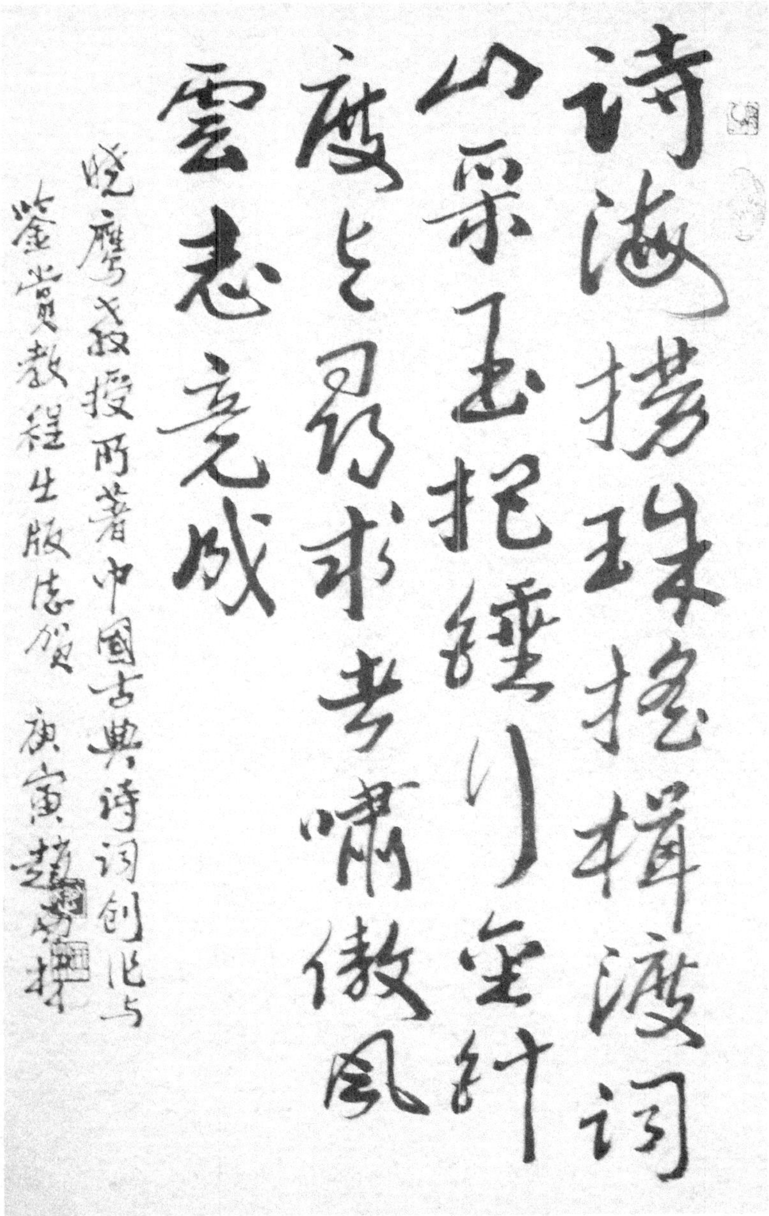

赵西林，贵阳市著名书法家，原贵阳市副市长、中华诗词学会常务理事、贵州省诗词楹联学会会长。

再版前言

2014年9月9日，习近平主席到北京师范大学考察时曾说，我很不赞成把古代经典的诗词和散文从课本中去掉，“去中国化”是很悲哀的。应该把这些经典嵌在学生的脑子里，成为中华民族文化的基因。

2014年10月15日，习近平主席在全国文艺工作座谈会上的讲话中更是明确提出:“实现中华民族伟大复兴需要中华文化繁荣兴盛。”

中国古典诗词是中华民族文化艺术长廊中的瑰宝，几千年来广为人民群众传诵，经久不衰。近十年来，在党和政府的大力关怀和提倡下，在实现伟大中国梦的进程中，继承和发扬中华民族优秀文化传统的热潮洪波涌起，一浪高过一浪。

中国是一个诗歌大国，中国古典诗词是中华民族传统文化宝库中的瑰宝，也是世界诗歌艺术宝库中的奇葩。传承和发扬中国古典诗词的优秀传统，是我们不可推卸的责任和义务，而各类大中院校又是学习、传承和发扬中国古典诗词的前沿阵地。

随着素质教育的深入展开，随着校园文明建设的不断发展，在大学校园中进行中华民族传统文化教育，提高当代大学生文化素质的任务，显得越来越重要和紧迫。而完成这一任务的主要措施之一便是在各大专院校开展“诗词进校园”活动，并通过开设“诗词创作”“诗词鉴赏”“诗文朗诵”等有关选修课程，提高大学生的文学素质、欣赏水平、创作热情，从而达到继承和发扬中华民族优秀文化传统、提高中华民族的整体文化素质及艺术修养的目的。

近三十年来，随着当代自由体诗歌的日益散文化、口语化、枯燥化、晦涩化，甚至庸俗化，诗歌逐渐失去了它固有的节奏美、音乐美和意境美，也逐渐失去了广大的爱好者、欣赏者。于是，人们开始将目光转向中国古典诗词艺术长廊，从中汲取营养。故此，目前社会上热爱古典诗词、创作古典诗词的人越来越多，加上党和政府的大力提倡，已形成了一股学习古典诗词、创作古典诗词的热潮，古典诗词创作与鉴赏方面的著作也不断地涌现出来。在学校教育中，“诗词进校园”活动也正在蓬勃开展，越来越多的大中专院校学生开始致力于古典诗词的学习和创作，甚至在中小学教育中也有越来越多的学校逐渐开办了诗词教学课程，加入了争创“诗词校园”的行列。2016 年年底，中央电视台在每晚黄金时段接连播出了“中国诗词大会”的实况，更是在全国掀起了一阵背诵、学习中国古典诗词的浪潮。

在这样的背景下，2017 年春节前夕，中共中央办公厅、国务院办公厅印发了《关于实施中华优秀传统文化传承发展工程的意见》。《意见》指出：“中华文化源远流长、灿烂辉煌。在五千多年文明发展中孕育的中华优秀传统文化，积淀着中华民族最深沉的精神追求，代表着中华民族独特的精神标识，是中华民族生生不息、发展壮大的丰厚滋养，是中国特色社会主义植根的文化沃土，是当代中国发展的突出优势，对延续和发展中华文明、促进人类文明进步，发挥着重要作用。”《意见》在“重点任务·滋养文艺创作”一节中，更是明确指出：要“加强对中华诗词、音乐舞蹈、书法绘画、曲艺杂技和历史文化纪录片、动画片、出版物等的扶持”。

至此，中国古典诗词的普及、传承与发扬光大，已成为当前诗词学界一项义不容辞的重要任务。

然而，遍观目前社会上出版的各种诗词创作及鉴赏的著作，专门为初学者和大专院校“诗词创作与鉴赏”选修课程编写的教材少之又少，以致初学者及开设这门选修课的各大专院校的师生难以找到一本适合教与学的教材，这给中国古典诗词的学习、创作和鉴赏带来了极大的不便。为此，笔者编写了这本《中国古典诗词创作与鉴赏》，以供初学者及各大专院校选用。

本书于2010年8月初版，其特点是通俗易懂。经过7年多的教学实践，证明是一部十分适合初学者及大专院校诗词教学课程需要的教材，受到广大初学者及师生的欢迎。根据广大诗词爱好者的要求和需要，笔者在初版的基础上又进行了适当的修订，在基础篇、创作篇、鉴赏篇中各增加了曲、联、赋的有关内容，以及笔者对有关诗词问题的讨论。修订后的《中国古典诗词创作与鉴赏》更加完善，包括中国古代韵文的五种基本类别，相信更能适应初级、中级、高级各种层次的学习者及大专院校诗词教学课程的需要。

本教材共分为绪论、基础篇、创作篇、鉴赏篇四个部分。

绪论部分主要介绍中国诗歌的基本常识，让学生对诗歌有一个大概的了解。

基础篇全面介绍中国古典韵文诗、词、曲、联、赋的基础知识。包括五章：第一章主要根据教学的需要和规律，深入浅出地讲解格律诗的基本知识，尤其是在平仄、押韵、对仗等方面的格律规定，并对一些有关的问题进行初步讨论。其目的是让学生掌握律诗的格律规定，能够正确推出一首律诗的平仄关系，从而能够创作出符合格律规定的律诗。第二章主要讲解词的基本知识，尤其是词在平仄、押韵、对仗等方面的有关特征，目的是让学生学会如何按照词谱填词，并创作出符合词谱规定的作品。第三章主要讲解曲的基本知识，第四章讲联的基本知识，第五章主要讲解赋的基本知识。

创作篇主要是让学生了解和掌握诗词创作中的一些基本创作规律、创作要求，学会创作出具有一定思想水平、艺术水平的古典诗词等韵文作品。

鉴赏篇主要讲解诗词鉴赏方面的一些基本规律及基本要求，引导学生学会鉴赏律诗、古风诗及词、曲、联、赋，并能写出有一定水平的鉴赏文章。

四个部分构成了诗词曲联赋教学的初级（绪论、基础篇）、中级（创作篇）、高级（鉴赏篇）的教学体系，每部分有关章节后都设计了一定的思考与练习题，可供学习者复习，巩固所学知识。

本教材还附录了一些工具性质的资料，计有：《中华新韵》《平水韵表》《词林正韵表》《中原音韵表》《联律通则》等，均收录在每章课件的二维码中，大家如有需要，可扫描二维码下载。

本教材的编写目的在于推广和普及中国古典韵文的基本知识，传授古典诗词创作和鉴赏方面的基本技能。本书可作为大中专院校中国古典诗词方面选修课的专用教材，也可作为广大诗词爱好者学习、创作、鉴赏中国古典诗词的入门教材。衷心希望本书能够给广大师生及诗词爱好者在学习、创作及鉴赏中国古典诗词时有所帮助，从而为传承、弘扬中华民族的优秀传统文化尽一点绵薄之力。

书山有路，学海无涯。由于作者水平有限，书中肯定还会存在诸多不妥之处，还望广大专家、学者及诗词爱好者不吝赐教，以便再作进一步修改。

曾晓鹰
2017年10月

目 录

绪 论

基础篇

鉴赏篇

绪论课件

绪 论

第一节 学习古典诗词的意义

有着五千年历史的中华民族，在漫漫历史长河中创造了辉煌的历史文化。诗歌，便是其中的一朵奇葩。

从《诗经》到楚辞，从楚辞到唐诗，从唐诗到宋词，从宋词再到元曲，我们的祖先给我们留下了一笔丰富的诗歌文化遗产。它是全球诗歌艺术中一座金碧辉煌的宝库。在这座艺术宝库中，唐诗宋词又是其中两颗璀璨的明珠，是两座不可逾越的诗歌艺术高峰。中国古代诗歌，无论是在思想上还是在艺术上，乃至在其内容涉及的范围上，都是其他任何一个国家、任何一个民族的诗歌所不可比拟的。它将我们汉语诗歌的节奏美、韵律美发挥到了极致，是我们中华民族一笔巨大的文化遗产，也是中华诗歌创作取之不尽、用之不竭的艺术源泉。继承这一优秀的民族文化遗产，是我们每一个华夏子孙不可推卸的责任，更是我们发展本民族诗歌、丰富具有民族特色的中华诗歌艺术的必由之路。特别是在当今社会，在现代派诗歌日趋衰落的情况下，从古典诗词中汲取营养，改变中国诗歌的现状，更具有重大的现实意义。具体来说，学习古典诗词的意义主要表现在以下几方面：

第一，继承、发扬我国的诗歌艺术传统，是传承中华民族优秀文化遗产的需要。中国是世界上最古老的文明古国之一，中华民族有几千年的优秀民族文化传统，有非常丰富、优秀、独特的民族文化遗产，诗歌就是其中的一个重要组成部分。我国是一个诗歌大国，几千年流传下来的诗歌不计其数，在思想上、内容上、艺术上都有其他国度、其他民族的诗歌所不能比拟的价值。特别是我们的唐诗宋词，其思想价值、艺术价值在世界诗歌艺术中一枝独秀，其他国家的诗歌是望尘莫及的。因此，继承并发扬这一优秀的民族文化遗产，我们责无旁贷。

第二，继承、发扬我国的诗歌艺术传统，是当前推进“诗歌教育工程”、继承中华民族传统美德的需要和重要途径。诗歌是我们中华民族的传统文学样式，几千年来，它在我国的文学发展史上一直占据主导地位。它写景状物、抒情言志，寓理载道，包罗万象，是我们民族文化和民族情感最集中、最生动的载体。自古以来，诗言情，诗言志。诗歌可以“兴、观、群、怨”（孔子语），可以“诲贪暴臣，感悍妇仁，劝薄夫淳”（白居易语）。因为诗歌有如此作用，所以它是我们当前继承中华民族传统美德、弘扬中华民族传统文化、提高中华民族整体素质的一个有效途径。1999 年，中华诗词学会、北京大学、清华大学、华中理工大学、中央电视台联合发起并召开了“让中华诗词大步走进大学校园”的专题研讨会，明确指出：诗词文化教育是我国目前素质教育中一个亟待加强的方面，是发扬民族优秀传统文化、提高人民素质的千秋大业。在这样的时代背景下，中华古典诗词越来越显示出它强大的生命力，成为被党和政府日益重视、被广大人民群众日益喜爱的一种文学形式和教育内容。人们在学习、钻研、创作、欣赏古典诗词的过程中，可以感受到中国古代优秀诗人们那种忧国忧民的思想感情、淡泊名利的高尚情操、热爱自然的审美情趣，从而不知不觉地陶冶自己的情操，提高自身的思想文化素质，做到“腹有诗书气自华”。

第三，继承、发扬我国的诗歌艺术传统，是结合汉语的特征和长处，研究、探讨、发展具有中国民族特色诗歌艺术的需要。格律诗词是中华诗歌艺术发展的巅峰，是唐宋时期诗歌的主要表现形式。唐宋时期的格律诗词能够几千年脍炙人口、流传不衰，其主要原因是格律诗词的格律符合汉语独有的节奏、声调特征，读起来节奏整齐、音律和谐、抑扬顿挫、朗朗上口，既便于记忆、背诵，又能使人感受到音乐美。现在的人，能完整背诵一首现代自由诗的不多，而能背诵唐宋格律诗词并对之深感兴趣的人则不计其数，由此我们便可知中国古典诗词的艺术魅力、艺术生命力。

第四，中国古典诗词艺术对于改变当前中国诗坛现状、发展当代中国诗歌有重要的借鉴意义。在当代中国诗坛中，有一种令人感到遗憾的现象：在西方文学思潮的影响下，不少当代诗人丢掉了汉语自身所具有的有节奏、能押韵、标点符号表意丰富等优点，盲目崇拜、追求西方诗歌的表现形式，醉心于创作那种不打标点符号、不讲押韵，甚至不讲节奏、不讲汉语组合规律的“当代自由诗”，不是诗言志、诗言情，更不是“诗三百篇，大抵圣人发愤之所为作”，而是无病呻吟，是“为赋新词强说愁”。因此，不少当代的诗歌，读起来诗歌不像诗歌，散文不像散文，不知所云，味同嚼蜡。从中国当代诗歌没有多少人愿读、愿看，更没有几首诗歌能脍炙人口，广泛地流传于民间

的现状，便知当代中国诗坛的悲哀了。难怪有不少人发出这样的感叹：中国诗歌已逐渐走入“死胡同”。要想改变这种状况，最基本的途径还是从自己的民族文化土壤中去汲取营养，去创作和发展具有自己民族特色的文学形式，而不是盲目地去追求时髦，追求标新立异。中华古典诗词，便是我们民族传统文化中一块最肥沃的土壤。

综上所述，学习、创作和鉴赏中国古典诗词，不但是继承和发扬中华民族优秀民族文化遗产的需要，而且是提高大学生文化素质、文学修养，从而进一步提高中华民族整体素质的需要；更是挽救当代诗歌的颓境，探索符合汉语特点、具有民族特色的中华现代诗歌新途径的需要。

第二节 中国诗歌的起源

诗歌是人们用来抒发和寄托思想感情的一种常见的文学形式。古人的诗多伴以音乐，配以旋律，是用来吟唱的。因此，古代的诗歌实际上包括吟的和唱的两类，并且以后者为主，故历来都有“唱诗”之说。在中国古代，有乐器伴奏的诗叫“歌”，无乐器伴奏的诗叫“谣”，二者统称为“诗”。到现在则分化成了诗与歌词两类。因此，今人所说的诗歌，从广义上说，包括诗与歌词；从狭义上说，仅指诗。

诗歌起源于劳动，这历来是人们的共识。从人类进化史的角度看，劳动创造了人类，也创造了一切物质财富和精神财富。由于劳动，人类锻炼了自己的四肢和大脑；由于劳动，语言得以产生。人类在劳动的过程中，也创造了与语言艺术密切相关的诗歌。

早期的人类在劳动的过程中，由于肌肉的张弛和工具的运用都需要一定的间歇和强弱，更由于互相之间需要配合，人们便往往会自觉不自觉地发出一种与劳动节奏相适应的声音，久而久之，便形成了一种有规律、有节奏的劳动号子。这种劳动号子简洁明快，大体上一音一顿或两音一顿，反复应和。久而久之，便逐渐形成了中国古代最早的诗歌形式。鲁迅在《门外文谈》中曾这样叙述道：

我们的祖先原始人，原是连话也不会说的，为了共同劳作，必须发表意见，才渐渐地练出复杂的声音来。假如那时大家抬木头，都觉得吃力了，却想不到发表，其中有一个叫到“杭育杭育”，那么这就是创作，大家也要佩服、应用的。

这就等于出版，倘若用什么记号留存了下来，这就是文学；他当然就是作家，也就是文学家，是“杭育杭育派”。

这里的“杭育杭育”，就是指劳动呼声，就是劳动诗歌的一种表达。这种情形，在我国古籍中是不乏其例的。如《淮南子·道应训》中就说：“今夫举大木者，前呼“邪许”，后亦应之，此举重劝力之歌也。”翻译出来就是：现在那些抬大树木的人，前面人的高呼“邪许”，后面的人就应和他，这就是抬重物时用来鼓励用力的诗歌。《礼记·曲礼》中也说：“邻有丧，舂不相。”郑玄注：“相，谓送杵声。”即舂米时随着杵棒的节奏而发出的声音。用现代汉语译出来就是：邻居有丧事，舂（米）时尽量不发出杵声。这些都表明诗歌是从人们的劳动过程中来的，它最早也是为劳动服务的。

但是，这些有声无义的韵律，只能算是诗歌的雏形，还不能说是真正意义上的诗歌。真正意义上的诗歌是随着语言的发展乃至文字的出现才产生的。随着语言的发展，人们在上述带有节奏的呼声中逐渐添上一些其他的语言成分，使其表达的内容越来越丰富，从最初自然而然发出的直接与劳动有关的简单呼声，发展成抒发自己对劳动的感受，对劳动过程的回忆与幻想，甚至抒发劳动以外的思想感情，如爱情和友谊、对不合理事物的诅咒、愤懑等。于是，表示简单劳动呼声的诗歌雏形逐渐退居到次要地位，用来抒发思想感情的诗歌形式逐渐上升到主要地位。至此，真正意义上的诗歌才算是正式产生了。

第三节　中国古代诗歌体裁简介

中国古代诗歌是指从夏、商、周以来一直到五四运动以前的诗歌。要学习古典诗词，首先应该对古代诗歌的有关基础知识有所了解。

对于中国古代诗歌，可以从以下两个角度进行梳理：从历史发展顺序的角度来看，中国古代诗歌主要分为《诗经》、楚辞、汉乐府诗、魏晋南北朝五言古诗、唐代格律诗、宋词、元曲等。从诗歌体裁的角度来看，中国古代诗歌又可分为二言古歌谣、四言古诗、骚体诗歌、赋、杂言古诗、五言古诗、七言古诗、格律诗、古风诗、词、曲等。此外，还有对联，这种文学体裁虽然不像上面各种诗歌体裁属于韵文，但与诗歌有着千丝万缕的联系，我们这里也将它列入诗歌体裁一类。下面，我们主要从第二个角度对中国古代诗歌进行介绍。①

① 注：由于格律诗、词、曲、赋、对联等五种文学体裁是本书基础篇中要详细介绍的，因此，在下面的介绍中，这五种诗歌体裁只简单地叙述一下概念，它们的特征等就不再详述。

一、二言古歌谣

二言古歌谣又称原始歌谣、远古歌谣、太古歌谣、上古歌谣等。它主要是指《诗经》出现以前的一些简单的诗歌形式，没有明显的上限。这些歌谣以二言为主（所谓“言”就是“字”，“二言”就是两字一句），故统称为二言古歌谣。这些歌谣散见于一些上古著作之中，如《吴越春秋》中记载的《弹歌》：“断竹，续竹；飞土，逐肉。”这首歌谣相传为黄帝所作，它记载了当时人们制作工具、捕捉禽兽的过程，是一幅生动的古代狩猎图。再如《周易·屯·六二》中记载的：“屯如，邅（zhān 难行不进）如，乘马，班如，匪寇，婚媾。”它反映了上古社会的抢婚情景。郭沫若解释说：“这是写一个男子骑在马上，迂回不进，他不是去从征，是去找爱人。邅、班为韵，寇、媾为韵。再加三个如字的语助词，把那迂回不进的情趣描写得多么充足呢！”（《中国古代社会研究·周易时代的社会生活》）

这时的原始歌谣，除了二言的，还有三言、四言的。如《周易·归妹·上六》中的“女承筐，无实。士刲（kuī，割）羊，无血”，描写的是一对夫妇剪羊毛的情景：女的端着竹筐，盛着松松的羊毛；男的拿着剪刀，轻轻地剪着羊毛，不伤羊的身体。再如《礼记》中的《蜡辞》：“土反其宅，水归其壑，昆虫毋作，草木归其泽。”这首歌谣，相传是神农时期伊耆氏所作的祭歌。歌中，原始居民们责令土、水、昆虫、草木各归其位，不要乱动，反映了原始居民与自然作斗争时的美好愿望。

这些歌谣在形式上、内容上都十分简单，主要记载了当时一些简单的生产及生活场景，大部分是原始人类的口头创作，是对劳动内容的韵语描写。它们有节律，有押韵，应该说已具备中国诗歌的雏形。吕进先生在其主编的《中国现代诗体论》中论述道：“古歌谣很多节奏源于劳动的动作步调及劳动工具所发出的声音，所以简洁明快，大体上两音一顿或一音一顿，这可以说明最早的诗歌句式何以是二言或三言的缘故。”他既清楚地说明了二言古歌谣与劳动的密切关系，也清楚地说明了中国诗歌最早的形式是以二言为主的原因。

二、四言古诗

四言古诗主要是指以《诗经》为代表的西周至春秋时期的古代诗歌。它是在二言古歌谣的基础上发展起来的。《诗经》是我国最早的一部诗歌总集，它以四言为主，兼以杂言，都是用来和乐的唱词，分属于风、雅、颂三大部分。它的出现，是我国古代诗歌的一个飞跃。从形式上，它将上古歌谣从简单的二言发展到以四言为主，杂以少数五、六、七、八言形式；在内容上，它将上古歌谣从简单的记事发展为一种以赋、比、兴修辞手法为特点的，融叙事、抒情为一体的诗歌体裁。它广泛地反映了当时的社会生活，具有丰富多彩的内容，在艺术上已臻于完美，达到了当时最高的艺术水平。

《诗经》原称《诗》或《诗三百》，在汉代被奉为儒家经典后始称《诗经》。它共收录了反映西周初期到春秋中叶五百多年间社会生活方方面面的诗歌三百零五篇，分为“风”“雅”“颂”三大部分。“风”是各国的民间曲调，在《诗经》中共分十五国风，包含当时中原地区十五个国家的民间乐曲，共160篇。其中主要是民间歌谣，也有少数是贵族作品。“雅”分大雅、小雅，是周王直接管辖地区的曲调，共105篇，主要是贵族作品、朝廷音乐，也有少数是民间歌谣。“颂”是用于宗庙祭祀时配合舞蹈而唱的歌词，分为周颂、鲁颂、商颂三部分，共40篇。

《诗经》的主要表现手法是赋、比、兴。“赋者，敷陈其事而直言之也”，“比者，以彼物比此物也”，“兴者，先言他物以引起所咏之词也”（朱熹语）。

赋：开门见山，直接铺叙陈述某件事物的方法。“雅”“颂”中的诗歌多采用这种手法，“国风”中比较少见，但也有。如《豳风·七月》：“七月流火，九月授衣。”

比：比喻的方法。它“或喻于声，或方于貌，或拟于心，或譬于事”（《文心雕龙·比兴》），从而使形象更加鲜明。如《硕鼠》中用大老鼠来比喻统治阶级的可憎可鄙；《氓》中用桑树由繁茂到凋落来比喻夫妻之间爱情的变化等。

兴：借助其他事物作为诗歌开头，以引出所咏事物的方法。如《关雎》：“关关雎鸠，在河之洲。窈窕淑女，君子好逑”，就用在河中小岛上“关关”鸣叫的雎鸠鸟来引出吟咏的事物——“窈窕淑女，君子好逑”。

《诗经》这种“赋、比、兴”的创作手法，在中国诗歌及文学发展史上产生了深远的影响。一直到现在，它们仍是文学创作中的主要手法。

三、骚体诗歌

骚体诗歌主要是指楚辞。楚辞是战国时期楚国诗歌的总称，也是我国第二部诗歌集的名称。战国时期，在以楚国为主的江南汉江流域出现了“书楚语，作楚声，纪楚地，名楚物”（宋·黄伯思《东观余论》）的楚辞。楚辞本指楚地的歌词，后来专指以楚国屈原创作的作品为代表的诗歌体裁。

楚辞的作家主要有屈原、宋玉以及唐勒、景差等。其中又以屈原为代表，宋玉没有几首诗歌流传下来；而唐勒、景差则没有作品流传下来。由于屈原的作品以《离骚》为代表，因此，楚辞又被称为骚体诗歌。

楚辞的出现，标志着中国诗歌创作达到了又一个新的高峰。

楚辞与《诗经》相比，在艺术风格上截然不同。主要表现为以下几点：

（1）大量使用了语气词“兮”（相当于现代汉语的“啊”）。几乎每一句的句中或句尾都有一个“兮”字，如“操吴戈兮披犀甲，车错毂兮短兵接”（《国殇》），“帝高阳之苗裔兮，朕皇考曰伯庸”（《离骚》）等。

（2）改变了《诗经》以四言为主的诗歌形式，大量使用了六至九字句（其中又以六字句为主），如上面的例子。

（3）大量使用了比兴手法，往往通篇以花草树木比喻人，充满了丰富、奇异的想象，开了后来浪漫主义诗歌的先河。

四、赋

赋是继楚辞之后，在骚体诗歌的影响下产生出来的一种兼有韵文和散文性质、介于诗歌和散文之间的新的文学体裁。它和骚体诗歌有着密切的“血缘关系”，汉代的人一般将骚体诗歌称为“赋”，如《汉书·艺文志》就讲“屈原赋二十五篇”。

现在一般认为，赋是一种韵文和散文的综合体，通常用来写景叙事。也有一些篇幅较短的赋，主要用来抒情说理。

然而，赋又是与纯粹的诗歌有所不同的一种文学体裁，二者的区别主要表现在：纯粹的诗歌以抒情为主，赋则以铺陈叙事为主；纯粹的诗歌一般可以入乐，赋则不能入乐，是一种不歌而诵的特殊的诗歌体裁。

五、杂言古诗

这里讲的杂言古诗主要是指汉代的乐府诗。诗歌发展至汉武帝时期，朝廷成立了专门收集民间歌谣的机构——乐府。乐府的主要职责是采集民间歌词，制定乐谱，训练乐工，为朝廷祭祀和宴饮服务。魏晋南北朝后，人们就把它所采集的歌词以及后来文人袭用乐府旧题、模仿乐府体裁和风格所写的诗歌统称为乐府诗或乐府，如《孔雀东南飞》《陌上桑》《上邪》等。

乐府诗有如下特征：① 从内容上说，有叙事的，有抒情的，有说理的，其中又以叙事诗成就最为显著。② 从表现手法上说，多以独白和对话的形式写出来，通俗易懂。③ 善于运用生动、贴切的比喻和拟人的手法来抒情。④ 在句式上参差不齐，一言、二言、三言、四言甚至五言、六言、七言、八言的句子都有。

因此，我们称乐府诗为杂言古诗。杂言古诗的特点是各种句式交错使用，形式自由，显得灵活而生动。

六、五言古诗

这里讲的五言古诗主要是指东汉末年至魏晋南北朝时期文人创作的五字一句、既不讲格律也不限于四句一首或八句一首的诗歌。五言古诗以东汉末年的《古诗十九首》以及左思、庾信等人的诗歌为代表。这种体裁的诗歌，从东汉末年一直持续到魏晋南北朝乃至唐代格律诗出现以前。这段时期的诗歌，大部分都是以五言诗的形式创作出来的。除了《古诗十九首》外，“建安七子”“竹林七贤”、左思、庾信、鲍照、陶渊明、谢灵运等都创作了大量的五言古诗。

七、七言古诗

这里讲的七言古诗主要是指汉末至唐朝文人所创作的七字一句,不限句数、不讲格律的诗歌。它和五言古诗差不多同时出现，只是在汉末至唐初这个时期不像五言古诗那样普遍。当时影响较大的有东汉张衡的《四愁诗》和三国时期曹丕的《燕歌行》。一般认为，七言古诗以《燕歌行》为代表。到了唐朝以后，七言古诗分化为两支：一支格律化，成为格律诗的主要形式；一支仍走古体诗的道路，成为不讲格律的古风诗和不限于八句的“歌行体”七言诗歌，如白居易的《长恨歌》《琵琶行》等。

要注意的是，现在很多人将只要是五言一句或七言一句、一共八句、不符合格律的诗统称为古体诗或古风诗，简称为“古风”。这实际上是一个误区。具有以上特征的诗并非都是古风诗，古风诗也是有它的特征的。这一点在后面有关章节中我们会涉及。

八、古风诗

古风诗可分为广义狭义两类。

广义的古风诗包括魏晋南北朝的五言古诗，而且是古风诗的正体。因为唐代及唐代以后文人写的古风诗主要是仿照这一时期的五言古诗而创作的。

狭义的古风诗则是指唐代及唐代以后的文人仿照古诗的写法创作出来的，不讲究句数、平仄、对仗等的诗歌。简称为“古风”。

广义和狭义的古风诗在性质上、特征上是相同的，是一脉相承的。在诗词学界，一般将魏晋南北朝的五言诗称为“古诗”（如《古诗十九首》），将唐代及以后不属于格律诗的五七言诗称作“古风”（如李白的《古风五十九首》）。为了论述方便，我们便根据时间顺序将之分为“古诗”“古风诗”两类，以示区别。

古风诗又分为五言古风、七言古风、杂言古风三大类。其中又以五言古风为主。

1. 五言古风

五言古风是指五字一句，不讲究句数、平仄、对仗等的诗歌体裁。如李白的《春思》（六句）、《月下独酌》（十四句），杜甫的《羌村三首》（十二、十二、十六句），白居易的《观刈麦》（二十六句）等。（限于篇幅，所举例诗的原文就不再摘录了，感兴趣者可自己去查阅。下同。）

2. 七言古风

七言古风是指七字一句，不讲究句数、平仄、对仗等的诗歌体裁。如孟郊的《临池曲》（四句）、李白的《金陵酒肆留别》（六句）、李贺的《梦天》（八句）、张籍的《猛虎行》（十句）、陆游的《长歌行》（二十句）等。

3. 杂言古风

杂言古风是指每句的字数多少不一、长短不齐、各种句式掺杂在一起的诗歌体裁。如陈子昂的《登幽州台歌》，李白的《行路难》《蜀道难》《将进酒》《梦游天姥吟留别》，杜甫的《兵车行》，白居易的《卖炭翁》等。这类诗歌，句子有长有短，错综使用，表现形式十分自由，不像五言、七言古风那样整齐。在形式上、性质上与现代自由诗基本相同，可以看作古代的自由诗。这类诗歌，因其中的句子多以七言为主，故前人不再另立为一类，而是将它们归入七言古风诗中。

古风诗除了上述三类，还有入律的古风、古风式律诗、歌行体、柏梁体等古风体裁。虽然它们也有各自的特征，但在表现形式上都可归入上述三类，这里不再赘述。

九、格律诗

格律诗是指唐代及唐以后文人创作的严格讲究平仄、粘对、对仗、押韵的诗歌体裁，又叫“今体诗”“近体诗”。它又分为律诗和绝句两类，而律诗和绝句又可进一步分为五律、七律和五绝、七绝四类。

此外，还有一种格律诗体裁：排律。

排律诗是指唐代以后文人创作的一种按照律诗格律加以铺排延长而成的诗歌体裁，又叫长律。排律诗是由汉魏六朝的五言古诗演化而来的，至唐代杜甫以后才趋于成熟，篇幅逐渐增长，声律逐渐趋于工整。

十、词

词是萌芽于隋代、兴起于唐代、兴盛于宋代的一种诗歌体裁，又叫曲词、曲子词、长短句等。词的具体内容后面会详细叙述，此处从略。

十一、曲

曲是元曲的简称，是我国文学史上著名的文学体裁之一。它包括元代的杂剧和散曲，是元杂剧和散曲的合称。散曲又有套数、小令的区别。诗歌中所说的“曲”，多指小令。

十二、对　联

对联，是一种由上下两句构成，写在纸上、布上或刻在竹子、木头、柱子上的对偶语句，是汉民族语言所独有的一种文化艺术形式。对联虽然不讲究押韵，但同样有自己的格律，与诗歌有着千丝万缕的联系，从本质上说也属于韵文，因此本书也将它列为韵文的五大类别之一。

思考与练习

1. 结合当前中国诗坛的现状，谈谈为什么要学习古典诗词。

2. 以诗歌体裁为线索，简述中国诗歌的发展情况。

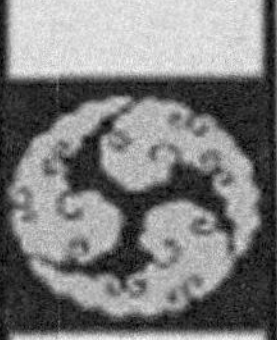

基础篇

第一章　诗　律

第一章课件

第一节　格律诗概述

本章讲的诗律，指的是格律诗的格律。

一、格律诗的概念

格律诗是指唐代及以后文人创作的严格讲究平仄、粘对、对仗、押韵的诗歌体裁，又叫“今体诗”“近体诗”。

这是与古体诗相对应的一种诗歌体裁。古体诗是指唐代以前、唐代及唐代以后的文人所创作的那种不讲究格律（平仄、对仗、押韵等），也没有字数句数限制的诗歌体裁。在唐代人眼中，从《诗经》产生之时到魏晋南北朝时期都算“古代”，因此唐代以前（主要是魏晋南北朝时期）文人创作的五、七言诗歌以及唐代、唐代以后的文人模仿唐代以前文人（主要是魏晋南北朝）诗歌的写法创作出来的不讲究格律的诗歌就被称为古体诗。它包括古诗和古风诗两大类。

在初学者中存在一个比较普遍的误区：认为古体诗又称“古诗”“古风诗”，将这三者等同起来。实际上，“古体诗”是种概念，“古诗”“古风诗”则是“古体诗”中的两大类别，是属概念，三者非并列关系，更非同一关系。

与“古体诗”相对而言的便是“近体诗”。也就是本教材所讲的“律诗”或“格律诗”。

二、格律诗的产生

从理论上说，格律诗是在汉语出现“四声”的基础上产生的；从时间上说，格律诗产生于初唐时期。

东汉时期，佛教传入中国（一说为西汉时期传入），到魏晋南北朝开始繁荣

起来。受到和尚念经时声调抑扬顿挫的启发，魏晋南北朝的一些文人开始研究起汉语的声调，从而推动了南北朝时期音韵学的发展。到了南朝齐武帝永明时期，周颙（yōng）著有《四声切韵》，首先提出了“四声说”，认为汉语有四种声调：平、上、去、入。以后，梁代吴兴人沈约又著了《四声谱》，倡导以四声制韵，“五字之中，韵韵悉异；两句之中，角徵不同，不可增减”（沈约《宋书论》）。他和当时的一些文人将这种理论运用到诗歌创作中，力求诗歌在韵律上参差交错、抑扬顿挫，从而形成了讲究平仄对仗的“永明体”诗歌。永明体诗歌“炼句工稳，音韵谐婉流利，风格圆美流转，篇幅趋向短小，这些都对近体诗的形成有重大影响”①。后经初唐诗人的努力，“永明体”诗歌在平仄、粘对、对仗等方面都逐渐趋于完善，最后形成了在平仄、粘对、对仗等方面都有严格要求的格律诗。

三、格律诗的分类

按照句数、字数的多少，可将格律诗分为律诗和绝句两类，而律诗和绝句又可进一步分为五律、七律和五绝、七绝四类。

五字一句、一共八句四十字的格律诗叫五律；七字一句、一共八句五十六字的格律诗叫七律；五字一句、一共四句二十字的格律诗叫五绝；七字一句、一共四句二十八字的格律诗叫七绝。

绝句实际上又可分为律绝和古绝两类。使用了律句，符合律诗在平仄、粘对、押韵等方面规定的绝句叫律绝；没有使用律句，在平仄、粘对、押韵等方面不符合律诗格律的绝句叫古绝。不管是律绝还是古绝，古人一律将其统称为“绝句”。

此外，还有一种长律诗，即五字或七字一句、句数在八句以上的格律诗，又称为排律。排律以五言居多，在标题上一般要标明押韵的数目，以表明有别于古风，如杜甫的《风疾舟中伏枕书怀三十六韵》、元稹的《春六十韵》、白居易的《代书诗一百韵寄微之》等。

四、格律诗的特征

格律诗有五个特征：① 讲究字数、句数；② 讲究使用律句；③ 讲究平仄

① 吕进：《中国现代诗体论》，重庆出版社 2007 年版，第 99 页。

的粘对；④ 讲究押韵；⑤ 讲究对仗。有关内容和要求我们下面会详细涉及。凡不符合这五个特征的，就不能叫律诗。其中，第二、第三个特征最为重要。一首诗歌，如果只符合上述第一个特征，是七字或五字一句，共八句或四句，但不符合律诗的律句、粘对规律，就不能叫律诗；即使符合律诗的律句、粘对规律，但中间两联没有对仗，仍不能叫律诗。反过来，即使符合字数、句数及对仗要求，但不符合律句、粘对规律，也不能叫律诗。必须五个特征都符合了，才能叫做律诗，否则只能叫"古风"或"古风式律诗"。有些不懂律诗的人，认为只要写了一首七言八句或五言八句的诗，就可以冠以"七律"或"五律"之名，这是错误的。

现在还有一种观点认为，只要大体上符合上述五个特征，就可以叫律诗了。其中，特别是使用律句和粘对，不必要求得那么严格，不要以"词"害意。这种观点只能说有一定的道理，某些不合规定的现象可以在少数情况下出现。例如某个词，在这个地方只能用这个词，没有或者不能用其他词语来代替，而这个词又不符合此处的平仄规定，那么就可以不以"词"害意，将就使用这个词。这种情况，多出现在表示人名地名的专用名词上，个别动词形容词也有。但这种情况只能是极少数例外情况，一首律诗中若出现了两处或更多处这样的情况，就不能叫律诗了。

五、格律诗的句式

格律诗可分为律诗与绝句两大类。对它们的句式，下面分别予以叙述。

（一）律　诗

上面讲过，五言或七言一句、一共八句的格律诗称为律诗，五言的叫五律，七言的叫七律。律诗中，每两句为一联（"句"在律诗中有两种不同的含义：有时一行称为一句，有时是打句号处称为一句，一般是两行一句。这里为前一种含义），每一联都有自己特定的名称。五律、七律一共有四联。一、二句为第一联，称为"首联"；三、四句为第二联，称为"颔联"；五、六句为第三联，称为"颈联"；七、八句为第四联，称为"尾联"。每一联内部的上下两句，也有特定的名称。上句称为"出句"，下句称为"对句"。如：

山居秋暝（五律）

唐·王维

（出句）空山新雨后，（首联）

（对句）天气晚来秋。

（出句）明月松间照，（颔联）

（对句）清泉石上流。

（出句）竹喧归浣女，（颈联）

（对句）莲动下渔舟。

（出句）随意春芳歇，（尾联）

（对句）王孙自可留。

登高（七律）

唐·杜甫

（出句）风急天高猿啸哀，（首联）

（对句）渚清沙白鸟飞回。

（出句）无边落木萧萧下，（颔联）

（对句）不尽长江滚滚来。

（出句）万里悲秋常做客，（颈联）

（对句）百年多病独登台。

（出句）艰难苦恨繁霜鬓，（尾联）

（对句）潦倒新停浊酒杯。

此外，五律、七律要求中间两联（颔联、颈联）必须对仗，首尾两联则不要求对仗。

（二）绝　句

五字或七字一句、一共四句的格律诗称为绝句。对于“绝句”名称的来源，吕进在《现代诗体论·五七言古近体诗体大备及分化整合》中这样叙述道：

这种体裁的小诗（指五言四句体小诗。笔者注）形成气候，却是在南北朝时期，特别是在南朝乐府之中。这种诗体恰好符合新体诗篇趋短的走向，所以为当时的诗人所采用，最终形成五言绝句。北朝民歌也以五言四句体为多，但从内容题材到艺术风格、表现手法与南歌有显著差别。五言四句体诗的大量产生，引起了南北朝文人的兴趣，文人聚会，就常用这种体裁来进行联句。所谓联句，与后世文人唱和大体近似。一人先做了四句，别的人如果继续作，便成

"联句";假如无人续作,便成了"断句",或称"绝句"。最初,绝句只是五言四句体的专名,后来其外延扩展到七言四句体,成为兼名。

这颇能说明"绝句"一词的来龙去脉。

绝句又分为律体绝句(简称为"律绝")和古体绝句(简称为"古绝")两类。

1. 律 绝

律绝是指符合律诗格律规定的绝句。由于它只是截取了律诗的一半,因此又称为"截句"。它对押韵、平仄、对仗等的要求与律诗是一样的。

律绝的构成主要有四种形式:

(1)截取律诗的首尾两联构成,四句都不是对仗句。如:

早发白帝城

唐·李白

朝辞白帝彩云间,(首联)
千里江陵一日还。
两岸猿声啼不住,(尾联)
轻舟已过万重山。

相 思

唐·王维

红豆生南国,(首联)
春来发几枝。
劝君多采撷,(尾联)
此物最相思。

判定是首、尾联的依据是四句都不对仗。

(2)截取律诗的前半截(首、颔两联),后两句是对仗句。如:

宫 词

唐·顾况

玉楼天半起笙歌,(首联)
风送宫嫔笑语和。
月殿影开闻夜漏,(颔联)
水晶帘卷近秋河。

宿建德江

唐·孟浩然

移舟泊烟渚,(首联)
日暮客愁新。
野旷天低树,(颔联)
江清月近人。

判定是首、颔两联的依据是前两句不对仗,后两句对仗。

(3)截取律诗的中间(颔、颈两联),四句都是对仗句。如:

征人怨

唐·柳中庸

岁岁金河复玉关,(颔联)
朝朝马策与刀寒。
三春白雪归青冢,(颈联)
万里黄河绕黑烟。

登鹳雀楼

唐·王之焕

白日依山尽,(颔联)
黄河入海流。
欲穷千里目,(颈联)
更上一层楼。

判定是颔、颈两联的依据是四句都是对仗句。

（4）截取律诗的后半截（颈、尾两联），前两句是对仗句。如：

乌衣巷	**八阵图**
唐·刘禹锡	唐·杜甫
朱雀桥边野草花，（颈联）	功盖三分国，（颈联）
乌衣巷口夕阳斜。	名成八阵图。
旧时王谢堂前燕，（尾联）	江流石不转，（尾联）
飞入寻常百姓家。	遗恨失吞吴。

判定是颈、尾两联的依据是前两句对仗，后两句不对仗。

2. 古　绝

古绝是指不符合律诗平仄规律的绝句。如（“–”代表平声，“|”代表仄声，后同）：

悯农·其一	**三绝句之一**
唐·李绅	唐·杜甫
春种一粒粟，–			|，	二十一家同入蜀，|		– –	|，
秋成万颗子。– –	–	。	惟残一人出骆谷。– –	–			。
四海无闲田，|	– – –，	自说二女啮臂时，|					–，
农夫犹饿死。– – –		。	回头却向秦云哭。– –		– –	。

这两首诗从形式上看是绝句，但从平仄上看不符合律诗的平仄规律。律诗的平仄规律要求下联出句的第二字与上联对句的第二字平仄相同。这两首诗下联出句的第二字与上联对句第二字的平仄均不相同，如《悯农》的“成”与“海”、《三绝句之一》的“残”与“说”都是“平”对“仄”。此外，律诗一般要求押平声韵，这两首诗的韵脚（第二句最后一字）“子”“谷”押的都是仄声韵。因此，它们属于古绝，不属于律绝。

由此可知，律绝与古绝的区别主要在：① 是否使用了律句。② 是否押了平声韵。③ 是否“粘”“对”了。（“律句”“平声韵”“粘对”等概念下面都将会详细叙述）

古人对古绝与律绝的界限并不十分讲究，一律称之为“绝句”。对此，我们认为还是有所区分为好，将符合格律的绝句称为律绝，将不符合格律的绝句统称为古绝。

六、关于格律诗分类中几个问题的讨论（此节为研讨内容，初学者可忽略）

（一）律绝与古绝

正如前面所说，律诗的格律规定是在唐代完善起来的。在唐代初期，律诗的格律规定还未完全建立，这时文人写的律诗，还未完全摆脱古体诗的影响，因此，在诗歌中常有一些不完全符合格律规定的诗歌出现。这种现象又主要体现在绝句中，如：

塞下曲（李益）

黄河东流流九折，沙场埋恨何时绝。蔡琰没去造胡笳，苏武归来持汉节。

送廖参谋东游（岑参）

繁花落尽辞君去，绿草垂杨引君路。东道诸侯皆故人，留恋必是多情处。

送别（郎士元）

穆陵关上秋风起，安陆城边远行子。薄暮寒蝉三两声，回望故乡千万里。

送崔九（裴迪）

归山深浅去，须尽丘壑美。莫学武陵人，暂游桃源里。

上例中，首先有不完全符合律诗粘对的规律，联的内部有失对现象。如：

蔡琰没去造胡笳，苏武归来持汉节。（“琰”上声，“武”也是上声，失对）

东道诸侯皆故人，留恋必是多情处。（“道”去声，“恋”也是去声，失对）

薄暮寒蝉三两声，回望故乡千万里。（“暮”去声，“望”也是去声，失对）

其次，没有完全使用律句，不符合或不完全符合律诗的平仄规律。如：《塞下曲》中的一二句不是律句，《送廖参谋东游》中的第四句也不是律句。

这些诗歌都是以绝句形式出现的，虽也有一定的律句，但在平仄、粘对、押韵等方面不符合或不完全符合律诗的格律规定，它们既像律诗又不完全符合律诗的要求，可以说是格律诗的变体。这就引出了我们这一节的话题：律绝和古绝。

所谓律绝，是指在平仄、粘对、押韵、对仗、拗救等方面都完全符合律诗格律规定的绝句，如（平仄符号中打圈者表示可平可仄，带点字为入声；拗救处用文字注明）：

回乡偶书（贺知章）

少小离家老大回，乡音未改鬓毛衰。儿童相见不相识，笑问客从何处来。

拗　救

｜｜——｜｜—，——｜｜｜——。——⊖｜⦶—｜，｜｜⦶——｜—。

九月九日忆山东兄弟（王维）

独在异乡为异客，每逢佳节倍思亲。遥知兄弟登高处，遍插茱萸少一人。

｜｜⦶——｜｜，——⊖｜｜——。——⊖｜——｜，｜｜——｜｜—。

闺怨（王昌龄）

闺中少妇不知愁，春日凝妆上翠楼。忽见陌头杨柳色，悔教夫婿觅封侯。

——｜｜｜——，⊖｜——｜｜—。⊖｜⦶——｜｜，⦶—⊖｜｜——。

八阵图（杜甫）

功盖三分国，名成八阵图。江流石不转，遗恨失吞吴。

⊖｜——｜，——⊖｜—。——⦶｜｜，｜｜｜——。

问刘十九（白居易）

绿蚁新醅酒，红泥小火炉。晚来天欲雪，能饮一杯无？

｜｜——｜，——｜｜—。———｜｜，⊖｜｜——。

所谓古绝，是指在平仄、粘对、押韵、对仗、拗救等方面不符合或不完全符合律诗格律规定的绝句。如：

塞下曲（李益）

黄河东流流九折，沙场埋恨何时绝。蔡琰没去造胡笳，苏武归来持汉节。

—————｜—，—｜—｜——｜。｜｜—｜｜——，—｜———｜｜。

（不是律句。）

送廖参谋东游（岑参）

繁花落尽辞君去，绿草垂杨引君路。东道诸侯皆故人，留恋必是多情处。

——｜｜——｜，｜｜——｜—｜。—｜——｜｜—，—｜｜｜——｜。

（第四句失对，且不是律句。）

送别（郎士元）

穆陵关上秋风起，安陆城边远行子。薄暮寒蝉三两声，回望故乡千万里。

｜——｜——｜，—｜——｜—｜。—｜———｜—，—｜｜——｜｜。

（第四句失对，且不是律句。）

鹿柴（王维）

空山不见人，但闻人语响。返景入深林，复照青苔上。

——｜｜—，｜——｜｜。｜｜｜——，｜｜——｜。

（一二句失对，三四句失对。）

送崔九（裴迪）

归山深浅去，须尽丘壑美。莫学武陵人，暂游桃源里。

———||，—|—||。|||——，|———|。

（二四句不是律句。）

以上这几首绝句在平仄、粘对、押韵等方面均未遵守律诗的格律规定，因此不能算格律诗，只能归入古绝。由此可见，古绝不属于格律诗。

然而，正如前面所说，古人不分律绝和古绝，像上面所举的这些例子，古人一律将它们称为绝句，这样就混淆了格律诗与非格律诗的界限。后人为了区分，便将入律的绝句和不入律的绝句分别称为律绝和古绝。完全符合格律、押平声韵（或仄声韵）的绝句叫律绝；基本符合格律或不符合格律、押仄声韵的绝句叫古绝。

产生古绝的原因，大概是受古体诗的影响。古体诗主要是指南北朝时期以及初唐那种不讲格律的诗歌。由于那时汉语的四声理论刚被运用到诗歌创作中，格律诗还处于草创阶段，各种格律要求还不完善、不严密。因此，这时的文人所创作的诗歌，有很多既符合格律又不完全符合格律，在押韵上就体现为平声韵、仄声韵可以通押。而这一时期的诗歌又以五言为主，因此，这种押仄声韵的现象便主要体现在后面的五言绝句甚至七言绝句上了。

（二）古风式律诗

同绝句一样，在七言或五言一句、一共八句的初唐或初唐以后的诗歌里，就有完全符合格律的格律诗、完全不符合格律的古风诗，以及介于两者之间的诗歌。第三种情况的诗歌又分为两类：① 基本不符合格律，但诗中使用了一些律句的诗歌，一般称为入律的古风诗；② 基本符合格律但不完全符合格律的诗歌，一般称为古风式律诗。

严格地说，入律的古风诗是指在字数、句数、粘对、押韵、对仗等方面都不符合格律规定，但受律诗的影响，在诗中使用了少数律句的诗歌。如：

寿星寒院碧轩（苏轼）

清风肃肃摇窗扉，———————，（非律句）
窗前修竹一尺围。———|||—。（失对，非律句）
纷纷苍雪落夏簟，———|||—，（非律句）
冉冉绿雾沾人衣。||||———。（三平调，非律句）
日高山蝉抱叶响，||——|||，（律句）

人静翠羽穿林飞。｜｜｜｜———。（失对，非律句）

道人绝粒对寒碧，｜—｜｜｜—｜，（失粘，勉强可算律句）

为问鹤骨何缘肥？｜｜｜｜———。（非律句）

这首诗，押的是平声韵，四、七两句可说用了律句，其他都不是律句，失粘失对较多，有三平调，第一句更是用了七个平声。古风诗的因素占了大多数，因此最多只能叫做入律的古风诗。

古风式律诗是指在字数、句数、律句、粘对、押韵、对仗等方面都基本符合格律规定，但有少数不是律句，也有失粘、失对、押仄韵、颔颈两联不完全对仗等现象的诗歌。如：

伤田家（聂夷中）

二月卖新丝，｜｜｜——，（律句）

五月粜新谷。｜｜｜—｜。（律句，失对，押仄声韵）

医得眼前疮，—｜｜——，（律句，失粘）

剜却心头肉。｜｜——｜。（律句）

我愿君王心，｜｜———，（非律句，三平调）

化作光明烛。｜｜——｜。（律句，失对）

不照绮罗筵，｜｜———，（非律句，三平调）

只照逃亡屋。｜｜——｜。（律句，失对）

这首诗，基本上使用的是律句，在粘对、对仗等方面也基本符合格律规定，但押的是仄声韵，有失粘、失对之处，有三平调，颈联不对仗，又不完全符合律诗的格律要求。总体来看，律诗的因素占了多数，因此属于“古风式律诗”。

由于入律的古风诗和古风式律诗的界限不好划分，因此，人们便将只要是七言或五言一句、一共八句，不完全符合格律规定的诗歌（不管是入律的古风诗还是古风式律诗），都笼统地归入古风式律诗。

“古风式律诗”主要有三个特征：一是使用的多数是律句，少数是非律句。二是有失粘或失对现象。三是经常押仄声韵。在这三个特征中，第一个特征是“古风式律诗”最主要的本质特征，是“古风式律诗”与入律的古风诗、完全不讲平仄的古风诗之间的根本区别。第二个特征则是古风式律诗与律诗之间的根本区别。最后一个特征虽然也是“古风式律诗”的特征，但不是本质特征，因为符合格律规定的律诗中也有少数押仄韵的。

根据这三个特征（特别是第一个特征），对那些同样是七字或五字一句、共八句的诗歌，我们便可以区分它们是律诗、古风式律诗还是入律的古风诗了。如：

崔氏东山草堂

杜　甫

爱汝玉山草堂静，｜｜｜—｜—｜，（有拗救现象的律句）
高秋爽气相鲜新。——｜｜———。（非律句，三平调）
有时自发钟磬响，｜｜｜——｜｜，（律句，失粘）
落日更见渔樵人。｜｜｜｜———。（非律句，失对）
盘剥白鸦谷口粟，——｜—｜｜｜，（非律句，失粘）
饭煮青泥坊底芹。｜｜———｜—。（律句）
何为西庄王给事，—｜———｜｜，（律句）
柴门空闲锁松筠。————｜——。（非律句）

这首诗律句与非律句各占一半，诗中有“三平调”，有失粘、失对现象。在对仗上，颔联不对仗，颈联对仗。古风诗的因素占了多数，应该属于入律的古风诗。

王力先生在分析《寿星寒院碧轩》和《崔氏东山草堂》两诗时说道，前一首“除了字数、韵脚、对仗像律诗以外，若论平仄，这简直就是一篇古风”。后一首“跟‘摇窗扉’一样，‘沾人衣’‘穿林飞’‘何缘肥’都是三平调，更显得是古风的格调”①。

但大多数讲律诗的人，包括王力先生在内，都把这两首诗归入“古风式律诗”。这正如本小节开头所说：“一般来说，人们将只要是七言或五言一句、一共八句的诗歌（不管是入律的古风诗还是古风式律诗），都笼统地归入古风式律诗。”

对此，在学术上允许争论，在教学上则不必强求。把类似的诗看成古风诗也罢，看成入律的古风诗也罢，甚至古风式律诗也罢，只要不看成律诗就行。

“古风式律诗”比严格意义上的格律诗要出现得早，它主要是指南北朝文人及唐初文人所创作的早期格律诗。正如前面所说，这时期诗歌的格律由于正处于草创时期，尚不成熟，不如唐代律诗那样完善、严密，多有失粘失对、押仄声韵、使用拗句等现象，但又基本符合律诗在平仄、押韵、对仗等方面的要求，于是形成了“古风式律诗”。可以说“古风式律诗”就是“前格律诗”。从不规范到规范，这在一种新诗体形成过程中是很正常的现象。到唐代中期以后，文人创作律诗时，就比较讲究格律了。因此，唐中期及以后的文人，就很少有人

① 王力：《诗词格律》，中华书局 1983 年版，第 36 页、第 37 页。

创作古风式律诗了。因此，古风式律诗主要出现在初唐以及再往前一点的南北朝时期。

入律的古风诗和古风式律诗，是南北朝到初唐时期从古风诗过渡到律诗这一发展阶段的产物。它们还不能说是严格意义上的律诗，只是程度不同地具备律诗的因素。因此，我们认为，不管是入律的古风诗还是古风式律诗，只要有不合格律的现象存在，就不能叫律诗，应该通通归入古风诗的范畴。

一般来说，古风式律诗是创作律诗时应该尽量避免的。但在古人的实际创作中，为了做到不以词害意，有时也不得不写出一些“古风式律诗”来。例如：

黄鹤楼（崔颢）

昔人已乘黄鹤去，｜—｜——｜｜，
此地空余黄鹤楼。｜｜———｜—。
黄鹤一去不复返，—｜｜｜｜｜｜，
白云千载空悠悠。｜——｜———。
晴川历历汉阳树，——｜｜①—｜，
芳草萋萋鹦鹉洲。⊖｜——⊖｜—。
日暮乡关何处是？｜｜———｜｜，
烟波江上使人愁。——⊖｜｜——。

此诗前四句基本不符合平仄规律，虽然每句的第二字也“粘”“对”了，但基本上没使用律句；第二联也不对仗，属于古风诗的写法；后四句基本符合平仄规律，属于律诗的写法。严格地说，这首诗不能算是律诗，只能算是古风式律诗。但由于十分有名，《唐诗三百首》将它收入“七言律诗”中。南宋诗论作家严羽在《沧浪诗话》中评价道：“唐人七律诗，当以此为第一。”可见古人是将它当作律诗的典范来看的。我们认为，如果硬要算作律诗，也只能算作特例，而它的这种写法则是不宜效法的。正如现代人喻守真在其于二十世纪四十年代编著出版的《唐诗三百首详析》中分析这首诗时所说：“此诗颔联竟完全是古诗句法，上句连用六仄，下句连用五平，律句既不能入古，古诗那便可入律。古人兴到笔随，偶弄狡狯，竟传诵千古，究竟不可为法。我们作律诗，倘夹入古诗句法，就难免给人讥评了。”[1]

① 喻守真：《唐诗三百首详析》，中华书局 1980 年版，第 214 页。

此外，在格律诗兴起以后，也有一些人认为格律诗的格律太严；或为了追求古意，也故意创作一些“入律的古风诗”或“古风式律诗”。如前面所举杜甫的《崔氏东山草堂》、苏轼的《寿星寒院碧轩》就是这样的例子。二人均是写作格律诗的高手，写出这种十分不符合格律的七言诗，显然是有意所为。

总之，在创作律诗时，除了少数不得已的情况，应该尽量避免创作古风式律诗。一个写作律诗的人，如果古风式律诗写多了，往往就会被认为写作不规范、不懂格律。如果一首五言或七言诗中有了好句，不愿改或不能改，而这句的平仄又不符合格律要求，就干脆将整首诗歌写成古风或古风式律诗，冠以“古风”的名称，而不一定要写成律诗，更不要勉强冠以律诗的头衔，以免引起误解。

（三）排　律

一般的律诗都是八句一首，但有的律诗在八句以上。这种超过八句的律诗就叫排律。它是五律和七律的延伸，又叫“长律”。如杜甫的《清明》：

朝来新火起新烟，———||——，
湖色春光尽可穿。⊖|——||—。
绣羽衔花他自得，||———||，
红颜骑竹我无缘。——|||——。
胡童结束还难有，——||——|，
楚女腰肢亦可怜。||——||—。
不见定王城旧处，||⦶——||，
长怀贾傅井依然。——|||——。
虚露周举为寒食，⊖|—||——，（失粘）
实籍君平卖卜钱。⦶|——||—。
钟鼎山林各天性，⊖|——|—|，
救拗
浊醪粗饭任吾年。⦶—⊖||——。

此诗共十二句，除第九句失粘外，其余都用的是律句；押的是平声韵；除首尾两联外，中间各联都对仗。它完全符合律诗的格律要求，因此是排律。

排律至少十句，多则几十句，乃至一百句以上。韵数（押韵之处）通常是整数，即十韵、二十韵、五十韵、一百韵等。

排律在标题上常常标明其韵数，以示和古风的区别。如《敬赠郑谏议十韵》（杜甫）、《寄李十二白十二韵》（杜甫）、《夔府抒怀四十韵》（杜甫）、《春十六韵》（元稹）、《代书诗一百韵寄微之》（白居易）等。

排律不论多长，都必须遵守律诗的规则：

（1）必须符合律诗的粘对规则，否则只能算古风，不能算排律。

（2）必须讲究对仗。排律不管有多少韵，除首尾两联可以不用对仗外，其余中间各联都必须对仗。

（3）必须要用平声韵，而且要一韵到底，中途不得换韵。

律诗本来就难写，而排律是律诗的延长，律诗所有的格律它都必须遵守，因而它比一般的五言、七言律诗更难创作。因此，写作排律的人历来不多。

思考与练习

1. 简述格律诗的特征。

2. 简述格律诗与古风诗、古风式律诗的区别。

3. 下面几首绝句属于律绝还是古绝？为什么？

（1）《八阵图》（杜甫）：

功盖三分国，名成八阵图。江流石不转，遗恨失吞吴。

（2）《塞下曲·其二》（卢纶）：

月黑雁飞高，单于夜遁逃。欲将轻骑追，大雪满弓刀。

（3）《静夜思》（李白）：

床前明月光，疑是地上霜。举头望明月，低头思故乡。

（4）《悯农·其二》（李绅）：

锄禾日当午，汗滴禾下土。谁知盘中餐，粒粒皆辛苦。

（5）《回乡偶书》（贺知章）：

少小离家老大回，乡音未改鬓毛衰。儿童相见不相识，笑问客从何处来。

（6）《泊秦淮》（杜牧）：

烟笼寒水月笼沙，夜泊秦淮近酒家。商女不知亡国恨，隔江犹唱《后庭花》。

（7）《黄鹤楼送孟浩然之广陵》（李白）：

故人西辞黄鹤楼，烟花三月下扬州。孤帆远影碧空尽，唯见长江天际流。

（8）《渭城曲》（王维）：

渭城朝雨浥轻尘，客舍青青柳色新。劝君更尽一杯酒，西出阳关无故人。

第二节　格律诗的平仄

所谓“格律”就是格式和规律，即写作律诗的规则、规律。律诗的格律主要包括平仄、押韵、对仗三个方面的规定，其中最重要的是平仄上的格律规定。不掌握平仄的有关知识，就无法掌握格律诗的格律。

一、平仄的概念

平仄是针对汉语声调的分类而言的。平，指平声，即读起来调值变化不大，没有明显的曲折、高低变化的声调。仄，指仄声，即读起来调值变化较大，有着明显的曲折、高低变化的声调。

古代汉语有四个声调：平、上、去、入。其中，“平”属于平声，“上、去、入”属于仄声。古人曾用“平声平调莫低昂，上声高呼猛烈强，去声分明哀远道，入声短促急收藏”的歌诀形象地描绘古四声的发音，但这只能说是对古四声发音的一个大概的描写。

古代汉语的这四个声调发展到现代汉语中，平声分化成了阴平、阳平两个声调，上声、去声没有改变，入声却消失了。因此，现代汉语也有四个声调：阴平、阳平、上声、去声。其中，阴平、阳平属于平声，上声、去声属于仄声。而古代汉语的入声字则分别融入了现代汉语的阴、阳、上、去四个声调中。

汉语的这四个声调在诗歌中按照一定的规律交错组合起来，就能使诗歌的韵律富有变化、起伏分明，读起来具有节奏感，朗朗上口，能够起到抑扬顿挫的听觉效果。南朝的沈约等人发现了汉语的这一特征，于是将之运用到诗歌创作中，随后逐渐形成了节奏整齐、对仗工整、富有音乐性，深受人们欢迎的格律诗。

二、律诗平仄的基本句式

律诗平仄的规律一般是一句之内平仄两两相对，即平平对仄仄，仄仄对平平，合起来就是：平平仄仄平平仄。我们用符号“－”代表平声，“｜”代表仄声。上述句式便描写为“－－｜｜－－｜”。

七律的平仄有四种基本句式：

甲：——｜｜——｜，称为“平起仄收式”。

乙：｜｜——｜｜—，称为“仄起平收式”。

丙：｜｜———｜｜，称为“仄起仄收式”。

丁：——｜｜｜——，称为“平起平收式”。

五律的平仄句式，只需将上面四种基本句式中前面的两字去掉。分别为：

甲：（——）｜｜——｜，称为“仄起仄收式”。

乙：（｜｜）——｜｜—，称为“平起平收式”。

丙：（｜｜）———｜｜，称为“平起仄收式”。

丁：（——）｜｜｜——，称为“仄起平收式”。

需要说明的是：其他讲律诗格律的著作或教材基本都以五律的基本句式为准，这是传统的讲法。而本书在讲律句时，一般以七言律句为主。我们认为，七律比五律多了两字，其基本句式比五律的完整，只要将七律句式的前两字去掉，便是五律的标准句式了。因此，记住了七律的平仄规律，五律的平仄规律自然也就记住了。

以上基本句式称为“律句”。律句是格律诗在句式上与其他古体诗相区别的基本特征之一。学习诗律，必须首先牢牢记住这四种基本句式，甚至要做到倒背如流。因为各种律诗的平仄格式，都是由这四种基本句式排列组合而成的。

王力先生在他的《诗词格律·特定的一种平仄格式》中还专门提到，律诗还有一种特定的平仄格式，即｜｜——｜—｜（五言是“——｜—｜”）。他说：“这种格式在唐宋的律诗中是很常见的，它和常规的诗句一样常见。”①在下面的脚注中他又进一步解释道：“唐人的试帖诗也容许有这种平仄格式，可见它是正规的格式。”②然而，这种格式实际上是一种拗救格式，即仄起仄收式“｜｜———｜｜”六拗五救的拗救格式（在下面的“拗救”规律中将会提到），只是在唐人的律诗中出现得较多罢了。因此，我们这里不把它作为律诗的基本句式来讲。

三、律诗平仄的基本规律

掌握了上述律诗平仄的基本句式后，还必须进一步掌握律诗平仄的基本规律，这样才能做到基本正确地推出任何一首律诗的平仄关系。掌握了律诗平仄的基本规律，也就能自己创作格律诗了。

① 王力：《诗词格律》，中华书局1983年版，第29页。

② 王力：《诗词格律》，中华书局1983年版，第29页。

1. 使用律句的规律

所谓“律句”，是指符合格律诗平仄格律的诗句。律诗中的每一句都要在平仄上两两交错，即“——”与“｜｜”互相交错，组成“——｜｜——｜、｜｜——｜｜—、｜｜———｜｜、——｜｜｜——”四种基本句式。这四种基本句式在律诗中被称为“律句”。凡平仄不符合这四种句式的句子就不能叫律句，而叫做“拗句”。对初学者而言，任何一首七言或五言律诗都必须使用律句，如果没有使用律句，就叫“出律”，因而也就不能叫律诗。

2. 粘、对规律

粘，是指联与联之间的平仄关系，即后一联出句的第二字必须与前一联对句的第二字平仄一致。通俗地说就是：下一联第一句的第二字与上一联第二句的第二字平仄必须一致。例如，前一联对句的平仄是——｜｜——｜，后一联出句的平仄就应是——｜｜｜——；前一联对句的平仄是｜｜——｜｜—，后一联出句的平仄就应是｜｜———｜｜。我们以第二字为标准，是因为律诗中的任何一句，第二字的平仄都不能改变，必须平或必须仄，不存在可平可仄的情况，也不存在拗救之处。第二字的平仄一致了，其他字的平仄也就基本一致了；第二字的平仄相对了，其他字的平仄也就基本相对了。

对，是指一联之中出句与对句的平仄关系，即一联之中，出句和对句第二字的平仄关系应该相反的规律。例如，出句的第二字是“—”，对句的第二字就必须是“｜”。例如，出句是“——｜｜——｜”，对句就必须是“｜｜——｜｜—”；出句是“｜｜———｜｜”，对句就必须是“——｜｜｜——”。

3. 首联对句最后一个字必须押平声韵的规律

律诗第二句的最后一个字必须是平声，这是由律诗必须押平声韵的规定决定的。例如：第一句是“——｜｜——｜”，第二句就必须是“｜｜——｜｜—”；第一句是“｜｜——｜｜—”，第二句就必须是“——｜｜｜——”；第一句是“——｜｜｜——”，第二句就必须是“｜｜——｜｜—”；第一句是“｜｜———｜｜”，第二句就必须是“——｜｜｜——”。

4. 相同句式不能连用的规律

指两句平仄相同的句式不能紧连在一起使用的规律。如：第一句是“——｜｜——｜”，根据对和押平声韵的规律，第二句就是“｜｜——｜｜—”。根据粘的规律，第三句本应该也是“｜｜——｜｜—”，但这样一来，就不符合这个

规律了，于是，第三句应改为“｜｜———｜｜”。如此类推下去，便能推出整首律诗的平仄格式了。

5. 偶句最后一字都是平声的规律

这个规律实际上是根据上述四个规律将一首律诗八句的平仄关系推出来得到的结果。如果一首律诗的第一句是“——｜｜——｜”，根据上面四个规律，这首律诗的平仄关系便是：

——｜｜——｜，｜｜——｜｜—。｜｜———｜｜，——｜｜｜——。
——｜｜——｜，｜｜——｜｜—。｜｜———｜｜，——｜｜｜——。

如果第一句是“｜｜——｜｜—”，根据前面四个规律，这首律诗的平仄关系便是：

｜｜——｜｜—，——｜｜｜——。——｜｜——｜，｜｜——｜｜—。
｜｜———｜｜，——｜｜｜——。——｜｜——｜，｜｜——｜｜—。

推出来的结果，偶句（二、四、六、八句）最后一个字都是平声。如果出现了仄声，则说明这首律诗在平仄上出现了错误。因此，这条规律可以作为检验自己平仄关系是否推得正确的标准。

四、律诗平仄的基本格式

以上五个规律（特别是前四个）是律诗平仄方面最基本的规律。掌握了前四个基本规律，我们便能推出律诗平仄的四种基本格式。如：

平起仄收式：（首句）—　｜｜——｜，
（对）｜｜——｜｜—。（押平声韵）
（粘）｜｜———｜｜，
（对）——｜｜｜——。
（粘）——｜｜——｜，
（对）｜｜——｜｜—。
（粘）｜｜———｜｜，
（对）——｜｜｜——。

仄起平收式：（首句）｜｜——｜｜—，
（对）——｜｜｜——。（押平声韵）
（粘）——｜｜——｜，

（对）｜｜——｜｜—。

（粘）｜｜———｜｜，

（对）——｜｜｜——。

（粘）——｜｜——｜，

（对）｜｜——｜｜—。

仄起仄收式：（首句）｜｜———｜｜，

（对）——｜｜｜——。（押平声韵）

（粘）——｜｜——｜，

（对）｜｜——｜｜—。

（粘）｜｜———｜｜，

（对）——｜｜｜——。

（粘）——｜｜——｜，

（对）｜｜——｜｜—。

平起仄收式：（首句）——｜｜｜——，

（对）｜｜——｜｜—。（押平声韵）

（粘）｜｜———｜｜，

（对）——｜｜｜——。

（粘）——｜｜——｜，

（对）｜｜——｜｜—。

（粘）｜｜———｜｜，

（对）——｜｜｜——。

最后，用第五个规律来进行检验，我们可以看到，在上面四种基本格式中，凡是偶句的最后一字都是平声，据此可以证明推出的律诗平仄或写的律诗平仄关系是否正确了。如果偶句最后一字出现了仄声，则说明你推出的律诗平仄或你写的律诗出现了不符合平仄格律的错误。

学会通过掌握以上五个规律推出一首律诗的平仄关系，是掌握律诗格律的第一个阶段，需要通过反复地练习才能熟练掌握。

然而，在实际运用中，仅掌握以上四个基本规律是不够的。还有一些特殊规律，如果不掌握，在推导古人律诗中的平仄关系时，就会发现有些诗不符合上述平仄规律。因此，还必须掌握以下两个规律。

五、关于“一三五不论，二四六分明”的规律

上面我们讲了律诗平仄的基本规律，但这些规律不是绝对的。特别是其中的粘对规律，在实际的律诗格律中，有的地方是可平可仄的，这就为律诗的创作在平仄的运用上提供了一定的自由空间。那么，什么地方可平可仄呢？这就关系到律诗“一三五不论，二四六分明”的规律。

所谓“一三五不论，二四六分明”，是就一句律诗内部的平仄规律而言的。在律诗的四种基本句式中，第一、三、五个字的声调是可平可仄的。这就是“不论”；第二、四、六个字的平仄规定则是死的，是必须平或必须仄，不能改变的。这就是“分明”。此口诀大体上说明了一句律诗中的平仄规律。然而，在实际运用中，有的句子第一、三、五字的声调“不能不论”，是必须平或必须仄的，否则就会出现一些在律诗平仄关系中不允许出现的现象，致使律诗在平仄上失去平衡，破坏了律诗的韵律美。

在律诗的四种基本句式中，哪些句子的一、三、五字不能不论呢？规律是：

（1）在乙式句（仄起平收式：｜｜——｜｜—）中，第三个字必须是平声。如果是仄声，全句的平仄就成了“｜｜｜—｜｜—”。这样，除了韵脚之外，全句只有一个平声，全句的平仄关系就会严重失去平衡，从而破坏了律诗的音律美。这种现象，在律诗创作中称为“犯孤平”。“犯孤平”在律诗中是绝对不允许出现的。

（2）在丁式句（平起平收式：——｜｜｜——）中，第五个字必须是仄声。如果是平声，最后三个字的声韵就成了“平平平”。这样，全句的平仄就成了“——｜｜———”，这种现象称为“三平调”（又叫“三平尾”）。“三平调”是古风诗经常使用的句式，基本上可看成古风诗在平仄上的特征。但是在律诗中，这是平仄上的大忌，也是绝对不允许出现的。

（3）除了这两处外，在甲式句（——｜｜——｜）中，第五个字是否属于可平可仄之处，在古人的律诗中没有定论。因为在这个句式中，第五字如果用了仄声，被称为“小拗”现象。对“小拗”现象，古诗人是将它当作拗句处理的，即在对句中改变了另一字的平仄来相救。然而，也有不少诗人没把它当作拗句处理，没有在对句中改变另一字的平仄来相救。因此有“小拗”可救可不救之说，王力先生也认为“可救可不救”（下面“拗救规律”中会涉及）。根据从宽的原则，我们这里将它看作可平可仄之处。

因此，除了上述乙式句、丁式句两处，其他地方的“一、三、五”字都可平可仄。综合起来，我们就可以得出律诗的四种基本句式中，哪些地方可平可仄、哪些地方必平必仄的规律。为了便于学习，我们把这个规律编成了一个口诀，以帮助大家记忆：

平起仄收（甲式句）一、三、五，仄起平收（乙式句）一、五。仄起仄收（丙式句）一、三、五，平起平收（丁式句）一、三。

需要注意的是，根据这个口诀，仄起仄收式的句子就容易出现“三仄尾”现象。对于“三仄尾”，有的人认为和“三平调”一样，是诗家的大忌，有的人则认为不属于格律诗的大忌，是允许出现的。

记住了这个口诀，我们就可得出律诗的四种基本格式中的可平可仄之处了（打“○”者为可平可仄之处）：

平起仄收式：⊖—⦶丨⊖—丨，
⦶丨——⦶丨—。
⦶丨⊖—⊖丨丨，
⊖—⦶丨丨——。
⊖—⦶丨⊖—丨，
⦶丨——⦶丨—。
⦶丨⊖—⊖丨丨，
⊖—⦶丨丨——。

仄起平收式：⦶丨——⦶丨—，
⊖—⦶丨丨——。
⊖—⦶丨⊖—丨，
⦶丨——⦶丨—。
⦶丨⊖—⊖丨丨，
⊖—⦶丨丨——。
⊖—⦶丨⊖—丨，
⦶丨——⦶丨—。

仄起仄收式：⦶丨⊖—⊖丨丨，
⊖—⦶丨丨——。
⊖—⦶丨⊖—丨，
⦶丨——⦶丨—。
⦶丨⊖—⊖丨丨，
⊖—⦶丨丨——。
⊖—⦶丨⊖—丨，
⦶丨——⦶丨—。

平起仄收式：⊖—⦶丨丨——，
⦶丨——⦶丨—。
⦶丨⊖—⊖丨丨，
⊖—⦶丨丨——。
⊖—⦶丨⊖—丨，
⦶丨——⦶丨—。
⦶丨⊖—⊖丨丨，
⦶—⦶丨丨——。

这是律诗最完整的四种基本格式，任何一首律诗的平仄，都跳不出这四种格式。

根据平仄的上述基本规律及“一三五不论，二四六分明”规律推出一首律诗的平仄并用圆圈将可平可仄的地方标出来，这是掌握律诗平仄格律的第二个阶段，同样需要通过反复练习才能熟练掌握。

六、关于“拗救”的规律

“拗”是指在平仄关系上不符合上述四种律句的现象，即律句中的“二、四、六”字或不能不论的“一、三、五”字的平仄被改变了的现象。上面说过，律诗中“二、四、六”字以及“一、三、五”字中不能不论之处的平仄是不能改变的，如果改变了，就不符合律诗的平仄规律，从而破坏了律诗在平仄关系上的平衡。这种情况就叫做“拗”，有这种情况的句子就称为“拗句”。一首律诗，如果出现了拗句，就必须在相应的地方改变另一个字的平仄来补救，使整首律诗的平仄关系重新达到平衡。这种情况就叫做“救”。例如：甲式句“——||——|”，第六字必须是平声，这是不能改变的；如果第六字用了仄声，就不符合平仄规律，使得上下两句的平仄关系出现了不平衡的现象，从而形成了拗句。这时，就必须把对句（||——||—）的第五个字改成平声来相救，即“||———|—”。这样，两句诗的平仄关系又平衡了，这就是“拗救”。

在律诗的四种基本句式中，哪些地方允许出现拗句？“拗”了以后，又应在哪些地方进行补救呢？其规律是：

（1）甲式句（——||——|）中，第六字（五言第四字）必须是平声；如果用了仄声，就形成了拗句，应在对句中将第五个字（五言第三字）改为平声来相救，即“——||—||，||———|—”，这种情况叫“对句相救”。

拗 救

如：青苔寺里无马迹，绿水桥边多酒楼。（唐·杜牧《润州》）

——||—||，||———|—。

拗 救

野火烧不尽，春风吹又生。（唐·白居易《赋得古原草送别》）

||—||；———|—。

拗 救

（2）在甲句式中，第五个字如果用了仄声（“——|||—|”），被称为“小拗”现象。对“小拗”现象，可看作拗句，也可不看作拗句，故可相救也可不相救。如果看作拗句，进行相救时，其规律同样是在对句中将第五个字（五言第三字）改为平声来相救（这样，对句的第五字实际上便救了两处）；如果不

看作拗句，把它看作可平可仄之处（“平起仄收一三五”），就不用改动对句第五字的平仄了。在唐律诗中，有的就将它看作拗句，进行了补救；有的则不将它看作拗句，没有进行补救。下面分别就是唐律诗中救与不救的例子：

救的例子：

映阶碧草自春色，隔叶黄鹂空好音。（唐·杜甫《蜀相》）

⦶—｜｜｜—｜，｜｜———｜—

拗　　　　救

鸿雁几时到，江湖秋水多。（唐·杜甫《天末怀李白》）

⊖｜｜—｜，———｜—

拗　　救

不救的例子：

前台花发后台见，上界钟声下界闻。（唐·白居易《寄韬光禅师》）

——｜｜｜—｜，｜｜——｜｜—

拗　　　　（未救）

此地一为别，孤蓬万里征。（唐·李白《送友人》）

｜｜｜—｜，——｜｜—

拗　　（未救）

王力的《诗词格律》第三节 律诗的平仄“（六）拗救”一节中也说道：“这是半拗，可救可不救。”

由于这种情况的第五字（五言第三字）是可平可仄之处，出现仄声也可救可不救，因此，我们不把它当作拗句看待。

要注意的是：现在网上的一些格律检测工具（如诗词吾爱网）依然将这第五字视为必平之处，如用了仄声，就会判你出律。我们在使用检测工具来检测自己或他人的作品时，如果出现这种情况，可以忽略不计。

（3）乙式句（｜｜——｜｜—）中，第三字（五言第一字）如果用了仄声，那么全句除了最后一字，就只剩下了一个平声（“｜｜｜—｜｜—”）。这就犯了“孤平”，形成了拗句，因而必须相救。救的方法是在本句将第五字（五言第三字）改成平声来相救，即将“｜｜｜—｜｜—”改为“｜｜｜——｜—”。这种情况叫“本句自救”。

拗　救

如：儿童相见不相识，笑问客从何处来？（贺知章《回乡偶书》）

——⊖｜⦶—｜　｜｜｜——｜—

拗　救

在此例中，如果将“儿童相见不相识”的“不”也看作拗句，则其属于上面所说的甲式句第五字可“拗”可不“拗”的现象；如果看成拗句，将对句的第五字改为平声来相救。因此，此例中的“何”字就同时救了两处“拗”句，属于一字救“两拗”的情况。由于我们不视其为拗句，故例中未在“不”下标明“拗”字。

我宿五松下，寂寥无所欢。（唐·李白《宿五松山下荀媪家》）

｜｜｜—｜　｜——｜—

拗　救

此例出句中的“五”与上例的“不”情况相同。

（4）丙式句（｜｜———｜｜）中，第六字（五言第四字）必须是仄声，如果用了平声（｜｜————｜），就形成了拗句，应在本句将第五字（五言第三字）改为仄声来相救，即将“｜｜————｜”改为“｜｜——｜—｜”。这也是“本句自救”。

救拗

如：今日因君试回首，淡烟乔木隔绵舟。（唐·罗隐《绵竹回寄蔡氏昆仲》）

⊖｜——｜—｜　⦶—⊖｜｜——。

救拗

无为在歧路，儿女共沾巾。（唐·王勃《送杜少府之任蜀州》）

——｜—｜　｜｜——｜

救拗

综上所述，在律诗中允许出现“拗”的地方有三处：甲式句（平起仄收式）的第六字（第五字可平可仄，不算“拗”）；乙式句的第三字；丙式句的第六字。丁式句没有可以“拗”的地方。出现了“拗”句，就必须相救，“救”的方式有对句相救、本句自救两种。有人认为还有粘句相救、隔句相救、多句相救等形式。[①]这些实际上都可用对句相救、本句自救两种方式来解释，因此这里不再赘述。

为了便于掌握，我们同样将上述拗救规律编成了口诀，以帮助大家记忆：

平起仄收六字拗，对句五字改平救。仄起平收三字拗，本句五字改平救。仄起仄收六字拗，本句五字改仄救。平起平收无拗句，拗救规律要牢记。

只要记住了这个口诀，律诗的拗救规律便完全掌握了。

掌握了以上拗救规律，就能完整、准确地推出任何一首律诗的平仄关系，并可自己创作符合格律的律诗了。

---

① 余浩然：《格律诗词写作》，岳麓书社2002年版，第102～116页。

下边再举一些古代律诗中的拗救例句以供参考：

（1）平起仄收式（对句相救。“平起仄收六字拗，对句五字改平救。”七言是六字拗对句五字救，五言是四字拗对句三字救）：

七言：青苔寺里无马迹，绿水桥边多酒楼。（唐·杜牧《润州》）

拗　救

南朝四百八十寺，多少楼台烟雨中。（唐·杜牧《江南春》）

拗　救

书当快意读易尽，客有何人期不来。（宋·陈师道《绝句四首》）

拗　救

五言：野火烧不尽，春风吹又生。（唐·白居易《赋得古原草送别》）

拗　救

孤雁不饮啄，飞鸣声念群（唐·杜甫《孤雁》）

拗　救

（2）仄起平收式（本句自救。“仄起平收三字拗，本句五字改平救”。七言是三字拗本句五字救，五言是一字拗本句三字救）：

七言：儿童相见不相识，笑问客从何处来。（唐·贺知章《回乡偶书》）

拗　救

一回望月一回悲，望月月移人不移。（唐·崔国辅《王昭君》）

拗　救

五言：我宿五松下，寂寥无所欢。（唐·李白《宿五松山下荀媪家》）

拗　救

跪进雕胡饭，月光明素盘。（同上）

拗　救

（3）仄起仄收式（本句自救。“仄起仄收六字拗，本句五字改仄救”。七言是六字拗本句五字救，五言是四字拗本句三字救）：

七言：今日因君试回首，淡烟乔木隔绵州。（唐·罗隐《绵竹回寄蔡氏昆仲》）

拗救

墓前靡靡春草深，唯有行人看碑路。（唐·耿湋《路旁墓》）

拗救

五言：仍怜故乡水，万里送行舟。（唐·李白《渡荆门送别》）

拗 救

无为在岐路，儿女共沾巾。（唐·王勃《送杜少府之任蜀州》）

拗 救

七、怎样推出一首律诗的平仄关系

能否正确推出一首律诗的平仄关系，是检验我们是否真正掌握了律诗平仄格律的最好方法。推出平仄关系，也是写作律诗的人应具备的一个基本功。因此，我们必须学会并掌握推出一首律诗平仄关系的方法。

（1）先根据第二字与最后一字的平仄来推出首联出句（第一句）的平仄关系。因为这第二字和最后一字的平仄是定死的，故以它们为准。如杜甫的《登高》第一句："风急天高猿啸哀"。急：入声字，仄声；"哀"，阴平，平声。"急、哀"，仄平。因此，第一句的平仄为"仄起平收式"，即"｜｜——｜｜—"。

（2）再根据前述律诗平仄规律中的前四个规律（使用律句的规律、押平声韵的规律、粘对规律、不能相连的规律）推出下面七句诗的平仄关系。如：

渚清沙白鸟飞回。——｜｜｜——。
无边落木萧萧下，——｜｜——｜，
不尽长江滚滚来。｜｜——｜｜—。
万里悲秋常作客，｜｜———｜｜，
百年多病独登台。——｜｜｜——。
艰难苦恨繁霜鬓，——｜｜——｜，
潦倒新停浊酒杯。｜｜——｜｜—。

（3）根据"一三五不论"的口诀，将可平可仄之处用圆圈圈出来。如：

⦶｜——⦶｜—，⊖—⦶｜｜——。⊖—⦶｜⊖—｜，⦶｜——⦶｜—。
⦶｜⊖—⊖｜｜，⊖—⦶｜｜——。⊖—⦶｜⊖—｜，⦶｜——⦶｜—。

（4）最后将推出来的平仄与原诗对照起来检查一遍，看看可平可仄之处是否有与原诗读音不符的地方。如果有，就将此平仄改为原诗读音的平仄；如果没有，就将圆圈擦掉。如有拗救之处，就根据拗救规律，在"拗"的字下打上着重点，并注明"拗"；在"救"的字下打上着重点，并注明"救"。这样，一首诗的平仄就完整地推出来了。

熟练以后，可将第三四步骤合为一个步骤，直接对照原诗，用圆圈将可平可仄之处圈出来。如：

登 高

唐·杜甫

风急天高猿啸哀，⊖｜———｜—，
渚清沙白鸟飞回。⦶—｜｜——。
无边落木萧萧下，——｜｜——｜，
不尽长江滚滚来。｜｜——｜｜—。
万里悲秋常作客，｜｜———｜｜，
百年多病独登台。⦶—⊖｜｜——。
艰难苦恨繁霜鬓，——｜｜——｜，
潦倒新停浊酒杯。⊖｜——｜｜—。

（此诗无拗句。打点字为入声字，下同）

再如：

送杜少府之任蜀州

唐·王勃

城阙辅三秦，⊖｜｜——，
风烟望五津。——｜｜—。
与君离别意，⦶——｜｜，
同是宦游人。⊖｜｜——。
海内存知己，｜｜——｜，
天涯若比邻。——｜｜—。
无为在歧路，——｜—｜，（丙式句本句自救）

救拗

儿女共沾巾。⊖｜｜——。

八、关于律诗平仄的几个问题

（一）关于变调

变调是指在语流中，一个音节受了前后音节的影响而改变了它原来调值的音变现象。如汉语的“不”，本调是去声，调值是“51”，在“不去”一词中，

"不"由于受了"去"的影响而变成了"阳平"，它的调值由"51"变为"35"。在现代汉语中，常见的音变现象有"上声的变调、'一'的变调、'不'的变调"三种。

在律诗中，有变调现象的音节，是按变调以前的读音来确定其平仄呢，还是按变调以后的读音来确定其平仄？如"不去"，在律诗中是将"不"确定为仄声，还是确定为平声？这是学习律诗的人普遍感到困惑的问题。

从理论上说，上述三种变调现象，只是汉语音节声调的临时音变现象，并不是这些字的多音现象。具有这些变调现象的字，在字典中只有一个读音，如"不""一"只读去声、阴平。单独来看，"领导""党委""小伙"中的"领""党""小"只读上声。因此，在格律诗词的写作中，只能按它们原来的读音去确定它们的平仄，即变调以后的上声和"不"仍然是仄声，"一"在古代汉语中是入声字，现代汉语中派入了平声，在分析古诗的平仄时，要将其看作仄声。在写作律诗时，如果按古声韵（按照古代的四个声调确定平仄，将派入现代汉语阴平、阳平的入声字看作仄声）作诗，"一"就是仄声；如果按新声韵作诗，"一"就是平声。

（二）关于多音字

在汉语中，有不少字是多音字。有一义多音的，有多义多音的。这些多音字，特别是一义多音的多音字，对我们创作律诗来说是一件好事，它可以使我们在平仄上有一定的回旋余地。如"看"，在表示"用眼睛注视"这个意义时，就是一义多音，既读去声又读阴平。在律诗中，有时就用作仄声，有时则用作平声。在创作律诗时，我们可以灵活利用这一条件使平仄符合格律。古人律诗中就有不少这样的例子。如：

秋 夕

杜 牧

银烛秋光冷画屏，轻罗小扇扑流萤。
天阶夜色凉如水，卧看牵牛织女星。

"看"在这里读去声，与其他六字组成"｜｜——｜｜—"的律句。

题西林壁

苏 轼

横看成岭侧成峰，远近高低各不同。
不识庐山真面目，只缘身在此山中。

“看”在这里则读平声，与其他六字组成“——⊖｜｜——”的律句。如果这里不读平声，整句诗就不符合格律了。

再如“思”，在作名词，表示“思想、意思”的意义时，读阴平；在作动词，表示“思念、相思”的意义时，即可读阴平也可读去声。例如：

九月九日忆山东兄弟

王　维

独在异乡为异客，每逢佳节倍思亲。

遥知兄弟登高处，遍插茱萸少一人。

“思”在这里读阴平，与其他六字组成“⊕—⊖｜｜——”的律句。又如：

戏答元珍

欧阳修

春风疑不到天涯，二月山城未见花。

残雪压枝犹有橘，冻雷惊笋欲抽芽。

夜闻归雁生乡思，病入新年感物华。

曾是洛阳花下客，野芳虽晚不须嗟。

“思”在这里又读去声，与其他六字组成“⊖—⊖｜——｜”的律句。

因此，在写作律诗时，我们可以灵活地运用这些可读平声也可读仄声的多音字，使诗句符合平仄的格律规定。下面是一些常见的多音两读字：

听：倾耳听、听莺声（可平可仄）

忘：未能忘、不忘（可平可仄）

雍：雍容、雍和（平）；雍州、雍门（仄）

骑：骑马、骑牛（平）；铁骑、轻骑（仄）

论：论语（平）；言论、公论（仄）

冠：衣冠、正冠（平）；冠以、冠群英（仄）

翰：羽翰（平）；翰墨、翰林（仄）

难：艰难、难于（平）；多难、灾难（仄）

间：人间、世间（平）；相间、离间（仄）

华：繁华、华美（平）；华山（仄）

胜：胜人、不胜（平）；名胜、胜景（仄）

乘：乘船（平）；车千乘（仄）

禁：不禁寒、禁不住（平）；宫禁（仄）

咽：咽喉、下咽（平）；呜咽、箫声咽（仄）

教：教书、教人哭笑不得（平）；教化、教师（仄）

燕：燕地、幽燕（平）；飞燕、春燕（仄）

观：观察、观看、可观（平）；道观（仄）

还有很多，我们这里只是列举了少数常见的作为例子，学习者不妨自己多加收集，这对创作律诗会有所帮助。

（三）关于入声

入声是古代汉语中特有的声调，现代汉语中是没有入声的。在现代汉语中，古代的入声字分别被派入了阴、阳、上、去四个声调中。因此，在现代汉语的阴平、阳平字中都有古代的入声字存在，如八、刮、伐、杂、割、捉、国、责等。这些字如果按古代声调算，就属于仄声字；如按现代声调算，则属于平声字。而现在的人对哪些是古入声字、哪些不是古入声字不甚了解或知之甚少，这是现在学习律诗的人在掌握律诗的平仄或分析古人律诗的平仄时普遍感到头疼的问题。于是，在古入声字的问题上，便产生了学习诗词格律的人必须面对的两个问题：① 写作律诗，讲不讲究入声字？② 怎样识别入声字？第一个问题比较简单，仅是一个观点的问题；第二个问题稍微复杂一点，关系到辨别入声字的方法和标准。下面分别叙述。

1. 写作律诗，讲不讲究入声字

由于现在的人对哪些是古入声字、哪些不是古入声字不甚了解或知之甚少，他们写作律诗时，在声调的平仄和律诗的押韵上，就产生了两种不同的观点：一些古代汉语或古代文学功底比较深厚的人，主张应按旧声韵进行创作，即在进行律诗创作时，平仄上要讲究入声，要按古声调来判定律诗的平仄，将派入了现代汉语阴平、阳平声中的入声字看成仄声；一些致力于普及律诗的人，则主张应按新声韵进行创作，即在进行律诗创作时没必要讲究入声字，一律按今声调来判定律诗的平仄，仍将派入了现代汉语阴平、阳平声中的入声字看成平声。持这两种观点的人甚至在网上进行了激烈的争论。

笔者认为，这两种观点都有一定的道理。律诗是古代流传下来的文学体裁，创作的律诗，应该尽量使之显得高雅、古色古香。在进行律诗创作时讲究入声，可显示出创作者古代汉语和古代文学深厚的功底，创作出来的律诗也更具有古诗词的韵味。然而，要求写作律诗的人必须掌握入声字，按照古声韵来创作律诗，对现代人而言，特别是对现代的年轻人而言，是一件十分头疼的事。很多人学习律诗、创作律诗的积极性会因此而受到打击，不利于古典诗词的普及和推广。因此，笔者主张两种观点并行，古代汉语、古代文学功底深厚的人，能按古声韵来创作律诗，使创作出来的律诗更加古香古色、更加文雅，当然更好；不按古声韵，只按今声韵来创作律诗，也无可非议，同样也能创作出高质量、高水平的律诗来。同时，这样更符合现代人不熟悉古声韵的状况，有利于普及、推广古典诗词，使之发扬光大。然而，不管是按古声韵创作律诗还是按今声韵创作律诗，有一点都是必须明确的，即在写作律诗时，如果按古声韵，讲究入声字，就应该将整首律诗中派入现代汉语阴平、阳平中的入声字看作仄声；如果按今声韵，不讲究入声字，就要从头到尾都不管入声字的问题，只按今声今韵来确定平仄、创作律诗。总之，必须一个标准贯彻到底，不能在同一首律诗中同时使用不同的标准。

此外，如果按今声韵创作律诗，最好在标题处标明“新声韵”三字，以示区别。这样，读诗的人便不会追究律诗中的入声字，进而也不会认为这首律诗不符合平仄格律之类的问题。

2. 怎样识别入声字

然而，不管是按古声韵创作律诗还是按今声韵创作律诗，创作者都必须学会识别古入声字。因为，要学习律诗，就必须掌握律诗的平仄规律；要掌握律诗的平仄规律，就必须学会分析古人律诗中的平仄关系；要想正确分析出古人律诗中的平仄关系，就必须学会识别古入声字，因为古人律诗中的入声字一律是仄声。如果不会识别入声字，就无法分析古人律诗的平仄关系，也掌握不了律诗的平仄规律，更谈不上进行古典诗词的创作和研究。

古代汉语有四个声调：平、上、去、入。随着汉语语音的发展、变化，入声字逐渐被派入古代汉语的平、上、去三个声调（入派三声）中。而平、上、去三个声调发展到现代汉语时，又演变为阴平、阳平、上声、去声四个声调。因此，现代汉语的四个声调中实际上都有古入声字存在。根据统计，现代汉语中的古入声字有600多个，对这600多个古入声字，可以采用以下方法来掌握。

（1）根据一定的规律来掌握入声字。规律如下：

① 在普通话阴平声中：

A.“üe”韵的字，除了“靴”字外，其余都是古入声字，如缺、薛、削、约、曰等。

B. 韵母“ie”与声母“b，p，d，t，n”相拼的字，除了“爹”字外，其余的字均为古入声字，如憋、鳖、瘪、蹩、跌、贴、捏等。

C. 韵母“uo”与声母“zh，ch，sh”相拼的字，全都是古入声字，如捉、桌、戳、绰、说等。

② 在普通话阳平声中，只要声母是“b，d，g，j，zh，z”的字，都是古入声字，如拔、跋、夺、咄、掇、国、虢、蝈、局、菊、橘、窄、宅等。

③ 所有读“xué”“fá”的字，都是古入声字，如学、罚、伐、乏、筏。

这种方法，可以帮助我们识别、记忆相当数量的古入声字。

（2）根据律诗平仄规律中的粘对规律、拗救规律来推断古人律诗中的入声字。古人写的律诗，一般都是严格按照格律来写的。在分析古律诗的平仄时，如果某个字在现代汉语中属于平声（读阴平或阳平），而在诗中必须用仄声，且不属于拗救之处的地方用了这个字，就基本上可以断定它是古入声字。如“红豆生南国，春来发几枝”（王维《相思》）的平仄关系是“｜｜——｜，——｜｜—”。其中，“国”在现代汉语中读阳平，属于平声，但在这里必须是仄声（不是可平可仄之处，也不是拗救现象），因此便可断定“国”是入声字。其他如“又送王孙去，萋萋满别情”（白居易《赋得原上草送别》）中的“别”，“生当作人杰，死亦为鬼雄”（李清照《绝句》）中的“杰”，“即从巴峡穿巫峡，便向襄阳向洛阳”（杜甫《闻官军收河南河北》）中的“峡”等，都是如此。

这种方法可在分析律诗平仄关系时判定入声字使用。采用这种方法，既可帮助我们分析律诗中的平仄关系，又能帮助我们识别律诗中的入声字。

（3）根据有关工具书和资料来查找古入声字。古人写作诗词，在平仄、押韵上靠的是各种韵书，如《切韵》《广韵》《平水韵》等。现代人写作诗词，手中也应该有一些这方面的韵书或资料。在一些古代汉语音韵学著作或涉及一些诗词格律的书中，都编录有入声字表。目前，随着古典诗词的普及，相关部门也出版了一些关于这方面的著作、资料。因此，要想具体知道现代汉语中的哪些字是古入声字、哪些字不是古入声字，最好的办法是查阅有关的工具书和资料。

《中华新韵》和《诗韵新编》是两本现代韵书。这两本韵书应该是我们目前查找入声字最方便、最适合的工具书。

《中华新韵》是《中华诗词》编辑部编撰的一本专供诗词创作者确定平仄、押韵所用的小册子，内容刊登于《中华诗词》2004年第5期上。它将现代汉语的韵部分为十四韵部，每一韵部按照现代汉语的阴、阳、上、去四声排列；在每一声调中，又将派入这一声调的古入声字单独列出来，使人一目了然，用起来简捷方便。

《诗韵新编》是在《中华新韵》《汉语诗韵》等现代韵书的基础上编撰的一本韵书。它将现代汉语的韵部分为十八韵部，每一韵部中先分为平声、仄声两大类，然后又进一步分为阴平、阳平、上声、去声及入声字五类，使平声、仄声一目了然；它便于查找入声字，且比较小巧，携带方便，也是当前写作格律诗词的人必备的一部工具书。

有了这两本书，查找入声字的问题便迎刃而解了。

以上方法，主要在自己创作律诗时使用。掌握了以上三种方法，识别古入声字也就不再成为学习、创作律诗时的“拦路虎”了。

思考与练习

1. 什么是平仄？简述律诗平仄的基本规则。

2. 根据律诗平仄的基本规则，推出下面四种格式的平仄关系：① 平起仄收式；② 仄起平收式；③ 仄起仄收式；④ 平起平收式。

3. 根据“一三五不论，二四六分明”口诀，标出上面四种平仄格式中的可平可仄之处。

4. 根据拗救口诀，标出上面四种平仄格式中的拗救之处。

5. 根据律诗平仄的基本规则，分析下面几首律诗的平仄关系（如有拗救之处需要标明）。

《春望》（杜甫）：国破山河在，城春草木深。感时花溅泪，恨别鸟惊心。烽火连三月，家书抵万金。白头搔更短，浑欲不胜簪。

《山居秋暝》（王维）：空山新雨后，天气晚来秋。明月松间照，清泉石上流。竹喧归浣女，莲动下渔舟。随意春芳歇，王孙自可留。

《赋得古原草送别》（白居易）：离离原上草，一岁一枯荣。野火烧不尽，春风吹又生。远芳侵古道，晴翠接荒城。又送王孙去，萋萋满别情。

《渡荆门送别》（李白）：渡远荆门外，来从楚国游。山随平野尽，江入大荒流。月下飞天镜，云生结海楼。仍怜故乡水，万里送行舟。

《山园小梅》（林逋）：众芳摇落独喧妍，占尽风情向小园。疏影横斜水清浅，暗香浮动月黄昏。霜禽欲下先偷眼，粉蝶如知合断魂。幸有微吟可相狎，不须檀板共金樽。

《钱塘湖春行》（白居易）：孤山寺北贾亭西，水面初平云脚低。几处早莺争暖树，谁家新燕啄春泥。乱花渐欲迷人眼，浅草才能没马蹄。最爱湖东行不足，绿杨阴里白沙堤。

《无题》（李商隐）：相见时难别亦难，东风无力百花残。春蚕到死丝方尽，蜡炬成灰泪始干。晓镜但愁云鬓改，夜吟应觉月光寒。蓬山此去无多路，青鸟殷勤为探看。

《酬乐天扬州初逢席上见赠》（刘禹锡）：巴山楚水凄凉地，二十三年弃置身。怀旧空吟闻笛赋，到乡翻似烂柯人。沉舟侧畔千帆过，病树前头万木春。今日听君歌一曲，暂凭杯酒长精神。

6. 指出上面几首律诗中的入声字。

第三节　格律诗的押韵

诗歌是一种韵文，韵文必须具有韵律感，而具有韵律感的基本标志便是押韵。本节主要介绍韵及押韵的有关基础知识。了解这些基础知识，不但对学习与创作古典诗词是必要的，而且对学习与创作现代自由诗也有很大的帮助。

一、押韵的概念

所谓“韵”，是指汉字读音中的元音或元音加收尾音组成的部分。我们知道，汉语的音节由声母、韵母、声调三部分组成，其中，韵母又分为“韵头、韵腹、韵尾”三个部分。“韵”便是指声母和声调以外的部分，即韵母部分。而诗歌中的“韵”，在现代汉语中又有广义、狭义之分。广义的“韵”是指整个韵母部分，包括“韵头、韵腹、韵尾”；狭义的“韵”则是指韵母中的“韵腹、韵尾”。诗歌中所说的“韵”，一般指的是后者。

这里关键是要注意古代的“韵”。古代没有汉语拼音，“韵”在古代汉语中指的是读音相同或相近的字，古人把读音相同或相近的字集中起来，归为一类，称为一个韵部，简称为“韵”。凡韵部相同的字都可以互相押韵。

古代的韵部与声调有密切的联系，古人归纳韵部的标准，除了读音相同相近，就是声调。古代有“平、上、去、入”四个声调，读音相同、但声调不相同的字，是不能归为一个韵部的。例如，“冬”“董”“送”的读音相同，韵母都是“ong”，在现在看来是绝对押韵的字，但是，“冬”是平声，“董”是上声，“送”是去声，在古代就分别属于三个不同的韵部。古人从每一个韵部中选出一个字作为这个韵部的代表字，称为“韵目”。如“东”“同”“童”“中”“宫”都是平声字，属于同一个韵部，选出“东”作其韵目，称为“东”韵，于是“东”“同”“童”“中”宫”就同属于“东”韵。“董”“孔”“桶”“汞”“翁”都是上声字，属于同一个韵部，选出“董”作其韵目，称为“董”韵，于是“董”“孔”“桶”“汞”“翁”就同属于“董”韵。“送”“贡”“弄”“冻”“控”都是去声字，属于同一个韵部，选出“送”作其韵目，称为“送”韵，于是“送”“贡”“弄”“冻”“控”就同属于“送”韵。

韵部在戏曲中又称为“辙”，意即“车轮滚动后碾出的轨迹，……当它被升华为美学的特质后，就成了‘火车开行的轨道了’。‘脱轨’是要付出美学代价的”[①]。后来在清代民间，“辙”也通常用来指诗韵，如押韵中常提到的“十三辙”“十八辙”等。

了解了以上有关“韵”的知识，我们便可以进一步解释什么是“押韵”了。

押韵，在现代汉语中就是指在韵文（主要是指诗歌）中，在句子相同位置上（一般是最后一个字上），都使用韵母（韵腹、韵尾）相同或相近的字，使得韵文读起来朗朗上口的现象。

在古代汉语中，押韵是指在句子相同位置上使用同一个韵部的字的现象，又称为“叶”（音“xié”）

在诗歌中，第一处押韵的字称为“韵脚”。一般来说，后面押韵处的字必须是与韵脚同一韵部的字，否则就不押韵。

对于“韵脚”，还有一种通行的解释：诗歌中凡押韵处的字都叫“韵脚”。如百度网在解释“押韵”的概念时便说：“押韵，又作压韵，是指在韵文的创作中，在某些句子的最后一个字，都使用韵母相同或相近的字，使朗诵或咏唱时，产生铿锵和谐感。这些使用了同一韵母字的地方，称为韵脚。”吕进在《中国现代诗体论》中也说：“什么是押韵？押韵就是在诗行的末尾使用韵母相同或者相似的字（即韵字，又称‘韵脚’），以期达到音调优美和谐的效果。”我们这里采用前一种说法，只将第一处押韵的字称为“韵脚”。

写诗填词时，按照古人的韵部来押韵，叫押古韵；按照今天汉语拼音的韵母来押韵，叫押今韵。

押韵的目的是使诗歌便于吟诵、便于记忆，具有韵律感、音乐美，吟诵起

① 吕进：《中国现代诗体论》，重庆出版社 2007 年版，第 12 页。

来朗朗上口，音律和谐。

我们在讲律诗的押韵时，主要是从押今韵的角度上来讲的。原因有二：第一，现代人对古代韵书的韵部已经十分陌生，而且古音与今音已经有了较大的差别。今人作诗，不可能也没有必要去背古代的韵书，去按照古代的韵部来进行押韵。第二，诗歌押韵的目的之一是为了使诗歌读起来音律和谐，不拗口，便于吟诵。只要达到了这一目的，不管是古韵还是今韵都是可以的。相比之下，今韵更贴近我们的生活，学习起来更容易掌握，也更加适用。而由于古今语音的变化，一些古代读起来押韵的字，现代读起来不押韵了。如果一定要按古韵来押韵，创作出来的诗歌读起来反而会觉得拗口了。因此，我们主张按今韵来押韵和分析诗词中的押韵情况。如王维的《山居秋暝》："空山新雨后，天气晚来秋。明月松间照，清泉石上流。竹喧归浣女，莲动下渔舟。随意春芳歇，王孙自可留"，押韵的字是"秋""流""舟""留"，四字的韵腹韵尾都是"ou"，押的是"侯"（ou）韵。

这里要注意的是，我们在概念中所说的"在句子相同位置上都使用韵母（韵腹、韵尾）相同或相近的字"，是就一般规律而言的，不包含特殊情况。在汉语拼音 38 个韵母中，除了"en""in""eng""ing"以外，其他都适用于一般规律。而"en""in"韵腹不同，仅韵尾相同，但同属"痕"韵；同理，"eng""ing"同属"庚"韵。这就是例外的情况。其中又要注意，"en""in"和"eng""ing"的韵尾不同，又是两个不同的韵部。可见，对这四个韵母的归类，主要是根据韵尾相同的标准来定的。

押韵，是汉语诗歌的一个重要特征，也是中国诗歌的传统。从汉代到五四运动以前的中国诗歌，没有不押韵的。正因为有了押韵现象，汉语的诗歌读起来才朗朗上口，具有韵律感，能够给人一种音乐上的美的享受。我们创作诗歌，特别是创作现代自由诗，虽说不要求必须押韵，但应该尽量押韵，不能随意抛弃汉语诗歌的这一重要特征和长处。正如吕进在《中国现代诗体论》中所说："不懂音韵的人在中国很难被称作诗人"①，"没有音韵，自由诗就'自由'成了散文"②。

创作格律诗，要求必须押韵。只是没有必要再按照古韵部去押韵，可以根据汉语拼音韵母相同的原则来进行押韵。但这要和平仄的使用统一起来，如果是按旧声调算平仄，那么，押韵也应按古代韵部（一般以《平水韵》为标准）

① 吕进：《中国现代诗体论》，重庆出版社 2007 年版，第 11 页。

② 吕进：《中国现代诗体论》，重庆出版社 2007 年版，第 12 页。

押韵；如果是按今声调算平仄，那么就应按今韵（十四韵或十八韵）押韵。

二、押韵的作用

押韵，是中国诗歌固有的特征，也是中国诗歌较之国外诗歌特有的长处和优点。中国诗歌读起来朗朗上口，具有节奏感、韵律感，同时便于记忆、吟诵，给人以音乐上的美感。中国的唐诗宋词之所以能够深受广大人民群众的喜爱，历经千百年而盛传不衰、家喻户晓，是因为押韵在其中起了重要作用。

然而，现在的人创作的诗歌，基本上都是那种不打标点符号、不押韵，甚至不讲语句通畅、意思连贯、逻辑清晰的诗歌。这种风气是受到西方诗歌的影响而形成的。西方诗歌本身是讲究押韵的，只是由于其自身语言特征的原因，与汉语诗歌的押韵完全不同。特别是被翻译成汉语后，基本上就不押韵了。此外，西方语言中没有汉语中这么丰富的标点符号，可以表示各种不同的语调、语气，而是基本上只以“.”号断句。于是，在西方诗歌中，便形成了在外在表现形式上不打标点符号、不讲押韵的诗歌形式。这种诗歌形式，在二十世纪三四十年代的中国自由诗诗坛中就已经出现了，只不过还不是当时诗歌的主流。到了二十世纪八十年代以后，随着西方文学思潮的大量涌进，这种诗歌形式更多地被中国的一些诗人们所接受、所模仿，于是逐渐形成了目前汉语中这种不打标点符号、不讲押韵的现代诗歌形式，并且愈演愈烈。当今中国的现代自由诗诗坛，几乎全被这种表现形式的诗歌所占领。二十世纪五六十年代的那种押韵的、有标点符号的自由诗几乎成了凤毛麟角。此外，在意义的表达上，追求这种诗歌形式的诗人们还认为，标点符号和押韵束缚了作者与读者的想象空间，使他们不能自由地展开自己想象的翅膀去创作，去回味，因此束缚与阻碍了诗歌的发展。而这种没有标点符号、没有押韵规则束缚的诗歌则能够给予作者更大的创作空间，使他们在创作上思路更加自由，同时也能够给读者以更多自由想象的空间，使他们去揣摩、去想象这种诗歌的言内之义和“言外之音”，甚至像西方现代画派中的泼墨画派一样，你看它像什么，想象它像什么，它就是什么。他们以为，这样就可以使诗歌更加含蓄，更加耐人寻味，甚至更加深邃深奥，富有哲理，具有艺术魅力。殊不知，这样做使中国当代的诗歌少了高雅的气质、生动的意象、抒情的诗意、优美的韵律，读起来不再朗朗上口，听起来不再富有韵味，更不便于记忆、吟诵；使得当今中国的现代自由诗既不像唐诗宋词那样能够让人们耳熟能详、家喻户晓，也不像二十世纪三四十年代徐志摩、戴望舒、艾青等人的诗歌那样为人们所喜爱，更不像二十世纪五六十年代贺敬之、郭小川、流沙河、李瑛等人的诗歌那样为人们所传诵，甚至连二十世纪七十年代朦胧诗派的诗歌都比不上，那时还有苏婷、北岛、海子、顾城等一些著名的诗人为人们所熟悉，还有《致橡树》《祖国啊，我亲爱的祖国》《回答》《面朝大海，春暖花开》《中国，我的钥匙丢了》《弧线》等一些著名的诗歌为人们所喜爱。而当今的中国诗坛，影响较大、能够为人们所熟悉的诗人以及能够被人们所喜爱、所传诵的诗歌则微乎其微。

因此，这种诗歌形式以及那种不讲词语之间的意义联系、逻辑联系，盲目追求西方诗歌以意象为主的创作方式，使得中国当代诗歌逐渐失去了广大的受众，走上了下坡路，甚至像有的评论家所说的：中国诗歌已经走入了“死胡同”。

为此，我们认为，创作诗歌，应尽量创作押韵的诗歌，特别是创作古典诗词时必须押韵。当然，我们也不反对创作不押韵的现代自由体诗歌，但一定要用诗的语言进行创作，使之富有诗的意境、诗的韵味、诗的美感。

三、押韵的分类

押韵的分类古今基本相同，都分为押宽韵和押窄韵（古）（今称为押严韵）两类。

就古代而言，押韵部字数多的韵叫押宽韵；押韵部字数少的韵叫押窄韵。

就现代而言，押宽韵是指不要求韵头相同，只要求韵腹、韵尾相同的押韵；押严韵是指韵头、韵腹、韵尾都必须相同的押韵。如：

闻官军收河南河北

唐·杜甫

剑外忽闻收蓟北，初闻涕泪满衣裳。
却看妻子愁何在？漫卷诗书喜欲狂。
白日放歌须纵酒，青春作伴好还乡。
即从巴峡穿巫峡，便下襄阳向洛阳。

押韵的字是“裳”“狂”“乡”“阳”，各字的韵母分别是“裳(ang)”“狂(uang)”“乡(iang)”“阳(iang)”，它们的韵腹、韵尾相同，韵头不尽相同，因此，就现代汉语而言，此诗押的是宽韵。

左迁至蓝关示侄孙湘

唐·韩愈

一封朝奏九重天，夕贬潮阳路八千。
欲为圣明除弊事，肯将衰朽惜残年？
云横秦岭家何在？雪拥蓝关马不前。
知汝远来应有意，好收吾骨瘴江边。

押韵的字是“千”“念”“前”“边”，各自的韵母分别是“千(ian)”“念(ian)”“前(ian)”“边(ian)”，它们的韵头、韵腹、韵尾完全相同，因此就现代汉语而言，此诗押的是严韵。

这里要注意的是，由于古今读音的变化，有的字在现代人看来，韵头、韵腹、韵尾完全相同，绝对属于押韵的字，但在古代则读音不同或声调不同、属于不同韵部的字，是不能用来互相押韵的。如平水韵“一东”“二冬”两个韵部，前者包含174字，后者包含120字，用现在的读音来衡量，“东”“冬”的韵母都是“ong”，完全押韵，但在古代，它们的发音则有所不同，不属于同一个韵部的字，不能用来互相押韵。而有的字，用现代的读音来衡量，韵腹、韵尾并不相同，是不能互相押韵的；但在古代，则读音相同，是属于同一韵部的字，可以互相押韵，如刘禹锡的《乌衣巷》：

朱雀桥边野草花，乌衣巷口夕阳斜。
旧时王谢堂前燕，飞入寻常百姓家。

在这首诗中，“斜”与“花”“家”押韵，而“斜”的现代读音为“xie”，而“花”“家”的现代读音为“hua”“jia”，韵母不同，互不押韵。但在古代，三字同属“麻”韵（“斜”的古音为“xia”），是押韵的。其他如“雨”“许”（“ü”韵）和“舞”“鼓”（“u”韵）等现在看来都是不押韵的字，但在古代读音相同，是同一韵部的字，可以互相押韵。对于这种情况，在阅读古典诗词时应该注意。

由于用来押严韵的字数较少，押韵比较困难，因此作诗的人一般都押宽韵。

四、押韵的规律

押韵的规律可以分为两个部分来讲：一是诗歌押韵的一般规律，二是格律诗押韵的规律。

1. 诗歌（主要是指自由诗）押韵的一般规律

（1）句尾押韵，又叫每句押韵。即每一句的最后一个字押韵。这种规律一般体现在不止两行一句的现代自由诗歌中，如郭沫若的《炉中煤》：

一

啊，我年轻的女郎！
我不辜负你的殷勤，
你也不要辜负了我的思量。
我为我心爱的人儿
燃烧到了这般模样！

二

啊，我年轻的女郎！
你该知道了我的前身？
你该不嫌我黑奴卤莽？
要我这黑奴的胸中，
才有火一样的心肠。
……

例中第一段第一行为一句，二、三行为一句，后两行为一句，押韵处为“郎”“量”“样”，押的是“ang”韵；第二段同样，押韵处为“郎”“莽”“肠”，押的也是“ang”韵。（整首诗押的都是“ang”韵）

（2）偶行押韵，又叫偶句押韵。这里的偶行指的是双行。偶行押韵即二、四、六、八、十等双行押韵。在格律诗中，以及在多数现代自由诗中，一般都是以两行作为一句。偶句押韵的规律主要体现在两行一句的诗歌中。如徐志摩的《再别康桥》：

轻轻地我走了，
正如我轻轻地来。
我轻轻地招手，
作别西边的云彩。
那河畔的金柳，
是夕阳中的新娘。
波光里的艳影，
在我的心头荡漾。
……

例中第一段的“来”“彩”押韵，押的是“ai”韵；第二段的“娘”“漾”押韵，押的是“iang”韵。

（3）每段押韵，即每段的最后一字押韵。这种规律一般体现在四行一段的诗歌中。如刘半农的《教我如何不想它》：

天上飘着些微云，
地上吹着些微风。
啊！
微风吹动了我的头发，
教我如何不想她？

月光恋爱着海洋，
海洋恋爱着月光。
啊！
这般蜜也似的银夜，
教我如何不想她？

水面落花慢慢流，
水底鱼儿慢慢游。
啊！
燕子你说些什么话？
教我如何不想她？

枯树在冷风里摇，
野火在暮色中烧。
啊！
教我如何不想她？

例中每段最后一字都是“她”，押的是“a”韵。

（4）两行一韵，即两行换一个韵。这种规律一般体现在“信天游”诗歌体裁中。这种诗歌体裁的特征是两行为一段，如贺敬之的《桂林山水歌》：

云中的神啊雾中的仙，
神姿仙态桂林的山。

情一样深啊梦一样美，
如情似梦漓江的水。

水几重啊山几重？
水绕山环桂林城。

是山城啊是水城？
都在青山绿水中——
……

例中第一段的“仙”“山”押的是“an”韵；第二段的“美”“水”押的是“ei”韵；第三、四段的“重”“城”“城”“中”押的是“ong”“eng”韵（二者属同一个韵部）。

（5）押交韵，即奇数行与偶数行分别押不同的韵，如臧克家的《老马》：

总得叫大车装个够，
它横竖不说一句话。
背上的压力往肉里扣，
它把头沉重地垂下！

这刻不知道下刻的命，
它有泪只往心里咽。
眼里飘来一道鞭影，
它抬起头望望前面。

例中第一段一、三句押的是“ou”韵，二、四句押的是“ua”韵。第二段一、三句押的是“ing”韵，二、四句押的是“ian”韵。

（6）不押韵，这种诗歌在20世纪三四十年代至七八十年代的自由体诗歌中也有不少。如叶挺的《囚歌》：

为人进出的门——紧锁着，
为狗爬出的洞——敞开着。
一个声音高叫着：
爬出来吧，给你自由！
我，渴望自由，
但也深深地知道，
人的身躯怎能从狗洞子里爬出！
我期待着，那一天，
地下的烈火冲腾，
把这活棺材和我一起烧掉。
我将在烈火和热血中
得到永生！

再如海子的《面朝大海，春暖花开》：

从明天起，做一个幸福的人
喂马，劈柴，周游世界
从明天起，关心粮食和蔬菜
我有一所房子，面朝大海，春暖花开

从明天起，和每一个亲人通信
告诉他们我的幸福
那幸福的闪电告诉我的
我将告诉每一个人

给每一条河每一座山取一个温暖的名字
陌生人，我也为你祝福
愿你有一个灿烂的前程
愿你有情人终成眷属
愿你在尘世获得幸福
我只愿面朝大海，春暖花开

2. 格律诗押韵的规律

律诗的押韵是比较严格的，它有如下一些规定：

（1）一般只押平声韵，即首联对句（第二句）的最后一个字必须是平声，不能是仄声。（古代极少数律诗也有押仄声的现象，但这是不规则的。）

（2）一般是偶句押韵（注意，这里的“句”指一行），即第二、四、六、八句押韵，第二句的最后一个字叫“韵脚”。后面的四、六、八句的最后一个字是押韵之处，要与第二个字的韵部或韵母相同，古代叫“叶（xié）韵”，简称为“叶”。如李白的《渡荆门送别》：

渡远荆门外，来从楚国游。
山随平野尽，江入大荒流。
月下飞天镜，云生结海楼。
仍怜故乡水，万里送行舟。

“游”，韵脚，平声。“流”“楼”“舟”叶韵，押的是“ou”韵。

李商隐的《无题·相见时难》：

相见时难别亦难，东风无力百花残。
春蚕到死丝方尽，蜡炬成灰泪始干。
晓镜但愁云鬓改，夜吟应觉月光寒。
蓬山此去无多路，青鸟殷勤为探看。

“残”，韵脚，平声。“干”“寒”“看”叶韵，押的是“an”韵。

（3）必须一韵到底，中途不准换韵。

以上三条规律，简而言之，分别是押平声韵、偶句押韵、一韵到底。

此外，格律诗首句的最后一字与韵脚（第二句最后一字）的韵部或韵母可以相同，也可以不同。首句最后一字与第二句韵脚同韵的，称为“首句入韵”。首句入韵的格律诗比首句不入韵的律诗读起来音律更和谐，如上面李商隐的《无题·相见时难》就是首句入韵的律诗。

五、关于押韵的几个问题[①]

（一）格律诗押韵的戒忌

古人在格律诗押韵的问题上，还有不少戒忌。这些戒忌的多少各说不一，大同小异，有提八忌的，有提十忌的，还有提十三忌的。这些戒忌虽然是针对古代律诗押韵而言的，但对于我们今天创作律诗来说，大部分仍然有用。这里，我们从忌得最多的“押韵十三忌”中挑选一些今天仍然应该注意的戒忌进行简单介绍。

（1）戒出韵，即在律诗中用来押韵的字不是同一个韵部的字。用现代的话来说，就是“不押韵”。古人作诗，都是按照韵书中规定的韵部来押韵的。用来押韵的字，只能是同一个韵部的字，否则就叫“出韵”，又叫“落韵”“窜韵”“走韵”。这是古人写作律诗的大忌。在古韵中，有的韵部读音十分相近，如“一东”中的“东”“聋”“中”“忠”“虫”“宫”和“二冬”中的“冬”“农”“宗”“钟”“从”“恭”，今天读起来完全相同，无任何区别，但在古代就属于不同的韵部，不能互相押韵，稍不注意就容易“出韵”。如元稹诗《行宫》：“寥落古行宫，宫花寂寞红。白头宫女在，闲话说玄宗。”诗中，“宫”“红”同一韵部，属“一东”韵；“宗”属“二冬”韵。这就“出韵”了。

① 本部分内容是笔者对在律诗用韵方面一些带有一定理论性、研讨性问题的讨论，希望对律诗感兴趣的人提供一点有用的参考资料，也可供已有一定基础并对这些问题感兴趣的诗词爱好者进一步研习。初级学者可暂时忽略。

“出韵”在古体诗中允许存在，在格律诗中则是不允许的。特别是在科举考试中，如果出了韵，无论诗写得再好也是不合格的。不过，一首律诗是否“出韵”，还要根据不同时代的韵书对韵部的归类而定。如“声”字在唐代既属于“八庚”韵又属于“九青”韵；而到了宋代，它就只属于“八庚”韵，不再属于“九青”韵了。因此，“声”在唐代与“九青”韵的字互相押韵，不算“出韵”，而在宋代就算“出韵”了。

现在创作律诗，不按古韵而按今韵，而今韵也是有韵部的，如上面“古韵与今韵”一节提到的《中华新韵》《诗韵新编》中规定的韵部。如果用不是同一韵部的韵母来押韵，也叫“出韵”。创作格律诗，必须要押韵，因此，“出韵”对于格律诗创作来说，依然是诗家大忌，否则就会使你创作的律诗显得“不押韵”，读起来拗口。例如，《丙戌秋观甲秀楼》:

甲秀阁前秋水过，南明河畔野鸭飞。往昔繁景几时去？今日古楼依旧立。雨打风吹经历过，沧桑巨变向何归？阁中贵子今何在？槛外长河空自流。

这是学生的习作，写得好坏且不去论它，只看其押韵：本诗韵脚是“飞”，押的是“ei”韵，如以《中华新韵》的十四韵为标准，属“微”韵。后面四、六、八句押韵处分别是“立”（“i”，齐韵）、“归”（“ui”，微韵）、“流”（“iu”，侯韵）。四、八两句与第二句不押韵，属于“出韵”现象，读起来不顺口。按照律诗一韵到底、中途不得换韵的格律规定，这首诗是不合押韵规律的。

这种“出韵”（不押韵）的现象，在初学者特别是年轻的初学者创作的律诗中是比较普遍的。因为现在的自由诗基本上不讲究押韵，因此多数年轻人不知道押韵是怎么回事，更不知道该怎样押韵。因此，我们学习律诗，一定要掌握押韵的有关知识，以免在创作时“出韵”。

（2）戒重韵。重韵是指在一首律诗中，两次使用了同一个字来押韵的情况。如果出现了这种情况，就叫“重韵”。创作律诗时，应当力求避免这种情况的发生，否则就会使诗歌的韵律变得单调、重复。例如，《忆惜》:

他朝已去空芳赏，衰盛独酌不可言。东风拂面心似箭，周郎莫想踏回途。青青子衿悠人愁，采采红颜催我流。看断天涯思前路，偶觉今日才风流。

这也是学生的习作。比之上面一首习作又差了许多。不但内容上十分生硬，不知所云，而且不押韵。六、八句两次使用了“流”字来押韵，犯了“重韵”的错误。

（3）戒倒韵。倒韵是指为了凑合押韵，将一些不能颠倒顺序的双音节词生硬地颠倒过来，弄得不伦不类的现象。如“杨柳”颠倒成“柳杨”，“黄鹂”颠倒成“鹂黄”等。还有一些初学者为了凑韵，常常将一些看似可以颠倒，实则颠倒后比较生硬、生涩的双音节词颠倒使用，如“乾坤”颠倒成“坤乾”、“苍穹”颠倒成“穹苍”，使人感觉十分勉强。这样的词，最好也别任意颠倒。但有些并列关系的双音节词或短语的先后顺序是可以颠倒，而且颠倒后不会造成上述不伦不类的情况，就不存在“倒韵”的问题。如“相互、互相”“长久、久长”“手脚、脚手”等。

一般来说，“倒韵”现象在短语中不存在，最容易出现在语序不能颠倒的联绵词和双音节合成词中。

（4）戒险韵，即所属字很少的韵。如《佩文诗韵》中上声“三讲”部，所属的字只有 11 个。这就属于险韵。在现代汉语中，尽量不要使用那种所属字很少的韵母作为韵脚。因为所属字少，就不容易押韵。

（5）戒撞韵。在格律诗中，不管平仄，只要白脚（不需押韵句子的最后一字，即格律诗的三、五、七句。）与韵脚的韵母相同，就属于撞韵。如韩愈的《初春小雨》：“天街小雨润如酥，草色遥看近却无。最是一年好去处，绝胜烟柳满皇都。”诗中的白脚“处”与韵脚“酥，无，都”都是乌（u）韵，撞韵了。

诗中出现这种情况，整首诗的字韵就会缺少丰富的变化，读起来使人涩口。

但论者认为，由于韩愈有高超的文字驾驭能力，使上诗中撞韵的地方变成了“活韵”，让人感觉不到撞韵的弊病，整诗读起来依然朗朗上口。

（6）戒连韵，指押韵句连续使用同音字，中间无间隔，使人感到音韵单调的现象。如一首诗中，首句用“缸”，二句用“钢”，四句用“冈”，六句用“纲”，八句用“刚”，押韵处全都用了同音字“gang”，就构成连韵。

但如若隔句使用同音字就不算连韵，如李白的《客中行》：“兰陵美酒郁金香，玉碗盛来琥珀光。但使主人能醉客，不知何处是他乡。”诗中一、四句押韵处用了“香、乡”两个同音字，其中隔了一个“光”字，“香”和“乡”就属于间隔使用，这是可以的，不算连韵。

（7）戒复韵，指在诗中使用了意义相同的字来进行押韵的情况。如“麻”韵中的“花、葩”，“阳”韵中之“芳、香”，“尤”韵中之“忧、愁”等，它们的意义完全相同，一首诗中只要同时用了它们进行押韵，即为复韵。

复韵的弊端是使得韵脚的意思完全重复，造成了不必要的浪费。

以上戒忌，在押韵时是应当尽量避免的。

“十三忌”中还有一些其他押韵上的戒忌，如戒挤韵、戒凑韵、戒混韵、戒哑韵、戒别韵、戒乱借韵等。我们认为，这些戒忌中，有的可以放宽（如挤韵），有的很少出现（如凑韵、混韵、别韵、乱借韵等），有的较为抽象（如哑韵），因此便不再赘述了。

（二）古韵和今韵

古人作诗，押韵根据的是古代韵书中规定的韵部。我国从隋代起，唐、宋、元、明、清各个时期都有自己的韵书。编写韵书的目的是为写诗的人提供押韵的依据。古代各时期中影响较大的韵书主要有《切韵》（隋代）、《唐韵》（唐代）、《广韵》（宋代）、《平水韵》（宋代）、《中原音韵》（元代）、《佩文韵府》（清代）等。下面进行简单介绍：

（1）《切韵》。《切韵》是现今可考的最早的韵书，为隋代陆法言所编，成书于隋文帝仁寿元年（公元 601 年）。全书五卷，共收 11 500 字，分为 193 个韵部，平声 54 韵，上声 51 韵，去声 56 韵，入声 32 韵。韵又按声（参见四声）归入平、上、去、入四部分。同韵的字又以声类、等呼排序。

《切韵》在唐代初年被定为官韵。该书的正文已散失，只剩下陆法言为该书写的《切韵·序》。

（2）《唐韵》。《唐韵》由唐人孙愐对《切韵》增修而成，成书时间约在唐玄宗开元二十年（公元 732 年）之后。它只是《切韵》的一个增修本，除了增字加注外，语音体系没有什么变化。因此，《唐韵》只是《切韵》在唐代的名称。《唐韵》有开元本《唐韵》、天宝本《唐韵》两种版本。两种版本均已散失，只存部分残卷。据清代卞永誉《式古堂书画汇考》所录唐元和年间《唐韵》写本的序文和各卷韵数的记载，《唐韵》全书 5 卷，共 195 韵。

从古人的记述中可以知道，《唐韵》一书在唐代影响最大，宋代许观在《东齐记事》一书中说：“自孙愐集为《唐韵》，诸书遂废。”可见该书在当时的影响。

唐人作诗，主要就根据《唐韵》进行押韵。

（3）《广韵》。《广韵》全名为《大宋重修广韵》，是北宋时代官修的一部韵书。在宋真宗大中祥符元年（公元 1008 年），由陈彭年、丘雍等奉旨在前代韵书的基础上集体编修而成，是我国历史上完整保存至今并广为流传的最重要的一部韵书，也是我国宋以前韵书的集大成者。《广韵》是在《切韵》《唐韵》的基础上增广而成的，故名《广韵》。《广韵》全书共收 26 194 字，分 206 个韵部，分别按平、上、去、入四声排列，是宋人作诗押韵的主要依据。

（4）《平水韵》，是南宋时期山西平水人刘渊编撰的一部韵书，全名为《壬子新刊礼部韵略》，成书于宋淳祐壬子年。《平水韵》依据唐人用韵情况，把汉字划分成 107 个韵部（原书现已散失）。同期的山西平水官员金人王文郁也著有《平水新刊韵略》，为 106 韵，即现在通行的《平水韵》。由于两书作者刘渊、王文郁都是江北平水人，故世人就将这部韵书简称为"平水韵"。

《平水韵》是依据唐人用韵的情况编写而成的。确切地说，是根据唐初许敬宗的奏议合并而成的韵，与《切韵》《唐韵》《广韵》是同一音韵系统。因此，它虽然是南宋时才出现的，但反映了唐宋时代人们作诗用韵的实际发音情况。所以，唐人用韵，实际上用的也是平水韵。后来，明、清两代的韵书一般都按此书的韵部进行编写，将诗韵合编为 106 韵。因此，广而言之，"平水韵"包括明清两代以 106 韵为韵部的韵书。

可以说，唐人作的诗，一般都符合《平水韵》的韵部，而宋元明清的诗人作诗，更是依据《平水韵》进行押韵。因此，《平水韵》是宋代及以后影响较大的韵书。直到现在，作诗如果要押古韵，主要也以《平水韵》所规定的韵部为标准来押韵。

（5）《中原音韵》。《中原音韵》是元代周德清根据当时戏剧家（如关汉卿、马志远等）的戏曲作品中所用的韵字编辑而成的一部戏曲（北曲）曲韵专著，是我国出现最早的一部北曲曲韵和北曲音乐论著。该书内容主要包括三个方面内容：曲韵韵谱、正语作词起例、作词十法。

其中，曲韵韵谱是北曲创作和演唱者审音定韵的标准。它收集了北曲中用作韵脚的常用单词五千多个，将声韵规范为十九个韵部，每个韵部之下又分为平声（又分为阴平和阳平两类）、上声、去声三个声调。入声在当时的北方方言中实际上已不存在，被分别派入了平、上、去三个声调之中。"入派三声"就是从这个时候开始的。

《中原音韵》在一定程度上反映了当时语音的实际情况，但由于是曲韵，主要用于作曲，历来都与曲律、曲谱合在一起编印，因此其对诗词创作的影响不如前几部韵书大。

（6）《佩文韵府》。《佩文韵府》是一本清代官修的大型词藻典故辞典，是专供文人作诗时选取词藻和寻找典故，以及押韵对句之用的工具书。由清张玉书、陈廷敬、李光地等七十六人奉敕根据《平水韵》编撰。“佩文”是康熙的书斋名。该书自康熙四十三年（公元 1704 年）开始编写，于康熙五十年（1711 年）成书。其正集四百四十四卷，引录诗文词藻、典故约一百四十万条。押韵方面，全书按《平水韵》分平、上、去、入四声进行编排，每一声又按韵目依次排列，每一字的下面注明该字的反切读音和较早的字义。它是清代文人科举考试和作诗的用韵依据。

以上介绍的是中国古代较有影响的几部韵书。古人作诗，一般喜欢创作格律诗，由于古代科技不像今天这么发达，因此，作诗填词的人往往要先背韵书，将各种韵部都烂熟于胸。这样才能在写作诗词时不至于出现不押韵的现象。《红楼梦》中有一则故事：林黛玉叫香菱写一首咏月的律诗，指定用“寒”韵。香菱正在耳不旁听、目不斜视地思考时，探春隔着窗棂笑着对她说：“菱姑娘，你闲闲吧。”香菱怔怔地答道：“闲字是十五删的，错了错了。”可见当时写诗对用韵的讲究。

现代也有韵书，只是现在的韵书是按汉语拼音的韵母来编写的。目前比较流行的韵书有二：

一是由《中华诗词》编辑部编辑整理的“中华新韵（十四韵）简表”。该简表将现代汉语的韵部分为“麻”“波”“皆”“开”“微”“支”“豪”“尤”“寒”“文”“唐”“庚”“齐”“支”“姑”等 14 个韵部，分别包含汉语拼音的 35 个韵母。具体是：麻（a，ia，ua）、波（o，e，uo）、皆（ie，ü e）、开（ai，uai）、微（ei，ui）、豪（ao，iao）、尤（ou，iu）、寒（an，ian，uan）、文（en，in，un，ü n）、唐（ang，iang，uang）、庚（eng，ing，ong，iong）、齐（i，ü，er）、支（-i 零韵母）、姑（u）。

二是上海古籍出版社于 1965 年出版、1978 年修订再版、1984 年再修订出版、1989 年第四次修订出版的《诗韵新编》。该书按照汉语拼音韵母的顺序，将现代汉语的韵部分为“麻”“波”“歌”“皆”“支”“儿”“齐”“微”“开”“姑”“鱼”“侯”“豪”“寒”“痕”“唐”“庚”“东”等 18 个韵部，分别包含汉语拼音的 35 个韵母。具体是：麻（a，ua，ia）、波（o，uo）、歌（e）、皆（ie，ü e）、支（-i）、儿（er）、齐（i）、微（ei，ui）、开（ai，uai）、姑（u）、鱼（ü）、侯（ou，iu）、豪（ao，iao）、寒（an，uan，ian）、痕（en，in，un）、唐（ang，uang）、庚（eng，ing）、东（ong，iong）。

现在我们创作格律诗，可根据旧声韵进行创作，也可根据新声韵进行创作。如果是前者，在押韵上一般就以《平水韵》为准，因为它基本贯穿了唐宋元明清的音韵系统。如果是后者，则可依据《中华新韵》或《诗韵新编》两种韵书规定的韵部来押韵（多以《中华新韵》为准）。在押韵时，也不必如古韵那么严格，只要韵腹、韵尾基本相同，押“宽韵”即可。当然，如果能押严韵则更好。

思考与练习

1. 什么是押韵？诗歌为什么要押韵？举例说明。
2. 有人认为写作古典诗词必须押古韵，有人则提倡押今韵。你认为呢？为什么？
3. 当前社会上流行的自由诗基本都是不押韵的。对此，你的看法如何？为什么？
4. “eng”“ing”“ueng”“ong”“iong”的韵头、韵腹都不相同，只有韵尾相同，在现代汉语中属不属于同一个韵部？为什么？
5. 前鼻音韵母“en”“in”和后鼻音韵母“eng”“ing”能否归并为一个韵部？为什么？

附录一

中华新韵

（中华诗词学会　2005年5月颁布）

《中华新韵》电子版

前　言（略）

韵 部 表

（为了简便，笔者将原文中的注音字母删去了，用括号将该韵部包括的韵母括起来。特此说明。）

一、麻（a，ia，ua）二、波（o，e，uo）三、皆（ie，üe）四、开（ai，uai）五、微（ei，ui/uei）六、豪（ao，iao）七、尤（ou，iu/iou）八、寒（an，ian，uan，üan）九、文（en，in/ien，un/uen，ün/üen）十、唐（ang，iang 尢，uang）十一、庚（eng，ing/ieng，ong/ueng，iong/eng）十二、齐（i，er，ü）十三、支（-i 零韵母）十四、姑（u）。（具体参见二维码链接）

《平水韵表》
电子版

附录二

平水韵表

《平水韵》共一百零六韵，是明清以来诗人作诗押韵时所依据的主要韵书。共分为平声三十韵，其中上平声（平声上卷）十五韵、下平声（平声下卷）十五韵、上声二十九韵、去声三十韵、入声十七韵。如欲按照古韵创作古典诗词，可根据此表规定的韵部押韵。

第四节　格律诗的对仗

对仗也是律诗的基本格律规定之一。一首七言诗或五言诗，即使符合了律诗的字数、句数、押韵、平仄等方面的规定，仍然不能叫“律诗”，还必须同时符合律诗对仗上的规定，才能称为“律诗”。因此，学习格律诗，还必须了解和掌握律诗对仗的有关知识。

一、对仗的概念

“对仗”就是将字数相等、词性相同、结构一致、平仄相对、意思相近或相反的两个句子成对地排列起来，以求得整首诗节奏整齐、音律和谐、朗朗上口的修辞手法。例如：

身无彩凤双飞翼，心有灵犀一点通。（唐·李商隐《无题》）

春蚕到死丝方尽，蜡炬成灰泪始干。（同上）

对仗在修辞上又叫“对偶”，在民间又叫“对联”，在口语中又叫“对子”。“对仗”是律诗中的叫法，是从仪仗中演化出来的。仪仗需要两两相对，所以两两相对的句子就叫“对仗”。

对仗一般由上下两句组成，上句在律诗中叫“出句”，在对联中叫“上联”；下句在律诗中叫“对句”，在对联中叫“下联”。

二、对仗的分类

（1）从结构上，对仗可分为严对和宽对两类。严对是要求十分严格的对仗，由于这种对仗的上下句对得十分工整，因此又称为“工对”。严对的要求一般是：

词性相同，结构相同，平仄相对，没有重复的字。

宽对是要求得不十分严格的对仗。一般来说，宽对只要求词性、结构基本相同即可（严对和宽对的具体要求，下面将会详细叙述）。

（2）从意义上，对仗又可分为正对、反对、借对、流水对、扇面对等类别。

正对是指上下句意思相同或相近的对仗。如：

千山鸟飞绝，万径人踪灭。（唐·柳宗元《江雪》）

无边落木萧萧下，不尽长江滚滚来。（唐·杜甫《登高》）

反对是指上下句意思相反或相对的对仗。如：

生当作人杰，死亦为鬼雄。（李清照《绝句》）

千寻铁索沉江底，一片降幡出石头。（唐·刘禹锡《西塞山怀古》）

在反对中，一般都有一对或几对反义词出现。

借对是指利用一字多义的现象形成的对仗。如：

酒债寻常行处有，人生七十古来稀。（唐·杜甫《曲江》）

“寻常”是“通常”之义，但在古代“寻常”又可作数词，“八尺为寻，倍寻为常”，故可借来与数词“七十”相对，这是借义。还有一种借音的对仗。如：

山入白楼沙苑暮，潮生沧海野塘春。（唐·白居易《西湖留别》）

借“沧”为“苍”，“苍”是颜色词，与“白”相对。

流水对是指下句的意思是承接上句而来，上下句之间在时间上、因果上、顺序上有先后联系的对仗。如：

欲穷千里目，更上一层楼。（唐·王之涣《登鹳雀楼》）（因果关系）

即从巴峡穿巫峡，便下襄阳向洛阳。（唐·杜甫《闻官军收河南河北》）（时间顺序）

扇面对是指上下联的出句与出句相对、对句与对句相对的对仗，又叫“隔句对”。它主要针对联与联之间的对仗而言，非一联之中出句与对句的对仗。如白居易《夜闻筝中潇湘送神曲感旧》的前四句：

缥缈巫山女，归来七八年。殷勤湖水曲，留在十三弦。

句中，“缥缈”对“殷勤”、“巫山女”对“湖水曲”、“归来”对“留在”、“七八年”对“十三弦”，都是隔句对。

其他还有同字对、三句对、四句对、领字对、领句对、严韵对、错综对、不等对、句内对等。这些在词中用得较多，律诗中不常用，因此这里不再赘述。

三、对仗的要求

这里主要讲严对与宽对的要求（特别是严对，掌握了严对的要求，宽对的要求自然也就掌握了）。

（一）严对的要求

1. 词性相同

即要名词对名词、动词对动词、形容词对形容词、副词对副词、量词对量词、代词对代词。甚至各类词的小类也要相对，即在名词对名词中，还要时间名词对时间名词、处所名词对处所名词；在动词对动词中，还要表心理活动的动词对表心理活动的动词，表比喻的动词对表比喻的动词 ；在形容词对形容词中，还要表性质的形容词对表性质的形容词、表状态的形容词对表状态的形容词；在副词对副词中，还要否定副词对否定副词、范围副词对范围副词、语气副词对语气副词，等等。如：

气蒸云梦泽，波撼岳阳城。（唐·孟浩然《望洞庭上张丞相》）

“气”对“波”（名对名），“蒸”对“撼”（动对动），“云梦”对“岳阳”（名对名），“泽”对“城”（名对名）。

风急天高猿啸哀，渚清沙白鸟飞回。（唐·杜甫《登高》）

“风”对“渚”（名对名），“急”对“清”（形对形），“天”对“沙”（名对名），“高”对“白”（形对形），“猿”对“鸟”（名对名），“啸”对“飞”（动对动），“哀”对“回”（“回”：“回旋”之意）（形对形）。

律诗中所用的同类词，主要有名词、动词、形容词、数量词、方位词、副词、代词，连词、介词等九类以及联绵词。其中，名词又分为若干小类。十分工整的对仗，要求这些小类也必须相同。《声律启蒙》所谓“云对雨，雪对风，晚照对晴空。来鸿对去燕，宿鸟对鸣虫”，即古人练习对仗时常背的内容。

关于现代汉语中词的分类，大家在中学阶段都已接触到，基本熟悉。这里再将有关知识简单介绍一下：

现代汉语一共将词分为实词虚词两大类，实词又分为名词、动词、形容词、数词、量词、代词、副词、叹词、拟声词九类；虚词又分为介词、连词、助词、语气词四小类。“词性相同”主要指的是实词的词性相同，特别是前七类。因此，这里主要将前七类的有关知识介绍一下：

（1）名词：表示人或事物（包括时间、处所、方位）名称的词。

名词可分为以下几类：

① 普通名词。包括表示具体事物和抽象概念的名词。如眼睛、电灯、书本、科学、文化、思想、道德。

② 专用名词。表示特定人或事物的名词。如北京、上海、雷锋、鲁迅。

③ 时间名词。如今天、明年、将来、现在。

④ 处所名词。如周围、远方、郊区、操场。

⑤ 方位名词。如东、西、南、北、上、下、左、右、前、后、旁、中。

诗词中对名词的小类分得更为详细，有天文、地理、时令、宫室、服饰、器用、植物、动物、人伦、人事、形体、专用人名、专用地名等。

（2）动词：表示动作行为、心理活动、发展变化、存在消失等意义的词。

动词可分为以下几类：

① 表动作行为的。如走、跳、看、笑、学习、批评。

② 表心理活动的。如爱、恨、想、希望、认为、讨厌。

③ 表发展变化的。如扩大、缩小、开始、停止、改变。

④ 表祈使命令的。如使、请、托、禁止、委托、命令。

⑤ 表判断或比喻的。如是、像、似、好像、好似、类似、如、犹如、有如、仿佛等。

⑥ 表可能意愿的（能愿动词）。如能、能够、可能、该、应该、要、会。

⑦ 表动作趋向的（趋向动词）。如来、去、上、下、进、出、开、过、起、上来、下去、进来、过去。

其中，涉及律诗对仗的动词主要有表动作行为的、表心理活动的、表判断比喻的、表动作趋向的四类。

（3）形容词：表示人或事物的性质、状态的词。

形容词可分为以下几类：

① 表性质的。如冷、暖、好、坏、善良、凶恶、坚强、顽固。

② 表状态的。如粗、细、高、矮、愤怒、愉快、雪白、笔直。

③ 表色彩的。如赤、橙、黄、绿、青、蓝、紫

④ 表不定数量的。如多、少、全、全部、所有、许多、好些。

⑤ 表区别的。如男、女、正、副、方能、慢性、大型、主要。

其中，涉及律诗对仗的动词主要有前三类。

（4）数词：表示数目及其次序的词。

数词可分为以下几类：

① 基数词，表示基本数目，如一、二、三……十、百、千、万、亿、兆、零、半。

② 序数词，表示次序先后，一般由“第、初”加上基数词组成。如：第一、第二……第十，初一、初二……初十。

③ 倍数词，表示比底数增加多少倍的数词，由基数词加上“倍”组成。如三倍、五倍、十倍、八倍。

④ 分数词，表示几分之几的数词。如二分之一、五分之三。

⑤ 小数词，表示比零大比一小的数词。一般用“几点几”表示，这里的“点”指小数点，小数点后面的第二个“几”就是小数词。如：零点八、零点四。

⑥ 概数词，表示大概数目的数词。一般用基数词加上“上下、左右、来岁（个、件等）”构成。如五十上下、一百左右、七十来岁。

（5）量词：用在数词后表示计量单位的词。如尺、寸、斤、两、个、件、条、次、趟等。

量词可分为以下三类

① 名量词：表示人或事物计量单位的量词，又叫“物量词”。如一丈布、一两油、三个人、五条枪。

② 动量词：表示动作行为的计量单位的量词。

③ 复合量词：包含两个计量单位的量词，如人次、架次、车次、吨公里、吨海哩。

其中，涉及律诗对仗的量词主要有前两类。量词常与数词组合在一起使用，以前称为数量词。后叫数量词组，现在叫量词短语。

（6）代词：具有代替、指示作用的词。

代词可分为以下几类：

① 人称代词：代替人或事物的代词。又分为第一人称（我、我们、咱、咱们）、第二人称（你、你们、您）、第三人称（他、她、它、他们、她们、它们）、自称（自己、自个儿、别人、人家）四小类。

② 指示代词：具有指示和代替两种作用的代词。又分为近指代词（指代眼前事物，如这、这里、这些、这样、这么、这会儿）、远指代词（指代远处事物，如那、那里、那些、那样、那么、那会儿）两小类。

③ 疑问代词：用来表示疑问的代词。如谁、什么、哪儿、哪里、怎么、怎样。

（7）副词：用来修饰、限制动词、形容词、表示程度、范围、时间、情态、语气等意义的词。

副词可分为以下几类：

① 表程度的，称为程度副词，如很、最、极、更、挺、顶、非常、十分、更加、极其、格外、稍微、有点儿、略微、几乎、尤其。

② 表范围的，称为范围副词。如都、总、共、只、仅、单、光、就、全、总共、统统、仅仅、单单、一概、一律、一起、独、独独。

③ 表时间的，称为时间副词。如已、已经、曾、曾经、刚、刚刚、才、正、在、正在、将、将要、即将、就、就要、常、常常、时常、永、永远、马上、立刻、顿时、终于、时时、往往、渐渐、一向、向来、始终、从来。

④ 表情态的，称为情态副词。如忽、忽然、猛然、公然、悄悄、暗暗、大肆、肆意、特意、亲自、赶紧、赶忙、急忙。

⑤ 表语气的，称为语气副词。如难道、究竟、岂、到底、偏、偏偏、索性、也许、难怪、大约、幸亏、幸而、反倒、果然、居然、竟然、何尝、何必、明明、恰恰、未免、未必、只好、不妨、就、可。

⑥ 表肯定否定的，称为肯定、否定副词。如必、必须、必然、必定、确、确实、的确、当然、不、没、没有、未、莫、勿、是否、不必、不用。

⑦ 表重复、频率的，称为重复频率副词。如又、也、再、还、常、仍、仍然、还是、经常、再三、屡次、重新、依然。

在律诗对仗中，副词的小类一般也要求相同。

以上七类实词中，代词、副词在古代汉语中属于虚词。

掌握了上述各类词的概念和分类，就能基本辨别现代汉语中各种词的词性了。

由于律诗是从古代流传下来的，其中经常要涉及许多文言词，要想使律诗写得具有古意，还需要了解古代汉语语法中对词分类的有关知识，这样才能在律诗的对仗中对词性更加运用自如。由于篇幅关系，这里就不再赘述了，学者可自己去学习。

2. 结构相同

即上下句在结构上从大到小（从整句到句中的每一个短语再到每一个词）

都必须相同。如上两例：

“气/蒸云梦泽”是主谓结构，“波/撼岳阳城”也是主谓结构；“蒸/云梦泽”是动宾结构，“撼/岳阳城”也是动宾结构；“云梦/泽”是偏正结构，“岳阳/城”也是偏正结构。

“风急天高猿啸哀，渚清沙白鸟飞回”同样如此：“风急天高/猿啸哀”与“渚清沙白/鸟飞回”同是联合结构，其余如“风急/天高”与“渚清/沙白”（联合），“猿/啸哀”与“鸟/飞回”（主谓），“风/急”与“渚/清”（主谓），“天/高”与“沙/白”（主谓），“啸/哀”与“飞回”（补充），结构从大到小均完全相同。

这里关系到汉语从词到句子结构的语法知识。下面同样对这方面的语法知识进行简要介绍。

汉语中（不管是现代汉语还是古代汉语）存在着五种基本结构关系：主谓关系、动宾关系、偏正关系、补充关系、联合关系，这五种结构关系便构成了汉语的五种基本结构——主谓、动宾、偏正、补充、联合。这五种基本结构，是贯穿古代、现代的汉语语法系统的五种基本结构。汉语的句子、短语（又叫词组）、词（主要是双音节合成词）三种基本表意单位都由这五种基本结构组成。学习律诗对仗，对这五种基本结构必须要有所了解和掌握。

（1）主谓短语：前一部分表示某种事物、情况，是被陈述的对象；后一部分用来陈述前一部分，指出前一部分怎么样或是什么。两部分之间的关系是被陈述与陈述的关系。这样的短语，叫主谓短语。如“阳光灿烂”“心情舒畅”“今天中秋节”。

主谓短语具有如下特征：

① 前一部分能够回答后一部分陈述的“是谁、是什么”，后一部分能够回答前一部分“怎么样、是什么”。

② 两部分之间一般可插入否定、程度等副词。

③ 前一部分多是名词、代词，后一部分多是动词、形容词，有时也可是名词。

词和句子中的主谓关系如：

词：地震、肩负、胆怯、年轻等。

句子：他来了。小王病了。大雨下个不停。

（2）动宾短语：前一部分表示某种动作行为，后一部分表示这种动作行为支配、涉及的对象，两部分之间的关系是支配与被支配的关系。这样的短语叫动宾短语，如：“歌唱祖国”“关心集体”“来了客人”“喝一杯”。

动宾短语具有如下特征：

① 后一部分能够回答前一部分支配的“是谁、是什么”。

② 两部分之间一般可插入时态助词“了、着、过”。

③ 前一部分是动词，后一部分多是名词、代词、量词（名量词）短语。

词和句子中的动宾关系如：

词：领队、管家、举重、司机等。

句子：我们学习古典诗词。我买了一本书。

（3）偏正短语：前一部分用来修饰、限制后一部分（偏），又称“修饰语”；后一部分是被前一部分修饰、限制的对象（正），又称为“中心语”。两部分之间的关系是修饰、限制与被修饰、被限制的关系。这样的短语，叫偏正短语。如：“祖国大地”“钢铁长城”“热烈欢迎”“非常壮观”。

偏正短语有如下特征：

① 前一部分用来修饰、限制后一部分。

② 前一部分能够回答后一部分（中心语）“是什么，是多少、属于什么范围、怎么样”等问题。

③ 两部分之间一般可插入结构助词“的、地”。

根据中心语的性质，又可把偏正短语进一步分为定中短语、状中短语两类。作为律诗的对仗，不需要进一步区分定中、状中，统一说成是偏正短语即可。

词和句子中的偏正关系如：

词：课桌、电灯、轻视、深造等。

句子：我们学习对仗知识。小凤非常高兴。

（4）补充短语：前一部分表示某种动作行为或性状，后一部分对前一部分的结果、程度、数量等进行补充说明。两部分之间的关系是被补充说明与补充的关系。这样的短语，叫补充短语，如：“打扫干净”“说清楚”“看一次”“站起来”“高兴极了”“打跑了”。

补充短语有如下特征：

① 后一部分能够回答前一部分的结果、程度、数量、动作趋向等问题。

② 两部分之间一般可插入“得”字。

③ 前一部分是动词、形容词，后一部分多是动词、形容词、程度副词、趋向动词、量词短语、介宾短语等。

词和句子中的补充关系如：

词：提高、说服、推翻、立正等。

句子：教室打扫干净了。他走进来。

（5）联合短语：由两个或两个以上部分组成的、各部分之间的地位是平等的、不存在谁主谁次问题的短语，叫联合短语。如："工人农民""科学文化""继承发展""恢复发扬""伟大光荣""英勇顽强"。

联合短语具有以下特征：

① 具有延展性，即可以无限制地扩展下去。

② 各部分之间可插入"和、并、而"等连词，也可用"、"号。

③ 各部分的功能性质基本相同，一般是同词性的词语。

④ 各部分之间存在着并列、选择、递进等关系。

词和句子中的联合关系如：

词：道路、选择、优良、雄伟等。

句子：战士们正在整理枪支弹药。她的身姿非常优美高雅。

3. 平仄相对

即上下两句的平仄关系必须相反（主要是针对二、四、六字而言，因为一、三、五字多是可平可仄之处）。如：

气蒸云梦泽，①——｜｜，（"泽"入声）

波撼岳阳城。⊖｜｜——。

风急天高猿啸哀，⊖｜———｜—，（"急"入声）

渚清沙白鸟飞回。①——｜｜——。（押平声韵；"白"入声）

4. 没有重复的字

诗句中没有出现相同的字。

（二）宽对的要求

宽对只要求平仄相对，词性、结构大致相同，而不必完全相同。对词的小类、没有重复的字等均不作要求。如：

露从今夜白，月是故乡明。（唐·杜甫《月夜忆舍弟》）

例中，"从"对"是"（介对动），"从今夜白"对"是故乡明"（偏正对动宾），词性、结构均不完全相同。

三分割据纡筹策，万古云霄一羽毛。（唐·杜甫《咏怀古迹·之一》）

“割据”对“云霄”（动对名），“纡”对“一”（动对数）“筹策”对“羽毛”（动宾对偏正），词性、结构也不完全相同。

如果一个对仗中有五六个字（七言）或四个字（五言）对得工整，也算工对。如：

身无彩凤双飞翼，心有灵犀一点通。（李商隐《无题》）

“翼”名词，“通”动词（词性不同）；“飞翼”“点通”（前偏正、后补充，结构不同）。但前面五字“身无彩凤双”对“心有灵犀一”都是对得很工整的，因此也是工对。

四、律诗对仗的规律

（1）中间两联（颔联、颈联）必须对仗。

（2）一般是严对，但也可以是宽对。

也有前三联对仗或后三联对仗乃至全篇对仗的，有人将这三种情况称为对仗的变格。其实这无所谓“变格”，只要中间两联对仗就行了。首尾两联不要求对仗，如果对仗了当然更好。

前三联对仗的如：

九日蓝田崔氏庄

唐·杜甫

老去悲秋强自宽，兴来今日尽君欢。
羞将短发还吹帽，笑倩旁人为正冠。
蓝水远从千涧落，玉山高并两峰寒。
明年此会知谁健，醉把茱萸仔细看。

后三联对仗的如：

闻官军收河南河北

唐·杜甫

剑外忽闻收蓟北，初闻涕泪满衣裳。
却看妻子愁何在？漫卷诗书喜欲狂。
白日放歌须纵酒，青春做伴好还乡。
即从巴峡穿巫峡，便下襄阳向洛阳。

全诗对仗的如：

醉　书

陆　游

半年愁病剧，一雨喜凉新。
稍与药囊远，初容酒盏亲。
浩歌惊世俗，狂语任天真。
我亦轻余子，君当恕醉人。

个别律诗只有一联对仗（颔联或颈联），甚至没有对仗，但全诗在平仄、粘对、押韵等方面又符合律诗的格律。如：

塞下曲

唐·李白

五月天山雪，无花只有寒。
笛中闻折柳，春色未曾看。
晓战随金鼓，宵眠抱玉鞍。
愿将腰下剑，直为斩楼兰。

即　事

唐·杜甫

闻道花门破，和亲事却非。
人怜汉公主，生得渡河归。
秋思抛云髻，腰支胜宝衣。
群凶犹索战，回首意多违。

这两首诗都只有第三联对仗，第二联不对仗。但它们在使用律句、粘对、押韵等方面都完全符合律诗的格律规定，因此仍被归为律诗。

再如：

夜泊牛渚怀古

唐·李白

牛渚西江夜，青天无片云。
登舟望秋月，空忆谢将军。
我亦能高咏，斯人不可闻。
明朝挂帆去，枫叶落纷纷。

这首诗则没有对仗，但在使用律句、粘对、押韵等方面也都完全符合律诗的格律规定，因此也被归为律诗。

这种情况在唐诗中为数不多。可看作特殊情况。

五、对仗的避忌

1. 忌同字相对

同字相对是指在每一联中间，上句和下句在同一位置上不能使用同一个字来进行对仗。例如："窗含西岭千秋雪，门泊东吴万里船"如果改成"窗含西岭千秋雪，门泊东吴千里船"就犯了同字相对的忌讳。

2. 忌雷同

雷同是指颔联和颈联之间在音节结构上完全相同的现象。例如，颔联是三个双音节加一个单音节（2/2/2/1）结构，颈联就不能也是三个双音节加一个单音节结构，而应该改为另一种结构。像唐代司空曙的《贼平后送友北归》："乱世同南去，时清独北还。他乡生白发，旧国见青山。晓月过残垒，繁星宿故关。寒禽与衰草，处处伴愁颜。"此诗中颔联的"生白发""见青山"与颈联的"过残垒""宿故关"，都是"1/2 式"结构。结构相同，犯了"雷同"的忌讳，给人以呆滞之感。

严格来说，这是针对联与联之间在节奏上相同而言的，对仗则是针对一联内部的出句与对句的关系而言的，不应列入对仗的避忌中。这里只是遵循传统做法而已。

3. 忌合掌

合掌是指上句和下句都是同义词相对，造成两句表示同一个意思的现象，又称为"拙对"。例如，《红楼梦》第七十三回林黛玉和史湘云赏月联句，在第十九联中，林黛玉出了上联"犯斗邀牛女"，史湘云对了下联"乘槎（chá）访帝孙"。于是林黛玉说："对句不好，合掌。"意思是说，史湘云的下联与自己的上联意思重合了（都是用天庭的事物来相对），犯了合掌的忌讳，对得不好。《文心雕龙》中说："反对为优，正对为劣。"合掌更是正对中上下句意思重复的对仗，就更加"为劣"了。古人作诗十分忌讳"合掌"，因此古诗中犯合掌的现象很少。

有论者认为毛泽东七律《长征》中的"五岭逶迤腾细浪，乌蒙磅礴走泥丸"是典型的合掌。更特别举到"细浪、泥丸"，认为两词的意思完全相同，因此是

典型的合掌。其实不然，此两句属于正对，从整体看，虽然都写的是红军，但是从两个不同角度来描写的。作者从俯瞰的角度，从空中看下去，在连绵逶迤的五岭中，长长的红军队伍如同一条细浪在缓缓前行，在磅礴雄伟的乌蒙山中，一个个红军战士如同一粒粒小泥丸在慢慢移动。上联写红军队伍，下联写红军战士。不管是从整体上还是从具体的用词上，并未“完全重复”，只是从两个不同的角度对同一个事物（长征的红军队伍）进行描写，应是典型的正对。

由此也说明，合掌现象极易出现在正对的对仗句中，在创作律诗使用正对时应多加注意。

4. 忌重字

戒重字是指在一首律诗中，中间两联（颔联和颈联）的出句与对句在同一位置上要避免使用重复的字，要避免同字相对。这一忌讳，既针对中间两联（颔联和颈联）的出句与对句，也针对整首律诗，即不光中间两联在相同位置上不能出现相同的字，在整首律诗中最好也不要出现重复的字。但出于表达上的需要而有意重复的字不算重字。如：

（1）重叠的字，如“茫茫”“萧萧”“滚滚”“悠悠”等。

（2）一句之中有意重复使用的字。例如：“离离原上草，一岁一枯荣”（白居易《赋得古原草送别》）（两个“一”）；“相见时难别亦难，东风无力百花残”（李商隐《无题》）（两个“难”）；“自来自去梁上燕，相亲相近水中鸥”（杜甫《江村》）（两个“自”，两个“相”）等。

（3）为了互相呼应而有意重复使用的字。例如：“五湖千万里，况复五湖西”（王维《送张王諲归宣城》）（两个“五湖”）；“凤凰台上凤凰游，凤去台空江自流”（李白《登金陵凤凰台》）（两个“凤凰”，两个“凤”，两个“台”）等。

思考与练习

1. 什么是对仗？它在律诗中有什么作用？

2. 本章第二节“思考与练习”第5题中几首律诗中间两联是否对仗？如果对仗，是宽对还是严对？为什么？

3. 自找题材，创作两首律诗。（只要求符合格律规定，质量高低不作要求）

第二章　词　律

第二章课件

第一节　概　述

一、词的概念

词，是人们根据一定的字数、句数、段数、平仄、押韵及对仗等方面的规定所填写出来的一种诗歌性质的文学形式。它在本质上也是诗歌，是诗歌的一种特定的表现形式。

词最早称为“曲子词”“曲词”。“曲”，指的是乐曲，“词”指的是文辞，“曲子词”就是用来配合乐曲所唱的歌词，也就是我们今天所说的“歌词”。因此，词最早是指歌词。如全唐诗中就有大量的“相和歌词”，敦煌石窟的文物中也有大量的“敦煌曲子词”，这些就是词最早的形式。只是这时的“词”还不是我们现在所讲的“词”。

词，又叫“诗余”，因为它实际上是格律诗的一种延伸，是受到格律诗影响而形成的一种与格律诗既有关联又有所不同的诗歌体裁，如宋人在宋庆宗年间编辑的一部词集就叫《草堂诗余》。在宋代，被称为“诗余”的词集就有 27 部。

词，又叫“长短句”，因为绝大部分词每句的字数都不相同，有多有少，故句子也就长短不一（这是词与律诗的一个根本区别），因此又被称为“长短句”。如辛弃疾（字稼轩）的词集就叫《稼轩长短句》，秦观（号淮海居士）的词集就叫《淮海长短句》。

以上是词比较常用的几个别名。此外，词还有其他别名：“乐府”（或“近体乐府”），如苏轼的《东坡乐府》；“歌曲”，如姜夔的《白石道人歌曲》；“琴趣”，如欧阳修的《醉翁琴趣外编》；“乐章”，如柳永的《乐章集》等。这里就不再一一解释了。

二、词的起源

从上面介绍的词的别名中就可知道，词最早叫做“曲子词”。“曲子”是当时“燕（宴）乐”的曲调，“词”是与这些曲调相配合的唱词。“曲子词”同乐府一样，最早是民间流行的配乐所唱的唱词。见于文字记载的最早的曲子词，是敦煌曲子词。敦煌曲子词是清光绪二十六年（公元1900年）在甘肃敦煌莫高窟中发现的，共160多首，是“中土千余年来未睹之秘籍”。其中除少数文人作品外，大部分都是民间作品。“曲子词”来源于民间，生活气息浓厚，思想感情真挚，语言朴素清新，用韵自由，但求顺口悦耳，在字数、句数、音律等方面没有任何限制，如《杨柳枝》《竹枝词》《山鹧鸪》《纥那曲》等。据《旧唐书·音乐志》记载：“自开元以来，歌者杂用胡夷、里巷之曲。”所谓“里巷之曲”就是当时民间流行的俚曲小调。“胡夷”之曲，就是当时从外国流传进来的乐曲。又据唐人崔令钦的《教坊记》记载，当时的“胡夷、里巷之曲”，在开元时期已经有曲名320种。此时，长调也已经有了。这些俚曲，便是后来文人词的前身。敦煌曲子词中的作品，大部分就是这些“胡夷、里巷之曲”。因此，从来源上说，词最早起源于民间的俚曲小调，而且在盛唐以前就已在民间流传了。

从时间上说，词大约产生于隋代。宋代王灼在《碧鸡漫志》中说：“盖隋以来，今之所谓曲子者渐兴。”张炎在《词源》中也说：“粤自隋唐以来，声诗间为长短句。”所谓“声诗”就是唱词。这种唱词在唐代就叫“曲词”或“曲子词”，如上面所说的唐代敦煌石窟保留下来的“敦煌曲子词”以及全唐诗中大量的“相和歌词”等。这些歌词大部分都是当时的民间歌谣或模仿民间歌谣创作的文人作品。只不过这时的“曲子词”还不是后来所说的“词”。因为这时的“曲子词”正如上面所说，在各方面都十分自由灵活，没有平仄、字数、句数等格律的限制，虽然也押韵，却没有后来的“词”在押韵上的种种限制。

到了唐代，随着都市的繁荣、市民阶层的扩大，以及人们对文化生活需求的增长，城市中出现了以训练歌妓、舞伎及乐工的教坊，教坊中那些依靠演唱、舞蹈为生的歌妓和乐工，经常采用上述这些富有生活气息、为一般老百姓所喜爱的俚曲小调来演唱；同时，还根据这些俚曲小调的节拍，创作一些新的歌词。于是，这种按曲填词的创作形式，以及词这种文学体裁便逐渐建立并发展起来。

到了中唐时期，随着格律诗的繁荣，当时的文人必学格律诗、必写格律诗的风气得以形成。这种风气也逐渐影响到歌词的创作，一些文人开始吸取民间词的表现形式进行创作。如：

张志和的《渔歌子》：西塞山前白鹭飞，桃花流水鳜鱼肥，青箬笠，绿蓑衣，斜风细雨不须归。

李白的《菩萨蛮》：平林漠漠烟如织，寒山一带伤心碧。暝色入高楼，有人楼上愁。玉阶空伫立，宿鸟归飞急。何处是归程，长亭更短亭。

韦应物的《调笑令》：胡马，胡马，远放燕支山下。跑沙跑雪独嘶，东望西望路迷。迷路，迷路。边草无穷日暮。

白居易的《忆江南》：江南好，风景旧曾谙，日出江花红胜火，春来江水绿如蓝。能不忆江南？

这些词语言朴素清新，风格轻快活泼，与敦煌曲子词的风格很相近，带有明显的民间词痕迹，可以说是早期的文人词。在唐代，较早吸取民间词的表现形式进行创作的文人主要有李白、张志和、戴叔伦、韦应物、刘禹锡、白居易等。例如，李白的《菩萨蛮·平林漠漠》及其《忆秦娥·箫声咽》，就被宋人黄升的《唐宋诸贤绝妙词选》尊为“百代词曲之祖”。

文人词的介入，使得按曲填词这种民间创作形式被逐渐律化，有了平仄、字数、句数、押韵等方面的要求。同时，词这种文学形式在人们的创作中也逐渐定型，成了与早期曲子词不同的律词。晚唐以后，随着创作词的人越来越多，这种律词已经在上层社会和文人中流行开来，并日趋成熟，形成了具有婉约绮丽风格的流派。到了宋代，文人们更是乐此不疲，不但拓展了词的写作范围，丰富了词的表现内容，而且形成了风格不同的众多流派，使词的创作达到了历史的巅峰，在我国文学发展史上形成了与唐诗鼎立的又一座文学艺术高峰。

三、词的特征

词的特征是指词在格律上的特征。词在格律上的规定是参照诗的格律制定的。概括起来，其主要有以下几个特征：

（1）字、句、段有明确的规定。一首词，不管是一段、两段还是三段、四段，每一段有多少句，每一句有多少字，都有具体的规定，不能多也不能少。这叫做“词有定段，段有定句，句有定言”。

（2）平仄有明确的规定。每个句子中的每一个字是平声还是仄声，是必须平还是必须仄，或可平可仄，也都有明确的规定，不能随意改变。

（3）押韵有明确的规定。整首词何处是韵脚，何处必须押韵，何处要转韵；押什么韵，转什么韵，也都有明确的规定，不能乱押。

以上三个特征，是词有别于律诗的基本特征。由于词有以上三个特征，因此词的格律就比律诗的格律要复杂得多，而且不像律诗那样有规律可循。词的格律要一首一首地去背、去熟悉，要规规矩矩地照着每一首词的具体格律要求

（词谱）去进行填写。因此，一般将创作词称为“填词”。

除以上三个主要特征外，词还有其他一些次要特征：

（4）对仗上的特征：由于词的句子长短不一，词的句与句之间一般不要求对仗，但词的一些上下句字数相同的句子之间则要求对仗。要求对仗之处一般在词谱中会标明。

（5）节律上的特征：同样是由于词的句子长短不一的原因，词在音韵上有自己独特的节律。这种节律也不像律诗那样有规律可循。在创作词或阅读、吟诵词时必须遵循、注意词的节律，否则就读不懂古人的词，或者将词意领会错。例如：“大江东去，浪涛尽/千古风流人物，故垒西边，人道是/三国周郎赤壁。乱石穿空，惊涛拍岸，卷起/千堆雪。江山如画，一时/多少/豪杰！”（苏轼《念奴娇·大江东去》）

再如：寒蝉凄切，对/长亭晚，骤雨初歇。都门帐饮/无绪，方/留恋处，兰舟催发。执手/相看/泪眼，竟/无语/凝咽。念/去去，千里烟波，暮霭沉沉/楚天阔。（柳咏《雨霖霖·寒蝉凄切》）

上面所举例句中打斜杠处，便是诵读的节律处，需稍作语音停顿。

（6）重叠上的特征：词常有叠字叠韵叠句的现象或者要求，律诗中则没有这种刻意的要求。例如：“胡马！胡马！远放燕支山下。”（韦应物《调笑令·胡马》）“如梦！如梦！残月落花烟重。”（李勖《如梦令·曾宴桃园》）“箫声咽，秦娥梦断秦楼月，秦楼月，年年柳色，灞陵伤别。”（李白《忆秦娥·箫声咽》）

四、词调与词牌

上面说过，词是格律诗的一种，是格律诗的扩展和延续。但它和格律诗又有本质的不同。格律诗的格律，全部加起来不过四种。词的格律则有一两千种之多。可以说，一个词牌就有一个格律。因此，要理解这个问题，首先要弄清楚词调和词牌这两个基本概念。

1. 词　调

词调是指与词相配合的曲调。上面说过，词最早是用来配合曲调唱的歌词，就像现在，每写一首歌词，都要根据它所表达的意思、感情为它谱上一定的曲调。每一首歌词的曲调都是不相同的，词调也是这样。因此，词调实际上就相当于现在歌曲的曲谱。只不过当时是因调填词，而不像现在的因词谱曲。随着时间的消逝，每一首词最早的那些词调基本已无从可考，只剩下与之相配合的歌词和它们的长短形式了。词作为一种独立的文学形式脱离歌词的范围以后，最初的词调也就演变成了仅仅表示这首词曲调长短的一个标志，而不再表示具体的曲谱了。对于作为独立文学体裁的词来说，曲调的长短和这首词字数、句数的多少密切相关。在某种程度上说，词调规定了一首词字数、句数的多少。

2. 词　牌

词牌就是词调的名称，也就是词的格式的名称。一般来说，有一个词调就有一个词牌。有时，有的词调会同时拥有几个不同的名称，因此也就产生了同一个词调拥有几个不同的词牌的现象。如《蝶恋花》，原名叫《鹊踏枝》，又叫《凤栖梧》《卷珠帘》《桐花凤》《望长安》《桃园行》《西笑吟》《江如练》《黄金缕》《一箩金》《鱼水同欢》《明月生南浦》《细雨吹池沼》等。因此，词牌和词调一样，是一首词应该遵循的格律的标志。

一般来说，最早的词牌就是该词词调的名称，也就是一首词的标题（用现在的话来说，就是这首歌的标题、歌名），它和词的内容是相吻合的。如张志和的《渔歌子》："西塞山前白鹭飞，桃花流水鳜鱼肥，青箬笠，绿蓑衣，斜风细雨不须归。"这是一曲渔夫之歌，给我们显示了一幅美丽的江南渔歌图。白居易的《忆江南》："江南好，风景旧曾谙，日出江花红胜火，春来江水绿如蓝。能不忆江南？"描绘了一幅江南春天的美景。这些词的词牌和内容都完全一致。但发展到后来，由于作词的人逐渐增多，一个词牌不止一个人填写，填写的也不只是与词牌有关的同一个内容。于是，词牌便逐渐丧失了标题的功能，蜕化成了仅仅表示一首词格律的标志。而词的标题则另外拟定。拟定标题的方法一般有二：一是根据词的内容来拟定标题，如《江城子·密州出猎》（苏轼）、《青玉案·元夕》（辛弃疾）；二是摘取第一句话的前面几个字作为标题，如《忆秦娥·箫声咽》（李白）、《清平乐·春归何处》（黄庭坚）。再如，苏轼的《念奴娇》又叫《念奴娇·赤壁》，还叫《念奴娇·大江东去》。前者是按内容拟定标题，后者提取第一句前四字作为标题。标题的作用除了揭示词的内容外，还能使人一看就知道这首词是这种词牌中的哪一首，作者是谁。

宋人的不少词作，往往只写词牌，不拟标题。于是，现在有些填词的人也模仿这种做法，在填写一首词作时，只写词牌不拟定标题。这种做法实际是不妥的，因为在实际创作中，同一个作者很可能会就同个一词牌创作出很多首内容不同的词。如《沁园春》，据笔者所知，有一个作者就创作了一百多首《沁园春》，另一个作者甚至已经创作了三百多首《沁园春》。如果都不拟定标题，在口头表达中就容易造成听者不知说者指的是这个作者的哪一首《沁园春》。我们主张在填词时，最好在词牌的后面给自己的词作拟定一个标题，词牌和标题之间用间隔号隔开。如上面的《江城子·密州出猎》《青玉案·元夕》。

词牌名称的来源比较复杂，一般来说，主要有以下几种：

（1）根据词最初表现的内容取名，如《浪淘沙》最初是吟咏流沙淘金的事；《女冠子》最初是吟咏女道士的事。这可以说是词牌最初的来源。

（2）由这个词格中最早的或最有代表性的一首词中的某几个字构成。如《如梦令》，就摘取唐庄宗原词中末一句“如梦，如梦，残月落花烟重”中的“如梦”再加上词调名“令”构成。再如《渔家傲》，是摘取晏殊词中“神仙一曲渔家傲”中的最后三个字构成的。

（3）来源于前人的诗句。如《浣溪沙》出自唐人诗句“洗药浣溪沙”，《西江月》出自李白《苏台怀古》中“只今唯有西江月，曾照吴王宫里人”。

（4）以有关人物、事物作为词牌名。如《念奴娇》，念奴是天宝年间的歌女，有姿色，善歌舞，于是以她的名字为词牌名。《沁园春》，沁园，相传为东汉明帝之女沁水公主的园林，后被窦宪依仗权力夺取。再如《菩萨蛮》，唐时女蛮国人的打扮是“危髻金冠，缨璐被体”。相传唐宣宗时，女蛮国派使者入贡，每一个使者都梳着高高的发髻，穿着华丽的衣服，缀着金银珠宝，号为“菩萨蛮队”，当时乐师就作“菩萨蛮曲”，故名。又如《苏幕遮》取自西域人的帽子。

（5）沿用唐代教坊或宫廷音乐的名称。如《水调歌头》为唐代宫廷大曲，曲名叫“水调歌”，“歌头”是曲子的开头部分，这个词牌，就是根据唐代大曲“水调歌”的开头部分定名的。《清平乐》则借用汉朝乐府的“清调”和“平调”定名。《蝶恋花》更直接采用唐代教坊曲《蝶恋花》的名称作为词牌名等。

（6）直接用全词的字数作为词牌名。如《十六字令》《百字令》(《念奴娇》)。

（7）在某一个词牌前后增加一两个说明的字构成。如《木兰花慢》《丑奴儿近》《摊破浣溪沙》《减字木兰花》《卜算子慢》等。

此外还有以地名命名的，以季节命名的，不一而足。总计起来，有一千多种词牌。

词牌和所填的内容有一定的关系。因此填词时需要选择与表达自己所写内容及思想感情相适应的词牌。如《长相思》一般用于表达思念、怀人的内容；《忆江南》一般用于表达回忆、相思、怀念家乡或某地美景的内容；《满江红》一般用于表达慷慨壮烈情感的内容等。但这种关系并不是绝对的，如《江城子》

以苏轼的《江城子·乙卯正月二十日夜记梦》最为有名，内容是悼念亡妻的，但并非词牌《江城子》就只适合表达怀念、追思的内容。苏轼的《江城子·密州出猎》同样十分有名，则表达了作者十分豪放的保家卫国情怀。因此，填词时，所选择的词牌与自己所表达的内容只要不是太离谱就行。比如，用词牌《点绛唇》来表达金戈铁马、沙场征战的内容，用《女冠子》来表现英雄豪气、视死如归的内容等，就不妥当。

五、词的种类

词的种类，就是词的格律模式的种类，也就是词谱的种类（关于什么是“词谱”，我们后面会讲到）。可以从以下几个角度对词进行分类。

1. 根据字数的多少，词可分为小令、中调、长调三类

根据清人毛先舒在《填词名解》中的解释可知：58 字以内的叫小令，如《十六字令》（16 字）、《忆江南》（27 字）、《渔歌子》（27 子）、《如梦令》（33 字）、《忆秦娥》（46 字）等；59 字以上 90 字以下的叫中调，如《临江仙》（60 字）《渔家傲》（62 字）、《青玉案》（67 字）、《江城子》（70 字）等；90 字以上的叫长调，如《满江红》（93 字）、《水调歌头》（95 字）、《念奴娇》（100 字）、《雨霖铃》（103 字）、《沁园春》（114 字）等。

2. 根据段数的多少，词可分为单调、双调、三叠、四叠四类

只有一段的叫单调，如《十六字令》《忆江南》《渔歌子》《如梦令》等；有两段的叫双调，如《青玉案》《江城子》《满江红》《水调歌头》《念奴娇》等；有三段的叫三叠，有四段的叫四叠，如《夜半乐》（三叠）、《莺啼序》（四叠）。

其中，以双调最为常见，单调最容易创作，三叠、四叠则很少。

词的段又叫做“阕”或“片”，一段叫做“一阕”或“一片”，单调的词由一阕构成；双调的词由两阕构成，称为“上阕”（或“上片”）“下阕”（或“下片”）。三、四叠类推。

双调词的上、下阕，在格律上又分以下三种情况：

（1）上下阕格律完全相同，如《长相思》（白居易）：汴水流，泗水流，流到瓜州古渡头。吴山点点愁。思悠悠，恨悠悠，恨到归时方始休。月明人依楼。

（2）上下阕格律基本相同，但下阕开头的一两句与上阕不同（俗称为“换头”），如《酒泉子》（温庭筠）：楚女不归，楼枕小河春水。月孤明，风又起，杏花稀。　玉钗斜篸，云鬟重，裙上金缕凤。八行书，千里梦，雁南飞。

此词上下阕最后三句格律相同，但上阕前两句与下阕前三句句数不同、字数不同、平仄不同。

（3）上下阕格律完全不同，如《诉衷情》（陆游）：当年万里觅封侯，匹马戍梁州。关河梦断何处？尘暗旧貂裘。　胡未灭，鬓先秋，泪空流。此生谁料，心在天山，身老沧州。

3. 根据词牌名称，又可将词分为若干类

根据清代康熙敕令编纂的《钦定词谱》，词共有 1180 种词牌，2 306 体。此书是目前收录词牌最多的一部书。

一般来说，一个词牌就是一类。但有的词牌除了正名外，还有几个甚至十几、二十几个别名，如前面所举的《蝶恋花》，除正名外，还有十四个别名。因此，才有了《钦定词谱》1180 种词牌、2306 体的分类。如果只算正名，那么词就分为 1180 种；如果加上别名，词就有 2306 种。

4. 词除了正体之外，还有变体，根据词调的性质，可将词的变体分为令、引、近、慢四类

令是指乐调短、字数少的词，又称“小令”。如《十六字令》；也有较长的令，如《百字令》（即《念奴娇》）。

引是指“引歌”，即截取大曲的前段部分构成的词。它比“令”的乐调略长，字数略多，如《太常引》《迷神引》。

近是指“近拍”。在乐调的长短、字数的多少上与“引”相近，如《丑奴儿近》《好事近》。

慢是指“慢曲”，即将声调延长、字数增多而构成的词，如《声声慢》《木兰花慢》。

这种分类与字数的多少也有密切关系。但由于它们只是对变体的分类，不能包括正体，因此一般不将它们当作词的分类来讲。

六、词　谱

词谱是填词时的唯一依据。一般来说，词谱有两个含义：一是指词在平仄、用韵、字数、句数等方面的具体格律规定。如清人万树所著《词律》中《菩萨蛮》的词谱：

菩萨蛮 四十四字 又名《子夜歌》

李 白 巫山一段云 重叠金

平可仄林漠可平漠烟如织，韵 寒可仄山一可平带伤心碧。叶 暝可平色入高楼，换平有可平人可仄楼上愁。叶平 玉可平阶空伫立，三叶仄 宿可仄鸟归飞急。四换平 何可仄处是归程，叶四平 长可仄亭连短亭三换仄。

二是指辑录各种词牌的词谱，用以填词的著作。词谱著作比较通行的有：清初万树的《词律》，收826种词牌、2306体；康熙敕令编纂的《钦定词谱》，收词1180种；清舒梦兰编的《百香词谱》，收词100种，供初学者用。现在的人，一般掌握几十种词的词谱就足够用了，因此《百香词谱》使用得较为普遍。随着古典诗词的普及，现在出版了各种各样的诗词格律著作，其中都录有一些常用的词谱。当代学者杨文生所著《词谱简编》一书，比较通俗易懂，是一本较好的供填词参考的工具书。

词谱是明代才有的。明代以前的文人填词是拿前人影响较大、流传较广的词作样板，按照该词的字数、句数、段数、押韵、平仄及对仗格式等来填写新词的。现在实际上也是这样来填词的，只是有了词谱会更加方便一些。

因此，要学习填词或者想要填词，就要学会读懂词谱，身边也需备一本常用的词谱。要读懂词谱，就要了解常用词谱的编写体例。

词谱一般由三部分组成：① 词牌名称。② 有关说明，包括词牌常见的别名、押韵要求、叠字叠句的要求、对仗的要求，以及段数、句数、字数的要求等。③ 每句的平仄、押韵模式。

一般来说，常用词谱的编写体例是：① 先列出词牌；② 在词牌旁边或下面注明该词牌常用的别名；③ 在词牌下注明该词牌的来源、段数、句数、字数以及平仄押韵的要点；④ 标明该词牌具体的平仄格律（词谱）。

标明平仄格律的方法各不相同，有的以文字来标明平仄格律。具体是：用“平仄”表示每个字的平仄要求；用“O”表示可平可仄之处（套在字上）；用“韵”来表示韵脚，用“叶”（xié）来表示押韵处；用“平韵”“仄韵”来表示押韵要求；用“换×韵”来表示换韵要求。

有的以符号来标明平仄格式。具体是：用“－”“｜”表示每个字的平仄要求；用“O”（套在“－”“｜”符号上）或“◎/◉”；或直接用“●/O”

◎/◉来表示平仄及可平可仄之处。用“▲/△”来表示韵脚及押平声韵、仄声韵的要求。

思考与练习

1. 举例说明词的特征。

2. 创作词为什么叫作“填词”？填词时为什么要严格按照词谱来进行？

3. 分别查阅《钦定词谱》《词律》《白香词谱》，掌握其中常用的符号，并读懂词谱。

第二节　词的平仄

词的平仄是根据律诗的平仄发展而来的，律诗的平仄规律是平仄相间，即——||——|、||——||—、||———||、——||||——。词的平仄格式基本也是平仄相间，且有一定的规律。其基本规律是：二字句有平有仄；三至七字句尽量用律句或律句的一部分；八字句以上一般由两句七字以下句子的平仄复合而成。具体来说，词的平仄规律一般是：

（1）一字句：有平有仄。如：

“山，快马加鞭未下鞍。”（“山”，平）（毛泽东《十六字令》三首）

“一怀愁绪，几年离索，错！错！错！”（“错”，仄）（陆游《钗头凤·红酥手》）

（2）二字句：最常见的是“平仄”，也有“平平”和“仄仄”的（“仄仄”很少）。如：

“知否？知否？应是绿肥红瘦。”（“知否”，平仄）（李清照《如梦令》）

“盈盈，斗草踏青。”（“盈盈”，平平）（柳永《木兰花慢·清明》）

“去去！何处？迢迢巴楚。”（“去去”，仄仄。）（李珣《河传·迢迢巴楚》）

（3）三字句：三字句在词中较为常见，平仄格式大多数是由七言律句的后三字构成。常见的有“平平仄”“仄仄平”“平仄仄”“仄平平”及“平平平”“仄仄仄”“仄平仄”“平仄平”八种。如：

“箫声咽，秦娥梦断秦楼月。”（“箫声咽”，平平仄）（李白《忆秦娥·箫声咽》）

“汴水流，泗水流，流到瓜州古渡头。”（“汴水流，泗水流”，仄仄平）（白居易《长相思·汴水流》）

“青箬笠，绿蓑衣，斜风细雨不须归。”（“青箬笠，绿蓑衣”，平仄仄、仄平平）（张志和《渔歌子·西塞山前》）

“思悠悠，恨悠悠，恨到归时方始休。”（“思悠悠”，平平平）（白居易《长相思·汴水流》）

“一叶叶，一声声，空阶滴到明。”（“一叶叶”，仄仄仄）（温庭筠《更漏子·玉炉香》）

“转朱阁，低绮户，照无眠。”（“转朱阁”，仄平仄）（苏轼《水调歌头·明月几时有》）

“算鲛宫，只隔一红尘，无路通。”（“无路通”，平仄平）（吴文英《满江红·淀山湖》平韵）

（4）四字句：四字句在词中也较为常见，平仄格式大多数是由七言律句的前四字构成。常见的有“平平仄仄”“仄仄平平”及“平仄平仄”三种。如：

“天涯旧恨，独自凄凉人不问。”（“天涯旧恨”，平平仄仄）（秦观《减字木兰花·天涯旧恨》）

“燕雁无心，太湖西畔随云去。”（“燕雁无心”，仄仄平平）（姜夔《点绛唇·燕雁无心》）

“情浅终似，行云无定，犹到梦魂中。”（“情浅终似”，平仄平仄）（晏几道《少年游·离多最是》）

（5）五字句、七字句：多半是律句。如：

“忍泪半低面，含羞半敛眉。”（仄仄平平仄，平平仄仄平）（韦庄《女冠子·四月十七》）

“塞下秋来风景异，衡阳雁去无留意。”（仄仄平平平仄仄，平平仄仄平平仄）（范仲淹《渔家傲·塞下秋来》）

（6）六字句：多是“平平仄仄平平”“仄仄平平仄仄”。如：

“无言独上西楼，月如钩。”（平平仄仄平平）（李煜《乌夜啼·无言独上西楼》）

“世路如今已惯，此心到处悠然。”（“世路如今已惯”，仄仄平平仄仄）（张孝祥《西江月·闻讯湖边》）

（7）八字句以上的平仄比较复杂，一般是由两句七字以下句子的平仄复合而成。读的时候，中间一般要有语音停顿，有时可加顿号，因此要注意它们的节奏。一般来说，八字句的节奏多是“上三下五（由三字句、五字句的平仄复

合而成。以下类推）、上一下七、上二下六”。如：

“更那堪冷落清秋节。”（上三下五）（柳永《雨霖霖·寒蝉凄切》）

“对潇潇暮雨洒江天。”（上一下七）（柳永《八声甘州·对潇潇暮雨洒江天》）

“那堪片片飞花弄晚。”（上二下六）（秦观《八六子·倚危庭》）

（8）九字句的节奏多是“上三下六、上二下七、上四下五、上五下四”。如：

“念此际付与何人心事。”（上三下六）（陆游《双头莲·华鬓星星》）

“恰似一江春水向东流。”（上二下七）（李煜《虞美人·春花秋月》）

“那人却在灯火阑珊处。”（上四下五）（辛弃疾《青玉案·东风夜放》）

“又斜风细雨重门须闭。”（上五下四）（李清照《念奴娇·萧条庭院》）

（9）十字句的节奏多是“上三下七”。如：

“君不见玉环飞燕皆尘土。”（辛弃疾《摸鱼儿·更能消几番风雨》）

十一字以上的句子，一般都不认为是一个句子，因此不再多说。

上述各种句式中，也经常有可平可仄之处，在词谱中一般也用圆圈标出来。在词谱中，圆圈内的平或仄一般标的都是原字的声调。

了解了以上规律，我们在掌握词谱时，就可将词谱中每一句的平仄转换成前面律诗的四种基本平仄句式来理解，这样更便于记住词谱。如：

《十六字令》（蔡仲）：天！休使圆蟾照客眠。人何在？桂影自婵娟。

词谱是“—，韵 ⊖｜——⦶｜—。叶 ——｜，⊖｜｜——。叶”可将词谱理解为“—，韵⦶｜——⦶｜—。叶——｜，⦶｜｜——。叶”

《捣练子》（李煜）：深院静，小庭空，断续寒砧断续风。无奈夜长人不寐，数声和月到帘栊。

词谱是“—｜｜，｜——，韵⦶｜——⦶｜—。叶⊖｜⦶——｜｜，⦶—⊖｜｜——。叶”可将词谱理解为“—｜｜，｜——，韵⦶｜——⦶｜—。叶⦶｜⊖——｜｜，⊖—⦶｜｜——。叶”

词的平仄虽然是根据律诗的平仄而来的，但与律诗的平仄又有所不同。主要体现在以下几点：

（1）句子的字数长短不一，从一字句到十字句以上都有，而律诗每句的字数都是七字或五字，十分整齐。

（2）词上下句之间的平仄不需要粘对，律诗上下句之间的平仄必须粘对。

（3）词的平仄严于律诗。律诗的平仄讲究变通，可平可仄之处较多。词的平仄比较死，可平可仄之处较少。一般来说，小令最少，中调稍多一点，长调较多。

（4）律诗一般不用拗句，有了拗句必须相救；词中有时要求必须使用拗句，而且不必相救。

思考与练习

1. 词的平仄有无规律可循？

2. 请根据词谱将下面几首词的平仄格律标出来（可平可仄之处按词谱标，不按原字声调标）。

（1）《渔歌子》（张志和）：西塞山前白鹭飞，桃花流水鳜鱼肥。青箬笠，绿蓑衣，斜风细雨不须归。

（2）《忆江南》（白居易）：江南好，风景旧曾谙。日出江花红胜火，春来江水绿如蓝。能不忆江南？

（3）《卜算子》（陆游）：驿外断桥边，寂寞开无主。已是黄昏独自愁，更著风和雨。　无意苦争春，一任群芳妒。零落成泥碾作尘，只有香如故。

（4）《忆秦娥》（李白）：箫声咽，秦娥梦断秦楼月。秦楼月，年年柳色，灞陵伤别。　乐游原上清秋节，咸阳古道音尘绝。音尘绝，西风残照，汉家陵阙。

第三节　词的押韵

词与诗一样，必须押韵。古人写诗押韵主要根据韵书；而古人填词，则很少有专供填词的韵书。直到清代仲桓的《词韵》、戈载的《词林正韵》出来以后，词韵才算有了公认的范本。但不管是这两本书出来之前还是之后，填词的人多半都是依据诗韵来填词。同律诗一样，现在如果按新韵填词，也只需根据现代诗韵来押韵即可。

词的押韵，不像律诗那样有规律可循。前面说了，词牌有上千种，每个词牌都有自己的押韵要求。填词时，必须根据各种词牌不同的押韵要求去押韵。但从总体来说，也不是完全无规律可循。一般来说，词的押韵分为押平声韵、押仄声韵、可平可仄押韵、中间换韵等几种。下面分别进行介绍。

一、一韵到底

一韵到底又可分为以下几种情况：

（1）通押平声韵，即整首词的韵（不管是韵脚还是押韵之处）都必须是平声。例如：

梳洗罢，独倚望江楼。过尽千帆皆不是，斜晖脉脉水悠悠，肠断白萍洲。（温庭筠《忆江南·梳洗罢》）（“楼、悠、洲”，平声）

通押平声韵的词通常有《渔歌子》《忆江南》《捣练子》《浪淘沙》《浣溪沙》《采桑子》《鹧鸪天》《满庭芳》《水调歌头》《沁园春》等。

（2）通押仄声韵，即整首词的韵（不管是韵脚还是押韵之处）都必须是仄声。例如：

常记溪亭日暮，沉醉不知归路。兴尽晚回舟，误入藕花深处。争渡！争渡！惊起一滩鸥鹭。（李清照《如梦令·常记溪亭》）（“陆”“处”“渡”“鹭”，仄声）

通押仄声韵的词通常有《如梦令》《卜算子》《木兰花》《钗头凤》《蝶恋花》《渔家傲》《苏幕遮》《鹊桥仙》《念奴娇》《水龙吟》《摸鱼儿》《贺新郎》等。

（3）通押入声韵，即整首词的韵（不管是韵脚还是押韵之处）都是入声。例如：

箫声咽，秦娥梦断秦楼月。秦楼月，年年柳色，灞陵伤别。　乐游原上清秋节，咸阳古道音尘绝。音尘绝，西风残照，汉家陵阙。（李白《忆秦娥·箫声咽》）（“咽”“月”“别”“节”“决”“阙”均为入声字）

通押入声韵的词通常有《忆秦娥》《念奴娇》《满江红》《雨霖铃》等。

（4）可平可仄韵，即整首词既可都押平声韵，也可都押仄声韵（包括入声韵）。例如：

冰清霜洁，昨夜梅花发。甚处玉龙三弄，声摇动、枝头月。　梦绝金兽热，晓寒兰烬灭。更卷珠帘清赏，且莫扫、阶前雪。（林逋《霜天晓角·冰清霜洁》）（“洁”“发”“月”“热”“灭”“雪”均为入声字，仄声）

人影纱窗，是谁来摘花？折则从他折去，知折去、向谁家？　檐牙枝最佳，折时高折些。说与折花人到：须插向、鬓边斜。（蒋捷《霜天晓角·人影纱窗》）（“窗”“花”“家”“佳”“些”“斜”均为平声字，平声）

既可都押平声韵，也可都押仄声韵的词通常有《霜天晓角》《忆秦娥》《满江红》《声声慢》《南浦》等。

二、中间换韵

中间换韵的又可分为两类：

（1）一阕用仄声韵（或平声韵），一阕换用平声韵（或仄声韵），互不交错。例如：

春归何处？寂寞无行路。若有人知春去处，唤取归来同住。　　春无踪迹谁知？除非问取黄鹂。百啭无人能解，因风飞过蔷薇。（黄庭坚《清平乐·晚春》）（上阕仄，下阕平）

（2）一阕之内，前一半用仄声韵（或平声韵），后一半换用平声韵（或仄声韵），互不交错。例如：

天涯旧恨，独自凄凉人不问。欲见回肠，断尽金炉小篆香。　　黛蛾长敛，任是春风吹不展，困倚危楼，过尽飞鸿字字愁。（秦观《减字木兰花·天涯旧恨》）（“恨”“问”仄声；“肠”“香”平声。下阕同）

三、交错转换押韵

一阕之内平声韵、仄声韵交错转换来押韵。例如：

玉炉香，红蜡泪。偏照画堂秋思。眉翠薄，鬓云残，夜长衾枕寒。　　梧桐树，三更雨，不道离情正苦。一叶叶，一声声，空阶滴到明。（温庭筠《更漏子·玉炉香》）（“泪”“思”仄声；“残”“寒”换成平声；“树”“雨”“苦”三换仄声；“声”“明”四换平声）

这类押韵的词通常有《更漏子》《调笑令》《乌夜啼》《女冠子》《菩萨蛮》等。

上面叙述的只是词押韵的一般规律，一首词具体应该押什么韵、怎样押韵，词谱中都有明确的规定。填词时，只要按谱押韵就行了。上面的这些押韵规律，我们只需了解一下即可，不需要去死记硬背。

思考与练习

1. 词的押韵有什么特征？

2. 分析下面几首词的押韵情况（押什么韵、有无换韵、换了几次韵、换的什么韵）。

（1）《调笑令》（韦应物）：胡马！胡马！远放燕支山下。跑沙跑雪独嘶，东望西望路迷。迷路！迷路！边草无穷日暮。

（2）《捣练子》（李煜）：深院静，小庭空，断续寒砧断续风。无奈长夜人不寐，数声和月到帘栊。

（3）《菩萨蛮》（辛弃疾）：郁孤台下清江水，中间多少行人泪？西北望长安，可怜无数山。　　青山遮不住，毕竟东流去。江晚正愁予，山深闻鹧鸪。

第四节　词的对仗

律诗中间两联必须对仗，词中有的地方也需要对仗。但词的对仗要求不像律诗的对仗要求那么严格，位置也不像律诗那么固定。归纳起来，词的对仗有以下一些特点。

一、从对仗要求上说，有要求对仗和可对仗也可不对仗两种

像《浣溪沙》《西江月》《南歌子》《踏莎行》等词上下阕的前两句一般就要求对仗。如：

明月别枝惊鹊，清风半夜鸣蝉，稻花香里说丰年，听取蛙声一片。　七八个星天外，两三点雨山前。旧时茅店社林边，路转溪桥忽见。（辛弃疾《西江月·明月别枝》）

凤髻金泥带，龙文玉掌梳。走下窗来笑相扶，爱道画眉深浅入时无？　弄笔偎人久，描花试手初。等闲妨了绣功夫，笑问鸳鸯两字怎生书？（欧阳修《南歌子·凤髻金泥带》）

雾失楼台，月迷津渡。桃源望断无寻处。可堪孤馆闭春寒，杜鹃声里斜阳暮。　驿寄梅花，鱼传尺素，砌成此恨无重数。郴江幸自绕郴山，为谁流下潇湘去？（秦观《踏莎行·雾失楼台》）

《浣溪沙》上下阕的前两句一般要求对仗，也可上下阕只有一处对仗。如：

一曲新词酒一杯，去年天气旧亭台，夕阳西下几时回？无可奈何花落去，似曾相识燕归来，小园香径独徘徊。（晏殊《浣溪沙·一曲新词》）

一般来说，绝大部分词都不要求对仗，因为词以长短句为主，多数句子的字数都不相同；只有少部分词的一些句子要求对仗，要求对仗的地方在词谱中一般都会注明。词谱中没有注明对仗而上下句又字数整齐的地方就可对仗也可不对仗，由作者自由掌握。

二、从对仗的字数上说，词的对仗主要有三字对、四字对、五字对、六字对、七字对等

深院静，小庭空，断续寒砧断续风。（李煜《捣练子·深院静》）（三字对）

纤云弄巧，飞星传恨，银汉迢迢暗度。（秦观《鹊桥仙·纤云弄巧》）（四字对）

忍泪佯低面，含羞半敛眉。（韦庄《女冠子·四月十七》）（五字对）

野照弥弥浅浪，横空隐隐层霄。（苏轼《西江月·野照弥弥》）（六字对）

三十功名尘与土，八千里路云和月（岳飞《满江红·怒发冲冠》）（七字对）

三、从对仗的方法上说，律诗所用的正对、反对、流水对等，词中都有

雾失楼台，月迷津渡。（秦观《踏莎行·雾失楼台》）（正对）

无可奈何花落去，似曾相识燕归来。（晏殊《浣溪沙·一曲新词》）（反对）

月上柳梢头，人约黄昏后。（欧阳修《生查子·去年元夜时》）（流水对）

此外，词中还有领字对、领句对、扇面对、多句对等律诗中没有的对仗形式。下面分别解释：

（1）领字对，即上句前面有领字的对仗。如：

念累累枯冢，茫茫梦境。（陆游《沁园春·孤鹤归飞》）

且莫思身外，长近尊前。（周邦彦《满庭芳·风老莺雏》）

（2）领句对，即上句前面有领句的对仗。如：

此生谁料，心在天山，身老沧州。（陆游《诉衷情·当年万里》）

料得年年肠断处，明月夜，短松冈。（苏轼《江城子·十年生死》）

（3）扇面对，即上两句分别与下两句相对的对仗，又称隔句对。如：

靖康耻，犹未雪；臣子恨，何时灭。（岳飞《满江红·怒发冲冠》）（“靖康耻”与“臣子恨”相对，“犹未雪”与“何时灭”相对）

叹年光过尽，功名未立；书生老去，机会方来。（刘克庄《沁园春·何处相逢》）（“年光过尽”与“书生老去”相对，“功名未立”与“机会方来”相对）

（4）多句对，即三句并列相对的对仗。如：

卷罗幕，凭妆阁，思无穷。（薛绍蕴《相见欢·罗襦绣袂香红》）

胡未灭，鬓先秋，泪空流。（陆游《诉衷情·当年万里》）

四、从平仄上说，词的对仗不讲究平仄相对，也不讲究粘对

雾失楼台，月迷津渡。（秦观《踏莎行·雾失楼台》）（｜｜——，｜———）

心在天山，身老沧州。（陆游《诉衷情·当年万里》）（—｜——，—｜——）

思考与练习

自选词谱，自找题材，创作两首词（只要求符合词谱格律，质量高低不作要求）。

附三：

词林正韵表

《词林正韵》是清人戈载编纂的一部词韵书，《词林正韵》把填词能够通用的诗韵韵目，也就是《平水韵》的韵部合并在一起。把平上去三声合并为十四部，入声合并为五部，共归纳成了《词林正韵》十九部。表中的“一东二冬”等以及“【 】”中的韵部，即是《平水韵》韵部。

《词林正韵表》
电子版

第三章　曲　律

第三章课件

第一节　概　述

一、曲的概念

曲，又叫“乐府”“今乐府”“词”。如《乐府群玉》《复庄今乐府选》(元代胡存善编的一本散曲总集)、《词林摘艳》(清代姚燮选编的戏曲选集)，以及明代张禄选编的散曲戏曲选集。它实际上有广义和狭义之分：广义的“曲”包括“剧曲”和“散曲”两类。前者指舞台上演出的有唱词、说白、故事情节、分折分场的戏曲，又叫“剧曲”“杂剧”。如《西厢记》《桃花扇》《窦娥冤》等。后者指当时的文人、歌者用来咏物抒情的一种配合当时北方流行的音乐曲调所写的合乐歌词，又叫“清曲”“乐府”。如马致远的《天净沙·秋思》、张养浩的《山坡羊·通关怀古》、关汉卿的《南吕·一枝花·不伏老》等。

我们这里指的是后者。它是宋末元初兴起于民间、元明时期盛极于文坛的一种诗歌体裁。

因此，散曲的概念是：散曲是宋末元初兴起于民间，元明时期盛极于文坛，当时的文人、歌者用来咏物抒情，配合当时流行的音乐曲调所写的一种合乐歌词，是继诗、词之后兴起的一种新的诗歌体裁。

二、曲的起源

曲起源于宋末明初。它的兴起与词的衰落有密切的关系。南宋时期，由于文人词越来越片面地追求词语的工丽和音律的妍美，词逐渐与可供歌唱的曲谱脱离，原本具有的通俗性和歌唱性特征渐渐消失，成了文人们纯文学的、精致细腻的案头之作。与此同时，北方女真民族建立的金国日益强大，形成了宋、金南北对立的时期。在女真族统治的北方，民间俗谣俚曲仍然在普遍流行。这些俗谣俚曲吸收、融合了民间新兴的歌曲和女真、蒙古等少数民族的乐曲，逐渐形成一种新的诗歌样式——散曲。

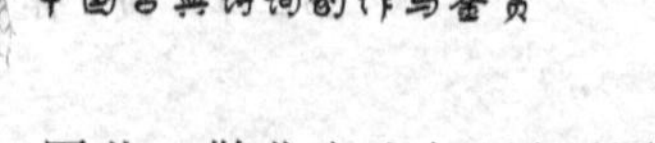

因此，散曲产生与民间的俗谣俚曲密不可分。

到了金末，散曲初步流行起来。因为当时的词，“虽得人口称，而动人心者绝少，不若俗谣俚曲之见其真情而反能荡人血气也”(《归潜志》卷13)。因此，文人们在称赞民间散曲的同时，也开始创作散曲。在金末元初，宫廷中朝会的大合乐中多采用散曲，并且由翰苑人物作词，皇帝加以嘉赏，散曲地位得以逐渐提高。在民间，妓女、艺人们更是在酒席宴上广泛地演唱散曲，文人也时常为遣怀释闷而创作散曲，于是散曲逐渐成为文坛上新兴的诗歌样式。

到了元代，散曲大盛。这是由当时民族的交融，人口流动的频繁，北方少数民族音乐的传入中原，以及城市经济的发展，商人、小贩、手工业者的生活喜好造成的。王世贞在《曲藻·序》中说：“自金元入主中国，所用胡乐，嘈杂凄紧，缓急之间，词不能按，乃更为新声以媚之。”于是，在此背景下，代表民间通俗文学的散曲蓬勃发展起来，成为文坛盛极一时的文学形式。

最早提出“散曲”之名的，是明初朱有燉的《诚斋乐府》。不过该书所说的“散曲”专指小令，不包括套曲。明中叶以后的曲论家才始用“散曲”兼称小令和套曲，以方便和“剧曲”(或“戏曲”)相对称。

散曲的发展可分为前后两期，大约以元仁宗延祐元年(公元1314年)为界。前期属于散曲的繁荣期，后期属于散曲的变异期。

前期的创作中心在北方，俗称为北曲。这时的散曲作为一种新兴的诗歌样式，从民间转到文人手中，文人的审美趣味和平民的审美趣味相融，促使散曲逐步走向繁荣。这时期的散曲作家主要有三类人：

第一类是书会的才人作家。以关汉卿、王和卿为代表，具有强烈的叛逆精神和追求自由的生命意识，创作题材多涉及男女恋情。

第二类是平民及胥吏作家。他们向往实现传统文人价值，但在现实生活中屡屡碰壁，因此叹世归隐是他们创作的主旋律。以白朴、马致远等人为代表。

第三类是达官显贵作家。他们的作品多表现的是传统的士大夫思想情趣，在艺术上偏于典雅一路，俚俗的成分较少。以卢挚、姚燧为代表。

后期的创作中心在南方，作者多是南方人，俗称为南曲。这一时期，散曲作家的活动中心逐渐从元大都转移至杭州一带，出现了一批将主要精力和主要成就在放在散曲创作上的作家。他们勤于探究散曲的体制和规律，创作了大量散曲佳作。他们的散曲作品讲究清秀华丽、缠绵婉约，或多或少地涂染着江南文学传统的妩媚色彩。哀婉蕴藉的感伤情调代替了前期的激情喷发，并逐步成为散曲创作的主流，风格从前期的以豪放为主转为以清丽为主。这一时期的散曲，更注重字句的锤炼、对仗的工整和典故的运用，风格趋于雅正典丽，出现了散曲诗词化、规范化的倾向，从而使得诗坛出现了诗、词、曲并立的局面。与此同时，散曲逐渐失去了繁荣期所具备的民间文艺那种通俗平易和质朴自然的特色。

这一时期的代表作家主要有徐再思、贯云石、张可久、乔吉、睢景臣、张养浩、刘时中等。

三、曲的特征

曲和词有密切的关系。明代王士祯在《曲藻序》中说："曲者，词之变。"词在唐代就称为"曲、曲子词"，曲在元明两代也往往被称为"词"，二者最早都是用来配乐唱歌的歌词，在本质上和特征上有很多相同之处。因此，讲到曲的特征，一般都是与词相比较来说的。

（1）同词一样，每首散曲都有自己的曲牌，且属于一定的宫调。

（2）每个曲牌在字数、句数、平仄和用韵等方面都有自己的规定。在标题上都必须冠以曲的宫调名、曲牌名和标题。

（3）有衬字，句式灵活多变，伸缩自如。散曲与词一样，都采用长短句句式，但在句式上比词更加灵活多变。主要表现在，词的句数和每句的字数都有十分严格的规定，不能随意增减。而散曲则可以根据内容的需要，突破曲牌规定的句数，进行增句；一句之内也可以增加衬字。所谓衬字，指的是曲中句子本格以外的字。如贯云石的《塞鸿秋·代人作》，末句依曲牌本是七个字，但他写成"今日个病恹恹，刚写下两个相思字"，变为 14 个字了。所增加的七个字，就叫"衬字"。至于哪七个字属于衬字，从以辞合乐的角度看，却无须追究。

（4）衬字带有明显的口语化、通俗化，使曲意诙谐活泼。例如，关汉卿《不伏老》套数中《黄钟尾》一曲，在"我是一粒铜豌豆"七字的基础上增加衬字，加成"我是个蒸不烂煮不熟捶不扁炒不爆响珰珰一粒铜豌豆"，其中"个蒸不烂煮不熟捶不扁炒不爆响珰珰"就是衬字，使得曲意豪放泼辣，把"铜豌豆"的性格表现得淋漓尽致。

（5）语言口语化、散文化。词的语言追求典雅，散曲的语言虽也有典雅的一面（如马致远的《天净沙·秋思》、张养浩的《山坡羊·通关怀古》等），但从总体倾向来看，却是以俗为美，常以俗语、蛮语（少数民族之语）、谑语（戏谑调侃之语）、嗑语（唠叨琐屑之语）、市语（行话、隐语、谜语）、方言用语等入曲。追求以俗为雅、俗而有趣的喜剧风格，使得语言通俗诙谐，充满生活气息。明凌蒙初《谭曲杂札》说，散曲“方言常语，沓而成章，着不得一毫故实”，清黄周星《制曲枝语》也说，散曲“曲之体无他，不过八字尽之，曰：少引圣籍，多发天然而已”，都是对散曲以俗为尚和口语化、散文化语言风格的精辟概括。

（6）由于上述语言上的特征，散曲在整体上具有明快显豁、自然酣畅的审美取向。散曲在审美取向上虽然也不排斥含蓄蕴藉一格，但从总体上说，它崇尚的是明快显豁、自然酣畅之美。不说则已，要说就说个透彻，不施脂粉，出之天然。《曲谐》的作者任讷曾说：“曲以说得急切透辟、极情尽至为尚，不但不宽弛、不含蓄，且多冲口而出；若不能待者，用意则全然暴露于辞面，用比兴者并所比所兴亦说明无隐。此其态度为迫切、为坦率，恰与词处相反地位。”精辟地描述了曲的这一特征。

四、曲的分类

曲分为散曲和剧曲两大类，散曲又主要分为小令和套数两类。一支单独的曲词叫“小令”；有若干小令串成的组曲叫“套数”，又叫“套曲”；由四个套数加一个“引子”（又叫“楔子”）并插入“科白”（又叫“说白”）的叫“杂剧”；由不止四个套数组成的戏曲叫“传奇”。我们这里说的“曲”仅指“散曲”。

散曲可分为小令、套曲以及介于两者之间的带过曲三类。

（一）小　令

小令又叫“叶儿”，是散曲中最早产生的类别，也是散曲最基本的组成单位。其名称源自唐代的酒令。曲中的小令与词中的小令含义不同：词中的小令是相对中长调而言的，指的是58字以下的词；曲中的小令则是套曲相对而言的，只要是一支单独（只有一段）的曲子，不论字数的多少，都叫小令（当然，大多数小令也都字数较少，篇幅较短）。

小令一般只是单支曲子，单片只曲，调短字少是它最基本的特征。但小令除了单片只曲外，还有两种情况，可看作小令的变体：

一种是联章体，称为“重头小令”，它由同题同调的数支小令组成，最多可达百支，用以合咏一事或分咏数事。如张可久的《中吕·卖花声》四时乐兴，就以四支同调小令分别吟咏春、夏、秋、冬，构成一支组曲；《录鬼簿》载乔吉曾有咏西湖的《梧叶儿》更是多达百首，是重头小令中最长的。重头小令虽以同题同调的组曲出现，内容上互有联系，但其中的各支曲子仍是完整独立的小令形态，故仍属于小令的范畴。

一种是“幺篇”。对于“幺篇”的概念，清代李渔《闲情偶寄·词曲》的描述是：“同一牌名而为数曲者，止于首只列名其后，在南曲则曰‘前腔’，在北曲则曰‘幺篇’，犹诗题之有其二、其三、其四也。”当代赵山林《读曲常识》的定义是：“戏曲、散曲术语，北曲中连续使用同一曲牌时，后面各曲不再标出曲牌名，而是写作‘幺篇’或简作‘幺’。”当代于海洲《诗词曲律与写作技巧·曲的格律》的描述是：“小令是散曲的基本单位，当作者用它表达较为复杂的内容时，为加大容量，将其曲调重复一遍，中间加个‘幺’字，这种形式称为‘幺篇’。‘幺篇’的字句允许与前调稍有增损，但这种增损迥然不同于词的上下片，它是一支小曲的重复使用，属临时性的扩大篇幅。”

由此可见，幺篇近似于双调词的下阕，是正曲的延长、附属部分。它在曲中不是固定的，是可有可无的，根据内容需要而定。需要加“幺篇”时，在正曲与“幺篇”之间加一个“〈幺〉”字。

（二）套 曲

套曲，又称“套数”“散套”“大令”，是由同一宫调的三支或三支以上的单曲组成的散曲。套曲是从唐宋大曲、宋金诸宫调发展而来的。套曲有三个主要特征：① 由同一宫调的若干首曲牌连缀而成。② 各曲同押一个韵部。③ 在结尾部分有《尾声》。

（三）带过曲

带过曲是由同一宫调的不同曲牌组成的散曲。标题上一般要冠以“带过”二字。如《雁儿落带过得胜令》《骂玉郎带过感皇恩、采茶歌》等，曲牌最多不超过三首。带过曲属于小型曲组，比套曲的容量小得多，且没有《尾声》，是小令与套数之间的特殊形式。

五、宫调和曲牌

曲是用来合乐的。每一支散曲都有一定的乐谱，这乐谱就叫“曲调”。每个曲调都有一个名称，这名称就叫“曲牌”。每一种曲牌都属于一定的宫调。

宫调是古代戏曲、音乐的名称，是音乐的各种调式。宫调不同，音调就不同。近人吴梅曾解释说："宫调者，所以限定乐器管色之高低也。"我国历代均依照十二律高下的次序，将"乐器管色之高低"定为宫、商、角、徵、羽、变宫、变徵七种音调。以宫声为主的调式称"宫"，以其他各声为主的称"调"。散曲常用的宫调有五宫四调，五宫为仙吕、南吕、中吕、黄钟、正宫；四调为大石调、双调、商调、越调，合称九宫调。如《窦娥冤》中的《正宫》就是一种宫调。

不同宫调所适用的感情色彩是不同的，根据《中原音韵》，常用宫调所适用于表达的感情色彩是：正宫：惆怅悲壮；中吕：高下闪赚；南吕：感叹伤悲；仙侣：清新绵邈；双调：健捷激袅；商调：凄怆怨慕；越调：陶写冷笑。在填曲时，应注意选择与感情色彩相配合的宫调。

元曲中每一种宫调都要有一定的曲牌相配合，如《中吕·山坡羊》《黄钟·水仙子》《双调·落梅风》《正宫·塞鸿秋》等。

曲牌，俗称"牌子"。和词牌一样，是曲的音乐谱式。如《窦娥冤》中的《耍孩儿》《鲍老儿》《叨叨令》《端正好》《滚绣球》《一煞》《二煞》等都是曲牌。每一个曲牌，在声韵上必然属于一种宫调。不同的曲牌在字数、平仄、押韵上往往不同，每一曲牌都有一定的基本定式，可据此填写新的曲词。因此，曲牌所规定的格式，就是填曲时所依照的曲谱。就像填词时必须依据的词谱一样。曲牌大都来自民间，一部分由词发展而来，故曲牌名也有与词牌名相同的。

要注意的是，有些曲牌的名称虽然相同，但分属于不同的宫调，因此属于不同的曲牌。如《黄钟宫·水仙子》与《双调·水仙子》;《仙吕宫·端正好》与《正宫·端正好》等。另外还有些曲牌名相似的散曲，也不要将它们误当作同一支曲子，如《黄钟宫·水仙子》与《双调·河西水仙子》,《双调·得胜乐》与《双调·得胜令》,《越调· 鬼三台》与《越调·耍三台》等。填曲时均不能混为一谈。

散曲标题书写格式一般是：用"【 】"或"[ ]"将宫调名和曲牌名括起来，二者中间用间隔号"·"隔开。而与曲的内容有关的正标题则放在方括号外。如：关汉卿的【南吕·一枝花】不伏老（或[南吕·一枝花]不伏老）、王和卿的【仙吕·醉中天】咏大蝴蝶（或[仙吕·醉中天]咏大蝴蝶）。

散曲的宫调与曲牌的搭配一般也是有约定的，搭配的具体情况如下：

（1）据李玉《北词广正谱》和任讷的考订，小令曲牌与宫调搭配的有以下50个：

黄钟——昼夜乐　人月圆　红衲袄　贺圣朝

正宫——黑漆弩　甘草子　汉东山

仙吕——锦橙梅　太常引　三番玉楼人

南吕——乾荷叶

中吕——山坡羊　乔捉蛇　俏打鬼　摊破喜春来

大石——百字令　喜梧桐　初生月儿　阳关三叠

小石——青杏儿　天上谣

高平——木兰花　于飞乐　青玉案

商调——秦楼月　桃花浪　满堂红　芭蕉延寿

越调——凭阑人　唐多令

双调——新时令　十棒鼓　秋江送　大德乐　大德歌　祆神急　楚天遥　青玉案　殿前喜　皂旗儿　枳郎儿　严华赞　得胜乐　山丹花　扫晴娘　鱼游春水　骤雨打新荷　河西水仙子　河西六娘子　百字折桂令

（2）据任讷《散曲概论》的统计，小令、套曲兼用的曲牌与宫调搭配的有以下 69 个：

黄钟——刮地风　出队子

正宫——塞鸿秋　叨叨令　醉太平　小梁州　六幺遍白鸠子

仙吕——后庭花　醉扶归　游四门　寄生草　醉中天　节节高　金盏儿　一半儿　忆王孙　赏花时

南吕——金字经　四块玉　玉交枝　梁州

中吕——满庭芳　喜春来　醉高歌　红绣鞋　普天乐　朝天子　上小楼　迎仙客　四边静　四换头　挂枝儿

般涉——要孩儿

商调——梧叶儿　凉亭乐　醋葫芦

越调——天净沙　小红桃　寨儿令　黄蔷薇　雪里梅

双调——折桂令　水仙子　庆东原　驻马听　拨不断　清江引　落梅风　沉醉东风　步步娇　碧玉箫　沽美酒　殿前欢　阿纳忽　庆宣和　卖花声　得胜令　春闺怨　风入松　胡十八　月上海棠　快活年　牡丹春

（3）带过曲与宫调搭配的曲牌有以下 26 个：

正宫——小凉州带过风入松

仙侣——后庭花带过青哥儿　哪吒令带过鹊踏枝、寄生草

南吕——骂玉郎带过采茶歌

中吕——十二月带过尧民歌　醉高歌带过喜春来　醉高歌带过摊破喜春来　醉高歌带过红绣鞋　快活三带过朝天子　四换带过快活三带过朝天子、四边静　齐天乐带过红衫儿

越调——黄蔷薇带过庆元贞

双调——雁儿落带过清江引　雁儿落带过清江引、碧玉箫　一锭银带过大德乐　沽美酒带过快活年　楚天遥带过清江引　梅花酒带过七兄弟　竹枝歌带过侧砖儿　江儿水带过碧玉箫　绵上花带过清江引、碧玉箫

中吕带双调——醉高歌带过殿前欢　满庭芳带过清江引

正宫带双调——叨叨令带过折桂令

宫调与曲牌的这些搭配，在填曲时是应该注意并遵守的。

思考与练习

1. 什么叫“曲”？
2. 简要概括曲的起源及发展。
3. 简述曲的特征。
2. 什么叫“小令”“套曲”“带过曲”？它们各自有什么特征？
3. 什么是“宫调”“曲牌”？二者之间有何关联？
4. 曲的标题的书写格式是怎样的？

第二节　曲的用韵

一、用韵依据

曲（不管是散曲还是剧曲）用韵的依据都是《中原音韵》。《中原音韵》是元代周德清所撰写的戏曲（北曲）曲韵专著，是我国出现最早的一部北曲曲韵和北曲音乐论著。该书内容主要包括三个方面：曲韵韵谱、正语作词起例和作词十法。其中“曲韵韵谱”把当时曲子里经常用作韵脚的 5866 个字按照当时使用的官话语音分成 19 个韵部，每个韵部再分为平声阴、平声阳、上声、去声等类，入声则按照当时曲子里行腔的念法归入以上各类中，按照“每空是一音”的方式列出同音字组，称为“小韵”。后人创作散曲，用韵基本都按照《中原音韵》规定的韵部来押韵。

二、用韵特征

（1）一般只能押同一韵部的字，不管是小令还是套曲，中间均不能换韵，须一韵到底（也有极少数例外）。

（2）同部的平、上、去声可以通押，如顾均泽的《中吕宫·醉高歌》

长江远映青山，回首难穷望眼。扁舟来往蒹葭岸，烟锁云林又晚。

韵字“山、眼、岸、晚”声调为“平上去上”，均属寒山韵。

（3）多数曲牌句句用韵，少数曲牌中间可插入不押韵的句子，如张可久的《双调·庆东原》：

依山涧，结草茅，清风两袖常抒啸。问江边老樵，访山中故交，伴云外孤鹤。他得志笑闲人，他失脚闲人笑。

韵字为“茅、啸、樵、交、笑”属萧豪韵，中间夹了不押韵的“鹤、人”两字。这种按照曲谱允许不押韵的句子，也可使之押韵。使之押韵的情况称为“赘韵”。反之，要求押韵的句子却没有押韵的，叫做“失韵”。失韵一般是不允许的。哪些句子可以不押韵，曲谱中都有具体的规定。

（4）不避“暗韵”。“暗韵”是指在句子中间使用了和韵脚字同韵部的字。相当于诗韵中的“挤韵”。如徐德可的《中吕宫·红绣鞋》：

一榻白云竹径，半窗明月松声，红尘无处是蓬瀛。青猿藏火枣，黑虎听黄庭，山人参内景。

韵字为“径、声、瀛、庭、枣”，属庚青韵，而二、四、五句中用了同韵部的“明、青、听”。

（5）不避“重韵”。这里的“重韵”和格律诗押韵避忌中“重韵”的意思一样，指在押韵的字中重复使用了同一个字的现象。重韵是格律诗押韵时必须避忌的。而散曲中则不用避忌。如曾瑞的《南吕宫·骂玉郎》：

纱厨烟淡波纹簟，惊午梦恨厌厌。别离情绪难绝念，闷转添，恨转添，愁无厌。

最后一句的“厌”就与第二句的“厌”重韵。

三、入声字派入《中原音韵》与派入现代汉语的不同

《中原音韵》有四个声调：平（又分阴平、阳平）、上、去。现代汉语也分阴、阳、上、去四声，这一点是相同的。但入声字派入《中原音韵》阴、阳、

上、去的情况与现代汉语有所不同。具体体现为以下两点：

（1）入声字在《中原音韵》中只归阳平，不归阴平。

（2）归入《中原音韵》上声中的入声字最多。而当时归入上声中的入声字有相当一部分在现代汉语中又分化到阴、阳、去三声里去了。

因此，和现代汉语相比，《中原音韵》里上声中的入声字最多，阳平次之，去声又次之，阴平中没有入声字。而现代汉语中，去声中的入声字最多，阳平次之，阴平又次之，上声最少。因此，在看曲谱时，要特别注意：凡遇到那些在曲谱中注明“作上声”的入声字，不要因为它们在现代汉语中不读上声而感到迷惑。如阙、拙、贴、歇、撤、节、瑟、质、七、劈、吉、昔、国、吸、泣、碧、不、屋、客、色等。

四、曲律对四声的要求

诗律只要求平仄对立即可，不要求在平声中再分阴平阳平，在仄声中再分上声去声。词律也只有少数词谱对仄声押韵字的上声、去声和入声有所限定。而曲律对四声的要求则要严格得多。它要求平分阴阳，上去分立，韵脚和全曲末尾的声调更是有比较严格的要求。至于哪些地方要求必须用什么声调，曲谱中都有注明，填曲只要应严格按照曲谱要求填写即可。

思考与练习

1. 曲在用韵上有何特征？
2. 入声字派入《中原音韵》和现代汉语的情况有何不同？

第三节　曲的衬字和对仗

一、衬　字

散曲与诗词最大的一个不同，就是有衬字。

所谓衬字，就是在曲谱规定的字数之外由作者另外增加进去的字。衬字一般不占乐曲的节拍、音调。而且一般不要字数过多（虽然也有多的，但只是少数）。

由于衬字不受格律的限制，不讲平仄，不拘字数，既可以补充语义，也可以增加语言的感情色彩，因而给了作者创作上很大的自由。作者可以借此淋漓尽致地表达自己复杂细腻的思想感情，从而增强作品的感染力。

既然衬字在散曲里有如此大的作用，那么元曲作品中哪些字是衬字？加衬字有无规律可循？创作时怎样在散曲中加入衬字呢？

首先，辨别元曲作品中哪些字是衬字。辨别并找出前人散曲作品中的衬字，这在曲学界叫做“脱衬”。脱衬的目的是为了总结元曲中加衬字的意义及规律，以指导实际创作。

衬字，是元代散曲作家根据音律和歌唱的实践加到散曲中去的。元曲的大家，如关汉卿、王和卿等人，都擅长歌舞，精通音律。他们不但编写剧本，还亲自参加舞台演出的实践。如关汉卿，史书就有“关汉卿辈，躬践排场，面敷粉墨，以为我家生活，偶倡优而不辞”的记载。这样的生活，让他们掌握了丰富的舞台经验和音乐声乐知识。在能补充表达思想感情的前提下，他们根据怎样顺口，怎样使歌唱得流利铿锵、大气磅礴，怎样使歌唱得感情缠绵细腻等的需要而在所写散曲中加入了一定的衬字。他们所加的衬字，是根据音律而加的，是符合宫调的演唱（即能按照宫调演唱或重复演唱）的。而自从散曲的宫调曲谱失传以后，散曲就失去了歌唱的功能，故以后作者在散曲中所加的衬字已无法受到音律的检验，只是在机械地模仿古人。因此，在什么地方增加衬字、增加多少衬字，是受音律支配的，与曲调有密切联系，并无绝对的规律可循。要想给前人的散曲作品脱衬，不是一件容易的事。同时，似乎也没有这方面的必要。

如果一定要做此工作，最简单的办法，便是根据曲谱所规定的字数句数，对照所要分析的散曲作品，找出其中多出来的字，再对照衬字的特征进一步分析其是衬字还是增字。

其次，怎样在散曲中加入衬字。这一点，在曲谱中很少涉及，更不会具体提到什么地方可加多少衬字。王力先生在《汉语诗律学》中曾说：散曲“每句衬多少字，并没有一定的规律。大致说来，小令衬字少，套数衬字多，杂剧衬字更多”。虽然“没有一定的规律”，但他也提到了大致的规律：“小令衬字少，套数衬字多，杂剧衬字更多。”因此，在散曲中增加衬字，虽无绝对规律可循，但也有一般的规律，掌握了这些一般规律，对我们在创作散曲时增加一定的衬字还是有帮助的。规律如下：

（1）通常小令衬字少，套曲衬字多，剧曲则更多。小令、套曲每一处加的衬字数一般为一到四字，剧曲则从衬一字到衬二三十字的都有，但也以衬三四字最为常见。所加的衬字均可不拘平仄。

（2）衬字的位置一般有二：句首、句中。句尾一般不加衬字，只在特定情况下才会加。加于句尾的衬字一般没有词汇意义，只有语法意义，称为语法上的衬字。下面各举一例进行说明：

① 加于句首的。如谷子敬的《醋葫芦》。

曲谱为（“×”为可平可仄处）：

×仄平（韵），×仄仄（韵）。×平×仄仄平平（韵）。平平仄×平仄仄（韵），×平平仄（韵）。×平×仄仄平平（韵）。

加衬字前为：

锦绣文，古样体。衣冠济楚俊容仪。席间唱和音韵美，一团和气。聪明俊俏有谁及。

加衬字后为：

诗吟出锦绣文，**字装成**古样体。衣冠济楚俊容仪。**酒**席间唱和音韵美，一团**儿**和气。**论**聪明俊俏有谁及。

黑体字为所加衬字。

② 加于句中的。如张浩洋的《山坡羊》。

曲谱为：

平平×去（韵），×平×去（韵）。×平×仄平平去（韵）。×平平（韵），仄平平（韵），×平×仄平平去（韵）。×仄×平平去上（韵），平×仄上（韵），平×仄上（韵）。

加衬字前为：

人生于世，休行非义。谩人谩过天公意。儧东西，得衣食，他时终作儿孙累。本分世间为第一，休使见识，干图甚的。

加衬字后为：

人生于世，休行非义。谩**过**人**也**谩**不**过天公意。**便**儧**些**东西，得**些**衣食，他时终作儿孙累。本分世间为第一，休使见识，干图甚的。

③ 加于句尾的。如邓玉宾的《叨叨令》。

曲谱为：

×平×仄平平去（韵），×平×仄平平去（韵）。×平×仄平平去（韵），×平×仄平平去（韵）。仄仄，仄仄，×平×仄平平去（韵）。

未加衬字前为：

皮囊包裹千重气，骷髅顶戴十分罪。儿女使尽拖刀计，家私费尽担山力。

省的，省的，长生道理何人会。

加衬字后变为：

一个空皮囊包裹着千重气，**一个**干骷髅顶戴着十分罪。**为**儿女使尽了拖刀计，**为**家私费尽了担山力。**你**省的**也么哥**，**你**省的**也么哥**，**这一个**长生道理何人会。

例中的“也么哥”便是加在句尾的衬字。其他加粗字则是加在句首、句中的衬字。句末加的衬字除了例中的“也么哥”，还有“也么天”“也摩挲”“也波”等，它们虽无词汇意义，却使语气别饶风趣。

（3）句首的衬字可虚可实；句中的衬字原则上只能用虚词；句尾的衬字称为语法上的衬字，没有词汇意义。

综上所述，我们可以将散曲增加衬字的规律归纳如下：

（1）衬字只能加在散曲的句首或句中，一般不能加在句尾。

（2）衬字可以是实词，也可是虚词，但多是虚词。

（3）套曲衬字多，小令衬字少。

（4）衬字不能太多。一般而言，句首衬字为三四个，句中衬字还要少。也有那种增加六七个甚至十几个衬字的情况，如关汉卿的“铜豌豆”例。

在阅读散曲时，哪些是正文，哪些是衬字，可根据以下四点来进行辨别：

（1）根据曲谱进行，曲谱之外多出来的字就是衬字。

（2）找几首相同曲牌的不同作品进行比较，以找出衬字。

（3）正文一般要文雅些，衬字较为口语化。

（4）衬字多为虚词。

此外，散曲还有增损的情况，就是增加与正文有密切关联的字数或句数；减则相反。这和词有摊破、促拍、减字是一样，可以看作与正格散曲同调异体的变格。它与衬字是完全不同的。

二、对 仗

曲也是有对仗要求的。周德清在《作曲十法》“对偶”一节中说：“逢双必对，自然之理。”凡是遇到相邻两句字数相同时，应尽量使用对仗，使句式饱满，节奏感强。“逢双必对”虽然不是绝对的，但也是散曲写作的一般规律。

散曲对仗的方式，除了诗词所用到的常见方式外，还有三种常见的对仗方式：

（1）扇面对。即奇句与奇句相对，偶句与偶句相对。又叫隔句对。如：

兴亡尽入渔樵断，把将军素书休玩。春秋漫将吴霸篡，请先生史笔休援。

——王子一《越调·调笑令》

小小亭轩，燕子来时帘未卷。深深庭院，杜鹃啼处月空圆。

——程景初《双调·春情》

（2）重叠对。即复句中，分句与分句相对的对仗。这是一种复句对。如：

安营地，施智谋，挑军对垒。等破绽，用心机，飞沙走石。

——周德清《越调·鬼三台》

例中，前三句与后三句分别形成对仗。

（3）救尾对。即一曲结尾三句字数相同，形成了一个排比句的对仗。如：

船系谁家古岸？人归何处青山；且将诗作图画看。雁声芦叶老，鹭影寥花寒，鹤巢松树晚。

——张可久《中吕·红绣鞋》虎丘路上

后三句便是救尾对。

散曲中，除了这三种对仗较有特色外，还有连璧对（四句对）、鸾凤和鸣对（首尾相对）、联珠对（通首都用对句）、隔调对（重头小令中相邻两首的同位句相对）等。

思考与练习

1. 什么是“衬字”？衬字在曲中有何作用？

2. 曲中加衬字有何规律？

3. 举例说明什么是扇面对、重叠对、救尾对。

附四：

《中原音韵》常用字表

说明：

《中原音韵》（元 周德清著，1324 年版）是代表近代官话的一部韵书。是作散曲者所共同的音韵规范。该书将曲词里常用作韵脚的 5866 个字，按字的读音进行分类，编成一个曲韵韵谱。韵谱分为十九韵，分别是：1. 东钟

2. 江阳　3. 支思　4. 齐微　5. 鱼模　6. 皆来　7. 真文　8. 寒山　9. 桓欢　10. 先天　11. 萧豪　12. 歌戈　13. 家麻　14. 车遮　15. 庚青　16. 尤侯　17. 侵寻　18. 监咸　19. 廉纤。每一个韵里面又分为平声阴、平声阳、入声作平声阳、上声、入声作上声、去声 、入声作去声等类。每一类里面又以“每空是一音”的体例，分别列出同音字组，共计 1586 组。十九个韵类中，不常用的字没有录入。

《中原音韵》表
电子版

第四章 联 律

第四章课件

第一节 概 述

一、对联的概念

对联，是一种由上下两句构成，写在纸上、布上或刻在竹子、木头、柱子上的对偶语句，是汉民族语言所独有的一种文化艺术形式，是“中华文化宝库中的独立文体之一”（《联律通则·引言》）。

对联又称“楹联”，因古时多悬挂于楼堂宅殿的楹柱上而得名。可以说，“对联”是其通称，“楹联”是其雅称。

除了上面两种称呼外，对联这种文学形式在不同的场合中又有不同的称呼。在修辞中称为“对偶”，在民间中称为“对子”，在诗词中称为“对仗”等。称呼不同，实质则是相同的，指的都是同一种文学形式。

也许因为上面说的“对联是其通称，楹联是其雅称”，于是有人便认为，对联和楹联是两个不同的概念：对联通俗，楹联高雅，楹联是比对联更高一个层次的联语，二者不能混为一谈。其实，从上面对对联概念的解读中我们便可知道，“对联”也好，“楹联”也好，只是称呼不同而已，实质是相同的。

二、对联的起源及发展

对联起源于汉民族过春节时悬挂桃符的民间习俗。早在秦汉以前，汉民族就有在门上悬挂桃符的习俗。所谓桃符，据《淮南子》说，是一种一寸宽、七八寸长的桃木做的木板。人们在桃木板上写上传说中的降鬼大神神荼、郁垒二神的名字，悬挂在两扇门上。或者画上这两个神的像，按左神荼、右郁垒的顺序，分别悬挂于门的左右，以驱鬼压邪。这种习俗一直持续了一千多年，直到距今一千多年的五代时期，人们才开始把对联题于桃木板上。据《宋史蜀世家》记载：五代末年，后蜀主孟昶因平日善习对联，故趁新年来到之际，下了一道命令，要求群臣在“桃符板”上题写对句，以试才华。群臣们遵命各自写好一幅，耐心等待审查。孟昶一一看过，均不满意。于是他就亲自提笔，在“桃符板”上写了“新年纳余庆；佳节号长春”。这就是我国用文字记载下来的一幅最早的春联。以后，“每岁除，命学士为词，题桃符，置寝门左右”便成了朝廷上下乃至民间的一个成规。

宋代以后，民间新年悬挂春联的习俗已经相当普遍，王安石的《元日》诗：“爆竹声中一岁除，春风送暖入屠苏。千门万户曈曈日，总把新桃换旧符”，便是当时挂桃符盛况的真实写照。当时的“春联”虽还称为“桃符”，但联语却已不限于题写在桃符上，已经开始用在楹柱上了。

由于春联的出现和桃符有密切的关系，所以古人又称春联为“桃符”。

“桃符”真正称为“春联”是明代的事。到了明代，人们才开始用红纸代替桃木板，出现我们今天所见的春联。据明代文人陈云瞻记载：“春联之设自明太祖始。帝都金陵，除夕前忽传旨，公卿士庶家，门口须加春联一副，帝微行出观。”清代学者在《簪云楼杂话》中也记载了此事。朱元璋不仅观赏取乐，还亲笔给学士陶安等人题赠春联。帝王的提倡，使春联习俗日盛。尔后，文人学士无不把题联作对视为雅事。清朝以后，对联更是鼎盛一时，出现了不少脍炙人口的名联佳对，最终形成了至今不衰的风尚。

在古代，随着各国文化交流的发展，对联也传入了越南、朝鲜、日本、新加坡等国。这些国家至今也还保留着贴对联的风俗。

20 世纪八十年代以来，对联进入了一个崭新的发展时期，各种研究联律的专著不断涌现出来。1984 年 11 月，由中国文联主管、经民政部注册的国家级学会——中国楹联学会在北京正式成立。在它的带动下，全国已有 26 个省（自治区、直辖市）和 1000 多个地、县陆续成立了楹联组织，形成了一支拥有 30 多万名会员的楹联队伍。特别是近十年来，随着国学热潮的兴起，对联这种文学形式更是发展得如火如荼。每年春节，中央电视台都要举办全国春联征联活动。而据不完全统计，全国每年都有上百次的征联活动。2008 年 10 月 1 日，由中国楹联学会制定公布的《联律通则》正式施行，标志着对联这一文学形式进入了一个规范化的新时期。

三、对联的构成

对联构成的要点如下：

（1）对联都由上下两联组成，称为成联。上下联单独分开来，称为单联。单联的字数从一字到几十字甚至上百字不等；句数从一句到十几句不等。

（2）单联内部的平仄基本按“平平仄仄”的形式进行交替，上下联之间的平仄按“平仄相对”的规定进行对仗。

（3）如果单联由很多句组成，每句句尾字按“马蹄韵”方式进行交替。所谓“马蹄韵”，是以马蹄行进的规律为例，对单联内部的平仄交替规律的形象比喻。具体来说，就是多句联的单联内部每句句尾字按“平顶平、仄顶仄”（即“平仄仄平平仄仄平”或“仄平平仄仄平平仄”）方式进行平仄交替的规律。

如：

憾江上石头，抵不住迁流尘梦。柳枝何处，桃叶无踪，转羡他名将美人，燕息能留千古迹；

问湖边月色，照过了多少年华？玉树歌余，金莲舞后，收拾这残山剩水，莺花犹是六朝春。

上联每句句尾字是“头、梦、处、踪、人、迹”，平仄是“平仄仄平平仄”；下联每句句尾字是“色、华、余、后、水、春”，平仄是“仄平平仄仄平”。这就是马蹄韵。

马蹄韵是对联平仄的最标准形式。

（4）上下联之间一律用分号隔开。如有必要（比如贴在门楹上的春联），还要有横联。横联又叫“横批”“横额”。“批”，含有揭示、评论之意，其用途是对整副对联的主题内容起到补充、概括、提高的作用。

四、对联的特征

对联，作为中华民族独特的文化艺术形式，有自己独有的特征。其特征可以从以下两个角度来认识：

从性质上说，对联具有民族性、民俗性、实用性、严谨性和精炼性等特征。

从表现形式上说，对联具有形式对称、内容相关、文字精练、节奏鲜明等特征。形式上的这四个特征，被泛称为“对联四美”，即建筑美、对称美、语言美和节律美。下面分别叙述。

1. 性质上

（1）民族性。即对联是中华民族以汉语为载体的民族文学所特有的一种文学形式。它基本上只存在于中华民族尤其是汉民族文化圈内，具有浓厚的民族特色。

（2）民俗性。即对联是在民间过春节时贴桃符来辟邪的基础上形成并发展起来的，与人民群众的日常生活息息相关，体现了浓厚的汉民族的民间风俗。

（3）实用性。即对联是一种雅俗共赏的艺术形式。张贴对联，是为了祈福及美化环境，营造出一种祥和、喜庆，或者高雅、庄严的气氛。它既能登大雅之堂，又能入百姓之家，是一种雅俗共赏的文学形式，存在并服务于社会生活的各个领域。

（4）严谨性。即对联是一种格律文学体裁，有自己独特的格律，它有自己在文字上、平仄上、结构上严格的艺术要求。不是随便写两句话就能够称为对联的。

（5）精炼性。即对联是一种短小精悍的文学形式。它要求言简意赅，以最简洁的语言反映出最丰富的内涵。

2. 表现形式上

（1）形式对称。这是就对联的外在表现形式而言的。它要求上下联必须形成对仗，即上下联的字数、节奏、结构必须相同。对仗，源于古代宫中卫队（仪仗队）的排列，这种排列的形式就是两两相对，故称对仗。对仗作为一种修辞方式运用到汉语文字艺术中，就形成了将平行的两句话成双成对地排列起来，表达相关或相反关系的修辞方式——对偶。而对偶最基本的特征便是形式对称。

（2）内容相关。对联，不但要求要"对"，更要求要"联"，即上下联在内容上必须要有关联，要能够互相照应、贯通。上下联既不能完全雷同，又不能毫无关系。这就是《联律通则》说的"形对意联"。

（3）文字精练。这与上面的精炼性是相同的，不再赘述。

（4）节奏鲜明。对联的节奏鲜明包含两方面的内容，一是语音上的语节必须相同。以七字句为例，上联是"4/3"结构，下联也须是"4/3"结构。如只能是"无边落木萧萧下，不尽长江滚滚来"；而不能是"无边落木萧萧下，不尽江滚滚而来"。二是在结构上必须相同。如上联是主谓结构，下联也必须是主谓结构；上联是偏正结构，下联也必须是偏正结构。只有这样，才能做到"节奏鲜明"。

五、对联的张贴

对联，多是用来悬挂或镌刻、张贴于楼堂宅殿的楹柱上的。古代汉字的书写，都是竖行书写，行内的书写顺序是：从上到下；行与行之间的书写顺序是：从左到右。因此，古代的对联都是从左到右的悬挂或张贴的。到了现代，书写由竖行书写变为了横行书写，书写顺序也变成了由右到左、由上到下。于是便产生了现代的对联是由左到右张贴还是由右到左张贴的问题，这也包括横联是按照古人的顺序由右到左书写还是按照现在的顺序由左到右书写。这是不少人都感到疑惑的问题。

有人认为，对联是从古代流传下来的，从内容到形式都特别讲究具有古意，古香古色。因此，对联的书写和张贴还是应该与古代的形式保持一致，即上联在右，下联在左，包括横联的书写也应从右到左。

也有人认为，既然时间已到了现代，就应遵循现代的规定。横联按从左到右的顺序进行书写，张贴也应按从左到右的顺序张贴，即上联在左，下联在右。

对此，中华楹联学会 2008 年公布实施的《联律通则》并未作明确规定。

笔者认为，横联可以按从右到左的古代顺序书写，也可以按从左到右的现代顺序书写，这对观瞻和竖联的张贴都无影响，但竖联则应按从右到左的顺序张贴，这样更能保持对联的传统性与古典性。由中华楹联学会专家们编写的《对联》第 54 课“对联的分类、书写和张贴”也持这个观点。

思考与练习

1. 什么叫对联？有人认为“对联”和“楹联”是两个不同的概念，你对此怎么看？

2. 简述对联的起源和发展。

3. 对联的构成有哪些要点？

4. 什么是“马蹄韵”？举例说明“马蹄韵”的表现形式。

5. 对联应该怎样张贴？

第二节　对联的分类及基本要求

一、对联的分类

对联可以从各个不同的角度进行分类，这里按一般的分类方法进行简单介绍。

（一）按用途分

（1）喜联：用于喜庆婚嫁时贴挂的对联，又包括春联、婚联、寿联及一般喜事（升迁、乔迁、高考等）的祝贺对联。

（2）挽联：专门用于哀悼逝者的对联。它要求能精炼地评价逝者一生的主要功德，表达对逝者的哀悼、思念及祈祷之情。具有社会性、时代性。

（3）祭祀联：用于祭奠天地、鬼神、宗庙的对联。它要求体现对天地神的敬畏，对宗庙的告慰，表达祈求保佑风调雨顺、荫庇子孙的意思。

（4）行业联：专门为某一行业或机构创作的对联。要求能够表述该行业或机构的突出特征。具有专业性、针对性等特征。

（5）座右铭联：座右铭本指古人写出来放在座位右边的格言。座右铭联泛指人们用来激励、警戒自己，作为行动指南的格言式的对联。它具有警戒、提醒、自励等特征。

（二）按字数分

（1）短联：单联字数在十字以内的对联。

（2）中联：单联字数在十字以上、四十字以内的对联。

（3）长联：单联字数在四十字以上的对联。

（三）按对仗类型分

（1）正对联：上下联从几个不同的方面来描写同一个事物的对联。如：

有志者事竟成，破釜沉舟，百二秦关终属楚；苦心人天不负，卧薪尝胆，三千越甲可吞吴。

（2）反对联：上下联从正反两个方面来描写同一个事物或叙述同一个道理的对联。如：

横眉冷对千夫指，俯首甘为孺子牛。

（3）工对联：在词性、结构等方面要求都十分严格的对联。如：

无边落木萧萧下，不尽长江滚滚来。

（4）宽对联：在词性、结构等方面要求不十分严格的对联。如：

惨象，已使我目不忍睹；流言，尤使我耳不忍闻。

（5）流水对联：上下联之间存在着因果、先后顺序等逻辑关系的对联。如：

一着不慎，满盘皆输。

（四）按创作技巧分

（1）嵌字联：将选定的字通过与其他字词的搭配组合而嵌在联首或联中的对联。如：

如此年华如此貌，意中情事意中人。

联中嵌入了“如意”二字。

（2）隐字联：在联中有意识地将某些字略掉，含蓄巧妙地表达某种意思的对联。另有一种对联字面是谜面，所隐的字是谜底，类似谜语的对联。如：

相传北宋名相吕蒙正少年时家境贫寒，某年除夕，见家中一贫如洗，便写这样一副对联贴于大门两旁：“二三四五；六七八九”。横批：缺衣少食。

上下联故意缺“一”和“十”，横批故意缺“东西”，谐“缺衣少食，没有东西”之意。此联立意奇巧，以含蓄诙谐的手法表现出作者的穷困酸楚之况。

（3）析字联：将某一个汉字的字形拆开，使之成为另几个字，并赋于各字以新义的对联。又叫析字联、离合联。如：

传说，康熙求才若渴，一旦发现，便不拘一格地重用。一天，康熙听说一位和尚很有学问，便请他来宫中下棋。康熙连输三盘，便出了一个上联试和尚：“山石岩下古木枯，此木为柴。”此联析“岩”“枯”“柴”三字而成，文字连贯。不料，和尚随口而出：“白水泉边女子好，少女更妙。”康熙一听，和尚妙析“泉”“好”“妙”三字，对得无懈可击，心中十分高兴，便委以重任。

（4）数字联：在上下联相同位置中嵌入相应的数字，使数量词在对联中具有某种特殊意义的对联。如：清朝九江关总督唐英题苏州三笑亭联：

桥跨虎溪，三教三源流，三人三笑语；

莲开僧舍，一花一世界，一叶一如来。

（五）按来源分

（1）集句联：全用古人诗中的现成句子组成的对联。如清朝瑞方集李商隐、苏轼诗词题镇江焦山夕阳楼联：

夕阳无限好；高处不胜寒。

（2）创作联：作者自己独立创作出来的对联。

二、对联的基本要求

《联律通则》第一章“基本规则”中，讲到了对联六条基本规则：

（1）字句对等。上下联的字数必须相同。

（2）词性对品。“品”就是类别、种类。“词性对品”即上下联相应位置上的词，词性必须相同。

（3）结构对应。上下联的结构必须相同。

（4）节律对拍。上下联的节奏必须相同。

（5）平仄对立。上下联的平仄必须相反。

（6）形对意联。上下联在句式上必须相同，在意义上必须有关联。

这六条，称为对联的六要素。也是对联最基本的要求。

前面说过，对仗有严对和宽对的区分。这可以说是对联最基本的分类。它们概括了对联在创作上最基本的格律规定。掌握了它们，就能够创作出完全符合规范、符合要求的对联。因此，下面再对严对和宽对的基本要求作进一步的阐述。

（一）严对的基本要求

严对是指上下联词性相同、结构相同、平仄相对、没有重复字的对联。由于这种对联对得十分工整，因此又叫工对。如：

虚心竹有低头叶；傲骨梅有两面花。（郑板桥联）

从上面的概念中，便可知严对的基本要求：词性相同、结构一致、平仄相对、没有重复字。下面详细叙述：

（1）词性相同。上下联相应位置上的词词性必须相同，即名词对名词、动词对动词、形容词对形容词、代词对代词、方位词对方位词、数量词对数量词、副词对副词、虚词对虚词等。甚至各类词中的小类也要相对。如名词又分为天文类（如“江**月**不随流水去，天**风**直送海涛来”中的“月、风”）、时令类（如“花落萱帏**春**去早，光寒婺宿**夜**来沉”中的“春、夜”）、地理类（如“青**山**不语花含笑，绿**水**无声鸟作歌”中的“山、水”）、宫室类（如“祥云欣绕**室**，瑞气喜临**门**”中的“室、门”）、植物类（如“龙峰疏**柳**笼烟暖，潭水劲**松**锁月寒”中的“柳、松”）、衣饰类（如“水作青罗**带**，山为碧玉**簪**”中的“带、簪”）、饮食类（如“青**葱**绿**果**应时制，白**莲**红**茶**自古珍”中的“葱、果；莲、茶”）、文具类（如“片**纸**能缩天地意，一**笔**可画古今情”中的“纸、笔”）、文学类（如“**文**比韩公能识字，**诗**追杜老转多师”中的“文、诗”）、肢体类（如“四壁云山开**眼**醉，一楼风月话诗**心**”中的“眼、心”）、人事类（如“**廉洁**为心，**节操**在己”中的“廉洁、节操”）、人伦类（如“稻草捆秧**父**抱**子**，竹篮装笋**母**怀**儿**”中的“父、子；母、儿”）、专名类（如“智谋**隆中对**，三分天下；壮烈**出师表**，

一片丹心”中的“隆中对、出师表”）等类别。（以下就不再举例了）其中，专名又有人名、地名、书名、文名、戏名、药名、曲牌名等的区别；动词又分表具体动作的、表心里活动的、表动作趋向的等类别；形容词又分为表性质的、表状态的、表颜色的等类别。古人的严对，甚至连这些小类都必须相对。现代人作严对，只要在大类上做到词性相同即可，在小类上可适当放宽，能对当然更好，不能对也不用勉强，莫因辞害意。古人有《声律启蒙》一书，便是专门训练对仗的书。古代学习对仗的人，多要求熟读乃至背诵此书。

（2）结构一致。严对中，上下联相同位置上的词语，从大到小（句子—短语—词）的结构必须一致，即主谓对主谓、动宾对动宾、偏正对偏正、补充对补充、联合对联合。主谓、动宾、偏正、补充、联合这五类结构，是贯穿汉语语法系统的五种基本结构，汉语的句子、短语（又叫词组）、词（主要是双音节合成词）三种基本表意单位中都有这五种基本结构。至于现代汉语的词性及主谓结构、动宾结构、偏正结构、补充结构、联合结构等有关知识，在前面第一章诗律第四节“格律诗的对仗”中已作了介绍，此不再赘言。

（3）平仄相对。上下联之间在偶数字上的平仄要相对，特别是节点上的字平仄一定要相对。如：

云边山影闲中换，天外江声画里流。（平**平**平**仄**平**平**仄，平**仄**平**平**仄**仄**平。）

粉黛江山，留得半湖烟雨；王侯事业，却如一杆棋枰。（仄**仄**平**平**，仄**仄**仄**平**平**仄**；平**平**仄**仄**，仄**平**仄**仄**平**平**。）

（4）没有重复的字。这毋庸赘言。

（二）宽　对

宽对只要求平仄相对，词性、结构大致相同，而不必完全相同。对词的小类、没有重复的字等均不作要求。如：

书声雨声读书声，声声入耳；家事国事天下事，事事关心。

思考与练习

1. 举例说明什么是正对、反对、严对、宽对、流水对。
2. 对联有哪“六要素”？请举例说明。
3. 举例说明“严对”的要求。

第三节 对联的避忌

对联的避忌，有各种不同的说法，有的忌得较多，有的忌得较少。我们这里取一些各家都说到的避忌进行介绍。

一、忌合掌

合掌指对联中上下联意义相同的现象，即一联中出句和对句完全同义或基本同义的现象。此为诗家大忌，也是对联中的大忌。因为撰写律诗或对联，都应当用有限的文字表达尽量丰富的内容。如果意思重复了，就浪费了文字，达不到言简意赅的目的。如：

蝉噪林愈静，鸟鸣山更幽。

这两句用两种不同动物的叫声来描绘山林之静，体现“以闹衬静”的自然环境，表达的是同一个意思，合掌了。再如宋之问《初到黄梅》诗：

马上逢寒食，途中属暮春。

纪昀《瀛奎律髓刊误》评论说：“途中、马上、暮春、寒食，未免合掌。”

对联有正对反对之分。合掌最容易出现在正对中。正对是上下联从相同的两个角度、两个侧面去说明同一道理，或描绘同一个事物，以相互补充的对仗方式。最容易出现“出句和对句完全同义或基本同义”的情况。因此在撰写正对的对联时要特别注意合掌的问题。《文心雕龙》说：“反对为优，正对为劣。”而“意义完全相同或基本相同”的合掌对自然比一般的正对更“劣”了，所以要忌。

二、忌重字

要避忌在对联中出现不规则的重复的字。注意，这里强调的是“不规则的重字”。所谓“不规则的重字”包括以下两种情况：

（1）指上下联相同位置上用了完全一样的词。如：

有**李先生**满腔热血，无**李先生**满屋诗书。

联中的“李先生”属于重字。

（2）指上下联中不是出现在同一个位置上的重复的字。如：

百鸟鸣春歌盛**世**，一龙降**世**兆丰年。

联中，两个“世”字不是出现在同一个位置上，属于重字。

以下情况不算重字：

（1）上下联中相同位置上的虚词不算重字。如：

开绝学**于**胡叔心、陈公甫、王阳明**之**前，享祀方堪从庙庑；

集大成**于**西河氏、太史公、文中子**之**后，诞灵应不愧河津。

上下联中的两个“于、之”不算重字。

（2）作者特意而为之的实词，属于有规则的重字，不算“重字”。如：

风**声**雨**声**读书**声**，**声声**入耳；家**事**国**事**天下**事**，**事事**关心。

上下联中的“声、事”不算重字。再如：

本无**月**缺**月**圆，**它**随顺**你**；虽有**花**开**花**落，**你**任由**它**。

上下联中的“月、花、它、你”。

林森挽孙中山先生联：

一人千古；千古一人。

这些，都属于有规则的重字。

（3）叠字不算重字。如上例中的“声声、事事”。

三、忌孤平

这是根据律诗不能犯“孤平”的规定而来的。在五言“平平仄仄平”或七言“仄仄平平仄仄平”的对联中，除了最后一字之外，整联只有一个平声的现象。如：

爆竹乐报人间岁，绿柳喜**迎**世上春。

下联中，除了最后一字“春”外，只有一个平声字“迎”，犯了“孤平”的忌讳。

四、忌三平尾

三平尾也是律诗中的大忌，对联中，同样也应该避忌。如：

爆竹声声辞旧岁；梅花朵朵**迎新春**。

“迎新春”就犯了三平尾的忌讳。

五、忌失对

这里的“失对”不是律诗的一联之中出句和对句平仄不相对的“失对”，而是指上下联在词性、结构等应该一致的地方没有一致的现象。具体包括联内的词性失对、节奏失对、数词失对、叠词失对等。如：

奥运**精神**传友谊，圣火**辉煌**映和谐。

此联中，“精神”，名词；“辉煌”形容词。用“辉煌”对“精神”，属于词性失对，即形容词对名词。

六、忌失替

上下联相应位置上的字，在平仄上没做到平仄相对的现象。这里“相应位置”主要指偶数位置上的字（即“二、四、六”字）或节奏点上的字。根据对联六要素中“平仄对立”的规定，对联上下偶数字或节奏点字的平仄必须相对，如果不相对。就叫“失替”。如：

美奂美伦，欢庆升**平**盛世；肯堂肯构，喜珍勤**劳**发家。

上下联中同一位置上的“平、劳”没有平仄相对，失替了。

七、忌乱脚

对联上下联各自的最后一字，必须是上仄下平。如果是平仄或都是“仄仄”或“平平”，就叫“乱脚”。如：

九州迎圣**火**，百载圆一**梦**。

联中，“火、梦”都是仄声。乱脚了。

以上七条中，后三条是在对联的六要素中都已经规定了的。如不能失对（词性对品），不能失替、乱脚（平仄对立），前四条在对联六要素中未涉及，应特别注意。

至于对联的创作，我们将在“创作篇”中具体叙述，此略。

思考与练习

1. 举例说明对联的避忌。

附五：

《联律通则》
电子版

《联律通则》修订稿
（中国楹联学会）

引　言

楹联是中华文化宝库中的独立文体之一，具有群众性、实用性、鉴赏性、久盛不衰。

楹联的基本特征是词语对仗和声律协调。

为弘扬国粹，我会集中联界专家将千余年来散见于各种典籍中有关联律的论述，进行梳理规范，形成了《联律通则（试行）》。在一年多的试行实践基础上，又吸纳了各方面的意见进行修改，制订了《联律通则》（修订稿）。现经中国楹联学会第五届第十七次常务会议审议通过，予以颁发。

第五章 辞 赋

第一节 辞赋概述

辞赋，是中华民族几千年遗留下来的优秀文化遗产之一。它集中体现了中国传统文化的高贵典雅和韵律之美，历来被称为是阳春白雪、高山仰止的文体。

正因其“阳春白雪”，故而“曲高和寡”，历来懂得辞赋、创作辞赋的人不多。特别是五四运动以后，辞赋的创作、研究与传播被弃之一隅。直至进入二十一世纪，随着振兴国学热潮的兴起，辞赋的创作与研究才重新闪现出它生命的光辉。

为使大家更多地了解辞赋的有关知识，从而推广普及辞赋，同时也为了使读者学会创作辞赋，我们就此对辞赋的概念、发展及有关知识作一点简单的介绍。

一、“赋”的概念

历代文人对“赋、辞赋”的概念做过如下解释：

东汉班固《汉书·艺文志》说：“不歌而诵谓之赋。”

西晋挚虞《艺文类聚》卷五十六说：“赋者，敷陈之称也。”

南朝刘勰《文心雕龙·诠赋》说：“赋者，铺也，铺采摛文，体物写志也。”

南朝钟嵘《诗品序》说：“直书其事，寓言写物，赋也。”

唐代孔颖达《毛诗正义》说：“风、雅、颂者，诗篇之异体：赋、比、兴者，诗文之异辞耳。”

唐代郑玄《毛诗正义·引》说：“赋之言铺，直铺陈今之政教善恶。”

宋代李仲蒙《困学纪闻》说：“叙物以言情谓之赋，情尽物者也。”

宋代朱熹《诗集传》说：“赋者，敷陈其事而直言之者也。”

清代姚鼐《古文辞类纂序》说：“辞赋类者，风雅之变体也”。

清代刘熙载《赋概》说：“赋别于诗者，诗辞情少而声情多，赋声情少而辞情多。”

从上面古人对“赋、辞赋”的解释中，我们可知：“赋”是“铺陈”的意思，“辞赋”是一种通过对事物、景物的铺陈描写与叙述来抒发作者思想感情的文体，是一种介于诗歌与散文之间的韵文体裁。

二、辞赋的起源

作为一种文学体裁，“赋”的名称最早见于战国时期荀子的《赋篇》。它是中国文学史上最早以“赋”为篇名的作品，共包含《礼》《知》《云》《蚕》《箴》等五篇短文，以韵散相间和问答体的方式，分别叙写了礼、知、云、蚕、箴等五种事物，篇幅虽然短小，但它们“遁辞以隐意，谲譬以指事”（刘勰《文心雕龙·谐隐》），已初步具备赋的基本特征，因此被认为是早期赋体文学的开山之作。刘勰在《文心雕龙·诠赋》中便将荀子列为古代十大辞赋家之首。

现在一般认为，最早将“赋”当作文体来看的是司马迁。他在《史记》中，将屈原的作品称为“辞”，将宋玉、景差等人的作品称为“赋”。这是由于当时一般的诗歌可以入乐，可以“唱”，而屈原等人的诗歌作品句子较长，且参差不齐，只能诵不能唱的缘故。此后，人们便将那种具有屈原等人骚体诗歌特征的作品统称为“辞赋”，简称“赋”。

此外，还有一种观点认为，真正将自己的作品称为“某某赋”的是西汉的司马相如。从楚辞作品的名称来看，这种说法不甚妥当。早在战国时代，楚国宋玉的作品就常以“赋”为名。《汉书·艺文志》中著录的十六篇宋玉作品中就有《风赋》《高唐赋》《神女赋》《登徒子好色赋》等以赋为名的作品。由此可见，“赋”作为一种独立的文学体裁，实际上早在战国时代便已存在了。只是到了汉代，这种文学体裁的创作发展到了兴盛阶段而已。

三、辞赋的发展

作为一种文学体裁，赋产生于战国，兴盛于汉唐，衰落于清末民初，湮没于五四以后，振兴于改革开放以后。

战国时期，在以楚国为主的江南汉江流域一带，出现了一种与《诗经》中四言为主的诗歌体裁不同的新的诗歌体裁，这就是“书楚语，作楚声，纪楚地，名楚物”（宋·黄伯思《东观余论》）的楚辞。其作家主要是楚国诗人，以屈原为主，有宋玉、唐勒、景差等。

楚辞与《诗经》相比，在艺术上有截然不同的风格特征，主要表现为以下几点：

（1）大量地使用了语气词“兮”，如“操吴戈兮披犀甲，车错毂兮短兵接”（《国殇》），“帝高阳之苗裔兮，朕皇考曰伯庸”（《离骚》）等。

（2）改变了《诗经》以四言为主的诗歌形式，大量使用了六至九字句（其中又以六字句为主）。

（3）大量使用了赋比兴的手法，如“朝饮木兰之坠露兮，夕餐秋菊之落英。苟余情其信姱以练要兮，长颇颔亦何伤。掔木根以结茝兮，贯薜荔之落蕊。”（《离骚》）

（4）对人物、景物的描绘竭尽铺排陈述之事，从各方面来反复吟诵，给人造成深刻的印象。如宋玉的《神女赋》：“夫何神女之姣丽兮，含阴阳之渥饰。披华藻之可好兮，若翡翠之奋翼。其象无双，其美无极：毛嫱鄣袂，不足程式；西施掩面，比之无色。近之既妖，远之有望，骨法多奇，应君之相，视之盈目，孰者克尚。”

（5）在表现形式上基本以“……兮，……”的格式进行铺陈叙述。

楚辞的以上特点，极大地影响了汉代文人的创作，因此汉初便出现了与楚辞密切相关的“骚体赋”。代表作家是贾谊，他写有《吊屈原赋》《鹏鸟赋》《旱云赋》《虚赋》等辞赋作品，其次还有淮南小山的《招隐士》。这些作品的内容，多是抒发作者的政治见解和身世感慨，在表现形式上基本延续了楚辞写法，前面都先有一个序言，直接或以对话的形式叙述作赋的缘由，正文以“……兮，……”的格式进行铺陈叙述。故称为“骚体赋”。如贾谊的《吊屈原赋》：

（小序）谊为长沙王太傅，既以谪去，意不自得；及度湘水，为赋以吊屈原。屈原，楚贤臣也。被谗放逐，作《离骚》赋，其终篇曰：“已矣哉！国无人兮，莫我知也。”

（正文）恭承嘉惠兮，俟罪长沙；侧闻屈原兮，自沉汨罗。造讬湘流兮，敬吊先生；遭世罔极兮，乃殒厥身。呜呼哀哉！逢时不祥。鸾凤伏窜兮，鸱枭翱翔。阘茸尊显兮，谗谀得志；贤圣逆曳兮，方正倒植。世谓随、夷为溷兮，谓跖、蹻为廉；莫邪为钝兮，铅刀为銛。吁嗟默默，生之无故兮；斡弃周鼎，宝康瓠兮。腾驾罢牛，骖蹇驴兮；骥垂两耳，服盐车兮。章甫荐履，渐不可久兮；嗟苦先生，独离此咎兮。

…… ……

因此，骚体赋可以说是汉代赋体文学的开端。

其后，从汉武帝登基至汉宣帝的 90 年间，由于汉朝国势的强盛、新兴都邑的繁荣、宫室苑囿的富丽以及皇室贵族盛大的田猎活动，赋体文学的创作风格逐渐由骚体赋发展到以雄大壮阔为主要特征的“散体大赋”。这种赋一般都规模巨大，结构恢宏，气势磅礴，语词华丽，往往是几千言的鸿篇巨制。内容大多以游猎为题材，对诸侯、天子的游猎盛况和宫苑的豪华、富丽作了极其夸张的描写，从而歌颂帝王的权势和尊严。在表现手法上主要采用问答的结构形式、韵散结合的语言句式，以华丽的辞藻、铺排夸张的手法进行创作，因此被称为“散体大赋”。代表作家作品主要有西汉枚乘的《七发》，司马相如的《上林赋》《子虚赋》，扬雄的《甘泉》《河东》《羽猎》《长杨》等赋，东汉班固的《两都赋》，张衡的《二京赋》等，还有东方朔、王褒、枚皋等。据《汉书·艺文志》著录，汉赋共有900余篇，作者60余人，大部分是这一时期的作品。这一阶段，可说是汉代赋体文学的鼎盛阶段。

到了汉代后期，由于东汉王朝的衰落，以歌功颂德为主的散体大赋也逐渐走向衰微，在题材上逐渐转变为以讥讽时事、抒情咏物为主的短赋。这时的赋，有的表达了对黑暗社会政治的不满，如蔡邕的《述行赋》；有的抨击了东汉末年的黑暗现实和丑恶世态，表现了愤世嫉俗的反抗精神，如赵壹的《刺世嫉邪赋》；有的则侧重于抒发归隐田园、娱乐自适的情怀以及个人的感怀，如张衡的《归田园赋》等。因此，这一阶段，抒情、言志的小赋开始兴起，可说是汉代赋体文学的转变拓展阶段。

从东汉末年开始，赋体文学的体裁逐渐演变成了骈赋。这是一种孕育于汉魏之际，流行于两晋南北朝时期的赋体，它是汉赋的变体。近代学者来裕恂的《汉文典》说：“三国两晋，征引俳词；宋齐梁陈，加以四六，则古赋之变矣”，便精炼地概括了这一演变。因此，骈赋又叫“俳赋”。“俳”的本义是游戏。古人将对称句称为“俳语”，“骈”即对偶的意思。因此，注重对仗的赋便称为“骈赋”，又称为“俳赋”。

此时的骈赋作家主要是魏晋时期的诗人，代表作家作品主要有：

（1）咏物写志的。如曹植的《白鹤赋》《蝉赋》、应玚的《闵骥赋》、祢衡的《鹦鹉赋》、王粲的《槐树赋》、嵇康的《琴赋》、张华的《鹪鹩赋》、鲍照的《舞鹤赋》、谢惠连的《雪赋》、谢庄的《月赋》、庾信的《枯树赋》等。

（2）即景抒情的。如曹丕的《感物赋》《登城赋》、曹植的《节游赋》《游观赋》、应玚的《愁霖赋》、王粲的《登楼赋》、谢灵运的《山居赋》、沈约的《郊居赋》、鲍照的《芜城赋》、庾信的《哀江南赋》等。

（3）思旧怀人的。如曹丕的《悼夭赋》《感离赋》、曹植的《离思赋》《洛神赋》、向秀的《思旧赋》、陆机的《叹逝赋》《悯思赋》、江淹的《恨赋》《别赋》、庾信《思旧铭》等。

辞赋到了唐代，又进一步由骈赋发展为规定更加严格的律赋。律赋，是唐宋时代科举考试时所使用的一种试体赋。隋文帝时期，就开始了以诗赋取士的科举考试制度。唐袭隋制，仍然以诗赋取士。因此，律赋成了唐朝科举之人的必修之课。

律赋是骈赋骈偶化发展的极端，它的主要特点是：除了讲究骈偶外，对于押韵的平仄、押韵的次序都有严格的规定，甚至对于字数也有限制，一般不得超过四百字。由于律赋有严格的骈偶、平仄、押韵、字数的规定，又主要是为应试而作，因此优秀作品不多。

律赋产生于初盛唐时期，到中唐时进入鼎盛时期，发展到晚唐五代时，律赋进入转变期，宋代沿袭唐制，仍以赋取士，因此宋代律赋不仅数量大，而且佳作也不少，是律赋的发展期。金代的科举虽也沿用了律赋，但成就不高，名家更是寥寥无几。到了元代，科举考试改用古赋，写律赋的人也逐渐少了。清代是律赋的高峰，不但律赋名家辈出，无论数量上还是成就上都远远超越前代。可以说，清代是律赋的回光返照时期。

稍后于唐代律赋出现的还有文赋。它是中唐以后随着古文运动的兴起，受其影响而产生的一种新的赋体。它打破了骈赋讲究骈偶对仗的限制，在作品中对偶句与不对偶句交叉出现，参差错落；押韵上也比较自由，语言清新，自然流畅。文赋在唐宋时期取得了一定的成绩，其中较为著名的是唐代杜牧的《阿房宫赋》。

宋代辞赋除了承袭唐代律赋之外，文赋创作也日趋成熟。

宋代的文体赋又称为新文赋，它是在宋代古文革新运动的影响下，欧阳修、梅尧臣、苏轼等以散文手法创作辞赋而兴起的。

在形式上，宋文赋可分为三类：

（1）仿汉文体大赋而制的文赋，如张耒的《大礼庆成赋》《吴故城赋》。

（2）一般的文体小赋，如张耒的《秋风赋》《鸣蛙赋》。

（3）欧、苏式新体文赋。这类文赋是宋代文赋中数量最多、最有价值的辞赋。如欧阳修的《秋声赋》、苏轼的《赤壁赋》、梅尧臣的《灵乌赋》等。

但由于文赋要求“文”“赋”兼备，对创作者文才、学识等方面的要求较高，更由于文赋在欧阳修、苏轼、梅尧臣等人的手中已达到了很高的程度，无人能及，因此在他们之后，热衷于创作文赋的人不是很多，使得文赋到宋末时便逐

渐衰落，元明清几代创作文赋的文人及较有影响的作品更是寥寥无几了。

此外，宋代骚体赋、骈赋等也有一定的收获。可以说，辞赋在宋代体制完备，各种辞赋体裁均有人尝试创作。

明代前期辞赋创作整体成就不高。此时的辞赋多是奉旨创作，多是描绘四方朝觐、献贡纳赋、国泰民安、歌功颂德的大赋，且多为鸿篇巨制，结构宏伟、气象雄阔、辞藻华丽、铺陈繁细。如陈敬宗的《龙马赋》《麒麟赋》《瑞象赋》，金幼孜的《圣德瑞应赋》《瑞应甘露赋》《瑞应麒麟赋》，李时勉的《白象赋》《麒麟赋》《瑞应景星赋》，刘球的《龙驹赋》《琼岛观灯赋》等。

明代中期的辞赋成就较明代前期有大幅提升。一方面，企盼中兴的仿汉巨制仍旧层出不穷；另一方面，出现一批疆域地理赋，描写异域风土人情。如湛若水《交南赋》写安南，董越《朝鲜赋》写朝鲜，黄佐《粤会赋》写广州，丘浚《南溟奇甸赋》写海南等。这些辞赋作品，或散或骚，同样大气磅礴、气韵沉雄，表现出明帝国君临天下的宏大气象及俯视四夷的居高心态。此外，明中期还涌现出一些思想深厚、抒情言志的骚体赋，将批判矛头直刺朝政腐败、官场浑浊、社会动乱、世道艰险等破坏国本之隐患，表明明代辞赋由歌功颂德逐渐趋向于注重真情。

明代晚期辞赋小品比较兴盛，其创作抛弃了古赋的典重雅赡，以文词晓畅、节奏明快、飘逸潇洒为特点，既富有情趣，又赏心悦目。

总体而言，明代辞赋没有产生新体式，于“复古”之中挣扎，始终不能摆脱困境，在整个辞赋史上处于薄弱的境地。

清代辞赋创作的数量与题材，都堪称集大成。乾隆朝太史汤稼堂在《律赋衡裁·凡例》中说：“国朝昌明古学，作者嗣兴，钜制鸿篇，包唐轹宋，律赋于是乎称绝盛矣。”

清代辞赋创作的繁盛与清代科举制度、书院制度的兴盛有密切关系。

清代科举制度与辞赋创作兴盛的关系，主要体现在以下三方面：

一是“博学宏词”的考试。“博学宏词”是科举名目的一种。始于唐开元中，到清代为特科举士，康熙十八年开科，乾隆元年再行。皆考一赋一诗。黄爵滋在《国朝试律汇海序》中曾说：“国朝试律之盛，远轶三唐。国家两举博学宏词……风雅蔚兴。”

二是“翰林院”的馆试，其中包括庶吉士的“朝考”、肄业三年期满的“散馆试”和决定翰詹升黜的“大考”，均用赋。蒋攸銛《同馆律赋精萃叙》说：“唐以诗赋取士，宋益以帖括，我朝则以帖括试士，而以诗赋课翰林。”

三是“童生”“生员”的考试。这类考试，特别是地方学政案临考前的出题，常用律赋或古赋。

由于各种科举考试均要求考辞赋，因此，清代辞赋创作得到了极大发展。

书院制度源起于唐代。到了清代，朝廷视书院为“兴贤育才”之道，以致书院的兴起盛况空前，尤其是地方各省的书院。清代的地方书院又分两种：一是由（总）督（巡）抚控制的书院，称“省会书院”；一是学政主持的学政书院。在讲学内容上，清代书院的讲学内容基本分为三类：一是讲考试时文，这是各书院的“本务”；二是讲经史辞章；三是讲求性理之学，

由于清代科举考试必考辞赋，因此，各书院的课艺赋便成了书院辞赋讲习与创作的重要内容。据《中国历代书院志》收录的辞赋作品记载，仅清代书院的辞赋作品就有 450 余篇。

书院的辞赋教学以培养课士辞赋创作的基本功为主，称为课艺赋。课艺赋题材比较广泛，概括起来，主要有以下几类：

一是“咏史”题材。在书院赋中占有一定的数量，如《输攻墨守赋》《祖逖将本流徙部曲百余家渡江赋》《乘长风破万里浪赋》等。

二是“经义”题材。在书院赋中所占比例则较少，常见的题材如《明堂赋》《鹿鸣赋》《升高能赋》等。

三是“景物”题材，如《钟山赋》《海棠赋》《茉莉花赋》《早梅赋》《感秋赋》等。

四是“记事”题材，如《群玉书院落成赋》《彝山书院奎星阁落成赋》《岳麓修禊赋》《九曲池泛舟赋》等。

五是“拟古”题材，如戴光的《拟陆平原文赋》，周宝清的《拟陆士衡豪士赋》，闵玺、邓昶同题的《拟嵇含蜡赋》，杨锐的《拟陶渊明闲情赋》等。

六是“唐诗”题材。其中有用诗题为赋题，如《春江花月夜赋》；有用诗句为赋题，如《落花时节又逢君赋》；有用唐诗故事，如《旗亭画壁赋》。

以上清代书院的课艺赋主要汇集于两类书籍中：一类是地方学政考察士子学业所编的“校士录”，如潘衍桐编的《两浙校士录》；另一类就是各书院的“课艺汇编”，如胡敬编《敬修堂词赋课钞》、秦际唐编《奎光书院赋钞》等。

正由于科举考赋制度与书院课艺赋的促进，清代辞赋创作走向繁盛。

在形式上，清代辞赋的特征主要有以下几点：

（1）以律赋为主，兼备众体。

（2）兼容历代赋艺，泛入旁体，不拘常格，其中以用古赋作律赋为主要倾向。

（3）以经史学术入赋。

（4）以散文、股文法为赋。股文法即八股文的创作方法。清代科举考试，最重股文，其次是辞赋，因此股文文法和句法在一定程度上渗入了辞赋。

1919 年五四运动以后，随着新文化运动的兴起，辞赋及格律诗、词、曲等中国传统的韵文被当作形式主义全盘否定。人们给辞赋定了“靡丽之辞”“虚词滥说”“劝百讽一”“有类倡优”等四条罪状，使得辞赋创作几乎绝迹，只是在民间极少数人还偶尔有所创作。

改革开放之后，随着文化的复兴，特别是随着国学热潮的兴起，辞赋的研究创作也逐渐复苏。1987 年和 1989 年，我国分别在湖南衡阳和四川江油举行了两次全国性的国际辞赋学学术研讨会，这标志着我国辞赋的春天已逐渐到来。国际辞赋学学术研讨会是主要由中国辞赋学会与国内知名大学联合承办，并在世界“辞赋汉学”范围内邀请学者参加的“国际型学术会议”。从 1987 年以来，每 2 ~ 3 年召开一次，至 2009 年止，共召开了八届，这有力地推动了新时期辞赋研究与创作的发展。

21 世纪以后，辞赋的创作与研究进入了蓬勃发展的新时期。2007 年 4 月 8 日，由洛阳市政府主办、洛阳大学与香港中华辞赋研究院承办的“第一届国际辞赋创作研讨会”在洛阳举行，国内外近 20 所重点院校和研究机构的 70 多名专家学者参加了这次会议。经过这次会议，辞赋的研究和创作活动开始向全国铺开。

2007 年 3 月开始，《光明日报》开设了新栏目——百城赋。它不但为辞赋作者提供了一个很好的平台，激起了广大辞赋作者的创作热情，而且极大地推动了新时期辞赋创作活动的蓬勃开展。

与此同时，随着网络的普及，中赋总网、中赋学术网、中国古赋网、中赋出版网、中赋传媒网、中赋雅苑网、千城赋网、中赋报网、中赋书网、中华辞赋报、中赋中雅论坛、中雅精华网等辞赋网站在纷纷成立。在这些网站上发表的辞赋作品已不计其数，辞赋创作与研究、评价都十分活跃。

据中国新辞赋运动的发起人潘承祥在《历代辞赋家与辞赋集略览》中统计，已结集出版的现代辞赋集已有二百余种，较有影响的辞赋作者与学者不下几十人；而各种散见的辞赋作者及作品更是蔚为可观。

可以说，迄今为止，新时期的辞赋研究与创作正以蓬勃的生机向前发展，呈现出一派欣欣向荣的景象。

思考与练习

1. 什么叫“赋”？
2. 辞赋起源于何时？
3. 辞赋的发展经历了哪几种类型？

第二节　各类辞赋及其特征

从内容上，辞赋可分为都市赋、山水赋、田园赋、景观赋、人物赋、情感赋、文论赋、政论赋、史论赋等。而我们这里讲的各类辞赋的特征，则是从文学体裁角度来说的。

从上面对辞赋发展的介绍中可知，辞赋在体裁上可分为骚体赋、散体大赋、骈赋、律赋、文赋等类别。

一、骚体赋

骚体赋有广义、狭义之分。广义的骚体赋包括楚辞作品及汉代初期贾谊等人的辞赋作品；狭义的骚体赋则专指汉代初期最早出现的辞赋体裁，其代表作家主要有贾谊的《吊屈原赋》《鵩鸟赋》《旱云赋》等辞赋作品，其次还有淮南小山的《招隐士》。它们是在楚辞直接影响下产生的、与楚辞有密切联系的辞赋体裁。由于楚辞的代表作是屈原的《离骚》，因此统称为骚体赋。

骚体赋有如下主要特征：

（1）在表现形式上基本上延续了楚辞写法，前面都先有一个序言，直接或以对话的形式叙述作赋的缘由。

（2）正文大量使用语气词“兮”。

（3）句式整齐，基本上以“……兮，……”的格式进行铺陈叙述，诵读起来有节奏感。

（4）每两句为一组，大量使用四至九字句，其中又以四至六字句为主。

例：

《吊屈原赋》（贾谊）

谊为长沙王太傅，既以谪去，意不自得；及度湘水，为赋以吊屈原。屈原，楚贤臣也。被谗放逐，作《离骚》赋，其终篇曰："已矣哉！国无人兮，莫我知也。"遂自投汨罗而死。谊追伤之，因自喻，其辞曰：

恭承嘉惠兮，俟罪长沙；侧闻屈原兮，自沉汨罗。造讬湘流兮，敬吊先生；遭世罔极兮，乃殒厥身。呜呼哀哉！逢时不祥。鸾凤伏窜兮，鸱枭翱翔。阘茸尊显兮，谗谀得志；贤圣逆曳兮，方正倒植。世谓随、夷为溷兮，谓跖、蹻为廉；莫邪为钝兮，铅刀为铦。吁嗟默默，生之无故兮；斡弃周鼎，宝康瓠兮。腾驾罢牛，骖蹇驴兮；骥垂两耳，服盐车兮。章甫荐履，渐不可久兮；嗟苦先生，独离此咎兮。

讯曰：已矣！国其莫我知兮，独壹郁其谁语？凤漂漂其高逝兮，固自引而远去。袭九渊之神龙兮，深潜以自珍；偭蟂獭以隐处兮，夫岂从虾与蛭螾？所贵圣人之神德兮，远浊世而自藏；使骐骥可得系而羁兮，岂云异夫犬羊？般纷纷其离此尤兮，亦夫子之故也。历九州而其君兮，何必怀此都也？凤凰翔于千仞兮，览德辉而下之；见细德之险徵兮，遥曾击而去之。彼寻常之污渎兮，岂能容夫吞舟之巨鱼？横江湖之鳣鲸兮，固将制于蝼蚁。

《招隐士》（淮南小山）

桂树丛生兮山之幽，偃蹇连蜷兮枝相缭。山气巃嵸兮石嵯峨，溪谷崭岩兮水曾波。猿狖群啸兮虎豹嗥，攀援桂枝兮聊淹留。王孙游兮不归，春草生兮萋萋。岁暮兮不自聊，蟪蛄鸣兮啾啾。坱兮轧，山曲岪，心淹留兮恫慌忽。罔兮沕，憭兮栗，虎豹穴，丛薄深林兮人上栗。嵚岑碕礒兮，碅磳磈硊，树轮相纠兮林木茷骫。青莎杂树兮薠草靃靡，白鹿麏麚兮或腾或倚。状貌崟崟兮峨峨，凄凄兮漇漇。猕猴兮熊罴，慕类兮以悲。攀援桂枝兮聊淹留。虎豹斗兮熊罴咆，禽兽骇兮亡其曹。王孙兮归来！山中兮不可以久留。

二、散体大赋

散体大赋是汉武帝时期出现的一种辞赋体裁。

从汉武帝登基至汉宣帝的 90 年间，由于汉帝国国势的强盛、新兴都邑的繁荣、宫室苑囿的富丽以及皇室贵族盛大的田猎活动，辞赋的创作风格逐渐骚体赋发展到以歌颂朝廷文治武功为主。

散体大赋有如下特征：

（1）规模巨大，结构恢宏，气势磅礴，辞藻华丽，往往是几千言的鸿篇巨制。

（2）内容大多以游猎为题材，对诸侯、天子的游猎盛况和宫苑的豪华、富丽作了极其夸张的描写。

（3）在表现手法上主要采用问答的结构形式。

（4）在行文上主要采用韵散结合的句式。多用排比句、对偶句。

（5）在语言上主要采用华丽的辞藻，铺排夸张的手法进行创作。

散体大赋的代表作品主要有西汉时枚乘的《七发》、司马相如的《上林赋》《子虚赋》、扬雄的《甘泉赋》《河东赋》《羽猎赋》《长杨赋》、东汉时班固的《两都赋》、张衡的《二京赋》等。

例：

《子虚赋》（摘录）司马相如

（说明：**由于散体大赋的篇幅一般比较长，我们这里仅摘录例赋的前两段，以便读者了解散体大赋的以上特征。**）

楚使子虚于齐，王悉发车骑与使者出畋。畋罢，子虚过姹乌有先生，亡是公存焉。坐安，乌有先生问曰："今日畋，乐乎？"子虚曰："乐。""获多乎？"曰："少"。"然则何乐？"对曰："仆乐齐王之欲夸仆以车骑之众，而仆对云梦之事也。"曰："可得闻乎？"子虚曰："可。王车架千乘，选徒万骑，畋于海滨。列卒满泽，罘网弥山。掩兔辚鹿，射麋脚麟。鹜于盐浦，割鲜染轮。射中获多，矜而自功。顾谓仆曰：'楚亦有平原广泽游猎之地，饶乐若此者乎？楚王之猎，孰与寡人乎？'仆下车对曰：'臣，楚国之鄙人也。幸得宿卫十有余年，时从出游，游于后园，览于有无，然犹未能遍睹也，又焉足以方其外泽乎？'齐王曰：'虽然，略以子之所闻见而言之。'

"仆对曰：'唯唯。臣闻楚有七泽，尝见其一，未睹其余也。臣之所见，盖特其小小者耳，名曰云梦。云梦者，方九百里，其中有山焉。其山则盘纡茀郁，隆崇嵂崒。岑崟参差，日月蔽亏。交错纠纷，上干青云。罢池陂陀，下属江河。其土则丹青赭垩，雌黄白坿，锡碧金银。众色炫耀，照烂龙鳞。其石则赤玉玫瑰，琳珉昆吾，瑊玏玄厉，碝石碔砆。其乐则有蕙圃，蘅兰芷若，芎藭菖蒲，江蓠蘼芜，诸柘巴苴。其南侧有平原广泽，登降陁靡，案衍坛曼。缘似大江，限以巫山。其高燥则生葴菥苞荔，薛莎青薠。其埤湿则生藏莨蒹葭，东蘠雕胡。莲藕觚卢，菴闾轩芋。众物居之，不可胜图。其西则有涌泉清池：激水推移，

外发芙蓉菱华，内隐钜石白沙；其中则有神龟蛟鼍，玳瑁鳖鼋。其北则有阴林：其树楩柟豫章，桂椒木兰，檗离朱杨，樝梨梬栗，橘柚芬芬；其上则有鹓鶵孔鸾，腾远射干。其下则有白虎玄豹，蟃蜒貙犴。

三、骈　赋

骈赋是孕育于汉魏之际、流行于两晋南北朝时期一种注重对仗的辞赋体裁。

骈，本义为“两马并驾”，引申为两两相对、成双成对。因此，“骈”就是对仗的意思。“骈赋”，就是注重对仗的辞赋。骈赋又叫“俳赋”，“俳”的本义是游戏，古人将两两相对的对称句称为“俳语”，因此注重对仗的“骈赋”又被称为“俳赋”。

骈赋有如下特征：

（1）全篇多由“四六言”的对仗句组成，句式十分整齐。

（2）辞藻华美，追求用词上的华丽。

（3）一般两句一韵，依照章节内容的变换而转韵。

（4）讲求平仄协调，富有音乐美。

（5）在内容上以咏物写志、即景抒情、思旧怀人为主，篇幅一般以中、短为主。

骈赋作家主要是魏晋时期的诗人，如曹植、曹丕、王粲、嵇康等。作品主要有曹植的《洛神赋》、江淹的《恨赋》《别赋》《刺世疾邪赋》、庾信的《哀江南赋》等。

例：

洛神赋（摘录）曹植

（前三段）

黄初三年，余朝京师，还济洛川。古人有言，斯水之神，名曰宓妃。感宋玉对楚王神女之事，遂作斯赋，其辞曰：

余从京域，言归东藩。背伊阙，越轘辕；经通谷，陵景山。日既西倾，车殆马烦。尔乃税驾乎蘅皋，秣驷乎芝田，容与乎阳林，流眄乎洛川。于是精移神骇，忽焉思散。俯则未察，仰以殊观。睹一丽人，于岩之畔。乃援御者而告之曰：“尔有觌于彼者乎？彼何人斯，若此之艳也！”御者对曰：“臣闻河洛之神，名曰宓妃。然则君王所见，无乃是乎？其状若何，臣愿闻之。”

余告之曰：其形也，翩若惊鸿，婉若游龙，荣曜秋菊，华茂春松。髣髴兮若轻云之蔽月，飘飖兮若流风之回雪。远而望之，皎若太阳升朝霞。迫而察之，灼若芙蕖出渌波。秾纤得衷，修短合度。肩若削成，腰如约素。延颈秀项，皓质呈露，芳泽无加，铅华弗御。云髻峨峨，修眉联娟，丹唇外朗，皓齿内鲜。明眸善睐，靥辅承权，瑰姿艳逸，仪静体闲。柔情绰态，媚于语言。奇服旷世，骨象应图。披罗衣之璀粲兮，珥瑶碧之华琚。戴金翠之首饰，缀明珠以耀躯。践远游之文履，曳雾绡之轻裾。微幽兰之芳蔼兮，步踟蹰于山隅。于是忽焉纵体，以遨以嬉。左倚采旄，右荫桂旗。攘皓腕于神浒兮，采湍濑之玄芝。

别赋（江淹）

（前两段）

黯然销魂者，唯别而已矣。况秦吴兮绝国，复燕宋兮千里。或春苔兮始生，乍秋风兮蹔起。是以行子肠断，百感凄恻。风萧萧而异响，云漫漫而奇色。舟凝滞于水滨，车逶迟于山侧，棹容与而讵前，马寒鸣而不息。掩金觞而谁御，横玉柱而沾轼。居人愁卧，怳若有亡。日下壁而沉彩，月上轩而飞光。见红兰之受露，望青楸之离霜。巡曾楹而空揜，抚锦幕而虚凉。知离梦之踯躅，意别魂之飞扬。故别虽一绪，事乃万族：

至若龙马银鞍，朱轩绣轴，帐饮东都，送客金谷。琴羽张兮箫鼓陈，燕赵歌兮伤美人；珠与玉兮艳暮秋，罗与绮兮娇上春。惊驷马之仰秣，耸渊鱼之赤鳞。造分手而衔涕，感寂漠而伤神。

四、律　赋

律赋，是唐宋时代科举考试时所使用的一种辞赋体裁。“律”是格律，指作赋时必须遵守的对仗、声韵等的规定，是骈赋的骈偶化发展到极端的结果。

律赋有如下主要特征：

（1）讲究骈偶。

（2）讲究押韵。具体要求为：

① 一般隔句用韵。

② 忌重复使用韵字。

③ 提倡转韵。

④ 韵脚字一般限八韵。韵字可命题限韵，也可自己拟定。不管是命题限韵还是自拟韵字，最好八韵平仄协调，避免全平、全仄。在能够切合命题的前提下，尽量选择较宽的韵部字来组合。

⑤ 所选韵字，必须出现在赋文中，最好依先后次序而押，并押在每段末尾，但不强求。

⑥ 现代律赋既可用古声韵亦可用新声韵，根据个人习惯而定，但必须是古韵用古声、新韵用新声，不可混用。

（3）一句之内的两个分句句尾字要平仄相对。

（4）注重起承转合的结构层次。一般而言，第一段起题，叙述创作缘由；中间几段承转，叙述具体内容；最后一段结题，或咏叹，或颂扬。

（5）上下句在平仄上无硬性规定，只要求在节点字上尽量做到平仄相对。

律赋的代表作家作品主要有：王勃的《寒梧栖凤赋》、王棨的《沛父老留汉高祖赋》、李程的《日五色赋》、林滋的《小雪赋》、虚浩舟的《盆池赋》等。

寒梧棲凤赋（王勃）

（以“孤清下夜月”为韵）

凤兮凤兮，求何所图?出应明主，言栖高梧。梧则峄阳之珍木，凤则丹穴之灵雏。礼符有契，谁言则孤?游必有方，哂南飞之惊鹊；音能中吕，嗟入夜之啼乌。况其灵光萧散，节物凄清；疏叶半殒，高歌和鸣。之鸟也，将托其宿；之人也，焉知此情?月照孤影，风传暮声。将振耀其五色，萧诏而成。

九成则那，率舞而下。怀彼众会，罔知淳化。虽碧沼可饮，更能适于醴泉；虽琼林可栖，复忆巡于竹榭。念是欲往，敢忘昼夜?苟安安而能迁，我则思其不暇。故当披拂寒梧，翻然一发；自此西序.言投北阙。若用之衔诏.冀宣命於轩阶；若使之游池，庶承恩于岁月。可谓择木而俟处，卜居而后歇。岂徒此迹于四灵，常栖栖而没没。

沛父老留汉高祖赋（王棨）

（以“愿止前驱，得申深意”为韵）

汉祖还乡兮銮驾将还，沛中父老兮留恋潸然。忆故旧於干戈之后，叙绸缪於旌旗之前。白发多伤，凤辇愿停於此日；翠华一去，皇恩再返于何年。昔以群盗并兴，我皇斯起。英明天授其昌运，神武日闻于旧里。今则秦楚势倾，鼓鼙声止。圣代而阳和煦物，元首明哉；暮年而蒲柳伤秋，老大耄矣。然而黄屋才降，丹诚未申。岂可风驰天仗，雷动车轮。一则以情深闾里，一则以义重君臣。隆准龙颜，昔是故乡之子；捧觞献寿，今为率土之人。乃曰：陛下创业定倾，顺天立极。臣等犬马难效，星霜屡逼。窥泗水则凄若旧风，指芒砀则依然故邑。眷恋难尽，才澜易得。昔日望云之瑞，岂有明言；当时贳酒之家，堪惊默识。帝乃驻天步，遂人心。戈矛山立，貔虎烟深。草泽初兴，云露而蛟龙奋翼；乡园重到，烟空而骞鹤归林。时也亲友咸臻，少年并至。纵兆民如子，恩更洽於故；虽四海为家，情颇深于旧意。往事如睹，流光若驱。望幸诚异，攀辕则殊。交游既阻于秦时，堪悲今昔；黎庶正忻於尧日，自恨桑榆。已而双泪尽垂，一言斯献。请沛为汤沐之邑，实臣惬死生之愿。是使万岁千秋，杳冥无恨。

五、文 赋

文赋是中唐以后随着古文运动的兴起，受其影响而产生的一种新的散文化辞赋体裁。比唐代律赋出现稍晚。到宋代取得了较大成就。代表作家作品主要有唐代杜枚的《阿房宫赋》、宋代欧阳修的《秋声赋》、苏轼的《前赤壁赋》、《后赤壁赋》等。

文赋的特点是：

（1）骈散结合，既有骈文句法，又有散文句法，句式参差不齐。

（2）押韵自由，可押韵也可不押韵。即使押韵，也不拘一韵，灵活变化。有一种亦韵亦散、亦文亦赋的美感。

（3）崇尚礼趣，好发议论。

例：

阿房宫赋（杜牧）

（全文）

六王毕，四海一，蜀山兀，阿房出。覆压三百余里，隔离六日。骊山北构而西折，直走咸阳。二川溶溶，流入宫墙。五步一楼，十步一阁；廊腰缦回，檐牙高啄；各抱地势，钩心斗角。盘盘焉，囷囷焉，蜂房水涡，矗不知其几千万落。长桥卧波，未云何龙？复道行空，不霁何虹？高低冥迷，不知西东。歌台暖响，春光融融；舞殿冷袖，风雨凄凄。一日之内，一宫之间，而气候不齐。

妃嫔媵嫱，王子皇孙，辞楼下殿，辇来于秦。朝歌夜弦，为秦宫人。明星荧荧，开妆镜也；绿云扰扰，梳晓鬟也；渭流涨腻，弃脂水也；烟斜雾横，焚椒兰也。雷霆乍惊，宫车过也；辘辘远听，杳不知其所之也。一肌一容，尽态极妍，缦立远视，而望幸焉；有不得见者三十六年。燕赵之收藏，韩魏之经营，齐楚之精英，几世几年，剽掠其人，倚叠如山；一旦不能有，输来其间，鼎铛玉石，金块珠砾，弃掷逦迤，秦人视之，亦不甚惜。

嗟乎！一人之心，千万人之心也。秦爱纷奢，人亦念其家。奈何取之尽锱铢，用之如泥沙？使负栋之柱，多于南亩之农夫；架梁之椽，多于机上之工女；

瓦缝参差，多于周身之帛缕；直栏横槛，多于九土之城郭；钉头磷磷，多于在庾之粟粒；管弦呕哑，多于市人之言语。使天下之人，不敢言而敢怒。独夫之心，日益骄固。戍卒叫，函谷举，楚人一炬，可怜焦土！

呜呼！灭六国者六国也，非秦也。族秦者秦也，非天下也。嗟夫！使六国各爱其人，则足以拒秦；使秦复爱六国之人，则递三世可至万世而为君，谁得而族灭也？秦人不暇自哀，而后人哀之；后人哀之而不鉴之，亦使后人而复哀后人也。

前赤壁赋（苏轼）

（全文）

壬戌之秋，七月既望，苏子与客泛舟，游于赤壁之下。清风徐来，水波不兴。举酒属客，诵明月之诗，歌窈窕之章。少焉，月出于东山之上，徘徊于斗牛之间。白露横江，水光接天。纵一苇之所如，凌万顷之茫然。浩浩乎如冯虚御风，而不知其所止；飘飘乎如遗世独立，羽化而登仙。

于是饮酒乐甚，扣舷而歌之。歌曰："桂棹兮兰桨，击空明兮溯流光。渺渺兮予怀，望美人兮天一方。"客有吹洞箫者，倚歌而和之。其声呜呜然，如怨如慕，如泣如诉；余音袅袅，不绝如缕。舞幽壑之潜蛟，泣孤舟之嫠妇。

苏子愀然，正襟危坐，而问客曰："何为其然也？"客曰："'月明星稀，乌鹊南飞。'此非曹孟德之诗乎？西望夏口，东望武昌，山川相缪，郁乎苍苍，此非孟德之困于周郎者乎？方其破荆州，下江陵，顺流而东也，舳舻千里，旌旗蔽空，酾酒临江，横槊赋诗，固一世之雄也，而今安在哉？况吾与子渔樵于江渚之上，侣鱼虾而友麋鹿，驾一叶之扁舟，举匏樽以相属。寄蜉蝣于天地，渺沧海之一粟。哀吾生之须臾，羡长江之无穷。挟飞仙以遨游，抱明月而长终。知不可乎骤得，托遗响于悲风。"

苏子曰："客亦知夫水与月乎？逝者如斯，而未尝往也；盈虚者如彼，而卒莫消长也。盖将自其变者而观之，则天地曾不能以一瞬；自其不变者而观之，则物与我皆无尽也，而又何羡乎？且夫天地之间，物各有主，苟非吾之所有，虽一毫而莫取。惟江上之清风，与山间之明月，耳得之而为声，目遇之而成色，取之无尽，用之不竭。是造物者之无尽藏也，而吾与子之所共适。"

客喜而笑，洗盏更酌。肴核既尽，杯盘狼籍。相与枕藉乎舟中，不知东方之既白。

从上面的介绍及举例中我们可以归纳出各种辞赋的共同特征：

（1）对所写对象“敷陈其事而直言之”。从各方面反复描绘、吟咏，极尽铺排夸张之能事。

（2）句式整齐。一般两两相对，多用对偶句、排比句。诵读起来有节奏感，朗朗上口。

（3）有一定韵律。多数押韵，也有少数辞赋只是部分押韵甚至基本不押韵的情况（如散体大赋、文赋）。押韵规定较为灵活，一般都中途换韵，有两句一韵的，有几句一韵的，也有一段一韵的，不一而足。

（4）辞藻华丽，具有一定的高雅韵味。

（5）多用文言词语，具有古意。

一篇韵文，只要符合以上特征，便可称作辞赋。

思考与练习

1. 简述各种辞赋体裁的特征。

2. 简述辞赋的总体特征。

第三节 辞赋的用韵

辞赋，是介于韵文、散文之间的一种文体。中国新辞赋运动的倡导者、中华辞赋家联合会主席潘承祥在《赋苑琼葩》第一部序言中说：“夫辞赋乃何？其介乎诗与文之间一文体也。即介于韵文与散文之间一文体耳！非诗非文，近诗近文，半诗半文焉尔。显觇，辞赋为半韵文之文体，确信无疑者已。”既属于“半韵文之文体”，押韵就是其中的要素之一。在实际创作中，多数辞赋也都是要求押韵的。因此，虽然它是“半韵文之文体”，但我们在创作辞赋时，特别是创作有些辞赋，最好还是要押韵，以免与古代散文相混淆。不少辞赋作者大略知道辞赋应该押韵，但对具体怎样押韵、辞赋在押韵上有何规律或要求，则不甚了解。因此，我们有必要了解和掌握辞赋的押韵规律和一般要求。

一、分析辞赋押韵情况的依据

分析古代辞赋的用韵情况，须得依据当时的音韵进行分析。根据王力所作的分期，汉语的音韵分期可分为：① 上古期（公元 3 世纪以前）。② 中古期（公元 4 世纪至公元 12 世纪）。③ 近古期（公元 13 世纪至 19 世纪）。④ 现代（公元 20 世纪五四运动以后）。

上古音系主要是指先秦两汉的汉语语音系统，分析上古音系的主要依据是当时的“雅言”。《论语·述而第七》中说：“子所雅言，《诗》《书》、执礼，皆雅言也。”《诗》是《诗经》，《书》是《书经》，“执礼”是指需要执礼的公众场合。这句话是说：孔子所说的雅言，是这些书籍中和“执礼”场合中使用的语言。而以《离骚》为代表的楚辞，与《诗》《书》属于同一时期的书面语，音韵系统相去不远。因此，后人对上古语音系统的分析，基本是依据《诗经》《楚辞》的押韵情况进行分析的。

对上古音系的分析，目前主要采用的是王力先生的研究成果。王力根据《诗经》和《离骚》，将上古韵部定为 30 个韵部。在辞赋学界，对先秦辞赋押韵情况的分析，便基本以王力的 30 韵部为依据。

中古音是指魏晋南北朝至唐宋时期的语音系统，这个时期的音韵著作很多，有《声韵》《四声韵林》《韵集》《文章音韵》《五音韵》《韵略》《音谱》《四声指归》《四声切韵》等。其中，以隋朝陆法言的《切韵》影响最大。后来的《唐韵》《广韵》《集韵》《平水韵》都是根据《切韵》而来的。与《切韵》属同一音韵系统。而宋代的《平水韵》又是影响至今的一部韵书，因此，在分析魏晋南北朝以后辞赋的押韵情况时，主要依据便是《平水韵》。

近古音系主要指元代以后的音韵系统。以《中原音韵》为代表。但《中原音韵》主要是为规范北曲用韵而作的韵书，是作曲所依据的韵书。在诗词押韵方面，近古依然主要以《平水韵》为押韵的标准。

因此，人们在分析中古近古辞赋的押韵情况时，均以《平水韵》为标准。

至于现代，有中华诗词学会根据现代语音编撰并公布的《中华新韵》（十四韵）及上海古籍版社出版的《诗韵新编》（十八韵）两部通行的韵书。如按旧声韵来创作辞赋，自然应以《平水韵》为押韵标准；如按新声韵来创作辞赋，便应以《中华十四韵》或《诗韵新编》的十八韵为标准。

上面说过，辞赋分为骚体赋、散体大赋、骈赋、律赋、文赋等类别。从上面对分类的叙述和举例可知，各种赋体在押韵上是有所不同的，要想了解和掌握辞赋押韵的规律，也须分别进行叙述分析。但由于本书不是专门研究论述古代辞赋用韵情况的专门学术著作，只是一部简单介绍诗词曲赋入门知识的普及读物，因此我们就不准备像专门的学术研究著作那样，对每一种赋体都逐一举例进行分析，最后得出结论（如要了解具体情况，可参看中国辞赋家协会副秘书长赵薇女士撰写的《赋学微义》一书），而是采用前贤们的研究成果，归纳性地叙述一下古今辞赋用韵的规律。

需要说明的是，分析古代韵文（诗、词、曲、赋）的用韵，须用古韵。我国古代从隋朝的《切韵》起，才算有了真正意义上的韵书。因此，隋以前的韵文虽也押韵，但无韵书可依。隋以后又有《唐韵》《广韵》《平水韵》《中原音韵》《佩文韵府》等韵书。其中《平水韵》又是影响最大的一部韵书，古人作诗，基本以其为准。包括唐代诗人的诗歌用韵，与《平水韵》所分的韵部都是一致的。因此，辞赋学界在分析古代辞赋的用韵情况时，基本遵循以下原则：如是先秦以前的作品，一般以王力先生的30韵部为依据；如分析两汉以后的辞赋作品，则应以《平水韵》的韵部为标准进行分析。其中，两汉时期虽属上古时期，但由于没有正式的韵书，辞赋学界在考察此时期辞赋作品的用韵情况时，一般采用以上古韵为主兼与中古韵相结合的方法，有的则直接采用《平水韵》进行考察。为方便起见，我们在分析汉赋用韵情况时，采用后者，即按《平水韵》的韵部进行分析。

二、辞赋押韵的方式

首先，从整体来看，辞赋从最早荀况《赋篇》中的几篇辞赋作品开始，到楚汉时代的骚体赋，再到后面各种体裁的辞赋作品，多数都是押韵的。这里应注意的是，先秦及汉代的辞赋作品，由于属于上古音系，其读音与现代差别很大，现在读来似乎已不押韵，不能因此就认为辞赋可以不押韵。在当时的语音系统中，它们实际上是押韵的（具体见《赋学微义》）。

由此，我们首先可以得出一个总的结论：辞赋从它诞生的那天起，就是讲究押韵的，虽然它属于半散半韵的文学体裁，但押韵者为多数，故辞赋创作应尽量押韵。

其次，从押韵的形式来看，辞赋押韵的方式主要有以下几种：

（1）偶句押韵，即隔一句押一次韵，一段之内可以转几次韵。如荀况的《赋篇》中的《礼篇》：

爰有大物：非丝非帛，文理成**章**；非日非月，为天下**明**。生者以寿，死者以**葬**。城郭以固，三军以**强**。粹而王，驳而伯，无一焉而**亡**。臣愚不识，敢请之**王**？王曰：此夫文而不**采**者与？简然易知，而致有**理**者与？君子所敬，而小人所**不**者与？性不得则若禽兽，性得之则甚雅**似**者与？匹夫隆之则为圣人，诸侯隆之则以四**海**者与？致明而约，甚顺而**体**，请归之**礼**。

《赋篇》是历史上第一次以“赋”为名的系列文章。根据赵薇的《赋学微义·赋文用韵特点》的分析，此《礼篇》一共用了三个不同的韵：“章、明、葬、强、亡、王”为第一韵，在王力上古音30韵的“阳”部，属阳声韵。“采、理、不、似、海”为第二韵，在“之”部，属阴声韵。“体、礼”为第三韵，在“脂”部，属阴声韵。此赋的押韵形式便是隔一句押一次韵，转了三次韵。

这种押韵方式，即偶句押韵，一段之内中途换韵的方式，是古代辞赋最常见的押韵形式。因为辞赋一般较长，要做到一韵到底较难。这种押韵方式最为灵活，可以满足表达上的需要，使辞赋在音韵上取得灵活多变的效果。

（2）两句一韵，然后转韵。即每两句押一个韵，两句之间转一次韵。如西汉司马相如的《子虚赋》中的一段：

其山则：盘纡岪**郁**，隆崇嵂**崒**（lǜzú，高峻貌）。岑崟参**差**，日月蔽**亏**。交错纠**纷**，上干青**云**。罢池陂**陀**，下属江**河**。其土则：丹青赭**垩**，雌黄白**坿**（fù，同附），锡碧金**银**。众色炫耀，照烂龙**鳞**。其石则：赤玉玫瑰，琳珉昆**吾**，瑊玏玄厉，碝石碔**砆**（wǔ fū，像玉的石头）。其乐则：有蕙**圃**，蘅兰芷若，芎藭昌**蒲**，江蓠蘼**芜**，诸柘巴**苴**（jū，大麻的雌株）。其南侧有平原广泽，登降陁靡，案衍坛**曼**。缘似大江，限以巫**山**。其高燥则生葴菥苞荔，薛莎青**薠**（fán 草名）。其埤湿则生藏莨蒹**葭**，东蘠雕**胡**。莲藕觚**卢**，菴闾轩**芋**。

这一段是《子虚赋》赋文的主体，描写了楚国云梦泽的广阔及俊秀富有。赋中所用的韵字，《赋学微义》依据王力30韵分析为：“**郁**”，之部，属阴声韵；“**崒**”，物部，入声韵；“**差**”，歌部，阴声韵；“**亏**”，鱼部，阴声韵；“**纷、云**”，文部，阳声韵；“**陀、河**”，歌部，阴声韵；“**垩**”，鱼部，阴声韵；“**坿**”，侯部，阴声韵；“**银**”，文部，阳声韵；“**鳞**”，真部，阳声韵；“**吾、砆、圃、蒲、芜、苴**”，鱼部，阴声韵；“**曼、山、薠**”，元部，阳声韵；“**葭、胡、卢、芋**”，鱼部，阴声韵。

前面的“**郁、崒**”“**差、亏**”“**垩、坿**”“**银、鳞**”等四组，每组中的两个字看似不属同一个韵部，但都因通转、旁转而互相押韵。

因此这段赋文现在看起来不押韵，实际上是押韵的。押韵的方式有二：① 两句一韵，然后转韵。如“**郁、崒**”“**差、亏**”“**垩、坿**”“**银、鳞**”等四组。② 每句押韵。如“**吾、砆、圃、蒲、芜、苴**”，“**葭、胡、卢、芋**”等两组。但这种连韵现象很少，不具代表性。

（3）一段一韵，即一段押一个韵，每一段转一次韵。如张衡的《归田赋》：

游都邑以永久，无明略以佐**时**；徒临川以羡鱼，俟河清乎未**期**。感蔡子之慷慨，从唐生以决**疑**。谅天道之微昧，追渔父以同**嬉**；超埃尘以遐逝，与世事乎长**辞**。

于是仲春令月，时和气**清**。原隰郁茂，百草滋**荣**。王雎鼓翼，鸧鹒哀**鸣**；交颈颉颃，关关嘤**嘤**。于焉逍遥，聊以娱**情**。

尔乃龙吟方泽，虎啸山**丘**。仰飞纤缴，俯钓长**流**；触矢而毙，贪饵吞**钩**；落云间之逸禽，悬渊沉之魦**鰡**。

于时曜灵俄景，系以望**舒**。极般游之至乐，虽日夕而忘**劬**（qú）。感老氏之遗诫，将廻驾乎蓬**庐**。弹五弦之妙指，咏周孔之图**书**；挥翰墨以奋藻，陈三皇之轨**模**。苟纵心于物外，安知荣辱之所**如**？

此赋共四段，每段一韵，段与段之间转韵，共用了四韵，转了三次韵。第一段“时、期、疑、嬉、辞”均属上平四支韵；第二段“清、荣、鸣、嘤、情”均属下平八庚韵；第三段“丘、流、钩、鰡”均属下平十一尤韵；第四段“舒、劬、庐、书、如”均属上平六鱼韵（“模”上平七虞，邻韵相押）。

这种押韵方式在律赋中最为常见，律赋一般有“限几韵”的要求。

（4）一韵到底。这种押韵方式极少，在古代辞赋作品中几乎见不到。在今人只有一段的短辞赋作品中偶尔可见到。如贵州遵义人文受刚的《虾子辣椒赋》：

辣椒名产，何处芬**芳**？东方古镇，虾子新**场**。种植栽培，年深月久；集市贸易，源远流**长**。西接樱桃垭口，东临三渡关**梁**。思州学子会试，同行多小贩；播土骚人游历，结伴有行**商**。想计划时期，计划种植，实诸般制约；看市场经济，市场调节，诚一剂良**方**。对外开放，大千世界异彩纷呈；对内搞活，小平理论旗帜高**扬**。产业化，规模化，打造拳头产品；深加工，精加工，进军国际市**场**。小小辣椒，伴君一日三餐有味；煌煌产业，为我千秋万代流**芳**。

从头至尾押的是“ang”韵。

（5）基本不押韵，即一篇辞赋中大部分不押韵，只有极少部分押韵。完全不押韵的辞赋基本是没有的，因此我们这里只能说“基本不押韵”。这种大部分不押韵的辞赋作品主要出现在文赋中。如欧阳修的《秋声赋》：

欧阳子方夜读书，闻有声自西南来者，悚然而听之，曰：“异哉！”初淅沥以萧飒，忽奔腾而砰湃；如波涛夜惊，风雨骤至。其触于物也，鏦鏦铮铮，金铁皆鸣；又如赴敌之兵，衔枚疾走，不闻号令，但闻人马之行声。予谓童子：“此何声也？汝出视之。”童子曰：“星月皎洁，明河在天，四无人声，声在树间。”

予曰：“噫嘻悲哉！此秋声也。胡为而来哉？盖夫秋之为状也，其色惨淡，烟霏云敛；其容清明，天高日晶；其气栗冽，砭人肌骨；其意萧条，山川寂寥。

故其为声也，凄凄切切，呼号愤发。丰草绿缛而争茂，佳木葱茏而可悦。草拂之而色变，木遭之而叶脱。其所以摧败零落者，乃其一气之余烈。

夫秋，刑官也，于时为阴；又兵象也，于行用金。是谓天地之义气，常以肃杀而为心。天之于物，春生秋实，故其在乐也，商声主西方之音，夷则为七月之律。商，伤也，物既老而悲伤；夷，戮也，物过盛而当杀。”

“嗟夫！草木无情，有时飘**零**。人为动物，惟物之**灵**。百忧感其心，万物劳其**形**，有动于中，必摇其**精**。而况思其力之所不及，忧其智之所不**能**，宜其渥然丹者为槁木，黟然黑者为星**星**。奈何以非金石之质，欲与草木而争**荣**？念谁为之戕贼，亦何恨乎秋**声**？”

童子莫对，垂头而睡。但闻四壁虫声唧唧，如助予之叹息。

此辞赋中，只有倒数第二段押韵，其他一、二、三、五段基本不押韵，只有少数对称句子有押韵现象。如第一段中的“鏦鏦铮**铮**，金铁皆**鸣**”押下平八庚韵；“不闻号**令**，但闻人马之行**声**”押下平八庚韵；“星月皎洁，明河在**天**，四无人声，声在树**间**。”押下平一先、上平十五删韵，邻韵通押。第二段中的“丰草绿缛而争茂，佳木葱茏而可**悦**。草拂之而色变，木遭之而叶**脱**。其所以摧败零落者，乃其一气之余**烈**”。“悦、烈”都属入声九屑韵，“脱”属七曷韵，与“悦、烈”勉强通押。第三段中的“刑官也，于时为**阴**；又兵象也，于行用**金**。是谓天地之义气，常以肃杀而为**心**”，“阴、金、心”同属下平十二侵韵。

综上所述，辞赋押韵规律主要是：① 偶句押韵，一段之内可以转几次韵。② 两句一韵，然后转韵。③ 一段一韵，每一段转一次韵。

最后，虽然辞赋创作应尽量押韵，但并非必须押韵。现代有些写作辞赋的人认为辞赋必须押韵，并将是否押韵当作评价一篇辞赋好坏的主要标准，这其实是个误区。中华辞赋家联合会主席潘承祥先生在《赋苑琼葩》第一部·序三“辞赋沿革与韵散”一节中，列举分析了历代辞赋押韵的有关统计数字后说：“盖辞赋，乃古代文体之一种，源于诗，介乎文，居二者之间也者。非诗非文，亦诗亦文，半诗半文，可韵可不韵，韵散常相伴。”又说：“辞赋固当有韵，然古人亦有无韵者，以义在托讽，亦谓之赋耳。”“有韵与否，不是界定辞赋与非辞赋之唯一标准者也！”

一般来说，汉代散体大赋、文赋可以押韵也可以不押韵，骚赋、骈赋、律赋等则应该或者必须押韵。押韵方式最常见的是一段一韵。对于篇幅较长的赋，在押韵上则可灵活处理，除了一段一韵之外，还可一段之内换几次韵，也可两句一韵，在某些地方甚至还可不押韵。

思考与练习

1. 汉语音韵包含哪几个分期？各分期依据的韵部是什么？

2. 辞赋押韵的规律有哪些？

第四节 辞赋与其他文体的区别

由于辞赋写作较之诗词难，历来创作的人不多，更由于五四运动以来辞赋被冷落，被束之高阁，辞赋知识普及不广，很多人不了解辞赋的有关知识，经常将辞赋与格律诗词、文言散文混淆。笔者在七八年前编辑《当代黔人咏黔辞赋集》的过程中，就收到不少将诗歌作品当作辞赋寄来的稿子。下面这篇作品就是比较典型的例子：

例一：

清水江赋（节选）

呜呼！

清江之水梦中来，恍似九天霓彩开。穿破九千八百障，杉乡深处筑禅台。云横苗岭光透彻，莽莽云山清辉泻。澹澹清流注麻哈，千回百转萦香麝。原林苍莽听蝉鸣，夜半中天闻鹤声。清澈潺湲凭鲤跃，藓苔滑过路千程。春来江畔春光森，鱼上浅枝嬉翠鸟。风摇水动钓垂舟，潋滟清流滋慧草。架上鸬鹚任雨飞，蓑翁船动不思归。晨曦暮霭炊烟直，犹在江心享翠微。吊脚木楼排两岸，香枫翠柏相为伴。不知排木放何方，望目遥遥方寸乱。江月孤单照木楼，笙歌袅袅顺江流。美人靠上织珍绣，米酒氤氲寄远愁。寄罢乡愁情永在，江流宛转流天外。江岸橘园笼晴纱，清香拂遍苗侗寨。西山日落渐黄昏，暮鼓声声最动魂。不是江心人去晚，月华正照夜归人。悠悠荡荡入施洞注二，听取船歌江上唪。谁驾龙舟祭祖先，年年岁岁总相共？……

呜呼——

我今歌罢清江赋，流水行云无限路。莫道前途甚多艰，风光依旧

如霞翥。此情眷眷心头栽，恰似山花四季开。浩浩清江奔万里，如歌如颂梦中来。

作品模仿张若虚《春江花月夜》的写法，通体都是七言句，写得不错，文

辞也好，但却属于歌行体的七言古风诗，非辞赋，作者却将它当作辞赋。还有的甚至写了一首七言八句的古风诗，标题冠以“××赋”“××感赋”便认为是辞赋了。这的确是一件令人遗憾的事。而辞赋中的文体赋与散体大赋和文言散文则更容易混淆，因为这两种辞赋中有骈文的句式，又有散文的句式，亦骈亦散，且不讲究押韵，因此，更有不少作者将自已用文言写就的散文作品当作辞赋作品。如下面两篇作品，也是这方面较为典型的例子：

例二：

播州凤凰楼记（节选）

戊子冬月，有教师五人，同登凤凰山。见新建之凤凰楼，并见群贤有诗赋嵌刻其上，余亦有感于兹，不揣浅陋，诚自作文以记之：

揽昆仑之余绪，界娄山之雄姿，播州出焉。凤凰山坐落于城之正中，南视青龙山而立，似飞凤之双翼。湘江河蜿蜒东去，如翠玉镶嵌播州城中，凤凰山披戴新旧两城，四十万户人家开锦户，川渝经济此入黔。山明水秀，地灵人杰，此乃播州之形胜矣。

……

既明此理，同游五老抚掌而乐，舞蹈而归。

例三：

铜鼓赋（节选）

夜郎古境，凡鼓有三。曰铜鼓；曰木鼓；曰花鼓。花鼓以木为腰，牛皮绷就，游戏击之，民以为乐。木鼓纯木琢就，古战时军中必备之励器。唯铜鼓为尊，逢大典方可敬而击之。

……

传铜鼓以太阳神之灵魂铸就，乃苗民众之精气所聚，故可斗邪魔，壮正气，俱生命。

壮哉！铜鼓。雄哉！铜鼓。灵哉！铜鼓。

作为文言作品，上两例写得也是很有才华的，但均属于文言散文。例二模仿范仲淹的《岳阳楼记》，文中虽也有对仗的骈偶句，但为数不多。总体上散句多于骈句，读之感到散文成分多于辞赋成分，因此仍属于游记性文言抒情散文。例三更是一篇典型的文言作品，在标题上冠以《××赋》便认为是一篇赋了。

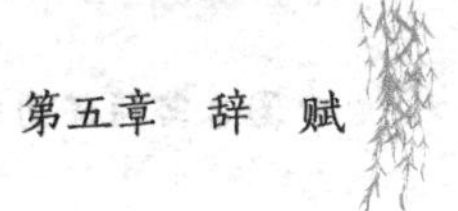

由此可见，辞赋中的文赋与散体大赋和散文极易混淆。

下面便着重谈谈辞赋与诗歌、与文言散文的区别。

一、辞赋与诗歌的区别

由于辞赋篇幅较长，诗歌中那种七言或五言一句，一共八句的律诗或古风诗不会与辞赋产生混淆，即使它们标题上冠以了“××赋”“××感赋”，人们也不会将它们当作辞赋。

辞赋与诗歌的混淆主要体现在与八句以上的歌行体古风诗上。因为这种歌行体诗歌，特别是二十句以上的较长的歌行体诗歌，它们的句式多数整齐，以五言或七言为主，时常有对仗句式出现，排列上往往又可像散文那样不分行地横排，因此就有人容易将自己写的这种形式的古风诗当作辞赋。如上面所举《清水江赋》。

其实，辞赋与这种古风诗的区别还是很明显的。① 辞赋的句式长短不一，互相交错。② 多为四六句式的骈偶句、排比句。而这种十句二十句以上的歌行体古风诗句式较为整齐，多为七言句或五言句。如上面的《清水江赋》，自始至终都是七言一句，无骈偶句式。即使它是像散文一样地横排，一眼也可看出它不是辞赋。

二、辞赋与文言散文的区别

辞赋与文言散文的混淆主要体现在汉代的散体大赋及文赋与文言散文上。

（一）散体大赋和文言散文的区别

1. 相　同

散体大赋是汉武帝时期出现的一种以描写新兴都邑的繁荣、宫室苑囿的富丽以及皇室贵族盛大的田猎活动为主要内容的辞赋体裁。散体大赋的开头和结尾常以问答形式出现，只有中间渲染铺写景物、人物、事件部分才多使用对偶句、排比句、骈体句。在押韵上也比较灵活宽松，常有不押韵的句式夹杂在其中，再加上古今音韵的差别，使人读起来感觉到似乎不押韵。而由于古人在书面语中也讲究韵律的整齐，讲究两两相对，因此在古代文言散文中，也常常出现对偶句、排比句等整齐的句式。二者互相一综合，便产生了容易混淆的情况。

2. 区　别

（1）在押韵上，散体大赋的押韵虽较灵活、宽泛，但还是看得出其中大多

数句子是押韵的。文言散文则基本不押韵。

（2）在句式上，散体大赋虽然多以问答形式出现，但涉及描写、渲染、叙述、议论的内容，主要还是以形式整齐的排比句、对偶句、骈偶句进行表述。因此，散体大赋中虽有散句，但仍以骈句为主，而文言散文则以散句为主，散句多于骈句，句式参差错落。虽也有对偶句、排比句，但占少数。

（二）文赋与文言散文的区别

1. 相　同

文赋是中唐以后随着古文运动的兴起，受其影响而产生的一种新的散文化辞赋体裁。它在句式上亦骈亦散，骈句散句相间，押韵上也比较灵活宽松，因此更容易与文言散文相混淆。

2. 区　别

主要是看有无押韵现象。文赋虽然在句式上亦骈亦散，骈句散句相间，押韵上也比较灵活宽松，但绝无不押韵的文赋。有的押几韵，有的押十几韵，只是押韵的方式比较随意，有两句一韵、句内互押的。如欧阳修的《秋声赋》：“其色惨淡，烟霏云敛；其容清明，天高日晶；其气凛冽，砭人肌骨；其意萧条，山川寂寥。”有隔句一韵，句与句之间相押的。不管以什么方式押韵，都是一定要押韵的。如苏轼的《前赤壁赋》：“哀吾生之须臾，羡长江之无穷。挟飞仙以遨游，抱明月而长终。知不可乎骤得，托遗响于悲风。”如通篇无押韵的现象，就绝不是文赋，只能是文言散文。读者可以比较苏轼的《前赤壁赋》与范仲淹的《岳阳楼记》，仔细体会一下其中的不同。前者一般被当作文赋的典范作品，后者一般被当作文言散文的典范作品。限于篇幅，这里就不再引录原文了。

正因为散体大赋、文赋与游记性、抒情性文言散文之间很容易混淆，它们之间的区别很难说清，因此笔者主张，现代人写作辞赋时最好写作骚体赋或押韵的骈赋，尽量少写散体大赋和文赋。一定要写，则要注意多用骈偶句式和尽量押韵。

至于辞赋的创作，我们放到《创作篇》中再作详细叙述。

思考与练习

1. 辞赋与五、七言古风诗有何区别？

2. 散体大赋、文赋与文言散文有何区别？

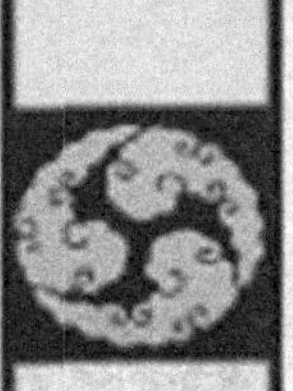

创作篇

第六章　诗词创作

第六章课件

第六章　诗词创作

本章讲的诗词创作，同样包括诗、词、曲、联、赋五种韵文体裁的创作。由于诗歌是韵文最有代表性的表现形式，因此，我们以诗词作为代称，并且在下面的阐述中，也主要以诗歌（古体诗、现代诗）为例来进行论述。虽然是以诗歌为例，但所说的规律、要求等，同样适合于其他一切韵文。

第一节　诗词创作的基本规律

所谓"规律"，是指客观事物自身发展时所必须遵守的规则。它是客观存在的，是不以人们的意志为转移的。任何事物都有规律可循，掌握了事物发展的规律，就能够正确地学习、掌握该事物。韵文创作是一种客观事物，进行诗词创作，同样也必须首先了解、掌握诗词创作的一般规律。

根据自己的创作体会，通过分析归纳，笔者认为诗词创作的基本规律主要有以下几个。

一、抓住灵感的规律

所谓"灵感"，是指"在文艺创作或科技研究活动中由于经验和知识的长期积累而突然产生的富有创造性的思路"[①]。它是人们在艺术构思探索过程中由于某种因素的刺激或启发，突然产生出的一种新颖而独特的想法，是由于思想上豁然开朗、精神亢奋而取得突破的一种心理现象。具体到诗歌创作上，灵感是指作者在有意或无意之间对客观世界中的某个事物或景物有所感受而突然产生出来的新颖思路以及体现这种新颖思路的词语或句子。例如：某日，我们到郊外去游玩，见到某处风景非常优美，你十分兴奋，十分感慨，于是，脑海中便不知不觉突然冒出一句描写或赞美这优美风景的词语或诗句。这就是

① 李行健：《现代汉语规范词典》，语文出版社 2004 年版，第 832 页。

灵感，这一词语或诗句就是作者当时灵感的体现。

灵感是创新的原始起点，灵感是创新的核心和灵魂，灵感能够给人们带来意想不到的收获。可以说，灵感是文学创作，特别是短小精悍的诗歌创作的基础或源头之一。古往今来很多优秀的诗文作品都是在此基础上创作出来的。有创作经验的人一般都有这种感受：有时会突然想到一个好的题目或者想到一句十分精彩的诗句，如果当时将它记录下来了，日后便会扩展成一篇文章或一首诗歌；如果当时没将它记录下来，过后很可能会怎么都回忆不起来，从而十分后悔。

灵感的产生是突然而来、倏然而去的，并不为人们的理智所控制，具有突然性、短暂性、亢奋性和突破性等特征。它在人们的脑海中停留的时间往往是短暂的，如果稍不留意，便会很快从记忆中消失。一般的人往往对此不重视，经常让一些具有闪光点的灵感白白消失。而有心的人、勤奋的人，则会随时拿出笔来将其记下，从而演绎出一篇篇优秀的诗文。

因此，灵感是需要及时抓住的。进行文学创作，特别是进行韵文创作的人，必须善于启发灵感、抓住灵感。

怎样启发灵感呢？就韵文创作而言，首先就是要热爱生活，并随时注意体验生活、观察生活。这样，我们便能从许多看似平凡的事物、现象中发现别人没有发现的不平凡的主题，从而激发灵感，创作出新颖的、独特的作品来。例如鲁迅的《一件小事》，记叙了生活中时常会碰到的一件小事。如果是一般的人，很可能会不经意地错过，而作者则能够从这么一件十分平凡的小事（自己坐黄包车，途中车夫撞到老太，带着老太去医院看病）中发掘出车夫的高大，榨出皮袍下的“小我”这么一个非常深刻的主题来。如果平时没有养成随时注意体验生活、观察生活的习惯，没有敏锐的观察力，是绝对产生不了这种创作上的灵感的。可以想象，一个心死如灰、对什么都麻木了的人，是绝对不会有闪光的灵感的。

其次，要经常接触新鲜事物，让它时常刺激自己的大脑皮层，使自己的思维活跃起来。这样也才能经常有思想上的闪光点冒出来，从而激发出创作的灵感。人们都有这样的经验：在一个地方待久了，便会对周围的事物丧失新鲜感，产生麻木感，从而认为这里没有什么好看，没有东西值得写。正所谓“不识庐山真面目，只缘身在此山中”。而对一个刚来到这个地方的人，则会感觉到什么都是新鲜的，对什么都是感兴趣的，因此会有很多新感受、新发现，从而能够创作出一些富有新意的诗歌、散文来。因此，长期生活在城市中的人们应该经常到农村去转转，那美丽的田园风光，那大自然的山山水水，一定会激起你创作的冲动，激发你创作的灵感，使你写出大量清新自然的诗文来。

最后，要富于想象、善于想象，这样也能经常激发出创作灵感，从在常人看来平凡的事物中发掘出不平凡的内容。正如天上的白云，在常人眼中看来，它不过是一朵飘浮着的白云罢了，但在富于想象、善于想象的散文家、诗人看来，它却是千变万化的，一会儿像虎，一会儿像狗，一会儿像狮子，一会儿像奔马，不一而足，从而进一步引发出创作的灵感，写出如《火烧云》（萧红）那样的美文，甚至发掘出更加深刻的主题。

怎样抓住灵感呢？唯一的办法便是做一个有心人，随时随地将脑海中冒出来的可供创作的灵感用笔记录下来。然后以它为引子，创作出诗文作品。正如上面所说，灵感具有突然性、短暂性、亢奋性等特征，它在人们的脑海中停留的时间是短暂的，是一闪而过、稍纵即逝的，如果不加注意，便会很快从记忆中消失。因此，想要抓住灵感，仅靠记忆是不行的。实践证明，仅靠记忆，最后的结果是百分之九十都会忘记。郭沫若写作《女神》时，常在半夜里想到一句诗句，便立刻从床上爬起来，坐到桌前挥笔疾书，甚至如同疯子般地在房中来回走动，手舞足蹈，时而大声朗诵，时而蹙眉苦思。这正是诗人的创作灵感来了、创作激情来了，不能自已的表现。正因为如此，作者才能创作出像《天狗》《立在地球边上放号》这样充满激情的诗歌来，也才能创作出《女神》这部在现代文学史上奉为圭臬的浪漫主义诗集来。试想，如果作者在灵感来临之际，在创作激情来临之际，疏于勤奋，不及时抓住创作的灵感，能够写出《女神》中那些激情飞扬、精彩绝伦的诗歌与诗句来吗？当然，每个人都有自己的性格及创作习惯，或富于浪漫的想象，或长于冷峻的思考。不管怎样，只要能做到勤奋，做个有心人，就一定能及时抓住灵感，创作出独特、新颖的诗文作品来。

二、有感而发的规律

感，是指感想、感触、感情，它是进行诗文创作的前提。古人云：诗言志、诗言情。司马迁也说："《诗》三百篇，大抵皆圣人发奋所为作也。"（《报任安书》）进行诗文创作，必须先要有"感"。

有感，才会对所写的内容进行深入的思考，才能写出发自内心的真实感受，也才能写出有血有肉、内容充实的作品。有感，才会有创作的冲动；有了创作

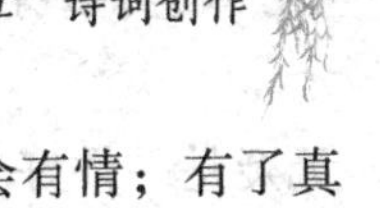

的冲动，才能写出神采飞扬、精彩绝伦的诗文作品。有感，才会有情；有了真情，才能写出富有感染力，甚至感人至深的优秀作品。

从古至今，凡影响较大、感人至深、脍炙人口、能够流传千古的诗文作品，都是发自作者内心的真实感受，无不饱含着作者的真情实感。相反，那些歌功颂德、粉饰太平的宫廷诗、御用诗、应景诗，则多是内容干瘪、苍白无力的作品，没有多少能够流传下来。

因此，进行诗词创作，必须要做到"有感而发"。

当你对自然界的某个事物或某处景致有所感触，想用笔将它记录下来、表现出来的时候，你的心中便有"感"了。这时，你便有了进行创作的基础。你对这个事物的感触越深，你对这处景致的感慨越烈，你写出来的诗文便越会有血有肉、情感真挚。而感情越真挚，作品的感染力就越强；作品的感染力越强，就越具艺术魅力；越具有艺术魅力，就越能受到读者的青睐；越能受到读者青睐，影响就越大，流传的范围就越广。唐诗宋词之所以是世界诗歌发展史上两座不可逾越的巅峰，至今盛传不衰，除了它们自身具备的艺术魅力之外，还有一个重要的原因，便是这些作品无一不是当时诗人们"有感而发"的结果。透过这些诗词，我们可以感觉到千年以前的古代诗人、词人们栩栩如生的形象，仿佛就像昨天一样，活生生地站立在我们的面前。例如，陈子昂的"念天地之悠悠，独怆然而涕下"，李白的"仰天大笑出门去，我辈岂是蓬蒿人"，杜甫的"唇干口燥呼不得，归来倚杖自叹息"，李煜的"问君能有几多愁，恰似一江春水向东流"，李清照的"寻寻觅觅，冷冷清清，凄凄惨惨戚戚"，岳飞的"怒发冲冠，凭栏处，潇潇雨歇"等，无不是古人们发自内心、出自真情的喜怒哀乐，无不感染着后代的人们。正因为如此，这些作品才显得内容充实、情感丰富、有血有肉、感人至深。

现在不少人创作诗歌，不管是创作现代诗歌还是创作古典诗词，都经常犯一个错误："为赋新词强说愁。"（辛弃疾《丑奴儿·书博山道中壁》）

先说现代诗歌。现在诗坛流行的是不打标点符号、不讲押韵、不讲句与句之间意义上的逻辑联系，甚至不讲汉语组合规律、思路跳跃、意义晦涩的现代派（或称后现代派）诗歌。这些诗歌大多描述的是作者意识深处的一些朦胧感受，仿佛一个人在那儿自言自语。在思维方式上，这些诗歌多用抽象思维，少用形象思维，很难从诗歌中看到作者丰富的情感、生动的形象、炽热的语言、飞扬的思绪。

再来看古典诗词。随着现代诗歌的衰落，越来越多的人开始转向了古典诗词的创作。特别是一些离退休老年人，更是热衷于古典诗词的学习与创作。这无疑是一件好事。但遗憾的是，“为赋新词强说愁”的现象在目前的古典诗词创作中普遍存在。这种现象主要又体现在以下两个方面：

一是标语化、口号化。“文章合为时而著，诗歌合为事而作”（白居易《与元九书》）。在太平盛世中，紧跟形势、歌功颂德未尝不可。问题是，有些人的诗词作品标语化、口语化，既不生动，又不形象，更不能感染读者，明显不是有感而发的。例如下面两首七言诗：

当代伟人毛泽东，弘扬马列功绩丰，……彻底摆脱殖民苦，华夏巍巍永世隆。

三农政策暖人心，铲掉穷根立富门。……亿万村民温饱见，车行又回小康奔。

二是没有真实的感受、亲身的体会。只是凭空想象，去写自己不熟悉、不感兴趣的事物。这种情况，在初学写作古典诗词的年轻人中表现得比较普遍。例如，学生习作《送别》：

肃秋雨潇潇，长亭酒一瓢。孤烟随雨上，初月正昏淆。杜宇声声泪，昏鸦立枝腰。送君出塞去，垂泪梦路遥。

这首诗明显是想象中的送别，而不是自己的亲身经历。诗中描写的是雨中送别（从第一句可知）。试想：雨中有“孤烟”吗？雨中有哪怕是“昏淆”的“初月”吗？至于“杜宇声声泪，昏鸦立枝腰”则更是想象中的情景了。自己没有送别的经历，没有“黯然销魂者，唯别而已矣”的切身感受，却去生硬地描写不熟悉的题材，自然写不出真情实感。

因此，韵文创作必须“有感而发”。没有感受，甚至感受不深，最好不要动笔。否则，创作出来的韵文作品便显得苍白无力。

三、富于联想的规律

联想是一种心理活动，也是一种重要的思维方式。它的特点是：从某一事物想到与之有一定联系的另一事物乃至更多的事物。例如：一提到“秋风”，人们往往便立刻会想到“落叶”，为什么会想到“落叶”呢？因为“秋风”和“落叶”不但在时空上往往相伴出现，而且它们之间还有一定的因果关系。

联想可分为相关联想、相似联想、因果联想、对比联想等。

相关联想是指看见或者提起甲事物便想起与之相关的乙事物的联想。例如，看见或者提起太阳便想到光明，看见或者提起十五的月光就想到明亮的夜色等。

相似联想是指看见或者提起甲事物便想起与之相似的乙事物的联想。例如，看见花朵就想起儿童，因为儿童与花朵之间有相似之处：娇嫩、鲜美；看见教

师就想起辛勤的园丁，因为园丁与教师之间有相似之处：做的都是培育工作等。

因果联想是指看见或者提起甲事物便想起与之有因果联系的乙事物的联想。例如，看见或者提起春天就想起百花盛开，因为二者之间有因果联系。

对比联想是指看见或者提起甲事物便想起与之有对比关系的乙事物的联想。例如，看见孤儿，便会想起在父母身边的幸福；见到体弱多病的人便会想起身体健康时的快乐等。

由此可见，一事物与另一事物之间的“相关”“相似”“因果”“对比”等关系，就是一事物与另一事物之间进行联想的“桥梁”。

富于联想，善于利用上述“相关”“相似”“因果”“对比”等因素进行联想，是成为一名诗人最基本的条件。

创作韵文，必须富于联想，要时时刻刻展开想象的翅膀，任自己的思绪在想象的广阔空间中自由地翱翔。这样才能使诗歌等韵文生动形象，富有浪漫气息。这方面的例子比比皆是，如屈原的诗歌《东君》：

暾将出兮东方，照吾槛兮扶桑；抚余马兮安驱，夜皎皎兮既明；驾龙辀[1]兮乘雷，载云旗兮委[2]蛇[3]；长太息兮将上，心低徊兮顾怀；羌声色兮娱人，观者儋[4]兮忘归；緪[5]瑟兮交鼓，萧钟兮瑶簴[6]；鸣篪兮吹竽，思灵保兮贤姱[7]；翾[8]飞兮翠曾，展诗兮会舞；应律兮合节，灵之来兮敝日；青云衣兮白霓裳，举长矢兮射天狼。操余弧兮反沦降，援北斗兮酌桂浆；撰余辔兮高驼翔，杳冥冥兮以东行[9]。

注：[1]音“舟”，本是车辕横木，泛指车。[2]音“危”。[3]音“宜”。[4]音“但”，意为安详。[5]音“庚”。[6]音“巨”，指悬挂钟磬的木架。[7]音“苦”。[8]音“宣”。[9]音“航”。

翻译出来就是：灿烂的霞光将升起在东方，照得我的桑木车辕熠熠发光。我轻拍龙马从容前行，沉沉的夜色即将明亮。我驾着龙辕乘着雷电，四周的云彩逶迤万千。长叹一声我向上升起，心中眷念着身下茫茫的大地。我上升的景色壮观迷人，仰望的人们忘记了归程。琴瑟齐奏鼓对敲，钟磬齐鸣玉柱摇。吹起篪（chi）啊吹起竽，贤男淑女把愿许。翠鸟轻快地低飞盘旋，人们唱着诗歌轻舞翩翩。应着旋律合着节拍，纷纷而来的神灵将天日遮盖。青云为衣啊白霓为裳，神灵们手引长箭直射天狼。我持着弧矢渐渐西降，擎着北斗盛满桂花琼浆。我攥紧缰绳奔驰天上，在茫茫夜色中又奔向东方。

东君就是太阳神，这是一首赞美太阳神的颂歌。诗歌以第一人称的语气描写了太阳由升起到降落的全过程。作者将太阳想象成一个驾着龙车、乘着雷电，在天上纵横驰骋的伟大神灵。它由东方升起，从西方降落，整个过程中，地上的人们对它顶礼膜拜，天上的众神在它身边簇拥。四周的祥云逶迤绚丽，脚下的大地瑞鸟盘旋。场面十分壮观，想象十分奇特。

如果没有这么奇特的想象、绚烂的描写，屈原的诗歌就不会具有巨大的艺术魅力，屈原也不会成为浪漫主义诗歌的开山鼻祖。

再如李白的诗歌，同样联想丰富，想象奇特，像《蜀道难》的“蚕丛及鱼凫，开国何茫然！尔来四万八千岁，不与秦塞通人烟。西有太白当鸟道，可以横绝峨眉巅。地崩山摧壮士死，然后天梯石栈相钩连”，《梦游天姥吟留别》的“霓为衣兮风为马，云之君兮纷纷而来下。虎鼓瑟兮鸾回车，仙之人兮列如麻”，《将进酒》的“君不见黄河之水天上来，奔流到海不复回。君不见高堂明镜悲白发，朝如青丝暮成雪”，《宣州谢朓楼饯别校书叔云》的“俱怀逸兴壮思飞，欲上青天揽明月。抽刀断水水更流，举杯消愁愁更愁”《行路难》的“长风破浪会有时，直挂云帆济沧海”等，无不浮想联翩，任自己的思绪在天地之间、在古往今来中纵横驰骋，仿佛世间万物、人间百态，随手拈来，均为我所用。这展现出了诗人缥缈的思绪、飞扬的神采、横溢的才华。

至于现代著名的浪漫主义诗人郭沫若，更是富于联想、善于联想的大师，他要“站在地球边上放号”(《立在地球边上放号》)；他要像一只天狗一样，“把月来吞了，把日来吞了，把一切的星球来吞了”(《天狗》)；他要像炉中的煤一样，为自己心爱的人儿，“燃烧到了这般模样”(《炉中煤》)；他更要像凤凰一样在火中涅槃，高唱着“火便是你。火便是我。火便是他。火便是火。翱翔！翱翔！欢唱！欢唱！”(《凤凰涅槃》)去迎接新生。正因为这些丰富的甚至是疯狂的联想，才使得他的诗集《女神》成了中国现代文学史上浪漫主义的代表作。

就是现实主义诗人，也同样要具有丰富的联想。例如，杜甫从自己茅屋屋顶的茅草被秋风刮走，半夜漏雨，不能入寐的遭遇，立刻联想到“安得广厦千万间，大庇天下寒士俱欢颜，风雨不动安如山”(《茅屋为秋风所破歌》)。再如白居易，从看到农夫在田间割麦，旁边一农妇因“家田输税尽”而抱着孩子在旁边拾麦穗来“充饥肠”的情景，立刻联想到自己“今我何功德，曾不事农桑。吏禄三百石，岁晏有余粮”(《观刈麦》)，感到自己没有“功德”，又“不事农桑”，却拿着“三百石”俸禄，而且到年终还“有余粮”，从而“念此私自愧，尽日不能忘”，表现出了满腹的愧疚，更揭示了在繁重的

赋税压迫下农民生活的艰难，并借此“唯歌生民病，愿得天子知”。其他如聂夷中由田家的“二月卖新丝，五月粜新谷。医得眼前疮，剜却心头肉”而联想到“我愿君王心，化作光明烛。不照绮罗筵，只照逃亡屋”(《伤田家》)；李绅由农夫的“锄禾日当午，汗滴禾下土”而联想到“谁知盘中餐，粒粒皆辛苦”(《悯农》)；曹邺由“官仓鼠，大如斗，见人开仓亦不走”而联想到“健儿无粮百姓饥，谁遣朝朝入君口”(《官仓鼠》)，等等。

可以说，没有联想，就没有诗歌；没有联想，就不能成为诗人。因此，只要是诗人，只要想学习韵文创作，就必须富于联想，善于联想，时时为自己插上联想的翅膀，在思想的无垠空间自由地翱翔。这样才能创作出形象生动、优美动人、魅力无穷的诗、词、曲、赋等韵文作品来。

四、使用诗歌语言的规律

什么是诗歌语言？通俗地说，诗歌语言就是抒情的语言。

自古以来，诗言志，诗言情。抒发感情是诗歌及一切韵文作品的主要作用和目的。诗人写作诗歌，主要靠的是澎湃的激情。有了激情，才会浮想联翩；有了激情，才会产生创作的冲动；有了激情，也才会使诗歌神采飞扬、意境深远，具有艺术魅力。情，是诗歌的灵魂。抒情的语言，便是诗歌创作在语言运用上的主要特征。使用抒情语言的规律，是进行诗歌创作的普遍规律，任何人在进行诗歌创作时，都不能违背这一规律，哪怕是十分冷峻的现实主义诗人也不能例外。只有使用抒情的语言，才能使创作出来的诗歌富有美感、富有意境、富有感染力。反之，创作出来的诗歌就会干瘪枯燥，味同嚼蜡。老干体诗歌、后现代派诗歌、散文化口语化诗歌之所以不被人们好评和喜爱，主要原因之一便是没有使用抒情语言。

那么，什么样的语言才算是抒情的语言呢？

（1）能够抒发作者主观感情色彩的语言。“感情色彩”，包含人的一切主观情感，如喜、怒、哀、乐、嬉、笑、怒、骂，等等。人是有感情的动物，人有七情六欲。有了感情，就需要抒发，就渴望与他人分享。所谓“情动于中，而形于言；言之不足，故嗟叹之；嗟叹之不足，故永（咏）歌之；永歌之不足，不知手之舞之，足之蹈之也”（毛亨《诗大序》）就是指此。人们常说，诗人都是浪漫的、富于想象的，诗人都是情感型的、激情澎湃的。的确，没有丰富的感情，不多愁善感，便做不了诗人。同样，不善于表达情感，或过于冷静、冷血，也做不了诗人。这表现在诗歌语言上，就是要用带有强烈感情色彩的语言进行创作，使人一看到这首诗歌前几句，便能感觉到有情；一读完整首诗歌，便能被作者在诗中所表现的强烈的情感所感染。这样，写出来的诗歌才能感染人、打动人。例如："十年生死两茫茫，不思量，自难忘。千里孤坟，无处话凄凉！""问君能有几多愁，恰似一江春水向东流！""轻轻地我走了，正如我轻轻地来；我轻轻地招手，作别西边的云彩"。

（2）能够描写出一幅美景或栩栩如生的画面，创造出一种美的意境，给人以美感的语言。诗词曲赋，必须给人以美感，使人从中得到美的享受。这一目的，往往便是通过能够描写出一幅美景或栩栩如生的画面，创造出一种美的意境的语言来实现的。因此，这种语言便理所当然地成了诗歌语言。例如："明月出天山，苍茫云海间""千山鸟飞绝，万径人踪灭。孤舟蓑笠翁，独钓寒江雪""黄四娘家花满蹊，千朵万朵压枝低。流连戏蝶时时舞，自在娇莺恰恰啼""独坐幽篁里，弹琴复长啸。林深人不知，明月来相照""两个黄鹂鸣翠柳，一行白鹭上青天。窗含西岭千秋雪，门泊东吴万里船"。

（3）能够给人以回味的语言。诗歌的抒情性，不光体现在直抒胸臆上，还体现在"不着一字，尽得风流"（司空图《诗品·含蓄》）的含蓄抒情上。因此，"能够给人以回味的语言"也是抒情语言的一个构成要素。诗歌是一种浓缩的艺术，一首诗歌如果能在很短的篇幅内表现出尽量丰富的内涵，使人读完此诗后掩卷而思，仍觉得言犹未尽、意犹未了，有"余音绕梁，三日不绝"之感，就是一首好诗。因此，诗贵含蓄，要求作者将思想感情融入自己精心选择的意象之内，不一语道破，而让读者去揣摩、去体会、去联想。例如："轮台东门送君去，去时雪满天山路，山回路转不见君，雪上空留马行处""东船西舫悄无言，唯见江心秋月白""打起黄莺儿，莫教枝上啼。啼时惊妾梦，不得到辽西""今宵酒醒何处？杨柳岸，晓风残月"等。

（4）感叹的语言。抒情，特别是强烈的抒情，常常借助于感叹的语言，因此，感叹的语言也是抒情语言的一个组成部分。而感叹的语言，主要又体现在两点上：一是叹词的运用。在恰当的地方使用一些恰当的叹词，对诗歌的抒情性将有很大的帮助。例如："噫嘘唏，危乎高哉！蜀道之难，难于上青天！""云中的神啊雾中的仙，神姿仙态桂林的山。情一样深啊梦一样美，如情似梦漓江的水"。应该注意的是，我们这里说的是"在恰当的地方使用一些恰当的叹词"来帮助抒情，如果不分地点、场合过多地使用叹词，不但收不到预期的效果，反而还会起到反作用。二是叹号的运用。叹号的主要作用便是表达强烈的思想

感情。而诗歌抒发的感情，往往也是这一类感情，而叹号便是造成这类思想感情的主要手段，带有叹号的语言也是抒情性语言的重要组成部分。例如：“十年生死两茫茫，不思量，自难忘，千里孤坟无处话凄凉！”“问君能有几多愁，恰似一江春水向东流！”

反之，下面几种语言则不属于抒情语言：

（1）口语中的大白话。所谓“口语中的大白话”，是指那些经常出现在口头语言中、过于直白，又没有任何抒情意味的语言。韵文是一种高雅的艺术形式，要求尽量使用书面语进行创作，因为书面语言具有典雅、优美、含蓄及文学色彩浓厚等特点。而口语中的大白话，第一，不含蓄，过于直白，一看就知道是什么意思，不能给人以回味的余地。第二，不典雅，过于俚俗，不能给人以美的享受，更不能创造出美的意境。第三，不具备抒情意味，使人读起来索然无味。值得一提的是，在诗歌中出现大白话，又是诗歌初学者最容易犯的错误。例如：

大红灯笼高高挂，过罢春节迎元宵。借此佳节祝福您，一年更比一年强。平日工作忙忙碌，幸遇佳节把君想。闲暇不忘多联系，朋友情义万年长。

（2）故弄玄虚的晦涩语言。所谓“故弄玄虚的晦涩语言”，是指当前一些写现代自由诗的“诗人”，在后现代思潮的影响下，为追求所谓的“时髦、深奥、富有哲理”，为体现自己诗歌与众不同的“艺术价值”，而在诗歌中使用的那种艰涩难懂、不知所云的语言。这种语言不讲思路的连贯，不讲思维的逻辑联系，不讲语言的组合规律、排列规律，以追求让人费解、让人看不懂为最终目的。这种现象在后现代派的自由体诗歌中表现得最为普遍。这种现象产生的根源，在于后现代主义认识论。这种认识论的特征主要是：打破传统观念的束缚，打破逻辑思维的束缚，乃至打破语言组合规律的束缚，追求标新立异，追求表现自我，以示自己的与众不同。这种认识反映在诗歌上，便产生了追求艰涩深奥，似乎读者越看不懂，就越能发挥读者的想象，而自己的诗歌也就越有艺术价值的畸形观点。我们说，诗歌是一种心灵的感应，是作者思想感情的体现，既然把它写了出来，甚至发表出来，那就是要让人看的，让人分享的，使读者通过阅读自己的诗歌，能分享自己的喜怒哀乐，并从中受到感染，得到美的享受，从而使诗歌创作起到抒发情感、审美娱乐、宣传教育的作用，最终达到交流的目的。如果别人连你诗歌中写的是什么内容、表达了什么样的思想感情都揣摩不出甚至看不懂，还能起到上述作用吗？能达到交流的目的吗？这样的诗歌创作又有什么意思呢？

（3）内容空洞、抽象的语言。所谓“内容空洞、抽象的语言”，是指那种言之无物、内容干瘪、抽象生硬以及标语口号式的语言。在当前诗歌的创作上，运用这种语言也是比较普遍的现象。例如前面所举的“大白话”的例子。

诗歌创作讲究形象思维，要求通过形象的语言将诗歌内容栩栩如生地描绘出来，以创造出一个美的意境，给人以美的享受。而这种内容空洞、语言抽象的诗歌给人的只能是干瘪枯燥，味同嚼蜡的感觉，丝毫不能体现诗歌的感染作用、审美作用。

同时，诗歌讲究抒发真情实感，这样的诗歌写出来才会内容充实、富有激情，也才能够感染他人。如果没有真情实感，仅为应景而作，仅为歌功颂德而作，仅为“强说愁”而作，就创作不出内容充实、形象感人的诗歌作品。

（4）不带任何感情色彩，纯描写客观事物的语言。这种语言也接近于大白话，其特点是：就事论事地、客观地将一个事物的外形外貌描写完毕，将一件事情叙述完毕，诗歌也就结束了。描写叙述过程中不带任何感情色彩、抒情色彩和评论色彩，看不出作者在作品中抒发了什么感情，表达了什么观点，甚至看不出作品的主题是什么。这样的语言自然谈不上是诗歌语言。

五、创造意境的规律

我们在日常生活中常常用“意境”这个词来形容一件艺术作品的好坏。比如，一幅画很好，我们就说：“这幅画很有意境。”一首诗很好，我们就说：“这首诗很有意境。”一幅摄影作品很好，我们也会说：“这幅摄影作品很有意境。”可见，有无意境，是衡量一件艺术作品好坏常用的标准。诗歌创作属于艺术创作，意境的有无自然便是衡量一首诗歌好坏的标准之一。

什么是意境呢？文艺理论家童庆炳先生在他的《文艺理论教程》一书中这样界定意境：是文学艺术作品通过形象描写表现出来的境界和情调，是抒情作品中呈现的情景交融、虚实相生的形象及其诱发和开拓的审美想象空间。

《辞海》对意境的解释也大致相同，认为意境是“文学作品中所描绘的生活图景和表现的思想感情融合而成的一种艺术境界，能使读者通过想象和联想，如身临其境，在思想感情上受到感染”。这应该是对“意境”一词较为权威的解释了。

以上解释落实到诗歌上，便是指诗歌作品中呈现出的那种情景交融、虚实相生的景象以及供人们审美时进行想象的空间。

从上面的解释中我们可以归纳出意境的特征：

第一，情景交融，即文学作品中所描绘的景色或生活图景能够与表现的思想感情融为一体。如柳宗元的《江雪》："千山鸟飞绝，万径人踪灭，孤舟蓑笠翁，独钓寒江雪。"就将自然界的空旷冷寂与人物的孤独落寞有机地融为一体，从而表现出作者被贬谪永州后那种仕途不顺、孤独寂寞的思想感情。再如马致远的《天净沙·秋思》："枯藤老树昏鸦，小桥流水人家，古道西风瘦马。夕阳西下，断肠人在天涯。"作品中将"枯藤""老树""昏鸦""小桥""流水""人家""古道""西风""瘦马""夕阳西下"等十个意象组成了一幅生活图景，与作者"断肠人在天涯"的孤寂心情融为一个有机的整体，十分形象地表现了浪迹天涯的游子那种孤独之感、思乡之情。此两例正所谓"诗中有画，画中有诗"，达到了情景交融的思想境界。

第二，虚实相生，即意境由两部分组成：一部分是"如在目前"的实在因素，称为"实境"；一部分是"见于言外"的较虚的部分，称为"虚境"。如上两例中的"千山鸟飞绝，万径人踪灭，孤舟蓑笠翁，独钓寒江雪""枯藤老树昏鸦，小桥流水人家，古道西风瘦马。夕阳西下，断肠人在天涯"，就是"如在目前"的"实景"。作者被贬谪永州后那种仕途不顺、孤独寂寞的思想感情，浪迹天涯的游子那种孤独之感，就是"见于言外"的"虚景"。一方面，虚境是实境的升华，是意境中处于灵魂、统帅地位的因素，是实境创造的意向和目的，制约着实境的创造和描写，体现了整个意境的艺术品位和审美效果。另一方面，虚境又以实境为载体，落实到实境的具体描绘上。总之，虚境通过实境来表现，实境在虚境的统摄下来加工，这就"虚实相生"的原理。

意境属于中国传统美学思想的范畴，意境理论最先出现于文学创作与批评中。三国两晋南北朝时期的文学创作中就有"意象说"和"境界"说。唐代著名诗人王昌龄和皎然提出了"取境""缘境"理论，稍后的刘禹锡和文艺理论家司空图又进一步提出了"象外之象""景外之景"的创作见解。

后来，意境概念又运用到绘画上。画家们提出了山水画创作"重意"的问题，认为创作应当"意造"，鉴赏应当"以意穷之"，并使用了与"意境"内涵相近的"境界"概念。

再后来，画家们把传统绘画从侧重对客观物象的描摹转向注重对主观精神的表现，重视以情构境、托物言志。这种创作倾向促进了意境理论和实践的发展，把“境界”概念又升华为“意境”。

时至今日，“意境”概念已广泛地用于诗歌、散文、绘画、摄影等与情景有关的文艺作品中。

就诗歌而言，创造意境就是指诗歌作品应托物言志，寓情于景，情景交融，在对景物、人物、事物的形象生动描绘中，寄托作者的思想感情，使人感到作者既在写景又在抒情，给人一种“观摩诘之画，画中有诗；味摩诘之诗，诗中有画”(《东坡志林》)的感觉。即使是那种寓意深刻的哲理诗，也应该做到这一点。

此外，在诗歌中，除了经常用到“意境”这一概念外，还经常用到“意象”“境界”这两个概念。要注意这三者之间的区别，不能将之混为一谈。下面我们解释一下“意象”“境界”这两个词。

1. 意　象

意，是指心意；象，是指物象。所谓意象，就是客观物象（客观事物）经过创作主体（作者）独特的情感活动创造出来的一种艺术形象。简单地说，意象就是寓“意”之“象”，就是用来寄托主观情思的客观事物，它是组成意境必不可少的因素，即上面所说的“如在目前”的实在因素。

根据意象所咏叹的对象，可将意象分为自然景观类意象、植物类意象、动物类意象、事物类意象、动作行为类意象等类别。

(1) 自然景观类意象，如日、月、风、烟、雨、雪、霜、流水、斜阳等。

(2) 植物类意象，如松、竹、菊、梅、杨柳、落花、梧桐、浮萍、芭蕉等。

(3) 动物类意象，如鸦、鱼、猿、蝉、鸿、雁、杜鹃（杜宇、布谷、子规）、青鸟、鸳鸯、鹧鸪等。

(4) 事物类意象，如舟、湖、镜、灯（烛、蜡、炬）、桥（灞陵）、长亭等。

(5) 动作行为类意象，如登楼、凭栏、吹笛、吹笙、饮酒、折柳、捣衣（捣练）等。

(6) 社会事物类意象，如战争、集会、郊游、过年、采风活动、选秀活动、颁奖典礼等。

有时，诗中所咏叹的社会事物、所刻画的人物形象、所描绘的生活场景、所铺陈的社会生活情节和史实，如果也是用来寄托情思的，那么也属于意象，即相对于物象的事象，相对于自然意象的社会意象。

从意象所具备的功能来分，又可将意象分为比喻性意象、象征性意象、描述性意象三类。

（1）用来进行比喻的意象叫比喻性意象。如：

红花易落似郎意，流水无限似侬愁。（刘禹锡《竹枝词》）

问君能有几多愁？恰似**一江春水**向东流。（李煜《虞美人》）

例中的“红花易落、一江春水”就是比喻性意象。

（2）具有象征意义的意象叫象征性意象。如：

千锤万凿出深山，烈火焚烧若等闲。粉身碎骨浑不怕，要留清白在人间。（于谦《咏**石灰**》）

沉舟侧畔千帆过，病树前头万木春。（刘禹锡《酬乐天扬州初逢席上有赠》）

例中的“石灰、沉舟侧畔千帆过”就是象征性意象。

（3）用来描述景物或事物的意象叫描述性意象，这是三类意象中最主要的类别。如前面所举的六类意象，都可说成是描述性意象。

从一般意义上说，意象通常是指自然意象，即取自大自然的、借以寄托情思的物象。许多古诗名句中的意象，都是自然意象，如“野火烧不尽，春风吹又生”“秋风吹不尽，落叶满长安”“春色满园关不住，一枝红杏出墙来”等。

意象往往带有作者主观的情感，意象组合起来，就构成了意境。如上面所举的马致远的《秋思》中，“枯藤”“老树”“昏鸦”“小桥”“流水”“人家”“夕阳”“断肠人”“天涯”，就是诗中的意象。这些意象组合在一起，就构成了一个孤独、凄清、伤感、苍凉的意境。

由此，我们可以得出结论：意象是带有作者主观感情的具体事物，意境是这些具体事物组成的整体环境和感情的结合，它寄托在意象中。

这里要注意的是，意象所指的客观事物是“带有作者主观感情”的事物，并非所有的客观事物都能构成意象。如白朴的《秋思》：“孤村落日残霞，轻烟老树寒鸦，一点飞鸥影下。青山绿水，白草绿叶黄花。”共并列了十二个自然景物，虽也鲜明生动地呈现出绚丽的秋色图，但只是一些客观事物的堆砌，并没有寓情于景，没有灌注进作者的思想情感，缺乏“情与景”“情与理趣”的自然融合，无法构成“诱发”人们想象的“审美空间”，不能叫作意象，更没有构成意境。

2. 境　界

境界是一个内涵比较广泛的概念。王国维在《人间词话》中说：“词以境界为最上。有境界则自成高格，自有名句。五代北宋之词所以独绝者在此。”因此，境界在诗词作品中是十分重要的。

就诗歌而言，境界是指在诗词作品中，作者通过他所描绘的艺术形象，向读者展现出的思想感情、品格情操，是一种能够令读者沉浸其中、流连忘返的高尚的艺术氛围。

“境界”一词最早出现在《诗·大雅·江汉》“于疆于理”一句中。汉郑玄笺云：“正其境界，修其分理。”本义为地域的范围。《说文》曰：“竟，乐曲尽为竟。”是终极之意。又云：“界，境也”。后来随着佛经的翻译，“境界”一词频频出现，表示在对佛经经义的理解上有一定造诣的意思。到了唐代，“境”或“境界”逐渐被用到诗歌评论中。到了明清两代，“境界”“意境”更成为文学创作和评论中普遍应用的术语。

在诗词创作中，境界与意境是两个具有不同内涵的术语，不能混为一谈。二者的区别主要体现在；第一，境界是作者在诗词中通过他所描绘的艺术形象，向读者展现出来的思想感情、品格情操，是主观的意志；意境则是诗词作品中呈现出的那种情景交融、虚实相生的景象以及供人们审美时进行想象的空间，是客观的事物。第二，境界侧重于作者品格情操的展现，意境侧重于对情景交融的追求。第三，境界是通过意境展现出来的，意境则是境界展现的载体。

人的思想境界有高下之分，因此，文学作品的境界也有大小之分。在文学创作中，一般将境界分为大、中、小三个层次：表达自我高尚志趣、不与卑劣同流合污等品格情操的叫小境界；表达忧国忧民、愿为国家民族捐躯等品格情操的叫中境界；表达对人类和自然的关注和忧虑，愿为人类和平奋斗终生等品格情操的叫大境界。相反，表达低俗的内容、卑劣品格的叫做无境界。当然，这种分别并不是唯一的标准，客观地说，只要是表现了高尚品格情操的境界，都应该是“自成高格”的境界，也都应该是“最上”的境界。

此外，说到境界，人们几乎都要提到王国维在《人间词话》中的这段名言：“古今之成大事业、大学问者，必经过三种境界：‘昨夜西风凋碧树。独上高楼，望尽天涯路’。此第一境也。‘衣带渐宽终不悔，为伊消得人憔悴。’此第二境也。‘众里寻他千百度，蓦然回首，那人却在，灯火阑珊处’。此第三境也。”这段话既是对追求“大事业、大学问”过程中三个阶段的形象描绘，也是对追求诗词创作最高境界过程的形象描绘：第一，无限向往；第二，苦苦追求；第三，返璞归真。

六、遵守格律规定的规律

韵文创作，主要是指古典的诗、词、曲、联、赋的创作，这些古代韵文，都有自己的格律规定，特别是古代的格律诗和词、曲。因此，创作格律诗和词、曲自然必须遵守诗、词、曲的格律规定。

前面说过，中国古代的诗歌，从体裁上分有古诗、五言古诗、七言古诗、古体诗、杂言古诗、格律诗、歌行体诗歌、排律、词、曲等。其中，格律诗和词是唐代以后我国诗歌中两种影响最大、流传时间最长、最有成就的诗歌形式，是我国古代诗歌的主流。唐诗、宋词是世界诗歌史上不可逾越的两座高峰。我们继承、发扬中国古代优秀的文化遗产，在诗歌方面，就是要继承和发扬唐诗宋词的优秀文化传统，其中包括唐诗宋词的形式和格律。

在继承和发扬唐诗宋词的形式、格律这一点上，目前的诗歌学界主要流行着两种不同的观点，一是摒弃格律，认为格律完全束缚了人们的思想，不利于自由表达作者的思想感情，有百害而无一利，应该进行改革。二是死守格律，认为创作格律诗词，必须完全遵守、使用古代的格律，在平仄方面必须讲究入声，在押韵方面必须使用古韵，必须按照古代韵部进行押韵，一点都不能改变，否则就不能叫律诗，不能叫词。

这两种观点实际上都有所偏颇。

第一种观点实际上是一种外行人的看法，或者说是一种偷懒的观点。在这一点上，我们应特别警惕和坚决反对那种对诗词格律不求甚解或一知半解，却打着“提倡新诗韵”和“进行诗词改革”的旗号要求放宽格律并创作出一些不合格律的“格律诗词”的人及其做法。

我们认为，格律诗和词是古代的两种诗歌体裁，而且是两种影响了中国诗坛千百年，取得了巨大思想成就、艺术成就的诗歌体裁。诗词的格律对作者思想感情的自由表达的确起到了一定的束缚作用，但它也有积极的一面：它使得诗歌节奏整齐、音律和谐，具有形式上的节奏美、语音上的韵律美，读起来朗朗上口，能够给人以美的享受。同时，也使得作者在创作律诗和词的时候不得不字斟句酌，选词炼句，力求用最精炼的词语表现出最丰富的内容。因此，格律并非完全束缚人们思想感情的表达，只是对作者思想感情的“自由表达”起到了一定的束缚作用，而这并非坏事，它反而使诗歌语言更加精练、内容更加丰富，更加具有艺术魅力。唐诗、宋词的巨大成就早已证明了这一点。带着镣铐跳舞，如果跳得更好，岂不说明舞者跳舞的技艺更高，更有艺术价值、欣赏

价值吗？歌德曾经说过："艺术家在限制中才显出身手。"吕进在《中国现代诗体论》第五章"格律体新诗"中也说："对于高明的诗人，精严的格律不但不会使他手脚无措，反而能激活他的创造力，给予他克服困难的快乐，帮助他表达得更为完美。"[①]因此，格律诗词并非一定会束缚思想、影响作者思想感情的表达；相反，作者可在咬文嚼字的过程中获得创作的乐趣。可以想象，古人在"吟安一个字，拈断数根须""两句三年得，一吟双泪流"之后的那种成功感的喜悦心情是多么的强烈！同时，唐诗宋词千年流传不衰的事实也早已证明了这两种诗歌体裁强大的生命力，并非完全束缚了人们的思想。试想，如果格律完全束缚了人们的思想，有百害而无一利，以格律为主的唐诗、宋词能取得如此辉煌的思想、艺术成就吗？

在第一种观点的影响下，便出现了以下两种现象：

一是要求放宽格律，进而要求取消诗词在平仄、押韵等方面的格律规定，只保留其字数上、句数上的外在形式。在这种思想的指导下，就出现了那种写了一首五个字或七个字一句、一共八句的诗，便对这些诗冠以"五律""七律"的头衔，或按照某词牌的字数、句数写了一首作品，便自认为创作了一首词，冠以"某某词牌"头衔的现象。

下面摘录两首"词"进行分析：

江城子·废墟下的自述

天灾难避死何诉，主席唤，总理呼。党疼国爱，声声入废墟。十三亿人共一哭，做鬼魂，也幸福。　　银鹰战车救雏犊，左军叔，右警姑。民族大爱，亲历死也足。只盼坟前有屏幕，看奥运，同欢呼。

钗头凤·川之吟

山清秀，水碧透，峰塌须臾河毁骤。城飞歌，香飘乐。楼崩灵折，村消屯破。祸！祸！祸！　　国殇忧，八方吼，令发京城动九州。红旗烁，军歌越。救川举国，不弃一个，魄！魄！魄！

这是2008年汶川大地震后一位同志创作并发表在报纸上的两首"词"。这两首"词"在语言上、内容上的优劣我们且不去评论它，这里仅从格律上进行简单分析：

先看第一首。《江城子》词谱（以《钦定词谱》为准）如下：

双调，七十字。前段八句，五平韵，三十五字。后段同。有押入声韵的。

① 吕进：《中国现代诗论》，重庆出版社2007年版，第317页。

词谱：⊕－⊖｜｜——，韵｜——，叶｜——。叶⊖｜⊖－，⊖｜｜——。叶⊖｜⊖——｜｜，—⊕｜，｜——。 叶⊕－⊖｜｜——，叶｜——，叶｜——。叶⊖｜⊖－，⊖｜｜——。叶⊕｜⊖——｜｜，－⊕｜，｜——。叶

前后段第一句亦作｜｜——｜｜—。

（符号说明："－"代表平声，"｜"代表仄声，"○"代表可平可仄之处。其中，"⊖"代表本为平声，但也可为仄声；"⊕"代表本为仄声，但也可为平声。"韵"代表韵脚，"叶"代表押韵之处。）

对照词谱，我们可以看出，《江城子·废墟下的自述》中，上阕"天灾难避死何诉，主席唤，总理呼。党疼国爱，声声入废墟。十三亿人共一哭，做鬼魂，也幸福。"不符合词谱之处有：①"天灾难避死何诉"的"诉"，仄声，此处应为平声。②"主席唤"的"唤"，仄声，此处应为平声。③"总理呼"的"理"，仄声，此处应为平声。（"总理"为专用名词，不合平仄也可不用追究。）④"党疼国爱"的"疼"，平声，此处应为仄声；"爱"，仄声，此处应为平声。⑤"声声入废墟"的"废"，仄声，此处应为平声。（第二个"声"此处应为仄声，为了不以辞害意，也可不追究。）⑥"十三亿人共一哭"的"三"，平声，此处应为仄声；"共"，仄声，此处应为平声。⑦"做鬼魂"的"做"，仄声，此处应为平声；"魂"，平声，此处应为仄声。⑧"也幸福"的"幸"，仄声，此处应为平声。

以上对平仄的分析仅是以新声韵为标准来分析的。如果以古声韵为标准，第五句中的"国"便是入声，属仄声，而此处应为平声，不合平仄；第六句中的"哭"也是入声，此处又符合平仄（如按新声韵，"哭"则不符合平仄），因此，不知此词到底是在按新声韵填词还是在按古声韵填词。

从押韵上看，此词押的是"u"韵。按新声韵，"诉、呼、哭、福"等属于"u"韵，"声声入废墟"的"墟"则属于"ü"韵，不属"u"韵，与"诉、呼、哭、福"等不押韵（依《中华新韵》）。按古韵来，"诉"属去声"七遇"部；"呼"属上平"七虞"部；"哭""福"属入声"一屋"部；"墟"属上平"六鱼"部（依《平水韵》），均分属不同的韵部，也不押韵。而古韵中，"u""ü"的字根据声调的不同均可分别归属于"鱼""虞""遇"等部。

仅就上阕的分析我们便可看出，《江城子·废墟下的自述》几乎每句都有不符合词谱平仄之处。上阕如此，下阕也就可想而知了。

再来看第二首。《钗头凤》词谱如下：

双调，六十字，前段八句，七仄韵，二叠字。后段同。前后段上三韵用上

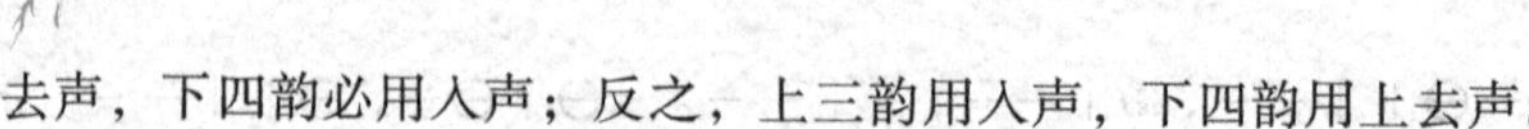

去声，下四韵必用入声；反之，上三韵用入声，下四韵用上去声。

词谱：——｜，韵⊖—｜，叶⦶—⊖｜——｜。叶 —⊖｜，二换仄⊖—｜。叶二仄⊖⊖—⦶，｜——｜。叶二仄｜！叶二仄｜！叠字｜！叠字 ——｜，叶首仄⊖—｜，叶首仄⦶—⊖｜——｜。叶首仄—⊖｜，叶二仄⦶—｜。叶二仄⊖⊖—⦶，｜——｜。叶二仄｜！叶二仄｜！叠字｜！叠字

对照词谱，我们也可看出，《钗头凤·川之吟》中，上阕“山清秀，水碧透，峰塌须臾河毁骤。城飞歌，香飘乐。楼崩灵折，村消屯破。祸。祸。祸”不合词谱之处有：①“水碧透”的“碧”，仄声，在此应为平声。②“峰塌须臾河毁骤”的“臾”，平声，此处应为仄声；“毁”仄声，此处应为平声。③“城飞歌”的“歌”，平声，此处应为仄声。

下阕“国殇忧，八方吼，令发京城动九州。红旗烁，军歌越，救川举国，不弃一个，魄！魄！魄！”不合词谱之处有：①“国魂忧”的“忧”，平声，在此应为仄声。②“令发京城动九州”的“城”，平声，在此应为仄声；“动”“九”，仄声，在此应为平声；“州”，平声，在此应为仄声。③“救川举国”的“举”仄声，在此应为平声。④“不弃一个”的“弃”，仄声，在此应为平声。

从押韵上看，《钗头凤》有押仄声韵（如陆游的《钗头凤》）和押平声韵（如《唐婉的《钗头凤》》两体。上面例词的押韵处，大多是仄声，因此应该押的是仄声韵，而词中上阕的“歌”、下阕的“忧”“州”均为平声韵，不符合《钗头凤》仄声韵词谱押韵的规则。

我们说，格律诗之所以叫格律诗，词之所以叫词，是因为它有严格的格律规定。如果不讲格律，就不能叫“格律诗”或“词”。古代诗歌中还有众多的诗歌体裁可供人们创作，创作出来的具有古意的诗歌如果不合格律，完全可以把它叫作古诗、古风诗、杂言古诗等，不一定非要冠以格律诗或词的头衔。

二是自创新“词”，即自创一种新的长短句形式，冠以一个新的词牌名。

从前面对词的介绍可知，词最早是配合乐曲所唱的歌词，每一首词的长短、韵律等都是根据一定乐曲的曲谱来确定的。随着时间的推移，词所配合歌唱的曲谱逐渐丢失，只剩下这首乐曲的名称和歌词。这些歌词形式在民间广为流传，最后便逐渐固定下来，形成了一种独立的文学体裁——词。因此，每一个词牌都代表了一种乐曲的名称，都有这种乐曲最早形成、固定并流传下来的词谱。因此，任何一个词牌、任何一个词牌所代表的词谱，以及任何一种词谱所规定的字数、句数、平仄、押韵等方面的格律，都是有来源的，都是经过长时期的历史发展过程固定下来的，并非某个词人一时心血来潮，随意制订出来

的。虽然历史上也有不少词牌出自某个词人之手，但其产生过程也大致如此，并且是经过流传，被社会所承认并固定下来的。词的确需要发展，但并不等于可以随心所欲地自创，甚至乱创词牌、词谱。它必须根据词的特征以及其在平仄、押韵、句式等方面的发展规律来确定。自创词牌的人，也必须首先是精通音律的人，如姜夔等。所创作出来的新词必须是符合音律，能够演唱的作品。如果词牌可以随心所欲地创造、制定，那么任何人，包括不懂诗词格律的人随便写一首长短不一的诗歌，都可以给它取一个词牌名，创造出一个新的词牌了。

第二种观点，认为创作格律诗词，在平仄方面、押韵方面必须符合格律，不能有一丝一毫的改变，甚至要求必须使用古入声，必须使用古韵部来创作诗词。这种观点，则又太过机械、死板，也是不宜提倡的。对此，又需要从平仄和押韵两方面来叙述。

第一，平仄方面。

持第二种意见的人有两个基本观点：一是要讲究入声；二是必须严格按照平仄规律来写诗填词，在诗词句子中不能有不合平仄的地方出现。

我们先来看第一种观点。古代有平、上、去、入四个声调，现代也有阴、阳、上、去四个声调。经过长时期的历史发展，古代的平、上、去、入四个声调发展成了现代的阴、阳、上、去四个声调。古代的入声，现代已不存在；古代属于入声的字，现代分别派入了阴、阳、上、去四个声调中。而在现代汉语的阴、阳、上、去四个声调中，哪些字是古入声字，哪些字不属于古入声字，除了少数专家学者外，一般的人很难分清。要求现在的人写诗填词必须讲究入声，无疑给现代人学习古诗词设置了一定的障碍。因为讲究入声的目的，不外是为了使所写的诗词具有古意，更接近于古诗词的风格、品味。然而，不讲究入声写出的古诗词同样能够达此目的，丝毫不会影响到诗词的创作质量。因此，我们认为，创作古诗词，不一定非要讲究古入声字不可。要求诗词创作一定要讲究入声的观点，是不利于古典诗词的普及和推广的。当然，如果文学功底深厚，能够按照古入声字来创作诗词更好，更能显示出作者在古典文学方面的造诣。

再来看第二种观点。我们说，创作古典诗词，必须严格遵守律诗在平仄、押韵、对仗等方面的格律规定，必须严格按照词谱所规定的格律来填写，这些都是毫无疑义的。但是，死守格律、一丝一毫都不能有所改变也不妥当。

在诗词创作中，我们常常会碰到这种情况：有一个非常好的意思，只能用某个字或词来表达，没有其他词可代替；或这里只能用某个人名或地名，也没有其他名称可以代替，然而这个字词或人名地名在此又不合平仄规定。如果死守格律，就只能放弃这个意思甚至这首诗或词了。这时，就应该放宽格律规定，而不能囿于格律的束缚，以词害意。这种情况，在唐宋诗人词人（包括不少著名诗人词人）的诗词中也是有的。特别是在词中，为了不以词害意而与词谱不完全吻合的例子比较多一些。如前面词谱中举到的苏东坡《念奴娇·赤壁》的例子：下阕第二、三句；第七、八句与词谱字数不一致。"赤壁"的"赤"、"雄姿"的"姿"、"谈笑间"的"间"等都不合词谱的平仄规定。陆游在《老学庵笔记》中说："世言东坡不能歌，故所作乐府词多不协。晁以道言：绍圣初，与东坡别于汴上，东坡酒酣，自唱古阳关。则公非不能歌，但豪放不喜剪裁以就声律耳。"这里说苏东坡性格豪放，"不喜剪裁以就声律"便是不愿以词害意。李清照《声声慢》词中："凄凄惨惨戚戚"第二个"惨"、第二个"戚"；"两盏"的"盏"、"怎敌"的"敌"、"得黑"的"得"、"点点滴滴"的第二个"点"、第二个"滴"等，也都与词谱平仄不符。这些可以说都是古人不死守格律、不以词害意的例子。

可见，古人对诗词格律也不是死守不变的。当然，这种情况在整个唐诗宋词作品中仅是极少数，不足以用来作为写诗填词可以不合格律、词谱的依据和理由。这只能说明，在少数特殊的情况下，不要机械地死守格律，可以适当进行变通，而不要以辞害意。我们认为，在诗词创作中，应该允许特殊情况下有不符合平仄格律的现象存在。但要有一个度：一首诗词作品中不合格律之处最多只能有一两处，而且应是在上述不得已的情况下才出现的。在一个诗人的诗词作品中，不合格律的作品也只能偶尔有之，否则就会给人以不懂诗词格律之嫌。在唐宋时代，格律诗和词是诗歌的主要体裁，人人都在写格律诗，都在填词，出现了一些不合格律的诗词不足为奇。而在现代，格律诗词不是诗歌的主要体裁，如果不是诗词名家，要想写作律诗或填词，就应规规矩矩地按照诗词格律行事。特别是对于初学诗词格律的人而言，最好严格按照格律规定进行创作，在作品中尽量不要出现不合格律、不合词谱的情况，这样才能牢固掌握诗词的格律规定，较快地学会诗词创作。

第二，押韵方面。

首先，汉语经过长时期的发展，古今读音已发生了极大变化，古代读起来押

韵顺口的读音，现在则不一定押韵顺口了。今天，除了少数专家学者，已没有多少人能够熟悉、牢记古代的韵部了。现在写诗填词，如果一定要按照古代的韵部来进行押韵，一方面是不现实的，另一方面也无此必要。因为按照一定的平仄规律来写作诗词，是为了使诗词在韵律上读起来错落有致，有一定的节奏感、韵律感；按照一定的韵部来押韵，是为了使诗词读起来朗朗上口，有一定的音乐美，便于诵读，便于记忆。这两点，现代汉语的声调、韵母同样能够做到。

其次，古代各时期有各时期的韵书，各种韵书所规定的韵部也都不尽相同，都是根据当时的读音来制定的。这些韵部符合当时的语音现状，按照这些韵部写出来的诗词，在当时读起来是押韵的、顺口的，能够体现出诗词的音乐美，但在现在则不一定押韵、顺口了。如果一定要按照古代的韵部来写诗填词，写出来的作品今人读起来反而会觉得不押韵、不顺口，没有韵律感，从而破坏了诗词的音乐美、韵律美，不便于诵读、记忆，更达不到押韵的目的了。

最后，唐代有唐代的韵书韵部，宋代有宋代的韵书韵部，明清又有明清的韵书韵部，虽在音韵系统上是一脉相承的，但毕竟有所不同。宋代的人并没有要求当时的人一定要按照唐代的韵书韵部来写诗填词，明清的人也没有求当时的人一定要按照宋代乃至唐代的韵书韵部来写诗填词。古人都未要求后代的人一定要按照前代的韵部来写诗填词，我们今人又何必一定要作此要求呢？根据一定时代的读音、一定时代的韵部来写诗填词，正是古今延续下来的传统做法。因此，现在写诗填词，没有理由也没有必要一定要按照古韵部来进行押韵。根据汉语拼音的韵母以及据此而制定的韵部来押韵就完全可以了。当然，如果古典文学功底深厚，能按照古代韵部来写诗填词也未尝不可，也不应该反对。

综上所述，我们认为，在平仄上，我们一方面要遵守诗词的平仄格律规定，严格按照诗词的平仄规定来写诗填词，不要随意破坏诗词的平仄格律规定；另一方面也不能机械地死守诗词的平仄规定，以词害意。

在声调上，既可按古四声（旧声韵）来作为衡量平仄的标准进行诗词创作，也可按今四声（新声韵）来作为衡量平仄的标准进行诗词创作。但有一点要注意，必须要一把尺子量到底，不能在同一首诗词中一会儿按旧声韵来算平仄、押韵，一会儿又按新声韵来算平仄、押韵。此外，如果按照新声韵，最好在标题上用括弧注明“新声韵”三字，以示区别。

在用韵上，可按照根据现代汉语韵母归纳的韵部来进行押韵，也可按古韵部（平水韵）来进行押韵。

上述六方面的规律，除了最后一个规律是专门针对格律诗词创作而言的以外，其他规律应该说是文学创作（主要是诗歌、散文）都必须共同遵守的。只有切实掌握了这些规律，我们才能创作出高质量、高水平的诗文作品来。

思考与练习

1. 什么叫“灵感”？灵感在诗词创作中有何重要作用？应怎样抓住灵感？

2. 什么叫“有感而发”？诗词创作为什么必须有感而发？

3. 进行诗词创作为什么要使用诗歌语言？举例说明哪些语言属于诗歌语言，哪些语言不属于诗歌语言。

4. 什么是“意境”？它有什么特征？

5. 什么是“意象”？它和意境有何区别？

6. 有人认为，格律束缚了人们的思想，不利于自由表达作者的思想感情，应该进行改革。你的看法怎样？

7. 有人认为，为了不以词害意，创作诗词可以不必严格遵守格律规定。你同意这种观点吗？为什么？

8. 有人认为，创作格律诗词，必须完全遵守古代的格律规定，在平仄方面必须讲究入声，在押韵方面必须使用古韵，必须按照古代韵部进行押韵，一点都不能改变。你同意这种观点吗？为什么？

第二节　诗词创作的基本要求

诗词创作的基本要求是根据诗词创作的规律而来的。根据上述创作规律，我们认为诗词创作的基本要求主要有以下五个：① 要有感而发；② 要富有诗意；③ 要富有意境；④ 要符合格律；⑤ 要具有古意。

一、要有感而发

有感而发是指对某个事物、某个景物、某种经历有了感想，有了体会，在心中产生了要把它记下来、写下来、抒发出来的冲动。只有有了这种冲动，才能促使作者带着感情去自觉地、认真地描绘它，叙述它，抒发它；有了这种冲

动，作者所创作出来的作品才会有血有肉，内容充实，感情真挚，也才能够感染人、打动人。

要达到这个要求，就必须做到以下几点：

（1）写自己熟悉的东西，如故乡的山水、故乡的父老乡亲、童年的记忆等。唯有熟悉，才会有所感受、有所体会，写起来也才能得心应手。

（2）写曾给自己留下深刻印象的东西。如某处十分美丽的风景、某段刻骨铭心的恋情、某个对你影响至深的人物、某段难以忘怀的经历等。这样的对象往往会在你的心中留下深刻的印象，挥之不去，写起来也才容易写出激情、写出真情。

（3）写自己心中十分渴望抒发的感情。如思乡之情、相思之情、雄心大志、孤独之感、悲愤之情等。既然渴望抒发，就会自愿、自觉地进行创作，写出来也就有真情实感。

总之，要写自己亲身经历、亲眼所见并有所体会、感触较深的对象，要写自己的真情实感。正如王国维在《人间词话》中所说："能写真景物、真感情者，谓之有境界。"

要达到有感而发的要求，必须杜绝以下几种现象：

第一，"为赋新词强说愁"。即心中对某个写作对象、某个题材并没有真情实感，也不甚了解，却要故作多情地去写它。这种现象主要出现在初学写诗、惯于模仿的年轻人中。对于这一点，在上面有感而发的重点中已经详细说过，这里不再赘述。

第二，应酬诗、歌德诗。应酬诗指为了应酬，临时拼凑起来，对应酬对象歌颂一番、赞美一番的诗歌。如某个诗社成立××年了，于是写一首诗去祝贺，甚至在庆祝会上临时写一首诗来祝贺一番；应邀到某个单位去参加某个活动，为了感谢主人的盛情招待，临时写一首诗对这个单位或这次活动赞美一番。歌德诗是指在没有真情实感的前提下，为了宣传，为了赶时髦，或对某个政策、某个人物、某项措施进行歌功颂德的诗歌。这两类诗歌，由于对写作对象不甚熟悉，或没有真实感受，并不是自己自愿写、渴望写的内容，因此不容易写出自己的真情实感，写出来的诗歌极容易表面化、肤浅化，甚至口号化。这种现象在学习诗词创作的离退休干部中体现得比较普遍，甚至在目前诗词学界形成了普遍流行的"老干体"。

当然，这并不是说这两类诗歌中就一定不会出好诗。如果你对应酬的对象、

歌颂的对象有真情实感，从心里面觉得应该歌颂、值得歌颂，所创作出来的诗歌也未必不真、不好。

第三，为求数量，粗制滥造。这也是当前写诗作词的人的一个通病。有些人为了追求数量，甚至为了凑成一本诗集出版，不管有感无感，抓到什么就写什么，甚至给自己规定一天要写几首诗。这种现象，作为诗歌练习，培养自己思维的敏捷度是可以的，但不容易写出质量较高、具有真情实感的诗歌，甚至会养成粗制滥造的坏习惯。我们认为，写诗，宁可有感而发，不可无病呻吟；宁可写精，不可写滥；宁讲质量，不求数量。对一首诗应多推敲一下，多修改一下，直至满意为止。这样，诗歌创作的技巧和质量才会得到迅速提高。

二、要富有诗意

韵文，特别是诗词，是用来抒发感情的，是一种高雅的艺术，要求给人以美的享受。要做到这点，就不能用写小说、写散文的方法来写作诗歌，而一定要使自己写的诗歌富有诗意。什么叫“富有诗意”呢？即有抒情性、韵律性、音乐性。在内容上、字句上读起来显得高雅，能给人以美的感受。要达到这一要求，在进行韵文创作时，就应该做到以下几点：

（1）要用抒情性的语言进行韵文创作。关于什么是“抒情性语言”在前面一节中已作了详细叙述，此处不再重复。

（2）要形象生动。韵文，特别是诗歌是形象思维的世界，应当尽量避免使用抽象思维，因此创作诗词应尽量用形象、生动的语言对所描写的对象进行形象的描述，给人以栩栩如生、如在眼前的感觉。这样才能使你的作品在读者脑海中留下深刻的印象，也才能富有诗意。所谓“诗中有画，画中有诗”就是指此。

（3）要节律整齐。节指节奏，律指韵律。韵文不像小说、散文那样，可用长短交错、整散交错的句式进行写作，而是十分注重句式的整齐性、节奏的韵律性。因此，韵文要求节奏整齐，富有韵律。而节奏整齐、富有韵律的韵文才便于诵读，诵读起来也才富有诗意。现在的自由体诗歌，大多不讲节律，用散文化的方式写作诗歌，甚至不讲词与词、句与句之间的逻辑联系，随意拆散词语，任意排列，读起来语句拗口，一点没有节奏感，根本不像是在朗诵诗歌，更谈不上易于背诵了；在内容上更是往往令人费解，不知所云。例如：“能刮到外面来的那些红/或者/紫/不外乎是/皮里肉外的/那些事情/而隐秘/是在心的黑

匣子里/藏着/足以能够接受粉身碎骨的/考验。”把它还原，只不过是两句故弄玄虚、语意不连贯，甚至不太通顺的大白话：“能刮到外面来的那些红或者紫，不外乎是皮里肉外的那些事情。而隐秘是在心的黑匣子里藏着，足以能够接受粉身碎骨的考验。”正是现代的诗歌没有多少能够让人记住、广泛传诵，从而流传下来的主要原因之一。

（4）要优美高雅。优美高雅就是尽量使用书面语言、抒情语言来写作诗歌，塑造一种优美深远的意境，传达一种高雅、高尚的思想情操，让人感到辞藻优美、格调高雅，从中受到美的熏陶，在潜移默化中培养出审美情操。如古代诗人中王勃的“落霞与孤鹜齐飞，秋水共长天一色”，杜甫的“两个黄鹂鸣翠柳，一行白鹭上青天。窗含西岭千秋雪，门泊东吴万里船”，杜牧的“远上寒山石径斜，白云生处有人家。停车坐爱枫林晚，霜叶红于二月花”，以及现代诗人中徐志摩的“轻轻的我走了，正如我轻轻地来；我轻轻地招手，作别西边的云彩”，贺敬之的“云中的神啊雾中的仙，神姿仙态桂林的山。情一样深啊梦一样美，如情似梦漓江的水”等。

（5）要耐人寻味。诗歌如果太直白，就不会给人留下回味的余地，不容易给人留下深刻的印象，也容易使人感到内容肤浅、立意不深。因此，诗贵含蓄。用含蓄的语言揭示出想要表达的思想感情，并留下许多言外之意、话外之音，让读者自己去揣摩、去品味、去掩卷而思，这样的诗歌才经读、耐读，才富有诗意。如“孤帆远影碧空尽，唯见长江天际流”“山回路转不见君，雪上空留马行处”“问君能有几多愁，恰似一江春水向东流”，等等。

要注意的是：“耐人寻味”不是让人看不懂。这在前面已叙述过，此不再重复。

三、要富有意境

要富有意境就是要在诗歌等韵文作品中塑造一个个具体形象，描绘一个个具体景物，并将自己的感情色彩融入这些塑造和描绘的形象、景物之中，使景中有情、情中有景、情景交融，进而表现出深刻的主题，给人以无穷的遐想。要想使诗歌做到富有意境，就应该做到以下几点：

（1）要描绘、塑造出优美的景物、生动的形象，如“北风卷地白草折，胡天八月即飞雪。忽如一夜春风来，千树万树梨花开”“长亭外，古道边，芳草碧连天。晚风拂柳笛声残，夕阳山外山”“大漠孤烟直，长河落日圆”，等等。

（2）要将自己的思想感情融入这些塑造、描绘之中，如“李白乘舟将欲行，

忽闻岸上踏歌声。桃花潭水深千尺，不及汪伦送我情”“独坐幽篁里，弹琴复长啸。深林人不知，明月来相照”“明月几时有，把酒问青天，不知天上宫阙，今夕是何年”等。

（3）要有话外之音，体现出深刻的主题，如“两情若是久长时，又岂在朝朝暮暮”“无意苦争春，一任群芳妒。零落成泥碾作尘，只有香如故”“而今识尽愁滋味，欲说还休，欲说还休。却道天凉好个秋”，等等。

（4）切忌干瘪空洞，标语口号。即使要讲大道理，要进行说教，也应将之融入一个个具体生动的形象之中，融入一幅幅优美清新的画面之中，让人们自己去体会，去感悟。

四、要符合格律规定

既然写的是韵文，特别是格律诗词，就应符合格律规定。如果创作出来的诗或词不符合格律规定，不符合词谱，就不能叫律诗，就不能叫词，更不能冠以律诗或某某词的头衔，而应谦虚一点，把它改称为古诗、古风诗之类。

要使自己的诗词作品符合格律规定，就应该做到以下几点：

（1）本着求实的精神，认真学习并熟练掌握诗词格律的各种基本知识、基本格律规定，严格按照律诗的格律规定和词谱的格律规定进行创作。

（2）字斟句酌，反复修改，想方设法将草稿中凡不符合格律、词谱之处改得符合格律规定，符合词谱。

（3）实在改不了的（即前面讲到的“不得已”的情况），可适当放宽尺度，不以词害意。但这种情况只能是少数，这样的地方在一首诗词中只能有一两处，多了便不成其为律诗或词了。

（4）如果原句的意思很好，但不符合平仄，又不舍得修改，就干脆将之写成古诗或古风诗，而不要冠以律诗或某某词的头衔。

有人说，写诗填词是“戴着镣铐的跳舞”，此话有两层含义：一是指责诗词格律束缚思想，要打破格律规定，废除格律规定；二是形容写诗填词不容易。前者有偏颇之处。格律诗词只是各种诗歌体裁中的两种，而且是古代流传下来的文学形式，属于中华民族优秀文化传统宝库中两颗璀璨的明珠。如果认为写诗填词束缚思想，可另外选择自由体诗歌等其他文学形式来表达思想，进行创作。至于后者，则是写诗填词的乐趣所在。试想，如果戴着镣铐都能将舞跳得

很好很精彩，岂不更加证明舞者技艺的高超？对舞者而言，岂不更加有成功感、成就感？经常写作古典诗词的人大多数都有这样的经历：当绞尽脑汁地将一个字“吟安”以后，那种成功的喜悦之情往往是无法形容的。

五、要具有古意

格律诗词既然是古代流传下来的，自然得带有古代的文化气息。也正因为带有古代的文化气息，格律诗词才显得高雅。现代人学习创作古诗词，首先就应做到“形似”，然后再进一步做到“神似”，从而汲取古诗词中的精髓，继承发扬中国古代文化的优良传统。而所谓“形似”，便主要是指所创作的诗词要尽量做到具有古意，接近于（或者像）古人写的律诗或词。

要达到这个要求，就应该做到以下几点：

（1）尽量多使用古语词。所谓古语词，是指古代常用而后代不常用的词，包括文言词和历史词两类。我们这里说的古语词，主要是指文言词。文言词是古时书面语中常用，具有一定文言色彩的词，在诗词中一般称为“古词头”。

在诗词中尽量多用一些古语词可以起到以下作用：① 可以使诗词具有一定的文言色彩。例如：“张弦难诉相思意，欲语语还休。错把春心付东流，知己独难求，夜夜明月今何在，不把桂影投。关关雎鸠恨悠悠，谁伴我，沉与浮？”这是 20 世纪 80 年代一个古装电视剧的主题歌中的一段，如果不知道，还认为是古人的词。② 可使诗词语言精练。由于科技条件的限制，古人在写诗作文时惜墨如金，十分注重用最精炼的语言表达出最丰富的内涵，这就造成了古语词简洁、精练的特征。因此，在诗词中多用古语词，能达到使诗歌语言精练的目的。如柳宗元的“千山鸟飞绝，万径人踪灭。孤舟蓑笠翁，独钓寒江雪”，短短二十字便包含多么广阔的画面，多么深远的意境，令人如临其境、遐思无限。③ 可以赋予诗词庄重高雅的文学色彩。如上面歌词中的“张弦”“难诉”“欲语”“休”“付东流”“独难求”“何在”“投”“伴我”“沉浮”等。

在使用古语词这一点上，还有一种不同的观点，即认为既然是现代人，反映的是现代的生活及事物，为什么就不能用现代的词语、现代的概念，而一定要用古代的词语来反映现代的生活呢？其实道理很简单，格律诗词是从古代流传下来的，有它独特的韵味。既然要继承它，就应该将他这种独特的韵味一起继承下来。而这种独特的韵味就很大程度上是由当时的词语（诗词中的古语词）体现出来的。因此，我们学习创作古典诗词，自然应该尽量使用古语词了。同

时，在思想感情上，古人今人是没有什么区别的。古代的词语可以表达古人的思想感情，也完全可以表达今人的思想感情；反之，用现代的语言来写作格律诗词，用得不好，会使得所写的诗词太现代化，从而丧失古诗词那种特有的韵味。当然，如果诗词中涉及现代的事物，必须用现在的名称去称呼它，也并非不可。如“电脑桌前品乾坤，因特网上任遨游”中的“电脑”“因特网”。但如果这个事物古代现代都有，我们还是倾向于采用古代的名称去称呼它。如犬和狗、吠和叫、欲和想、日和太阳等。试比较“我欲独上莲花峰”和“我想独上莲花峰”、“犬吠竹篱中”和“狗叫竹篱中”、“日出东山坳”和“太阳出东山”等，哪一个更富有诗意呢？因此，用古语词来表达现代人的思想感情并非复古，而是使现代人写的诗词尽量具备古诗词的韵味。

（2）在适当的前提下，尽量恰当引用一些典故。一方面，在诗词创作中引用一些恰当的典故，既可以增强诗词的含蓄感、表现力和古典韵味，又可以显示出作者渊博的知识，深厚的古典文学功底，因此，创作古典诗词一定要学会用典，善于用典。另一方面，诗词创作中也不能用典过度，否则就会适得其反，使诗词费解。更不能不恰当地用典，否则连意思都会产生表达上的错误。魏晋六朝的骈体文之所以走向衰亡，其主要原因之一就是太讲究用典，且内容空洞，从而逐渐丧失了生命力。因此，我们强调的是“在适当的前提下”用典，而且是“引用一些恰当的典故”。

（3）尽量使语言委婉含蓄。诗贵含蓄，不管是古典诗词还是现代诗歌，都应该具有含蓄感，通过委婉含蓄的语言，通过一个个具体生动的意象，表达出诗歌的主题，表达出作者内心深处的思想感情。

怎样才能做到使语言尽量委婉含蓄呢？

第一，叙述一件事情，描绘一个事物，应尽量通过一些修辞手法（如比喻、借代、双关、夸张等）来从侧面进行叙述描写，让读者通过自己的理解、想象去体会、感受作者的思想感情。

第二，要给读者以想象的空间，使读者读完作品以后，感到回味无穷，仍然沉浸在诗词作品所展现的意境中。

第三，要善于使用省略号、破折号等标点符号，以及使用半截话语，使语言有言外之物、画外之音，让读者去揣摩，去想象。不过，这种情况（特别是使用半截话语的情况）多用于现代自由诗中。如微型组诗《〈蜗居〉断想》之一：“有钱能使鬼推磨，有权……”《人生感悟》：“二十岁——冲/三十岁——盼/四十

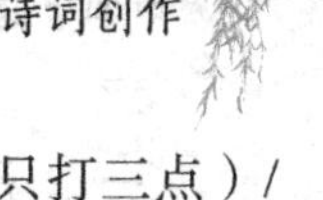

岁——苦/五十岁——累/六十岁…… /七十岁…（省略号删去一半，只打三点）/八（省略号全部删去，连三点都没有了）”

第四，应尽量不要使用过于直白的语言，使人一看就懂、一过就忘，不能在读者脑海中留下深刻的印象。

语言要含蓄，不能过于直白。语言的委婉含蓄并不等于语言的晦涩难懂，二者是两个截然不同的概念。前者是在使语言通俗易懂前提下的委婉含蓄，后者则是让人完全看不懂其中想要表达的意思；前者能够给人留下想象的空间，后者只能让人不着边际地乱猜（甚至无从去猜）。同时，要使语言尽量委婉含蓄，与直抒胸臆的抒情手法也并不矛盾，因为二者可以起到相同的表达效果。直抒胸臆的手法同样能够给人留下想象的空间，同样能够使人回味，使人浮想联翩。如陈子昂的“前不见古人，后不见来者。念天地之悠悠，独怆然而涕下”，李白的“仰天大笑出门去，我辈岂是蓬蒿人”，苏东坡的“老夫聊发少年狂，左牵黄，右擎苍”，岳飞的“怒发冲冠，凭栏处，潇潇雨歇”等。当然，能够使二者有机地统一起来，更能显出作者高超的技艺。

思考与练习

1. 简述诗词创作的要求，怎样才能达到这些要求。
2. 进行诗词创作，怎样才能使作品富有诗意？
3. 进行诗词创作，怎样才能使作品富有古意？

第三节　诗词创作的基本技巧

要创作一首较好的诗词作品，应首先掌握一定的创作技巧。在目前的诗词学界，论述诗词创作技巧的文章和著作有很多，每个人都可从自己体会最深的角度去谈诗词创作的技巧。我们这里所谈的诗词创作技巧，也仅是从笔者个人认识的角度，从一般规律的角度来谈的，仅供学习者参考。

创作技巧是为实现创作规律、达到创作要求、提高创作质量服务的。根据前面所说诗词的创作规律、创作要求，笔者认为，诗词创作的技巧主要体现在形象思维、情感丰富、善于联想、状物抒情、立意深刻、语言含蓄、格律思维、锻字炼句等八个方面。

一、形象思维

正如前面所说，诗词创作的思维方式是形象思维，而不是抽象思维。要通过一个个具体生动的景物、栩栩如生的形象来抒发感情，体现主题。因此，要想创作出一首富有感染力、能够给人深刻印象的诗词作品，就必须学会运用形象思维的技巧。

所谓运用形象思维的技巧，是指在构思或写作诗词作品时，要善于将自己的思想感情融入一个具体的画面，一个生动的形象中，通过描绘这个具体的画面、塑造这个生动的形象来抒发自己的情感，体现作品的主题，使自己的作品做到诗中有画、画中有诗，而不是光喊空口号，光讲大道理，更不是抽象的、玄言似的在那儿发表议论，让人百思不得其解。

怎样运用形象思维呢？笔者以为：

（1）尽量将自己的思维融入某个或某些具体的意象中去，通过某个或某些意象自然地表达出自己的思想感情。如马致远的《天净沙》："枯藤老树昏鸦，小桥流水人家，古道西风瘦马，夕阳西下，断肠人在天涯。"通过十一个具体的意象，组成了一幅萧瑟、孤独、凄凉的画面，自然而然地传达出了作者作为一名远在异乡的游子那种孤寂落寞的心情和刻骨铭心的思乡之情。这种孤独落寞的心情、刻骨铭心的思乡之情在作品中并没有直接书写出来，而是通过这幅画面形象地表达出来的。再如柳宗元的《江雪》："千山鸟飞绝，万径人踪灭。孤舟蓑笠翁，独钓寒江雪。"通过空旷的千山、沉寂的万径、漫天的大雪、寒冷的江岸、孤独的小舟、独钓的蓑笠翁等意象，给我们描绘了一幅栩栩如生的水墨画。这幅水墨画同样寄寓了作者孤独、落寞的思想感情。这就是形象思维的应用。

实际上，任何一篇文学作品都会涉及一定的意象，哪怕是现代流行的晦涩诗、玄言诗、后现代诗，也会有一定的意象。如《祈祷》："一条鱼在月亮的河流里/一条河在太阳的食指上/如今，洪水从滔滔的秋天里流逝/我终于听到了自己的回声"（作者：杨晓民，载于《第二届鲁迅文学奖获奖作品丛书》）诗中，"鱼""月亮""太阳""洪水"等便是意象。但有意象并不等于就运用了形象思维，只有使读者能从诗歌的意象中读出、理解出作者所寄托的思想感情、所体现主题思想，才能算是运用了形象思维。

（2）在韵文创作中尽量使用比喻、借代、拟人、夸张、衬托、通感等修辞手法。这些修辞手法都是通过生动形象的事物来描绘、说明抽象事物常用的方

法。在诗词中大量使用它们，自然能使创作出来的诗词形象生动。如大家所熟悉的“问君能有几多愁，恰似一江春水向东流”“金钗银钏来负水，长蓑短笠去耕田”“粉身碎骨全不怕，要留清白在人间”“飞流直下三千尺，疑是银河落九天”“水是眼波横，山是眉峰聚。欲问行人去哪边，眉眼盈盈处”，等等。

（3）对一个景物、人物进行直接描写，将描写对象的具体形象如一幅图画般地展现在读者面前，如“鹅鹅鹅，曲项向天歌。白毛浮绿水，红掌拨清波”“明月松间照，清泉石上流”“两个黄鹂鸣翠柳，一行白鹭上青天，穿含西岭千秋雪，门泊东吴万里船”，等等。

当然，进行形象思维的方法、途径远远不止上述一些，我们每个人均可以根据自己的体会在诗词中运用形象思维进行创作。

二、情感丰富

情感，是任何文学创作的基础，对于以抒情为主的诗词创作而言尤其如此。诗人，必须是情感十分丰富的人，他的喜怒哀乐、爱恨好恶在作品中都必须体现无遗，这样创作出来的作品才能富有感染力，富有艺术的魅力。这种丰富的情感体现在诗词中便是创作上的激情。

怎样才能做到在诗词创作中富有感情呢？

（1）要有感而发，有创作的冲动。有了创作的冲动，才能自然而然地将自己的思想感情在诗歌中展现出来。反之，无病呻吟的作品，即使有一定的感情，也是不真实的感情，而是矫揉造作的感情。这样的感情，是不能打动读者的，只会给人留下东施效颦的感觉。

（2）要用富有情感的语言进行创作，让读者明显感觉到作者在诗歌中体现出来的喜怒哀乐、爱憎好恶。如“十年生死两茫茫，不思量，自难忘，千里孤坟，无处话凄凉”“红酥手，黄藤酒，满城春色宫墙柳。东风恶，欢情薄，一怀愁绪，几年离索，错，错，错”“噫嘘唏，危乎高哉！蜀道之难，难于上青天”“朱门酒肉臭，路有冻死骨”“我劝君王心，化作光明烛。不照绮罗筵，只照逃亡屋”，等等。即使是客观描写景物的诗歌，也要明确地表现出作者欣赏、喜爱或憎恶的感情色彩，如“黄四娘家花满溪，千朵万朵压枝低，流连戏蝶时时舞，自在娇莺恰恰啼”，等等。

（3）要有诗人的形象在里面，能够体现出诗人丰富的内心世界。如“前不见古人，后不见来者，念天地之悠悠，独怆然而涕下”“明月几时有，把酒问青

天，不知天上宫阙，今夕是何年”“独坐幽篁里，弹琴复长啸。深林人不知，明月来相照”，等等。

丰富的情感造就出来的必定是诗歌的形象性、感染性、可读性。

三、善于联想

所谓联想，就是看见此事物，就会立即想到彼事物乃至更多的事物，让自己的思想在想象的空间中纵横驰骋、自由翱翔。

诗歌是情感的世界，是想象的世界，是让思绪飞扬的世界。可以说，没有联想，就没有诗歌；不善联想，就不是诗人。因此，要想学会创作诗词，就必须学会联想，善于联想。要掌握这个技巧就应做到：

（1）要热爱生活。只有热爱生活的人才会对未来充满希望，才会让自己的思绪随时处于活跃状态，才会时时去发掘生活中的真、善、美，并渴望用语言、用作品将它们表现出来，让大家一起分享。哪怕是那些身处逆境、遭受磨难而写出一些愤世嫉俗的诗文作品的人，他们的作品也是一种热爱生活的表现。而这种在逆境、磨难中写出的作品往往更具有感染力，更能打动人，更能令人领悟出生活的真谛、人生的真谛。因此，一个人只要热爱生活，就会让自己的思绪随时随地在海阔天空的大千世界中自由翱翔。反之，一个心死如灰、对一切都不感兴趣的人，是绝不会去展开自己的思路，去想象那些绚丽奇特、富于浪漫色彩的事物的。

（2）要思维活跃。作为一名诗人，必须使自己的头脑时刻处于活跃的状态，看见什么都能够由此及彼、由表及里地想象一番。人们常说，诗人都是浪漫的、富于幻想的，这实际上揭示了诗人应该具备的素质：思维活跃。因此，要想做一个诗人，就要使自己保持思维活跃，久而久之，形成习惯，这样才能随时打开自己思想的空间，使自己的诗歌创作想象丰富。有人可能会认为，自己性格内向，不善表达，因此思维很不活跃，肯定做不了诗人。实际上，思维活跃不活跃，与性格并没有必然的联系。性格开朗、善于言谈的人，思维固然十分活跃；性格内向、言谈木讷的人，就并非思维不活跃了。思维活跃是一种心理活动，只要是人，就一定会有思维，有思维就一定会有心理活动，一定会对任何事物都有自己的看法。只是性格开朗的人容易溢于言表，性格内向的人喜欢将之藏于心底、不愿表达而已。那些性格内向、平时沉默寡言的人，内心活动往往不比其他人少。他们心中的感情甚至更加丰富，他们心底都有一座感情的火

山，一旦迸发出来，往往不可遏止。

（3）要情感丰富。情感丰富了，才会主动去展开联想，也才会自然而然地进行联想，并在诗歌作品中将之表现出来。正如上面所说，每一个人内心深处都会有丰富的感情，就看你善不善于将它发掘出来。有的人会善于发掘感情，渴望主动抒发感情，有的人不善于发掘感情，甚至刻意抑制自己的感情，不愿让外人知道。一个诗人往往是多愁善感、悲天悯人的，是关注民生的、热血澎湃的。总之，是透明的。

（4）要知识渊博。知识渊博了，才能够由此及彼、由表及里地进行联想，才能够在联想时做到信手拈来，使自己的思想在大千世界中纵横驰骋。反之，知识贫乏的人，想联想都找不出联想的对象，更不用说在联想的空间里纵横驰骋了。

就诗词等韵文的创作而言，知识渊博就是要具备深厚的古典文学功底。

进行文学创作，特别是进行古典诗词的创作，必须要有深厚的文学功底，特别是深厚的古典文学功底。深厚的古典文学功底包括古代汉语和古代文学史及古典文学作品阅读方面的知识。使自己具备深厚的古典文学功底的途径很简单：多读多背古人的诗文作品。古人云：熟读唐诗三百首，不会作诗也会吟。古人还云：腹有诗书气自华。多看一点古典文学方面的书籍，多读一些唐诗宋词，多了解一些历史事件及典故，就会在无形之中受到古代文学的熏陶，受到中华民族优秀文化传统潜移默化的影响。这样，在创作时，才能做到引经据典、信手拈来，才能纵横古今、侃侃而谈，才能辞藻优美、才华横溢，才能格调高雅、不落俗套，也才能使自己创作出来的古典诗词具有诗意、古意，具有一定的品位。

可以说，古典文学功底越深厚的人，创作出来的诗词曲联赋等韵文作品质量就会越高。

四、状物抒情

所谓状物抒情，是指通过描写景物来抒发自己的思想感情，这是诗词创作中常用的一种抒情方式。

诗歌主要是用来抒情的，诗歌抒情的方法主要有两种：一种是直接抒情，即不具体描写景物，而是直抒胸臆的抒情方式，如陈子昂的《登幽州台歌》：“前不见古人，后不见来者。念天地之悠悠，独怆然而涕下”、岳飞的《满江红》“怒发冲冠，凭栏处，潇潇雨歇。抬望眼，仰天长啸，壮怀激烈”。另一种就是状物

抒情，即通过写景来抒发思想感情的抒情方式。这种方式又具体分为两种：一种是完全状物，即从头到尾都在描写景物，通过所描写的景物来传达作者的思想感情。如杜甫的《绝句四首》(其三)："两个黄鹂鸣翠柳，一行白鹭上青天。窗含西岭千秋雪，门泊东吴万里船"；张继的《枫桥夜泊》："月落乌啼霜满天，江枫渔火对愁眠。姑苏城外寒山寺，夜半钟声到客船"。另一种是一半状物、一半抒情，即一半篇幅用来写景、一半篇幅用来抒情，如杜甫的《登高》："风急天高猿啸哀，渚清沙白鸟飞回。无边落木萧萧下，不尽长江滚滚来。(状物)万里悲秋常作客，百年多病独登台。艰难苦恨繁霜鬓，潦倒新停浊酒杯。(抒情)"；范仲淹的《渔家傲 塞下秋来风景异》："塞下秋来风景异，衡阳雁去无留意。四面边声连角起。千嶂里，长烟落日孤城闭。(状物)　浊酒一杯家万里，燕然未勒归无计。羌管悠悠霜满地。人不寐，将军白发征夫泪。(抒情)"。现代人创作的诗词，状物抒情的占多数，其中又以一半状物、一半抒情的为主。这种情况在毛泽东的词中体现得尤为突出，仔细观察一下便可知道，毛泽东的词基本上都是上阕写景、下阕抒情。由于毛泽东诗词对现代诗词创作的影响较大，因此，通过状物来抒情的方法便成了现代诗词创作中的一种主要方法和技巧。

掌握状物抒情的创作技巧时，还应注意以下两点：

(1)在完全状物时，要么展现给读者一幅美景，使读者感到赏心悦目，得到美的享受。如上面杜甫的《绝句四首》、张继的《枫桥夜泊》；要么在对事物景物的描写中蕴涵自己的某种思想感情，如韦应物的《滁州西涧》："独怜幽草涧边生，上有黄鹂深树鸣。春潮带雨晚来急，野渡无人舟自横"；杜牧的《秋夕》："银烛秋光冷画屏，轻罗小扇扑流萤。天阶夜色凉如水，坐看牵牛织女星"。与之相反，要尽量避免为写景而写景，即只是将景物客观地描写一下，不带自己的一点主观色彩。一味地堆砌景物，会使人感觉不到作者为什么要描写这个景物，为什么要写这首诗或词。

(2)在一半状物、一半抒情时，要将情、景有机地结合起来，如王之涣的《登鹳雀楼》："白日依山尽，黄河入海流。欲穷千里目，更上一层楼"；孟浩然的《春晓》："春眠不觉晓，处处闻啼鸟。夜来风雨声，花落知多少"等。反之，不能情是情。景是景，二者不相关、不统一。

五、立意深刻

写诗作词讲究立意。立意，自古以来就是诗人、词人们所追求的目标。立，

是指树立、建立；意，是指主题、意境。立意，就是在一首诗词作品中要尽量表现出深刻的主题、深邃的意境。王国维在《人间词话》中说："词以境界为最上，有境界自成高格，自有名句。"这里的"境界"就包含深刻的主题。

怎样才算立意深刻呢？一般来说，符合以下几点的，便应该算是立意深刻：

（1）能够揭示出某个事物发展规律的诗词。

（2）能够揭露、鞭挞社会的某个阴暗面，说出大家想说而未说或不敢说的话，以引起人们共鸣，促使社会变革的诗词。

（3）能够反映出人性中最高尚或最卑劣的内心世界，引导人们明辨是非、培养高尚情操的诗词。

（4）能够表现出献身崇高事业及自强不息的志向，引导人们爱国、爱家、爱民族、奋发向上的诗词。

（5）能够表现出一个深远意境，使人们产生无限遐思、回味无穷的诗词。

当然，立意深刻与否也不是绝对的，而是一个仁者见仁、智者见智的问题。那些吟咏花草树木、飞禽走兽、自然风景，能够给人以美感，使人得到美的享受的诗词，并非就立意不深刻；那些抒发怀乡思亲、爱恋相思等人类普遍情感的诗词，也并非就立意不深刻。

再者，要求每一首诗或词都必须立意深刻，实际上是很难的。因此，立意深刻只是我们写诗填词所追求的一个理想目标。

怎样才能做到立意深刻呢？

（1）要有成熟深邃的思想。这样才能透过现象看本质，从一些平凡的事物中发掘出不平凡的主题。

（2）要有敏锐的观察力。这样才能不断捕捉到一些具有深刻意义、能够反映重大主题的题材。

（3）要勤于思考，反复修改。这样才能逐步深化主题，从而达到立意深刻。

六、语言含蓄

诗贵含蓄，要"言在耳目之内，情寄八荒之表"（钟嵘《诗品》）。诗词的含蓄主要表现在能够发人深省、引人遐想、耐人寻味，具有言外之意、话外之音上。要使诗词达到以上效果，就必须在语言的使用上做到"含蓄"。

怎样才能使语言含蓄呢？关于这一点前面已经提到过，这里再简单提示一下：

（1）多使用一些修辞手法，如双关、婉曲、拈连、通感、夸张、比喻、借代等，让人们去发挥自己的想象，去发掘蕴涵在字里行间的言外之意。如“东边日出西边雨，道是无情却有情”“春蚕到死丝方尽，蜡炬成灰泪始干”“忽见陌头杨柳色，悔教夫婿觅封侯”“飞流直下三千尺，疑是银河落九天”等。

（2）不要过于直白，应尽量寓情于景，从侧面委婉地表达出想要表达的思想感情，让人们自己去体会作者在诗词中寄寓的主题和情感。如刘禹锡的《乌衣巷》：“朱雀桥边野草花，乌衣巷口夕阳斜。旧时王谢堂前燕，飞入寻常百姓家”；陆游的《卜算子・咏梅》：“驿外断桥边，寂寞开无主，已是黄昏独自愁，更著风和雨。无意苦争春，一任群芳妒，零落成泥碾作尘，只有香如故”。

（3）结尾要尽量给读者留下回味的余地，让人们掩卷而思，仍觉意犹未尽、回味无穷，如“孤帆远影碧空尽，唯见长江天际流”“山回路转不见君，雪上空留马行处”“问君能有几多愁，恰似一江春水向东流”“问青天，沧桑可返？天不语，只剩得，秋高云淡……”等。

七、格律思维

古典诗词主要是指格律诗词。格律诗词必须讲究格律，因此，进行诗词创作应尽量养成格律思维的习惯。所谓“格律思维”，是指在构思诗词草稿时，所用的词语应尽量朝符合诗词的平仄、押韵、对仗等方面的规定靠拢，使形成的初稿基本上就符合诗词的格律规定。这样便可减少很多修改的时间和精力，轻松、快速地创作出一首符合格律规定的诗词。

如何养成格律思维的习惯呢？

对律诗而言，要十分熟悉律诗的平仄规定，十分熟悉律诗对仗的要求。在构思时，尽量按照平仄规定来进行构思。如笔者在创作七律诗《孟春陇上行》的初稿时，首先想到的是“芳菲三月春意浓，人面桃花相映红”两句；然后一面对照律诗平仄上的粘对规律、两句相同句式不能紧连的规律，自觉不自觉地比照着平仄来进行构思，逐步想出了以下六句：

几处早莺争暖树，几番惬意向青峰。风乎舞雩曾参子，性本丘山五柳翁。不具淡泊宁静志，肯将身影化春风？

根据第一行第二字“菲”与最后一字“浓”的平仄，首句应是“平平仄仄仄平平”，再根据第一行的平仄，可推出这首诗的平仄是“｜｜——｜｜—，——｜｜｜——。——｜｜——｜，｜｜——｜｜—。｜｜———｜｜，——｜

丨丨——。——丨丨——丨，丨丨——丨丨—”。将初稿与上面平仄规律一对照，不符合平仄的地方只有两处：① 第一句中，“春意”的“意”不合平仄（但可看作“拗救”之处）。② 第五句中，“舞雩”的“雩”不合平仄。

在对仗上，押韵上均符合格律。

这样，写出来的草稿就已经基本符合平仄规定，于是就节省了大量修改平仄的时间，只在意义上作了两遍修改，便创作出了此诗的定稿：

芳菲三月尽葱茏，遍野桃英遍野彤。几处黄花争烂漫，满怀惬意向青峰。浴乎沂水曾皙子，性本丘山五柳翁。若失淡泊宁静志，肯将心绪付春风？

对词而言，则应在构思时就按照某词牌规定的段数、句数及每一句的字数来打草稿，使之首先在形式上与该词牌相吻合。如笔者的词作《渔歌子·平塘》第一稿：“平塘河边暮色垂，绿水清波映夕辉。钓翁闲，泳女美，小城仲夏惹人醉。”不管它符不符合《渔歌子》的平仄，只根据第一句七个字、第二句七个字、第三句三个字、第四句三个字、第五句七个字的形式先将想到的诗句写下来，等回去以后再慢慢修改。最后形成的词作是：

河畔平塘暮色垂，清流碧水映夕辉。钓翁闲，泳女美，小城仲夏惹人醉。

这就是格律思维。养成了这种思维习惯，创作起诗词来就相对轻松、快捷一些，而格律诗词的创作也就自然而然地上了一个台阶。

八、锻字炼句

锻字炼句是诗词创作最关键的一步。古人“吟安一个字，拈断数根须”“两句三年得，一吟双泪流”“文章千改始心安”“语不惊人死不休”等讲的都是对锻字炼句的重视和锻字炼句时的艰辛。因此，创作诗词必须讲究锻字炼句的功夫。

所谓“锻字”，就是选择最形象、最精炼、最传神、最恰当的字词用到诗词中，以增强诗词的生动性、精炼性、准确性，甚而形成诗眼。有了诗眼，就能形成名言警句，千古流传。

所谓“炼句”，就是锤炼最精炼、最形象、最富有意境的句子，使诗词作品言简意赅、音韵和谐，在最短的篇幅内表达最丰富的内容。

锻字炼句的目的只有一个：使诗词精益求精，最传神、最生动形象以及最大限度地表现出作品的主题和作者的思想感情。

怎样进行锻字练句呢？

（1）注重词语的生动、传神。词语的生动、传神主要又体现在动词、形容词的运用上。因为动词、形容词是词类中最主要、运用得最广泛的两类实词，人物或景物的形态、特征、表情、性格、心理活动等主要就依靠它们表现出来。因此，注重词语的生动、传神实际上就是注重对动词、形容词的锤炼。如果锤炼得好，就能够收到生动传神、言简意赅、一语惊人的效果。锤炼的方法或标准是：通过比较、斟酌，在意义相同或相近的动词、形容词中，选择出最为准确、精炼、生动、新颖，富有形象色彩或感情色彩的词语用到诗词中，使诗句更为形象、生动、传神，更加言简意赅，更能准确地言情达意，从而收到最佳的表达效果。如贾岛的“僧推月下门”改为“僧敲月下门”、王安石的“春风又到（“过、满”等）江南岸”改为“春风又绿江南岸”、鲁迅的“眼看朋辈成新鬼”改为“忍看朋辈成新鬼”，“怒向刀边觅小诗”改为“怒向刀丛觅小诗”等。

（2）注重句子的言简意赅，力求用最少的词语表达出最丰富的内容。这点在上面已经涉及，此不再赘述。

（3）注重词语的对仗。中国古典诗词历来就十分讲究词语间的对仗，因为对仗不仅能使诗歌具有形式上的韵律美，而且能使诗歌在表意上前后对照，互为呼应。同时，词语的对仗也是格律诗词本身的要求，律诗中间两联必须对仗自不用说，就是词，也有不少句式有前后对仗的要求。如果一首律诗每联都是工整的对仗句式，那么，整首律诗读起来就会更加朗朗上口，会取得更好的表达效果。如杜甫的《登高》：“风急天高猿啸哀，渚清沙白鸟飞回。无边落木萧萧下，不尽长江滚滚来。万里悲秋常作客，百年多病登台。艰难苦恨繁霜鬓，潦倒新停浊酒杯。”而对仗（特别是严对）的要求是比较严格的，要想做到词性相同、结构相同、平仄相对，就必须咬文嚼字、字斟句酌。

（4）注重节奏的整齐。所谓节奏的整齐，是指在一联之中，上下句的节奏是一致的。例如，上句如果是“2/2/3”式，下句也应是“2/2/3”式。如上面的“风急天高猿啸哀，渚清沙白鸟飞回”；如果是“2/2/2/1”式，下句也应是“2/2/2/1”式。如上面的“无边落木萧萧下，不尽长江滚滚来”等。节奏整齐了，诗词诵读起来就具有节奏感、韵律感，从而收到较好的表达效果。如上面杜甫的《登高》一诗，首联上下句的节奏都是“2/2/3”式，颔联上下句的节奏都是“2/2/2/1”式，颈联上下句的节奏都是“2/2/1/2”式，只有尾联上下句后三字的节奏稍微有点不同。一是“1/2”式，一是“2/1”式。全诗的节奏十分整齐，成为历来为人称颂的名篇。

思考与练习

1. 简述诗词创作的技巧。

2. 根据本章所述知识，自找题材，分别创作诗、词一首。

要求：（1）要符合格律、词谱；（2）要押韵；（3）要具有一定质量（要有真情实感，不能是大白话；具有一定意境，具有一定古意等）。

第四节　诗词创作的具体过程

这里讲的诗词创作的具体过程，只是笔者自己的一点创作经验，仅供学习者参考。

一、抓住灵感一闪念

在生活中，灵感是随时随地都可能出现的。例如，早晨或傍晚走在路上，看见天边的朝霞或晚霞十分绚丽，你十分感叹。这时，脑海里往往会冒出一句前人的诗或者自己临时想到的赞美词句，这就是灵感。闲暇时，坐在草坪上，望着天空上漂浮不定的白云，看着它一会儿像一只趴着的狗，一会儿像一匹奔腾的马，一会儿像一只站立的熊，一会儿像……总之，它变幻多端，你看着它像什么就是什么。20 世纪中叶著名散文作家萧红的散文《火烧云》便是这样产生的。这时，你心中就会产生想写一篇诗歌或文章将它描绘一番的冲动，这就是灵感。郊游时，你来到一个风景点，看着四周优美的风景，你有无限感慨，恨不得将它描绘一番、赞美一番。这时，也会想起古人相关的诗句，脑海中也往往会蹦出一句或几句赞美之词，这就是灵感。李白的《望庐山瀑布》、杜甫的《江畔独步寻花七绝句之六 · 黄四娘家花满溪》、杜牧的《山行 · 远上寒山石径斜》等，便是这样产生的。独处他乡，突然之间倍感孤独，十分想念自己的父母、亲人、朋友，禁不住吟诵起古人有关思乡的诗句或产生想向他们倾诉的冲动，这就是灵感。李白的《静夜思》、王维的《九月九日忆山东兄弟》、孟郊的《游子吟》等，便是这样产生的。总之，任何一个人，都经常会在脑海中临时冒出一些新想法、新感慨，从而产生一些反映这些想法、感慨的词语乃至诗句。

这些都是灵感的一闪念。之所以是一闪念，是因为它们在人的脑海中往往一闪而过，停留的时间十分短暂，过后很难再回忆起来。当这种一闪念在脑海中出现时，如果你能拿出笔将它们及时记录下来，很可能就会成为一首好诗、一篇美文的源头。反之，如果当时没有及时记录下来，过后想回忆起来，当时那种感觉乃至那句话却无论如何再也找不回来、回忆不起了。郭沫若年轻时，经常会半夜里爬起来写诗，便是因为睡着睡着突然灵感到来，想到了一句好诗句，引发了他的浪漫情怀。

当然，我们并不是说所有的诗歌都是灵感一闪念所致，有不少诗歌也是事前经过刻意构思、精心布局而成的。我们这里强调的是，只要是勤奋的人，都应该学会抓住灵感一闪念，这样会帮助你创作出精彩的作品。有很多初学者不是常常感到没有什么可写，不知写什么才好吗？学会了抓住灵感一闪念，就不会有此问题了。

二、将灵感扩展成一首诗词

灵感一闪念闪出来的，往往仅是一句话，甚至只是一个词。最好的结果，也只是一首诗的雏形。要想使之成为一首诗，还必须经过扩展。这个过程就是：在灵感闪现出思路的基础上，一步步增加词语，充实内容，将之扩大成为一首诗或词的雏形。这个过程，如果当时有时间，便可在当时完成；如果当时无时间，也可在回去以后完成。总之，将灵感记录、保存下来后，就可以从容地将之扩展成一首诗或词。

三、进行格律上的修改

诗词的初稿完成后，下一步便是对照诗词格律进行修改，使之符合诗词格律的规定，特别是符合诗词在平仄、押韵、对仗三方面的规定。怎样使之符合诗词格律规定呢？具体的做法是：

如果写的是律诗，首先根据第一行第二字和最后一字的平仄，确定出第一句的平仄。例如：第一行的正文如果是“风急天高猿啸哀”，那么根据第二字“急”和最后一字“哀”的平仄（“急”是入声字，属仄声，“哀”是平声字）确定出第一句的平仄是“｜｜——｜｜—”。其次，根据律诗的平仄规律，推出下面七

句的平仄。如上例：第一句是"｜｜——｜｜—"，下面七句就是"——｜｜｜——。——｜｜——｜，｜｜——｜｜—。｜｜———｜｜，——｜｜｜——。——｜｜——｜，｜｜——｜｜—"，并将推出来的平仄关系写在初稿的旁边，以便对照。

再次，将原稿与推出来的平仄进行对照修改，把那些不符合平仄格律规定的地方修改得符合平仄格律。

最后，根据律诗押韵和对仗的规律，将不押韵之处改为押韵，将中间两联（颔联和颈联）不对仗的地方改成对仗。

如果写的是词，就将该词的词谱找到，然后对照着词谱，一字一字地进行修改，使之完全符合词谱在字数、句数、平仄、押韵、对仗等方面的规定。

以上四步完成，一首律诗或词就基本定型了，下面的工作就是对作品在内容上、主题表现上作进一步修改。

四、进行字句和内容上的修改及定稿

好诗都是改出来的。修改润色诗词作品的过程，是一个精益求精的过程，更是一个咬文嚼字的过程。这将在下面结合例子详细叙述。定稿就是将完成的诗稿作最后的誊正、打印的过程。此不再多说。

下面结合实例进行具体的叙述。这些实例均是笔者自己的作品，按古四声确定平仄。作品质量不一定就好，只是借此叙述一下诗词作品创作、修改的过程，希望能给学习者一个比较直观的感受，带来一定的启发。

实例一

哀圣泉（七律）

半亩方塘一眼泉，孑然独立筑城边。盈缩奇迹空堪有，来去骚人枉自怜。野岭荒坡度岁月，颓垣破壁泣深山，徒怀和玉无人问，衰草一蓬孤泪残！

圣泉，是明代著名的贵阳八景之一，名为"黔灵验泉"，位于贵阳西北面黔灵湖的大坝山间。从黔灵山中两山夹峙的一个洼地边缘的石罅（xià）中渗出，一天中盈缩百余次，故又称"百盈泉""漏勺泉"。这种盈缩现象，在全国的泉眼当中是为数不多的，历代文人墨客在此留下过不少诗文墨迹。这里本应是贵阳市著名的名胜古迹、旅游胜地，却长期以来未受重视，无人管理，呈现出一片破败荒凉的景象。笔者曾于2003年游览过此处，又于2009年4月12日重游此处，仍无任何改变，因此十分感慨，写下了这首诗。

下面便是创作过程：

1. 抓住灵感一闪念

2009年4月12日重游此处时，感受最强烈的是此泉的消涨奇迹和荒凉景象。站在泉边，手扶井栏，望着每隔五分钟就消涨一次的井水，看着水井四周荒凉破败的景象，心中突然冒出了想要写一首吟咏圣泉的诗歌的冲动。写些什么呢？首先出现在脑海中的便是“盈缩奇迹”“荒凉”“可叹”等字眼。这便是灵感了。

2. 将灵感扩展成一首诗

有了这种念头，于是便认真观察了圣泉四周的景色：圣泉下面有一个水塘，约有半个篮球场大小，塘中的水据说就是圣泉中流出来的。水质并不好，浓得泛绿。于是便想出了“半亩水塘依圣泉”的诗句；由于那天是下午三点多钟才来到圣泉的，回去时已是下午五六点钟了，于是又有了“黔山深处夕阳残”的诗句。这些零星的诗句，由于当时有时间，也有闲心，于是掏出笔来，将它们记了下来，并稍加整理、扩展，当场写出了第一稿：

半亩水塘依圣泉，黔山深处夕阳残。一日盈缩千百回，枉自消涨枉自怜。荒山野岭度生涯，破壁颓垣哀荒山。和氏碧玉无人问，一蓬衰草泪涟涟！

3. 对照诗词格律进行格律上的修改

回到家后，便抽时间对照格律，进行了格律修改的工作。根据第一句“半亩水塘依圣泉”中第二字“亩”与最后一字“泉”的平仄，得出第一句的平仄是“丨丨——丨丨—”。根据律诗的平仄规律和押平声韵的规律，又得出整首诗的平仄是：丨丨——丨丨—，——丨丨丨——。——丨丨——丨，丨丨——丨丨—。丨丨——丨丨，——丨丨丨——。——丨丨——丨，丨丨——丨丨—。

拿出第一稿，对照以上平仄关系，发现其中有很多明显不符合平仄的地方：

（1）第三句中有四处不符合平仄：①“一日”中的“日”是必平之处，却用了仄声。②“盈缩”中的“缩”是必仄之处，却用了平声。③“千百回”中的“百”是必平之处，却用了仄声。④“回”是必仄之处，却用了平声。

（2）第五句中有两处不符合平仄：①“荒山野岭”中的“山”是必仄之处，却用了平声；“岭”是必平之处，却用了仄声。②“度生涯”中的“生涯”是必“仄仄”之处，却用了“平平”声。

（3）第六句中有两处不符合平仄：①“破壁颓垣”的平仄关系本应是“——｜｜”，这里刚好相反。②“哀荒山”的“哀”是必仄之处，这里却用了平声。于是“哀荒山”就成了三平调，犯了律诗的大忌。

（4）第七句中“和氏”的“氏”是必平之处，却用了仄声。

（5）第八句有三处不符合平仄：①“一蓬”中的“蓬”是必仄之处，却用了“平”声。②“衰草”中的“草”是必平之处，却用了仄声。③“泪涟涟”中第一个“涟”必须是仄声，却用了平声。

于是针对以上不平仄之处，笔者一字一句地进行了修改，修改过后的第二稿为：

半亩水塘依圣泉，黔山深处夕阳残。盈缩一日百千遍，枉自消涨枉自怜。野岭荒山消岁月，颓垣破壁向荒山。胸怀碧玉无人问，衰草一蓬浊泪涟！

4. 进行字句及内容上的修改

改后的诗歌虽然符合了律诗平仄和押韵规律，但颔联不对仗，同时在字词上有诸多不妥之处：

（1）第一句中，①“水塘”较现代，不具古意，不好，改为“方塘”。②“依”也不好，改为“伴”。

（2）第二句“黔山深处夕阳残”感觉有点不着边际，不甚满意，于是改为“悄然独立筑城边”，改后的诗句点明了圣泉的方位，感觉比“黔山深处夕阳残”要好一些。

（3）第三句中，“盈缩一日”太实在，且未强调出这是很少见的奇迹，于是改为“盈缩奇迹”强调了“奇迹”二字。前面改了，后面自然要改，否则意思连接不上，于是，经过斟酌，改成了“空自有”。

（4）第四句中，“枉自消涨枉自怜”与上句“盈缩奇迹空自有”不对仗，因此也要改。同时，圣泉留有不少古人的记载和吟诵的诗句，而“枉自消涨枉自怜”没有这一内涵，也不满意。于是改成了“墨客骚人枉自怜”。

（5）第五句“野岭荒山消岁月”中，“消”字不好，改为“度”。

（6）第六句“颓垣破壁向荒山”中，①“向”无动感，不甚满意，于是改为“泣”，这一改，使得圣泉拟人化，更有了动感，将圣泉写活了。②“荒山”与上句的“荒山”重复，于是改为“深山”。

（7）第七句“胸怀碧玉无人问”中，“胸怀”不妥，且太现代，于是改为“空怀”。

（8）第八句将“浊泪”改为“孤泪”，与上句的“无人问”呼应。

这样，改后的第三稿为：

半亩方塘伴圣泉，悄然独立筑城边。盈缩奇迹空自有，墨客骚人枉自怜。野岭荒山度岁月，颓垣破壁泣深山。空怀碧玉无人问，衰草一蓬孤泪涟！

这样，改后的诗句较之第二稿在意思上又进了一大步。但仍有不妥或不满意之处，于是又进行了第四稿的修改。

5. 对诗句作进一步的润色、修改

（1）将第一句的“伴圣泉”改为“一眼泉”。

（2）将第二句的“悄然”改为“孑然”。

（3）将第三句的“空自有”改为“空堪有”。因为“自”不合平仄。且与下句的“自”重复。

（4）将第四句的“墨客骚人”改为“来去骚人”。因为“墨客骚人”同义，重复，且为联合结构，与上句的“盈缩奇迹”（偏正结构）不对仗。

（5）将第五句的“荒山”改为“荒坡”。因为“山”与下句“深山”的“山”重复。

（6）将第七句的“空怀”改为“徒怀”。因为“空”与上面第三句“空自有”的“空”重复。将“碧玉”改为“和玉”，这里不能改成“和璧”，因为“璧”与上句“壁”读音上重复。

（7）将第八句的“涟”改为“残”。因为“残”比“涟”更富有余韵。

这一遍仅第六句“颓垣破壁泣深山”未作改动。这样，改后的诗句为：

半亩方塘一眼泉，孑然独立筑城边。盈缩奇迹空堪有，来去骚人枉自怜。野岭荒坡度岁月，颓垣破壁泣深山，徒怀和玉无人问，衰草一蓬孤泪残！

这也是最后定稿。

下面再将几稿的修改综合对照如下：

第一稿（初稿）：

半亩水塘依圣泉，黔山深处夕阳残。一日盈缩千百回，枉自消涨枉自怜。荒山野岭度生涯，破壁颓垣哀荒山。和氏碧玉无人问，一蓬衰草泪涟涟！

第二稿（格律修改稿）：

半亩水塘依圣泉，黔山深处夕阳残。盈缩一日百千遍，枉自消涨枉自怜。野岭荒山消岁月，颓垣破壁向荒山。胸怀碧玉无人问，衰草一蓬浊泪涟！

第三稿（字句修改稿）：

半亩方塘伴圣泉，孑然独立筑城边。盈缩奇迹空自有，墨客骚人枉自怜。野岭荒山度岁月，颓垣破壁泣深山。空怀碧玉无人问，衰草一蓬孤泪涟！

第四稿（定稿）：

半亩方塘一眼泉，孑然独立筑城边。盈缩奇迹空堪有，来去骚人枉自怜。野岭荒坡度岁月，颓垣破壁泣深山，徒怀和玉无人问，衰草一蓬孤泪残！

通过对照，可以看出诗稿一次比一次好，到第四稿已感觉基本满意，暂时想不到还有可改之处了，于是，此诗的创作便告一段落，第四稿成了基本定稿。（如果还想改也是可以的，但时间久了，容易造成创作疲劳，于是暂时放下，适可而止。日后如果想到了更好的字词，再做修改。）

实例二

中秋（七律）

乘月中秋上翠微，人间星汉共方晖[①]。婆娑树影随云走，飘逸情丝对月飞。山下谁家燃焰火，崖边何处舞清辉。尘寰阖府团圆日，悔煞姮娥千万回！

2008年中秋之夜，笔者与同系几位老师乘兴登上贵州师范大学后面的照壁山赏月。在山顶上，皓月当空，树影婆娑，遥望山下万家灯火，十分壮观。正在感慨，忽见山下某处放起焰火，一束束烟花冲上夜空，绚烂多姿，于是脑海中突然冒出了一句“山下谁家燃焰火”的诗句，这便是灵感一闪念，于是赶快掏出笔记了下来；然后又在此句基础上想出了与之对仗的下一句：“崖边何处舞清辉”，也记了下来。有了这两句为基础，于是便在中秋之夜的照壁山上吟出了七律诗《中秋》的草稿，并高声朗诵给同伴欣赏。当然草稿是粗糙的、不合格律规定的。回去以后，经过整理、修改，便成了上面的定稿。（整理修改的过程与实例一大致相同，为节省篇幅，这里就不再重复了。）

---

① 方晖，月亮别名。

实例三

孟春垄上行（七律）

芳菲三月绿茵浓，遍野桃英遍野彤。几处黄花争烂漫，数番蝶影戏嫣红。浴乎沂水曾皙子，性本丘山五柳翁。若失淡泊宁静志，肯将心绪付春风？

此诗作于 2009 年 3 月 15 日，是在与学生去乌当区三江农场春游时所作。

本诗首先想到的是首句“芳菲三月春意浓”，这便是灵感一闪念。然后根据首句逐渐想出了以下五句的草稿：“芳菲三月春意浓，人面桃花相映红。几处早莺争暖树，几番惬意向青峰。身旁弟子娇音软，垄上黄花金色重。”剩下的两句当时未写完。回来后，便在此基础上经过反复构思、整理、修改，最后写成了上面的律诗。

作词也大致如此，均是经过三四遍修改才基本定稿的。下面简单举一首词作进行说明：

实例四

念奴娇·平窑歌乡行

峰回路转，岭披黛、点缀民族山寨。阅尽田园秋色处，终见平窑云霭。拦路酒淳，迎宾曲脆，初领原声态。布衣儿女，盛装持盏村外。　　驻足庭院歌台，心驰神往，细品民歌彩。清越悠扬旋律美，山野且传天籁。欸乃咿呀，长声短调，潋滟歌如海。尽情采撷，喜得沃土青睐。

这是 2008 年 10 月与学院诗词学会的学生们一起去贵阳市白云区布衣歌乡平窑村采风时所作的一首词。

由于想写的内容较多，需要一首稍长的词来表现，于是定下《念奴娇》的词牌，然后根据《念奴娇》一词每句字数的多少，将想到的内容记录下来，形成了初稿（平仄、押韵暂且不管）：

峰回路转，山耸翠、点缀布依山寨。阅尽田园秋色处，终见平窑风采。拦路酒淳，迎宾歌脆，迎客山村外。布依妹，盛装初展天籁。　　驻足庭院歌台，全神贯注，细品原生态。咿呀悠扬旋律美，屏息如闻天籁。千种风情，万般心事，均向歌中载。尽情采撷，但得活水青睐。

回来后，便将《念奴娇》词谱找出来，根据词谱的平仄、押韵规定对初稿进行修改，使之符合词谱平仄、押韵规定，同时进行一些意义上的修改，形成了第二稿：

峰回路转，山耸黛、点缀零星山寨。阅尽田园秋色处，终现平窑风采。拦路酒淳，迎宾曲脆，初展歌乡风采。布依姐妹，盛装迎客村外。　　驻足庭院歌台，凝神贯注，细品原生态。咿呀悠扬旋律美，原野且传天籁。欸乃咿呀，此起彼伏，好个民歌海！尽情采撷，但得活水青睐。

第三稿、第四稿分别进行字词上与意义上的修改。

第三稿为：

峰回路转，山耸黛、点缀民族山寨。阅尽田园秋色处，终见平窑云霭。拦路酒淳，迎宾曲脆，初领歌乡风采。布依儿女，盛装持盏村外。　　驻足庭院歌台，心驰神往，细品原生态。清越悠扬旋律美，山野又传天籁。欸乃咿呀，长声短调，滟滟歌如海。尽情采撷，喜得沃土青睐。

第四稿即为前面定稿。

上面所举例子，并不一定就是写得很好的诗词。萝卜白菜，各有所爱。只要能给学习者带来一些创作上的启发，举例的目的也就达到了。

结合以上创作过程，我们可以得出创作格律诗词的一般步骤：

格律诗：① 抓住灵感一闪念，将当时因某种感受而冒出来的一句或几句诗句记下来。② 根据这一句或几句诗句想表现的主题，将之扩展成一首七言或五言诗，形成草稿（这时可以先不管格律）。③ 根据律诗格律（主要是平仄）规定，对草稿进行修改，使之符合格律规定。④ 对基本符合格律规定的诗稿进行意义上的润色、修改，使之更有意境。⑤ 进行个别字词上的斟酌、加工，最后定稿。

词：① 抓住灵感一闪念，将当时因某种感受而冒出来的一句或几句词句记下来。② 根据想要表现的主题，确定词牌，然后依据所定词牌的段数、句数及每句的字数，将这一句或几句词句扩展成一首词的形式，形成草稿。③ 找到所定词牌的词谱，根据词谱对草稿进行逐字逐句的修改，使之符合词谱在平仄、押韵、对仗等方面的要求。④ 进行意义上的润色、修改，使之更有意境。⑤ 最后进行个别字词上的斟酌，定稿。

一般来说，一首古典诗词从抓住灵感一闪念到构思、初稿、修改、定稿，需要反复斟酌、反复修改、几易其稿（少则三四稿，多则七八稿）才能创作完毕。

思考与练习

1. 自找题材，创作诗、词各一首。（要求：① 要有一定质量。② 要写清楚创作具体步骤。）

第五节　不同韵文体裁创作述要

上面几节讲的诗词创作的基本规律、基本要求、基本内容、基本过程、基本技巧等，都是就诗词创作的一般规律而言的这些规律要求等，同时也适用于其他韵文体裁。创作时，除了应遵循这些一般规律，还应结合不同韵文体裁各自的特征进行创作。

由于诗和词的创作，在上面几节中已涉及不少，因此在下面的叙述中只是简单地归纳一下。本节主要叙述的是曲、联、赋的创作。

一、格律诗的创作

格律诗的创作要点是：

（1）熟悉格律。

（2）写成草稿。

（3）调整平仄。

（4）符合对仗。

（5）对字词进行意义上的润色、修改。

（6）定稿。

二、词的创作

词的创作要点是：

（1）读懂词谱、熟悉词谱。

（2）确定词牌。正如前面“词律”一节所说，词牌的选择，应尽量根据想要表现的思想感情来确定，同时还应根据内容量的多少来选择词牌。一般而言，内容量大，就选择九十字以上的长调词牌；内容量中等的，就选择四十字至六十字左右的中调词牌；内容量较少的，就选择四十字以下的小令词牌。

（3）根据某词牌在段数、句数、字数上的多少拟定草稿，进行形式上的填写。

（4）根据词谱在平仄、押韵、对仗等方面的规定进行格律上的修改，使之符合词谱。

（5）对字词进行意义上的润色、修改，使之更为准确精练、形象生动。

（6）定稿。

三、曲的创作

这里说的“曲的创作”主要针对散曲而言，不包括剧曲。散曲是一种有宫调、有曲牌的韵文体裁，又分为小令、套曲、带过曲。

散曲的创作，要注意以下几个问题：

1. 标题的格式

小令是只有一个曲牌的散曲，在标题上的格式为：用中括号（“【】”或“[ ]”）将宫调名加曲牌名（中间用“·”隔开）括起，中括号外写表示本曲内容的标题，即“【××（宫调名）·××（曲牌名）】内容标题”。如【南吕·一枝花】不伏老。

套曲是在同一个主题下，用一个宫调同时套用三个或三个以上的曲牌，最后还要有个“尾声”的散曲。套曲中的每个曲牌必须押同一个韵部的韵字。第一支曲子的标题规定了所用的宫调名、第一支曲子的曲牌名和整个套曲吟咏的主题（内容标题），格式同小令标题。后面的曲子只需标明曲牌名即可。以宋方壶所著“【越调·斗鹌鹑】送别”为例：

【越调·斗鹌鹑】送别

落日摇岑，淡烟远浦。萧寺疏钟，戍楼暮鼓。一叶扁舟，数声去橹，那惨戚，那凄楚，恰待欢娱，顿成间阻。

【紫花儿】瘦岩岩香消玉减，冷清清永夜更长，孤零零枕剩衾余。羞花闭月，落雁沉鱼。踌躇，从今后谁寄萧娘一纸书？无情无绪，水淹蓝桥，梦断华胥。

【调笑令】肺腑，恨怎舒，三叠阳关愁万缕。幽期密约欢爱处，动离愁暮云无数。今夜明月何处宿？依依古岸黄芦。

【秃厮儿】欢笑地不堪举目，回首处景物萧疏，星前月下共语。漫嗟吁，自踌躇，何如？

【药圣王】别太速，情最苦。松金减玉瘦了身躯。鬼病添，神思虚，心如刀剜泪如珠。意儿里懒上香车。

【尾】眼睁睁怎忍分飞去，痛杀我也吹箫伴侣。不付能恰住了送行客一帆风，又添起助离愁半江雨。

例子一共套用了五支散曲，加上尾声，共有六支散曲。只有第一支曲子在标题上是完整的："越调"为宫调名；"斗鹌鹑"为曲牌名；"送别"为反映该套曲主题的标题。后面几支曲子的标题上就只标曲牌名。押的都是《中原音韵》第五部"鱼摸"韵。

带过曲是在同一个主题下用同一宫调的曲牌带过另一个或两个曲牌的散曲。所带过曲子的作用主要是补充前面曲子在词意表达上的不足。同样要求押同一个韵部的字。带过曲在标题上，中括号内曲牌名部分要加上"……带过……"的字样。如：乔吉的【双调·雁儿落带过德胜令】忆别：

【双调·雁儿落带过德胜令】忆别

殷勤红叶诗，冷淡黄花市。清水天水笺，白雁云烟字。（以上《雁儿落》）游子去何之，无处寄新词。酒醒灯昏夜，窗寒梦觉时。寻思，谈笑十年事。嗟咨，风流两鬓丝。

2. 散曲在内容上的特征

元代散曲多用于表达以下几方面的内容：

（1）男女情爱。这类作品在元散曲中所占比例很大。由于元曲与世俗相离不远，在这方面内容的元曲中，有格调不高的，也有比较典雅的。格调不高的作品多写得低级庸俗，甚至不堪入目，属于元曲中的糟粕，这里不再举例。比较典雅的如王伯成的【中吕·阳春曲】别情：

多情去后香留枕，好梦回时冷透衾。闷愁山重海来深。独自寝，夜雨百年心。

（2）写景状物。这类曲子多是借景抒情的曲子。如元好问的【黄钟·人月园】卜居外家乐园：

重冈已隔红尘断，村落更年丰。移居要就，窗中远岫，舍后长松。十年种木，一年种谷，都付儿童。老夫惟有，醒来明月，醉后清风。

（3）借古讽今、讥时骂世。这类在元曲中所占比例较大，主要是借发思古之幽情，抒发对现实的不满情绪。最著名的张养浩的【中吕·山坡羊】潼关怀古：

峰峦如聚，波涛如怒，山河表里潼关路。望西都，意踌躇。伤心秦汉经行处，宫阙万间都做了土。兴，百姓苦；亡，百姓苦！

（4）悲天悯人、赞美田园牧歌似的乡村生活。这类曲子表现了元曲作家鄙薄功名利禄、蔑视封建礼教的性格，也不同程度地流露出一种消极避世、历史虚无主义倾向；也侧面反映出当时官场的黑暗，险恶。如陈草庵的【中吕·山坡羊】晨鸡初叫：

晨鸡初叫，昏鸦争噪，那个不去红尘闹。路迢迢，水迢迢，功名尽在长安道。今日少年明日老。山，依旧好；人，憔悴了。

（5）闲言调侃。元曲是市民的艺术形式，故闲言杂事、调侃戏谑、符合市民口味，是散曲的一大特点。如王鼎的【双调·拨不断】长毛小狗：

丑如驴，小如猪，山海经检遍了无寻处。遍体浑身都是毛，我道你有似个成精物，咬人的苕帚。

掌握了元曲在内容表达上的上述主要特征，对我们创作散曲会有较大的启发作用。

3. 元曲的创作风格

元代散曲创作上的风格，主要有四种：狂放、宏肆、明丽、流畅。

（1）狂放。即创作上情感奔放，语言犀利，讥时刺世。如刘时中的【中吕·山坡羊】与邸明谷孤山游饮：

诗狂悲壮，杯深豪放，恍然醉眼千峰上。意悠扬，气轩昂，天风鹤背三千丈。浮生大都空自忙。功，也是谎；名，也是谎。

这是一支比较典型的狂放曲，塑造了一个狂歌豪饮、意气轩昂的狂士，比之竹林阮籍有过之而无不及。而“浮生大都空自忙。功，也是谎；名，也是谎”，写出了此曲的主题。

（2）宏肆。即创作上指呈时弊，绝无顾忌；抒写情怀，痛快淋漓。这与狂放的特征有相似之处。如郑光祖的【正宫·塞鸿秋】金谷园：

金谷园那得三生富，铁门限枉作千年妒。汨罗江空把三闾污，北邙山谁是千钟禄？想应陶令杯，不到刘伶墓。怎相逢不饮空归去。

曲中，金谷园主西晋首富石崇，因前来请求题字的人趋之如鹜，以致门槛都被踏穿，不得不用铁皮包裹（铁门限）的智永禅师；东汉北邙山贵族墓地中生前享有千钟禄的达官贵人等，均不在作者眼中。古今名利之人均被他

讥讽针砭，连屈原也逃不过。只把陶渊明、刘伶当作样板。抒发了当时另类人的思想感情。

（3）明丽。即描写景物自然清新，如清水芙蓉。如关汉卿的【双调·大德歌】雪纷华：

雪纷华，舞梨花，再不见烟村四五家。密洒堪图画，看疏林噪晚鸦。黄芦掩映清江下，斜缆着钓鱼艖。

整首散曲犹如一幅清新明丽的图画，情景交融。

（4）流畅。即作品音节婉转，和谐流畅。如白朴的【中吕·喜春来】知机：

不因酒困因诗困，常被吟魂恼醉魂。四时风月一闲身。无用人，诗酒乐天真。

4. 散曲的结构安排

元代散曲作家乔吉（字梦符）曾说："作乐府（此指元曲）亦有法，凤头，猪肚，豹尾是也。大概起要美丽。中要浩荡，结要响亮。尤贵在首尾贯串，意思清新，能若是，斯可以言乐府矣。"由此可见结构安排在散曲创作中的重要性。

一般而言，散曲在结构上要求条理清楚，前后一气贯通，能够首尾照应，最好是前有警语，后有名言，中间不妨从容叙述。如上面所举的张养浩之的【山坡羊·潼关怀古】，前两句言山河波涛如聚如怒，形象生动，读后叫人难忘。中间从容叙述，最后以"兴，百姓苦；亡，百姓苦"结尾，振聋发聩，精警独到。是"凤头，猪肚，豹尾"的典范作品。

5. 散曲的语言特点及表现手法

与诗词比较，散曲有其自身语言特点。主要体现在以下几点上：

（1）大量运用方言俗语，语句通俗。如：

秀才饱学一肚皮，要占登科记。（钟嗣成《双调·清江引》）

五眼鸡歧山鸣凤，两头蛇南阳卧龙，三脚猫渭水飞熊。（张鸣善《双调·水仙子》讥时）

叮叮铛铛铁马儿乞留玎琅闹，啾啾唧唧促织儿依柔依然叫。（周文质《正宫·叨叨令》悲秋）

诗卷束牛腰大，（汪元亨《双调·沉醉东风》）

闲来唱会清江引，解放愁和闷。富贵在于天，生死由乎命。且开怀与知音谈笑饮。（贯云石《双调·清江引·惜别》）

运用方言俗语，句式通俗，符合元曲最早起源于民间俚曲的特征，一般人听得懂。但是，太粗俗、太口语化的方言俗语运用在散曲中也不合适。因为散曲虽然讲究运用方言俗语，讲究句式通俗易懂，但始终是一门艺术，方言俗语用得太粗俗、太口语化，会影响散曲的可读性和艺术性。这是我们创作散曲时应注意的。

（2）常用诙谐滑稽、自嘲戏谑之语。在这一点上，最典型的就是关汉卿的套曲【南吕·一枝花】不伏老：

攀出墙朵朵花，折临路枝枝柳。花攀红蕊嫩，柳折翠条柔。浪子风流，凭着我折柳攀花手，直煞得花残柳败休。半生来弄柳拈花，一世里眠花卧柳。

【梁州第七】我是个普天下郎君领袖，盖世界浪子班头。愿朱颜不改常依旧：花中消遣，酒内忘忧；分茶颠竹，打马藏阄；通五音六律滑熟，甚闲愁到我心头！伴的是银筝女，银台前、理银筝、笑倚银屏；伴的是玉天仙、携玉手、并玉肩、同登玉楼；伴的是金钗客、歌金缕、捧金樽、满泛金瓯。你道我老也暂修，占排场风月功名首，更玲珑又剔透，锦阵花营都帅头，四海遨游。

【隔尾】子弟每是个茅草岗、沙土窝、初生的兔羔儿、乍向围场上走。我是个经笼罩、受索网、苍翎毛老野鸡、踏踏的阵马儿熟。经了些窝子冷箭铁枪头，不曾落人后。恰不道人到中年万事休，我怎肯虚度春秋。

【黄钟煞】我却是蒸不烂、煮不熟、捶不匾、炒不爆、响铛铛一粒铜豌豆，恁子弟谁教钻入他锄不断、斫不下、解不开、顿不脱、慢腾腾千层锦套头。我玩的是梁园月，饮的是东京酒，赏的是洛阳花，扳的是章台柳。我也会吟诗，会篆籀，会弹丝，会品竹；我也会唱鹧鸪舞垂手。会打围，会蹴鞠，会围棋，会双陆。你便是落了我牙，歪了我口，瘸了我腿，折了我手，天与我这几般儿歹症候，尚兀自不肯休。除是阎王亲自唤，神鬼自来勾，三魂归地府，七魄丧冥幽。天哪，那其间才不向烟花路儿上走。

曲中，关汉卿以自嘲、戏谑的语言为自己塑造了一个滑稽多智，倔强洒脱，风流倜傥的艺术形象。

总之，散曲与诗词相比较，诗词讲究含蓄，追求耐人寻味；散曲却直言说尽，追求痛快淋漓。诗词典雅，散曲通俗。各有各的审美趋向。一句话，散曲应注重雅俗共赏。

6. 在曲中加衬字

元人散曲中，常有增加衬字的现象。然而，在散曲中，哪些地方应该加衬字，哪些地方不能加衬字，应该加什么样的衬字、加多少等，却没有绝对的规律。不过，还是有一些大概的规律可循。掌握了这些大概的规律，并加以练习，学会在散曲作品中增加衬字也并不是难事。其大概规律如下：

（1）衬字数一般1～4个。

（2）衬字一般加在句首、句中。加在句首的衬字可虚可实；句中的衬字原则上只能用虚词。

（3）衬字要与正文内容衔接得上。或对句子意思进行补充，或将单音节词加成双音节词。

（4）有时句尾也可加衬字。加在句尾的衬字一般是“也么哥”“也么天”“也摩挲”“也波”等毫无词汇意义，却能使语气别有风趣的词语。

7. 用韵规定

元曲的用韵规定，在第二节“曲的用韵”中已有详细叙述，这里只是将要点提出来强调一下：

（1）只能押同一韵部的字。

（2）一韵到底，中间均不能换韵。

（3）平、上、去声可以通押。

（4）不避“重韵”。

8. 严格按照曲谱填曲

这是不言而喻的，不再赘言。

四、联的创作

（1）必须严格遵循《联律通则》第一章中说到的六条基本规则。

（2）要切实掌握严对的要求。创作对联，最好是创作严对，特别是创作参赛的对联以及雕刻在风景名胜区的对联，一定要创作严对。因为参赛对联，如果对得不工整，很容易被看作硬伤。而写出来雕刻在风景名胜区中的楹联，往往更是代表着此风景名胜区的文化底蕴，也更容易被人们欣赏或挑刺。如

果展现在公众眼中的楹联对得不工整，对该风景名胜将会产生极大的负面影响。

（3）要严格遵守上联仄收，下联平收的规定。即上联最后一字必须是仄声首尾，下联最后一字必须是平声首尾的规定。这是对联的硬性规定，否则就不是不合格的对联。

（4）要学会并掌握“马蹄韵”的规律。“马蹄韵”是对联平仄的标准形式。它有两个含义：

一是针对一个句子内部的平仄关系而言。即句子内部的平仄要按照“平平仄仄”的形式进行交替。这种规律，与五、七言格律诗的平仄规定基本相同，也遵循“一三五不论，二四六分明”的规律。如：

黄莺鸣翠柳；紫燕剪春风。（平平平仄仄；仄仄仄平平。）

竹雨松风琴韵；茶烟梧月书声。（仄仄平平平仄；平平平仄平平。“琴、梧”不论之处。）

曾经沧海千层浪；又上黄河一道桥。（平平平仄平平仄；仄仄平平仄仄平。“沧”不论之处。）

二是针对有多个句子的单联中每个句子最后一字的平仄而言。即单联中每个句子最后一字的平仄必须是“平顶平，仄顶仄”，形成“仄平平仄仄平平仄”或“平仄仄平平仄仄平”的形式。如：

苍梧落魄，碧献幽栖。四十年席棘饴茶，弘扬往哲。乾坤并建，器道相成。芳躅杳难寻，船山烟雨寒无梦；

正学横渠，孤愤越石。三百载风流遗韵，启牖后人。理势兼行，经权互用。草堂依旧在，枫马星霜夜有声。

此联上下联各八句（凡有标点符号处均看作一句，而不是打句号处才算一句）。上联每句句尾字为“魄、栖、茶、哲、建、成、寻、梦”，平仄为：仄平平仄仄平平仄；下联每句句尾字为“渠、石、韵、人、行、用、在、声”，平仄为：平仄仄平平仄仄平。

以上句内“平平仄仄”互相交替和句尾“平顶平，仄顶仄”两种形式，犹如马在行进中，每个蹄印都要踏两次及后蹄总是踏着前蹄蹄印走的形状，故称“马蹄韵”。

“马蹄韵”是对联句内平仄和句尾字平仄的标准形式。创作对联时，① 句内的平仄必须按照“马蹄韵”的标准，在二、四、六、八等偶数字上或节点字（多指三音节词的最后一字，如上例中的“四十年、三百载”的“年、载”）上一定要必平必仄，上下联一定要平仄相对；不是句尾的一、三、五、七字则可以不论，上下联这些位置上的字也不一定要平仄相对。② 多句单联中，每句句尾字应尽量做到“平顶平，仄顶仄”，但这不是硬性规定。

（5）要注意对联的避忌事项。

（6）构思要精巧新颖。对联是一种短小精炼的文学体裁，特别讲究立意的新颖，构思的精巧。如此才能做到与众不同，吸引人们的目光。

（7）语言上要使用文学语言，尽量具有古意。

对联是从古代流传下来的，不管是贺联、挽联、春联还是风景区的楹联，都需要写得富有文采，用最精炼的文字表达出最丰富的内容，讲究文学性。因此，撰写对联，必须要使用文学语言，使之典雅，具有文学内涵。特别是风景名胜区的楹联，更应该表现出作者深厚的文学功底，显得古色古香，这样才能达到具有文学欣赏价值的目的。而要使对联具有古意，在用词上就应尽量多用古语词，少用现代语言，特别是口语化语言。

（8）尽量使用古声调进行创作。创作对联，可按照古声调进行创作，也可按照今声调进行创作。二者相比，使用古声调更好一些。因为对联更讲究古今的传承性，表现在平仄上，便要按照古代的声调来进行创作。

五、辞赋创作

诗词，是中华文学艺术宝库中的皇冠，辞赋则是这顶皇冠上的明珠。它是阳春白雪中的阳春白雪。国学大师马积高先生曾说：辞赋是继《诗三百篇》之后首先繁衍起来的一种文学体裁。它古老而又典雅，最具中国文学的民族特色。它的篇幅比诗词曲联都长，需要精心构思，且更讲究文采的铺陈，因此比诗词曲联的创作更难，更容易表现作者多方面的才华和修养。历代都将能否作赋看成衡量一个诗人文学才能的重要尺度。因此，每一个诗人在具备一定的文学功底之后，都应该涉猎一下辞赋知识，掌握辞赋创作的一些基本知识，并学会创作辞赋。

（一）辞赋创作注意事项

1. 要具备一定的乃至较为深厚的古典文学功底

辞赋特别讲究语言的文采性、辞藻的华丽性，以及知识的渊博性。辞赋创作，需要铺排敷陈，需要纵横八方，需要极尽描绘夸张之能事。要做到这点，没有丰富的词汇量，没有扎实深厚的文学功底，是很难做到的。古往今来，会写诗词的人，不一定会写辞赋。然而，会写辞赋的人，则一定是会写诗词并且写得好的人。同样，古往今来，辞赋写得好的人，无一不是学富五车、才高八斗的诗人、文学家，如枚乘、司马相如、杨雄、张衡、左思、曹植等。因此，要想学写辞赋，首先就要具备一定的乃至较为深厚的古典文学功底。

2. 要精心构思

辞赋的篇幅比诗词曲联要大得多，所负载的信息量也是诗词曲联不能比拟的。一首诗词曲联作品可以在很短时间内创作出来，甚至可以即时口就，而一篇辞赋作品则不是在短时间内能够创作出来的，它需要花很多时间进行构思、起草、修改、润色。古代的辞赋家，每创作一篇辞赋，无不是呕心沥血、花时费日地去经营的。司马相如创作《上林》《子虚》赋，“不复与外事相关，控引天地，错综古今，忽然如睡，焕然而兴，几百日后而成”（晋 葛洪《西京杂记》）。张衡作《二京赋》，“精思附会，十年乃成”（《后汉书·张衡传》）。左思作《三都赋》，“移家京师，构思十年，遇得一句，即便疏之”。由此可见古人对辞赋创作的重视与呕心沥血。今人创作辞赋，虽不像古人那样要花费几年甚至十几年去创作一篇辞赋，但也要花费十天半月乃至一年半载，其基本原因就是辞赋创作需要花费大量时间去了解所写对象的方方面面，去精心构思，去反复斟酌，去不断修改润色。

3. 要全面了解并熟悉所写对象各方面的情况

创作一篇辞赋，特别是创作城市赋、地域赋，首先必须要全面、认真地查找、阅读、掌握所写对象各方面的资料，如历史沿革、地理位置、历史名人、风景名胜、民俗风情、特色经济、城市建设、未来发展等。哪怕是吟咏描写一个具体的人物、事物、景物，也必须事先掌握它方方面面的有关资料。这样，动笔时，才能做到心中有数，才能做到信手拈来，才能做到对描写对象极尽敷陈铺排之能事。

4. 要尽量使用文言词汇进行创作

辞赋是一种文学色彩很强的韵文文体，特别追求辞藻的华丽、语言的古朴、典雅的韵味。因此，创作辞赋，应尽量使用文言词汇。文言词汇精炼、书面色彩浓郁，既能使辞赋作品古香古色，又能体现出作者古典文学、古代汉语的功底。现代汉语是在继承古代汉语的基础上发展而来的，二者之间具有十分紧密的传承性。辞赋是古代流传下来的一种文体，创作时既然选用了这种文体，在语言风格上就应该尽量保持它原有的风格特征，否则就别将自已的作品冠以辞赋的称号。总之，我们这里说的使用文言词汇，指的是古代书面语中常用的、传承至今的文言实词以及之乎者也等文言虚词，使辞赋作品既保留了它的古典性、高雅性和文采性，又不十分艰涩难懂。

5. 要节奏鲜明

以四六句式为主，兼以其他句式。

6. 要尽量押韵

押韵可按旧韵（平水韵），也可按新韵，但不能新旧韵混用。押韵方式见前第五章第三节“辞赋的用韵”。此略。

7. 要熟悉并遵循各种赋体的特征进行创作

前面第五章第二节“各类辞赋及其特征”中已经讲到：辞赋有各种不同的体裁，各种辞赋有各自不同的特征。创作什么样的辞赋，就应该符合该类辞赋的特征。下面就结合各类辞赋的特征着重说说创作时应该注意的问题：

（1）骚体赋。骚体赋的特征是：

① 在表现形式上基本上延续了楚辞写法，前面都先有一个序言，直接或以对话的形式叙述作赋的缘由。

② 正文大量使用语气词“兮”。

③ 句式整齐，基本上以“……兮，……”的格式进行铺陈叙述。

④ 每两句为一组，大量使用四至九字句，其中又以四至六字句为主。

创作骚体赋时应注意：

① 首段可直入主题，也可用文言散文方式叙述撰写辞赋的缘由。后者可不押韵。前者如司马相如的《长门赋》，后者如贾谊的《吊屈原赋》。

② 注意句式的整齐，尽量采用“……兮，……”的四六字句式。

③ 句中适当使用“而、之、以、且、于、乎”等虚词。

④ 押韵可一段一韵，也可一段几韵，根据表达的需要而定。

具体例文，见前面第五章第二节“各类辞赋及其特征”，此略。

（2）散体大赋。散体大赋的特征是：

① 规模巨大，结构恢宏，气势磅礴，辞藻华丽，往往是数千言的鸿篇巨制。

② 内容大多以游猎为题材，对诸侯、天子的游猎盛况和宫苑的豪华、富丽作了极其夸张的描写。

③ 在表现手法上主要采用问答的结构形式。

④ 在行文上主要采用韵散结合的句式。多用排比句、对偶句。

⑤ 在语言上主要采用华丽的辞藻，铺排夸张的手法进行创作。

创作散体大赋时应注意：

① 多用于城市赋、地域赋（当然也可用其他种类的赋体）。

② 要全面了解并熟悉所写对象各方面的情况。

③ 一般在一千字以上。

④ 首段可直入主题,也可采用虚拟客人到访,与客人对话的形式引入主题。后者以文言对话方式撰写，不用押韵。

⑤ 内容上尽量将该地域的历史沿革、地理位置以及具有代表性的历史名人、风景名胜、民俗风情、特色经济、城市建设、未来发展等都写到，语言上尽量铺排夸张。

⑥ 尽量押韵，押韵方式可灵活掌握。

（3）骈赋。骈赋的特征：

① 全篇多由“四六言”的对仗句组成，句式十分整齐。

② 辞藻华美。

③ 一般两句一韵，依照章节内容的变换而转韵。

④ 讲求平仄协调，富有音乐美。

⑤ 在内容上以咏物写志、即景抒情、思旧怀人为主，篇幅一般以中、短为主。

创作骈赋时应注意：

① 句式以“四六言”为主，兼以其他句式。两句构成一联，通篇对仗。

② 尽量使用比较华丽的辞藻，并使之平仄协调。

③ 两句一韵，根据内容转韵。

④ 句中多用虚词“之、而、以、于”等。

⑤ 多用于咏物写志、即景抒情、思旧怀人。

（4）律赋。律赋源于唐代的格律诗的格律，是骈赋的骈偶化发展到极致的结果。因此，在创作上条条框框要多些，难度稍微大一点。

律赋的特征是：

① 讲究骈偶。

② 讲究押韵。具体要求为：一般隔句用韵。忌重复使用韵字。提倡转韵。要限韵。所选韵字，必须出现在赋文中。

③ 一句之内的两个分句句尾字要平仄相对。

④ 注重起承转合的结构层次。

创作律赋时应注意：

① 通篇要使用骈偶句，尽量形成对仗。

② 韵脚字要写在标题下方的圆括号中，最好根据在文中出现的先后顺序排列，形成两句在意义上有联系的四字句（为了有联系，也可不按先后顺序排列）。如唐·李程的《日五色赋》以“日丽九华，圣符土德”为韵。

③ 所选韵字应尽量避免全平、全仄。在能够切合命题的前提下，尽量选择较宽的韵部字来组合。

④ 在结构上要注意起承转合的结构层次。一般而言，第一段起题，叙述创作缘由；中间几段承转，叙述具体内容；最后一段结题，或咏叹，或颂扬。

⑤ 上下句虽无平仄相对的硬性规定，但要求在节点字上尽量做到平仄相对。

（5）文赋。文赋的特征是：

① 骈散结合，既有骈文句法，又有散文句法，句式参差不齐。

② 押韵自由，可押韵也可不押韵。即使押韵，也不拘一韵，灵活变化。

③ 崇尚礼趣，好发议论。

创作文赋时应注意：

① 要注意和文言散文的区别。别将文赋写成文言散文。

• 标题上明确冠以“××赋”。如杜牧的《阿房宫赋》、苏轼的《前赤壁赋》、欧阳修的《秋声赋》、黄庭坚的《苦竹赋》、张耒的《鸣蛙赋》等。

• 一般以设问作答的方式构成。

• 有骈句有散句，亦骈亦散，相辅相成，并非通篇都是散文句式。

• 多少是要押几个韵的。绝无全篇不押韵的文赋。押韵方式较为随意，可不分奇偶句，句句押韵。如：

其色惨**淡**，烟霏云**敛**；其容清**明**，天高日**晶**；其气栗冽，砭人肌骨；其意萧**条**，山川寂**寥**。——欧阳修《秋声赋》

嗟乎！草木无**情**，有时飘**零**。人为动物，惟物之**灵**；百忧感其心，万事劳其**形**；有动于中，必摇其**精**。——同上

其声呜呜然，如怨如**慕**，如泣如**诉**；余音袅袅，不绝如**缕**。舞幽壑之潜蛟，泣孤舟之嫠**妇**。——苏轼《前赤壁赋》

哀吾生之须臾，羡长江之无**穷**。挟飞仙以遨游，抱明月而长**终**。知不可乎骤得，托遗响于悲**风**。——同上

② 要注意文赋和散体大赋的区别。这两种赋体也极易混淆。因为两者都以问答方式构成，两者都有散句。区别主要表现在：

• 文赋篇幅较短，散体大赋篇幅较长。

• 文赋在内容上偏重于议论抒情；散体大赋在内容上偏重于描写叙述。

• 文赋亦骈亦散，骈句和散句交错相间；散体大赋骈句散句各自较为集中，一般而言，散体大赋的一头一尾多为散句，中间主体的写景状物部分多为骈句。

③ 虽不需要通篇押韵，但一定要或多或少地有押韵之处。

（二）当代辞赋创作中的误区

（1）将五七言诗当作辞赋。这是刚涉足辞赋的人或基本不懂辞赋的人常犯的错误。他们自认为写了一首七言或五言一句，一共几十句的古风诗，在标题上冠以“××赋”的名称，就是创作了一篇辞赋。

（2）将文言散文当作辞赋。由于文赋与文言散文很不容易区别，犯这种错误还是情有可原的。但不能因此而忽视这种错误。创作文赋应谨慎，没有较为深厚的古典文学功底，没有较高的驾驭语言的能力，没有切实掌握文赋与文言

散文的上述区别，最好不要轻易创作文赋。从古到今，创作文赋的人很少，文赋名篇更少的原因大概就基于此。

（3）生涩难懂。为显示自己古典文学功底深厚，引用一些古代生涩的词汇或语句写入辞赋作品中，使人必须借助字词典或古代汉语工具书才能看懂。

（4）大量堆砌华丽辞藻，实则言之无物。

思考与练习

根据辞赋的特征、创作注意事项，以及自身的条件，自选赋体，自拟标题，创作一篇辞赋。要求：要在标题旁用括号注明辞赋体裁。

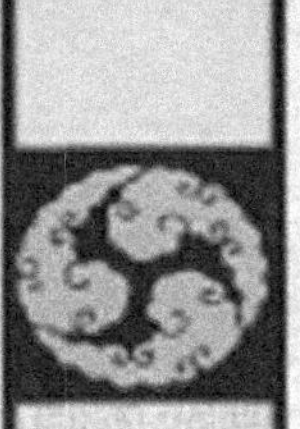

鉴赏篇

第七章　诗词鉴赏

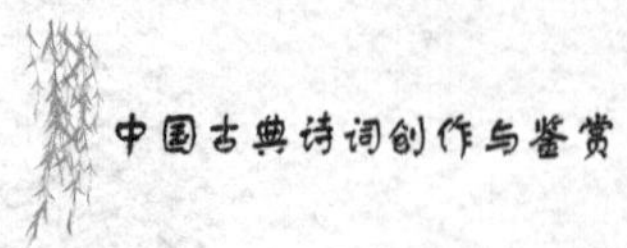

第七章课件

第七章　诗词鉴赏

诗词鉴赏，是诗词创作与教学中不可缺少的一个组成部分。它与诗词创作是相互依存、相互促进的关系。没有诗词创作，诗词鉴赏就无从谈起；而鉴赏是创作的基石，鉴赏水平的高低会直接影响创作的水平。就像书法创作与书法鉴赏的关系一样，学过书法的人都有这样的体会：学会了书法创作，就能够对书法作品的用笔、结构、章法以及墨韵等进行赏析，并且能够说出其中的道理来。反过来，有了一定的书法鉴赏水平，就不但能知道怎样去欣赏、评价一幅书法作品，而且能知道应该怎样去提高自己的书法创作水平。同理，学会了诗词创作，对于诗词作品的品评也就有了理论与实践的认识。而学会了诗词鉴赏知识，不但能提高我们的审美能力，而且可以帮助我们极大地提高诗词创作的水平和质量。所谓“能观千剑，而后能剑；能读千赋，而后能赋”（扬雄语）说的就是这个道理。因此，我们在学会了诗词创作之后，还必须了解、掌握诗词鉴赏的有关知识。

第一节　诗词鉴赏的一般规律

诗词鉴赏的一般规律分为思想内容的鉴赏规律、表现手法的鉴赏规律、结构艺术的鉴赏规律、语言艺术的鉴赏规律四个方面。

一、思想内容的鉴赏规律

诗词作品体现出来的思想内容，是评价一首诗词质量好坏的首要标准。王国维在《人间词话》中说：“词以境界为最上，有境界则自成高格，自有名句。”这里的“境界”，主要是指诗词作品的思想内容。

诗词作品可涉及的内容是非常广泛的，有感叹国家安危、民族兴亡，抒发

爱国之情的；有描写去国怀乡、友人送别，抒发离愁别恨之情的；有展现个人胸怀、寄托远大抱负，抒发奋发励志之情的；有吟咏爱恋相思、抒发男欢女爱之情的；有描写民生疾苦、揭露黑暗社会现实的；有浪迹山水田园、抒发热爱自然之情的，等等。在这如此众多的题材中，哪些才算“有境界”的作品呢？这并没有一个规定死的客观标准。一般来说，凡能反映人类美好情感、高尚情操、真挚友情、给人以美的享受的作品，或者能够鞭挞黑暗、揭示社会重大问题，关心人民生活，为百姓疾苦奔走呼号的作品，总之，能够引导人们认识真善美、假丑恶，培养、提高人们的审美能力，给人以美感的作品，以及“能写真景物、真感情”（王国维《人间词话》）的作品，均可称为“有境界”的作品。

具体应该怎样对诗词作品的思想内容进行鉴赏呢？笔者认为，诗词作品思想内容的鉴赏可以从以下几个方面入手：

1. 分析作品的写作背景

了解作品的写作背景对了解作品蕴涵的思想内容和表达的思想感情有至关重要的作用。了解了这篇作品是在什么情况下写的、是在什么心情下写的，就能准确把握作品表达的主题、内容和情感，从而对该作品的思想内容进行鉴赏。有的作品，其写作的时代背景、写作时的心情、写作的目的等在作品中能够表现出来，一看便知；有的作品写作的时代背景、心情、目的等在作品中则表现得不十分明显，需要经过了解分析才能够知道。对于这样的作品，在鉴赏时，必须首先对其写作背景进行简单或详细的叙述分析，这样才能更加深刻地揭示出该作品的主题、内涵及内在的思想感情。例如，吴小如析李白的《早发白帝城》（朝辞白帝彩云间，千里江陵一日还。两岸猿声啼不住，轻舟已过万重山）：

唐肃宗乾元二年春天，李白因永王璘案，流放夜郎，取道四川赴贬地，行至白帝城，忽闻赦书，惊喜交加，旋即放舟东下江陵，故诗题一作‘下江陵’。此诗书写了当时喜悦畅快的心情。[①]

再如，刘乃昌、崔海正析苏轼《定风波·莫听穿林》（莫听穿林打叶声，何妨吟啸且徐行，竹杖芒鞋轻胜马，谁怕？一蓑烟雨任平生。料峭春风吹酒醒，山头斜照却相迎。回首向来萧瑟处，归去，也无风雨也无晴）：

① 萧泽非等：《唐诗鉴赏辞典》，上海辞书出版社 1983 年版，第 336 页。

本篇是苏轼谪居黄州时所作。元丰五年春天，他回到黄冈东南三十里的沙湖相看新买的农田，路上遇雨，因为没有雨具，同行的人都狼狈不堪，唯有苏轼从容不迫。事后，他写词记述这次经历，题下有小序说："三月七日，沙湖道中遇雨，雨具先去，同行皆狼狈，余独不觉。"途中遇雨本极平常，而苏轼却从中悟得一番有关人生的哲理，这是因为他仕途蹭蹬，终致身陷囹圄，而后又以罪人身份编管黄州，躬耕东坡，政治上、生活上都经历了不少磨难。他的心胸就像一片汪洋大海，对风雨变化虽然十分敏感地不时泛起波浪，但在总体上又能摇之不浊，维持自己大体的平衡。这首词就是借助这样一件途中遇雨的生活小事来书写他此时独特的人生体验与处世态度的。①

如果不对其写作背景进行分析，就不能正确理解作品，甚至会看不懂作品，从而不能达到准确鉴赏思想内容的目的。例如，陆游的《钗头凤·红酥手》，如果不了解陆游与唐婉那段凄美的爱情故事，就不能深刻体会陆游在作品中表现出来的那种"错！错！错!""莫！莫！莫!"的悔恨与无奈心情。再如，柳宗元的《江雪》,如果不了解这首诗是柳宗元在参与王叔文集团对朝政进行改革失败、被贬谪永州后所作的历史背景，就不能理解这首诗的真正内涵是通过对空旷、孤寂的雪景的描写来表现诗人仕途不顺、孤独寂寞的思想感情以及在逆境中不甘屈从而又倍感孤独的心理状态这一主题。

2. 分析作品的主题

主题是一篇作品的灵魂，它直接关系到作品思想内容的深浅。分析主题，主要是分析这篇作品表现了一个什么样的主题，这个主题所反映的思想内容是否深刻、是否新颖，并对这个主题体现出来的思想感情进行分析评价。具体顺序一般是在分析文章的开头时指出作品的主题是什么，在分析文章的结尾时对这个主题及体现出来的思想感情进行总体评价（后者可有可无，根据具体情况确定)。如张秉戌、陈长明析李白《秋浦歌》第十五首（白发三千丈，缘愁似个长。不知明镜里，何处得秋霜）:

这是一首抒愤诗。诗人以奔放的激情、浪漫主义的艺术手法，塑造了"自我"的形象，把积蕴极深的怨愤和抑郁宣泄出来，发挥了强烈感人的艺术力量（指出主题）；写这首诗时，他已经五十多岁了，壮志未酬，人已衰老，怎能不加倍痛苦！所以揽镜自照，触目惊心，发出"白发三千丈"的孤吟，是天下后

① 唐珪章主编：《唐宋词鉴赏辞典》，江苏古籍出版社1986年版，第396页。

世识其悲愤，并以此奇想奇句流传千古，可谓善作不平鸣者了。[①]

再如，傅正谷、王沛霖析李煜的《相见欢·林花谢了春红》(林花谢了春红，太匆匆。无奈朝来寒雨晚来风。胭脂泪，相留醉，几时重？自是人生长恨水长东)：

这是一首即景抒情的小词。词人通过描绘春残花谢的自然景象，抒发了人生失意的无限怅恨(指出主题)；从全词看，其意可分四层：一，以“林花谢了春红，太匆匆”喻自己帝王生活结束之快；二，以“无奈朝来寒雨晚来风”喻国亡家破，是由于外力的打击；三，以“胭脂泪，相留醉，几时重”喻帝王生活一去不复返，企其重来之不可再得；四，以“水长东”喻自己的愁苦不断，怨恨无穷。四层意思层层相接，全词的意境也就豁然可见了。[②]

3. 分析作品的具体内容

如果是律诗，就应按照先后顺序对作品的每句话逐字逐句地进行解释分析；如果是双调以上的词，就应先指出上片主要描写什么，下片主要描写什么，然后再逐字逐句地进行分析。在分析过程中，特别要注意对那些较为生僻难懂的字词、意蕴丰富的字词、带有典故的字词以及字眼进行分析。如刘学锴析李商隐《无题·昨夜星辰》(昨夜星辰昨夜风，画楼西畔桂堂东。身无彩凤双飞翼，心有灵犀一点通。隔座送钩春酒暖，分曹射覆蜡灯红。嗟余听鼓应官去，走马兰台类转蓬)：

开头两句由今宵情景引发对昨夜的追忆。……三、四两句由追忆昨夜回到现境，书写今夕的相隔和由此引起的复杂微妙心理。……五、六两句乍读似乎是描绘诗人所经历的实境，实际上是因为身受阻隔而激发的对意中人今昔处境的想象。……在终宵的追怀思念中，不知不觉，晨鼓已经敲响，上班应差的时间要到了。[③]

再如李廷先分析范仲淹的《渔家傲·塞下秋来》(塞下秋来风景异，衡阳雁去无留意。四面边声连角起，千嶂里，长烟落日孤城闭。　浊酒一杯家万里，燕然未勒归无计，羌管悠悠霜满地，人不寐，将军白发征夫泪)：

上阕写景。“塞下秋来风景异”，“塞下”点明了延州的所在区域。……“秋来”点明了季节。“风景异”概括地写出了延州秋季和内地大不相同的风光。……

① 唐珪章主编：《唐宋词鉴赏辞典》，江苏古籍出版社1986年版，第269页

② 唐珪章主编：《唐宋词鉴赏辞典》，江苏古籍出版社1986年版，第1223页。

③ 唐珪章主编：《唐宋词鉴赏辞典》，江苏古籍出版社1986年版，第1158页。

“衡阳雁去无留意”，雁是候鸟，每逢秋季，北方的雁即飞往南方避寒。……“无留意”是说这里的雁到了秋季即向南展翅奋飞，毫无留恋之意，反映了这个地区到了秋天寒风萧瑟，满目荒凉……[①]

4. 分析作品的意境

意境是表现作品思想内容的一个重要因素，更是使作品形象具体、富有诗意的一个关键因素。分析意境主要是分析这篇作品通过对哪些事物、景物的具体描写，组成了一个什么样的意境，这个意境是否深远，对主题的体现起了什么样的作用。如周啸天析杜甫的《绝句四首其三 · 两个黄鹂》(两个黄鹂鸣翠柳，一行白鹭上青天。窗含西岭千秋雪，门泊东吴万里船)：

……全诗看起来是一句一景，是四幅独立的图景。而一以贯之，使其构成一个统一意境的，还是诗人的内在情感……[②]

5. 对作品进行总体评价，总结出作品的思想内容所达到的境界

诗词写得有境界，这是写诗填词的上上之选。鉴赏一篇诗词作品，最重要的是鉴赏它境界的高低。而境界的高低又是通过作品主题、内容和意境表现出来的。因此，在对主题、内容和意境进行鉴赏分析的基础上，如果有可能、有必要，还应对作品体现出来的思想境界进行鉴赏。当然，这不是必需的，因为有境界的诗词作品毕竟不是多数，而境界的高下也并无一定的标准，因此，对诗词境界的鉴赏并不是非有不可的，应根据作品的具体情况而定。

在分析方法的运用上，可通过与同类作品的横向比较进行分析，并适当引用古今主要诗词评论著作（如《人间词话》《诗品》《瓯北诗话》等）中的有关名言进行佐证。

二、表现手法的鉴赏规律

要对诗歌的表现手法进行鉴赏，就必须首先了解什么是表现手法，它包含哪些具体内容。

表现手法又称“表现方法”“表达技巧”“艺术手法”。它是作家、艺术家在创作中为表现主题和思想内容而使用的各种具体方法。表现手法又分为广义和

① 唐珪章主编：《唐宋词鉴赏辞典》，江苏古籍出版社1986年版，第554页。
② 唐珪章主编：《唐宋词鉴赏辞典》，江苏古籍出版社1986年版，第196页。

狭义两种，广义的表现手法是指作者在表达思想感情和行文措辞时所使用的特殊的语句组织方式。狭义的表现手法是指各种不同体裁的文学作品中所使用的具体表现手法。例如，抒情散文的表现手法主要是借景抒情、托物言志、抑扬结合、象征等；记叙文的表现手法主要是首尾照应、画龙点睛、详略得当、叙议结合、正侧相映等；议论文的表现手法主要是引经据典、巧譬善喻、正反对比、类比推理等；小说的表现手法主要是烘托、伏笔和照应、悬念和释念、实写和虚写等。

表现主题和思想内容的具体方法有很多，凡有利于准确、具体、生动地表现作品主题和思想内容的方法，都属于表现手法。因此，文学创作中的表现手法也是各种各样、纷繁复杂的。这就造成了各种文章、著作在讲到文学作品的表现方法时各说不一的现象。

就诗词而言，表现手法主要包括写作特点上的表现手法、修辞艺术上的表现手法、写作技巧上的表现手法等三方面的内容。

1. 写作特点上的表现手法

写作特点上的表现手法主要有叙述、描写、议论、抒情四种。

叙述手法主要是指通过叙述一件事情或一个故事来表达思想内容的手法。如白居易的《琵琶行》《长恨歌》主要采用的就是叙述手法。

描写手法主要是指通过描写一个具体的事物景物来表现思想内容的手法。如杜甫的《绝句四首·其三·两个黄鹂鸣翠柳》《江畔独步寻花七绝句·其六·黄四娘家花满蹊》主要采用的就是描写手法。

议论手法主要是指通过对某种社会现象发表议论来表现思想内容的手法。如聂夷中的《伤田家》、龚自珍的《己亥杂诗》主要采用的就是议论手法。

抒情手法主要是指不借助描写，面对某个具体的对象，直接抒发自己心中的感情、感叹的手法，如陈子昂的《登幽州台歌》、杜甫的《天末怀李白》主要采用的就是抒情手法。

其中，又以描写、抒情手法为主。然而，在诗歌写作特点的表现手法上，更多的则是描写与抒情相结合的手法，即借景抒情、寓情于景的手法。

2. 修辞艺术上的表现手法

修辞艺术上的表现手法主要是指各种辞格在诗词创作中的运用。汉语中的修辞格有很多，在诗歌创作中经常涉及的主要有比喻、借代、比拟、夸张、对

偶、排比、象征、反复、用典、映衬、对比等。

比喻如“遥望洞庭山水色，白银盘里一青螺”（刘禹锡《望洞庭》）。诗歌以“白银、螺”作比，将皓月银辉下的洞庭湖比作白银盘，将湖中的小山比作银盘里的青螺，不但描写出了水中之山的形状，而且描绘出了山水淡雅清澈的色调，使山水浑然一体。

借代如“知否，知否？应是绿肥红瘦”（李清照《如梦令》）。诗中用“绿”和“红”两种颜色分别代替叶和花，写出了海棠绿叶的茂盛和红花的凋零。

比拟如“霜禽欲下先偷眼，粉蝶如知合断魂”（林逋《山园小梅》）。这一联采用拟人的手法，前句中“先偷眼”，将白鹤当作人来写，形象地描写出白鹤爱梅之甚。它还未来得及飞下，就迫不及待地先偷看梅花几眼，十分形象；后句中“合断魂”同样将粉蝶当作人来写，写粉蝶因爱梅而至销魂，把粉蝶对梅的喜爱之情夸张到了极点。

夸张如“白发三千丈，缘愁似个长”（李白《秋浦歌》）。人的头发不可能会有三千丈长，诗人用极度夸张的手法，描写白发竟有“三千丈”那么长，从而形象地描绘出了愁思的深重。

对偶如“无边落木萧萧下，不尽长江滚滚来”（杜甫《登高》）。杜甫这首诗，句句皆对仗，对得圆浑自然，不见斧凿之痕。“无边落木”对“不尽长江”使诗的意境显得广阔深远；“萧萧”的落叶声对“滚滚”的水势，更使人觉得气象万千，使人从这对偶中感受到诗人韶华易逝，壮志难酬的苦痛。

排比如“靖康耻，犹未雪；臣子恨，何时灭”（岳飞《满江红》）。这里接连使用了四个三字句，构成排比兼对偶，一气呵成，表达了岳飞强烈的爱国激情。

象征如于谦的《石灰吟》：“千锤万凿出深山，烈火焚烧若等闲。粉骨碎身浑不怕，要留清白在人间。”诗人托物言志，运用了象征的修辞方法，表面上是在写石灰，实际上在写自己的志趣情操。石灰只是个象征体，诗人歌咏石灰不怕“千锤万凿”，不怕“烈火焚烧”，不怕“粉身碎骨”，实际上是表达了自己希望为国尽忠、不怕牺牲的心愿和坚守高洁情操的决心。诗中，石灰就象征着诗人光明磊落的襟怀和崇高清白的人格。

反复如“胡马！胡马！远放燕支山下。跑沙跑雪独嘶，东望西望路迷。迷路！迷路！边草无穷日暮”（韦应物的《调笑令》）。其中“迷路！迷路！”便是反复，起到了强调作用，强调了边草的莽莽苍苍，从而突出了胡地的辽阔苍凉。

用典如辛弃疾的《永遇乐·京口[1]北固亭怀古》："千古江山，英雄无觅、孙仲谋处[2]。舞榭歌台，风流总被、雨打风吹去。斜阳草树，寻常巷陌，人道寄奴曾住[3]。想当年[4]，金戈铁马，气吞万里如虎。元嘉草草[5]，封狼居胥，赢得仓皇北顾。四十三年[6]，望中犹记、烽火扬州路。可堪回首，佛狸祠下[7]，一片神鸦社鼓[8]！凭谁问，廉颇老矣[9]，尚能饭否？"

全词共用了九个典故，几乎句句用典，作者的思路始终在用典中展开。通过用典，词人借古讽今，批判了当时的掌权者韩侂（tuō）胄冒险北伐、妄图侥幸取胜的错误，同时也表达了自己想建功报国而不能施展才略的悲愤心情。由于这首词主要是对当时统治者的批评，不方便正面直说，所以采用了用典这种表现手法。应该说，这是在当时情形下最好的表达方式。

映衬如"大漠孤烟直，长河落日圆"（王维的《使至塞上》）。这里用"大漠"衬托"长河"，用"孤烟直"衬托"落日圆"，勾勒出一幅独特的塞外风光图，将塞外的广阔、苍凉描绘得如在眼前。

对比如"陶尽门前土，屋上无片瓦。十指不沾泥，鳞鳞居大厦"（梅尧臣的《陶者》）。全诗通过陶者和富家强烈鲜明的对比，深刻地揭露了封建社会制度的极端不合理，表达了诗人对劳苦人民的深切同情。

双关如"杨柳青青江水平，闻郎江上踏歌声。东边日出西边雨，道是无晴却有晴"（刘禹锡《竹枝词》）。诗中用阴晴的"晴"来双关情义的"情"，委婉地表达出了青年男女之间的爱慕之情。

通感如"暗香浮动月黄昏"（林逋《山园小梅》）。这里用视觉"暗"写嗅觉"香"，突出梅香的特点。

互文如"绿野风烟，平泉草木，东山歌酒"（辛弃疾《水龙吟·为韩南涧尚书寿》）。词中"绿野""平泉""东山"分别是指唐朝裴度、李德裕和东晋谢安

---

① 京口：江苏镇江市因临京岘山、长江口而得名。
② 孙仲谋：三国时的吴王孙权，字仲谋，曾建都京口。
③ 寄奴：南朝宋武帝刘裕小名。
④ "想当年"三句：刘裕曾两次率晋军北伐，收复洛阳、长安等地。
⑤ "元嘉草草"句：元嘉是刘裕子刘义隆年号。草草：轻率。是说刘义隆好大喜功，仓促北伐，以致惨败。
⑥ "四十三年"句：作者于宋高宗绍兴三十二年（1162年）南归，到写该词时正好为四十三年。
⑦ 佛狸祠：魏太武帝拓跋焘小名佛狸。他曾在长江北岸瓜步山建立行宫，即后来的佛狸祠。
⑧ 神鸦：在庙里吃祭品的乌鸦。社鼓：祭祀时的鼓声。
⑨ 廉颇：战国时赵国名将。

隐居之所“绿野堂”（洛阳午桥）、“平泉庄”（洛阳郊外）、“东山”（浙江上虞）。在历史上，裴度督师破蔡州，李德裕削藩平泽潞，谢安淝水破苻坚，三人都功业显赫，彪炳千秋。三句互文见义，即绿野、平泉、东山的风烟、草木、歌酒。字面意思是：你有着古代名相的志趣，放情山水，喜爱歌酒。其深层含义是用历代名相的英雄业绩，激励友人韩元吉以“平戎万里”“整顿乾坤”为己任。只有把三句联在一起吟诵体味，才能深入把握其内涵。

当然，在诗词中还有很多其他的修辞手法，这里不便一一列举。

3. 写作技巧上的表现手法

写作技巧上的表现手法主要是指赋、比、兴的手法。这是我国诗歌上三种传统的表现手法。“赋者，敷陈之称也；比者，喻类之言也；兴者，有感之辞也。”（魏晋南北朝·挚虞《艺文类聚》卷五十六）：“赋”是指敷陈，又叫“铺陈”“铺排”，是铺陈、排比的简称。在篇幅较长的诗作中，铺陈与排比往往是结合在一起用的。因此，“赋”就是将一连串内容紧密关联的景观物象、事态现象、人物形象和性格行为联结起来，按照一定的顺序组成一个结构基本相同、语气基本一致的句群来表现事物的方法。“赋”这种表现方法既可以淋漓尽致地铺写事物、描写景物，又可以一气贯注、加强语势，还可以渲染某种环境、气氛和情绪。这种方法，在辞藻富丽华美的汉赋中被广泛地采用。

“比”是指比喻，是三种表现手法中用得最为普遍的表现手法。一般来说，用来作比的喻体事物总比被比的本体事物更加生动具体、鲜明活泼而为人们所知，便于人们联想和想象。

“兴”是指先言他物以引起所咏之词的表现手法。如《关雎》，先咏“关关雎鸠，在河之洲”，然后引出所咏对象“窈窕淑女，君子好逑”。《蒹葭》，先咏“蒹葭苍苍，白露为霜”，然后引出所咏对象“所谓伊人，在水一方”等。

赋、比、兴是古人对诗歌表现方法的总结归纳。它是根据《诗经》的创作经验总结出来的。最早的记载见于《周礼·春官》：“大师……教六诗：曰风，曰赋，曰比，曰兴，曰雅，曰颂。”后来，《毛诗序》又将“六诗”称为“六义”：“故诗有六义焉：一曰风，二曰赋，三曰比，四曰兴，五曰雅，六曰颂。”唐代孔颖达在《毛诗正义》中对此解释说：“风、雅、颂者，《诗》篇之异体；赋、比、兴者，《诗》文之异辞耳。……赋、比、兴是《诗》之所用，风、雅、颂是《诗》之成形。用彼三事，成此三事，是故同称为义。”今人普遍认为“风、雅、

颂”是关于《诗经》内容的分类；“赋、比、兴”则是指它的表现方法。

三、结构艺术的鉴赏规律

结构艺术的鉴赏主要表现在对诗词“起、承、转、合”的鉴赏上。起、承、转、合是诗文写作与鉴赏中在结构章法方面经常提到的术语。起：诗文的开头；承：承接开头对诗文加以叙述、阐述的部分；转：诗文的转折部分；合：诗文的结束部分，是对事件的议论。

起、承、转、合的说法，一般认为出自处元代范德玑的《诗格》：“作诗有四法：起要平直，承要舂容，转要变化，合要渊水。”

诗歌中的起、承、转、合是律诗最基本的章法，它萌芽于春秋时期，完善在西汉时期。自西汉以来的诗歌，包括宋代定型的律诗都遵守这四个方面的规律。

起、承、转、合在诗文中的作用分别是：起，引领主题；承，扩展主题；转，转变，由景转向情，或由情转向景；合，回扣主题，概括全篇。

（1）起。“起”句作为一诗的首句，地位很重要，往往有统帅全诗、奠定基调、渲染气氛、铺垫意境的作用。

起句多数以景为主，也有以情为先的。起句的调子一般比较平稳，调子略低。在写起句之前要做通盘的考虑。以起句来引导整体，但起句绝不是单纯地写景。这个景要符合整体的思想。如果不能引领整体，必然会导致后面写作过程中无法处理的局面，使得文不对题，或者跑题。

（2）承。“承”句与“起”句关联极为密切。它不是对“起”句简单的重复，而是“起”句的延续、深化。在结构上，它还有承上启下的作用。

（3）转。“转”是指结构上的转折，是指从景到情的跳跃、从量到质的跳跃。其目的就是避免平铺直叙，往往体现为由物及人、由景及情、由事及理的思路上的转换。前面铺垫蓄势已足，陡然一转，别开生面，让诗歌顿生波澜。

（4）合。“合”是前三联（或句）诗意的最后合成，合句一出，中心就明了。它是诗人思想感情抒发的凝结点，常常有点明题旨，收束全诗的作用。

“合”的方式有很多，最常见的有两种：

第一种是直接点题，于篇末或抒发感情，或议论明理，直接揭示主旨，如上面杜甫的《登高》尾联。第二种收束方式是暗中寄托，即用暗示的方法表现作者的感情，阐述事理。最常见的是寄情于景，以景语作结。这种方式蕴不尽

之情于景物中，表达含蓄深婉，有言已尽而意无穷的艺术效果，颇能引起人的回味。但正因为其含蓄，我们在阅读时就会有比较大的障碍。这需要我们能够从结句本身的个别关键词捕捉一些有效信息，或者结合诗词的前半部分，在整体理解的基础上寻求突破。例如，王昌龄的《从军行七首·其二》："琵琶起舞换新声，总是关山旧别情。缭乱边愁听不尽，高高秋月照长城。"最后一句写景，以景作结，寓情于景，创造了含蓄的意境。

合句作为全篇的总结，常呼应开篇，圆合首尾。一般来说，气势可以宏大一些，或慷慨激昂，或意境深远，或引人深思。而从内容上说，"合"句是我们了解诗人感情、解读古诗主旨的最重要所在。

起、承、转、合在诗、词、曲中分别体现在不同的地方，下面分别叙述。

1. 律诗中的起、承、转、合

就律诗而言，首联是"起"，颔联是"承"，颈联是"转"，尾联是"合"。下面以杜甫的《登高》为例进行说明。原诗：

风急天高猿啸哀，渚清沙白鸟飞回。无边落木萧萧下，不尽长江滚滚来。万里悲秋常作客，百年多病独登台。艰难苦恨繁霜鬓，潦倒新停浊酒杯。

首联"风急天高猿啸哀，渚清沙白鸟飞回"是"起"。以急风、高天、猿声，清渚、白沙、飞鸟这六个秋天特有的意象，描绘出了一幅萧瑟、肃杀的秋景图，奠定了全诗低沉的基调。

颔联"无边落木萧萧下，不尽长江滚滚来"是"承"。其中的"落木"承首联第一句的"风急天高"，为诗人抬头仰视所见；"长江"承第二句"渚清沙白"，为诗人低头俯视所得；无边落木的潇潇之声与不尽长江的滚滚之势则进一步将秋意推向深远的意境之中，使境界更为宏大、辽阔，从而使后面抒发的老病孤愁之情也有了更有力的依托。

"万里悲秋常作客，百年多病独登台"是"转"。由颔联写景转入抒情，尽情抒发自己羁旅漂泊之苦及晚年抱病登台的孤独。前四句铺排写景的目的逐渐凸现出来。因此，关注"转"句，能使我们尽快明了作者的思路，体会诗歌的主旨。元人杨载在谈到绝句的结构安排时说："大抵起承二句困难，然不过平直叙起为佳，从容承之为是。至如宛转变化工夫，全在第三句，若于此转变得好，则第四句如顺水之舟矣。"所以诗歌的"转"句最为关键，而诗歌的命题也常在"转"句上做文章。

“艰难苦恨繁霜鬓，潦倒新停浊酒杯”是“合”。它在前句基础上直抒胸臆，一吐郁结于胸的不快及无可奈何的感叹。一个艰难时世中老病孤愁的诗人形象跃然纸上，令人产生共鸣，感到沉郁。全诗起于“悲”而终于“悲”，以悲景着笔，以悲情落句。在结构上前后呼应，浑然一体。

以上是律诗中的“起、承、转、合”，而绝句中的“起、承、转、合”则是：第一句是“起”，第二句是“承”，第三句是“转”，第四句是“合”。以唐代李绅的古绝《悯农》为例：

锄禾日当午，汗滴禾下土。谁知盘中餐，粒粒皆辛苦。

这是一首五言古绝，全诗四句，每一句都是起、承、转、合的一个层次。“锄禾日当午”，写农夫在田里劳作的辛苦，是全诗的“起”；“汗滴禾下土”，写农夫劳作的辛苦程度，是对起句的继续表述，是“承”；接下来，诗的视野离开了劳动场面转向了餐桌，并且提出“谁知盘中餐”的设问，是非常明确的“转”；末句“粒粒皆辛苦”，既是回答前句的设问，点明主题，又是对全诗的“收”，也就是“合”。

2. 词、曲中的起、承、转、合

词、曲同律诗、绝句一样，也必须遵循“起、承、转、合”的章法，而且也一样为其规律所决定。

词如宋代李清照的《如梦令》：

昨夜雨疏风骤，浓睡不消残酒。试问卷帘人，却道海棠依旧。知否，知否？应是绿肥红瘦。

“昨夜雨疏风骤，浓睡不消残酒”，是“起”，是交代诗人写诗的时间、背景和状态；“试问卷帘人，却道海棠依旧”，是“承”，是承述诗人的状态，取以花喻人之意；“知否，知否？”是“转”，是对“海棠依旧”回答的反诘；“应是绿肥红瘦”，是“合”，是对“海棠依旧”回答“错误”的纠正。寓意花与人同瘦，全诗“伤魂”的主题由此更加深化。

曲如元代马致远的《天净沙·秋思》：

枯藤老树昏鸦，小桥流水人家，古道西风瘦马，夕阳西下，断肠人在天涯。

“枯藤老树昏鸦”是“起”，既是对秋景的描写，又是对写作背景的交代；“小桥流水人家，古道西风瘦马”是“承”，是对眼前悲伤景物的继续渲染，进一步深化；“夕阳西下”是“转”，转向对诗人“秋思”主题的烘托；末句“断

肠人在天涯”，是“合”，集中表达了该曲的怀乡主题、伤感主题。

与律诗、绝句的“起、承、转、合”所不同的是，词、曲的“起、承、转、合”主要表现在“起、承、转、合”的层次安排不能简单地按句数划分，其原因是词、曲(包括古风)是长短句的“自由体”句式。

概括起来，起、承、转、合分开看是散的，各有各的功能，但是它们结合起来是作品不可缺少的组合因素。古诗讲究章法，就是讲究诗序的先后，注重诗意的分合。用现在的话讲，就是注重表达的逻辑顺序。起承转合四个部分之间有着密切的联系，而每一部分又都关系到主旨，关系到作者的情感。掌握了这个规律，弄清了这四者之间的关系，就握住了一把打开古诗词创作鉴赏之门的钥匙。

四、语言艺术的鉴赏规律

任何文学体裁的内容，都是通过语言表达出来的，诗歌也不例外。对诗词的语言进行鉴赏，不仅能提高人们的高尚审美情趣，而且能培养人们的文化涵养。诗歌的语言艺术主要可从以下几个方面来进行鉴赏：

1. 精　炼

诗歌篇幅比较短小，需要在最短的篇幅内，以最少的词语表达出最丰富的内容，做到言简意赅。因此，诗歌在语言上必须做到“精炼”。这对要求高度凝练的古典诗词来说，尤其如此。

评价一首诗歌的语言用得是否精炼的唯一标准便是看它在选词炼句上是否以最少的字词表达出了最丰富的内容，是否做到了“言简意赅”。如果做到了这一点，我们就说诗中的某一个或几个字用得好，是“诗眼”。

例如，大家都熟悉的“推敲”典故。此典故的主人是贾岛。有一次，他去拜访友人李凝，未见，回来时，便写下了这首《题李凝幽居》的诗。这是一首五律诗，写的是作者去拜访友人李凝未遇一事。诗中主要描写了李凝居所的冷清、静谧。全诗如下：

闲居少邻并，草径入荒园。鸟宿池边树，僧推月下门。过桥分野色，移石动云根。暂去还来此，幽期不负言。

贾岛是唐朝有名的苦吟诗人，对字句的要求十分严格。此诗写好以后，他对其中的第二句“僧推月下门”不太满意，感觉到“推”似乎不如“敲”好，

但又一时拿不定主意。不知不觉就骑着驴闯进了当时任京城兆尹（管理京城的地方长官）韩愈的仪仗队里。韩愈也是当时有名的大诗人，他知道了贾岛冲撞自己仪仗队的原因后不以为杵，反而与贾岛研讨起来。他对贾岛说："我看还是用'敲'好，去别人家，又是晚上，还是敲门有礼貌呀！而且一个'敲'字，使夜静更深之时，多了几分声响。再说，读起来也响亮些。"贾岛听了连连点头，于是将"推"改为了"敲"。一字之改，便使此诗句成了千古佳话。为什么呢？因为"推"仅是一个动作，而"敲"不但有了动作，而且有了声音，更由此衬托出了月下李凝居所的空旷、冷清、静谧，使人仿佛不但看到了僧人孤寂的背影，还听到了在半夜里回荡的敲门声，进而使含义更加丰富，意境更加深远，符合精炼的标准，真正达到了"言简意赅"。

再如毛主席的《渔家傲·反第一次大"围剿"》，其中最后一句是"唤起工农千百万，同心干，不周山下红旗乱"。其中，"乱"字就用得十分精练。试想，一杆红旗能否给人"乱"的感觉？不能；五杆、六杆乃至十几杆红旗呢？也不能。必须有几十杆、上百杆红旗，才能形成"乱"的场面。于是，"乱"首先蕴涵了反第一次大"围剿"战争场面的宏大。其次，哪怕是几十杆、上百杆红旗，竖在那儿一动不动，也不能给人以"乱"的感觉，必须是几十杆、上百杆红旗在那儿上下翻飞，来回舞动，才能形成"乱"的场面，给人以"乱"的感觉。于是，"乱"字又描绘出了反第一次大"围剿"战斗场面的激烈。因此，一个"乱"字，使我们仿佛看到了这么一个战斗场面：千百杆红旗在不周山下不住地挥舞、翻卷，千百个红军战士在敌群中不断地穿插、搏斗，无数的人马战成一团；我们甚至还仿佛听到了战士们的喊杀声、战马的嘶鸣声以及机枪、手榴弹、炮弹的嗒嗒声、隆隆声。一个"乱"字，不但描绘出了当时战斗的激烈、场面的宏大，而且带上了声音，使人如闻其声、如临其境，十分形象生动地展现了反第一次大"围剿"时宏大、激烈的战争场面。一个"乱"字，包含如此多的信息，真可谓言简意赅、精练之至。

2. 形　象

诗歌又是形象思维的艺术，一首诗必须运用形象思维来进行创作，要能通过一个个具体的意象，向读者展现出一幅幅形象生动的画面，使读者如闻其声、如见其人、如临其境，正如苏轼评价王维的诗歌是"诗中有画，画中有诗"一样。这样才能使读者展开自己想象的翅膀，去享受诗歌中的美景、美物、美情以及作者美的心灵，从而受到美的感染、熏陶和教育。即使是表达一些抽象哲理的诗歌，也应该尽量将之融入对一些具体事物的形象描写之中。因此，对诗歌语言艺术进行欣赏的第二个方面便是对诗歌语言的形象性进行欣赏、评价。能够通过一个个具体的意象，栩栩如生地描写出一个个具体的景物、人物，使读者如闻其声、如见其人、如临其境，这样的语言，便是形象的语言、用得好的语言；反之，便是失败的语言。例如，北宋诗人林逋的七律《山园小梅》：众芳摇落独暄妍，占尽风情向小园。疏影横斜水清浅，暗香浮动月黄昏。霜禽欲下先偷眼，粉蝶如知合断魂。幸有微吟可相狎，不须檀板共金樽。

其中“疏影横斜水清浅，暗香浮动月黄昏”是历代咏梅诗中的千古佳句。这两句诗原本典出自南唐诗人江为的“竹影横斜水清浅，桂香浮动月黄昏”。原诗分别吟咏了竹子与桂花树两种植物，也具有一定的意境。林逋在这里将这两句诗巧妙地沿用过来，用于描写、形容梅花，将其中的“竹”改为了“疏”，“桂”改为了“暗”。一个“疏”，一个“暗”，极普通的两个字，却形象地写出了梅树枝条的形状、神态，极为传神地描绘了黄昏月光下山园小池边的梅花的神态意象：山园清澈的池水映照出梅枝的疏秀清瘦，黄昏的朦胧月色烘托出梅香的清幽淡远。作者在这里并没有直接写梅，而是通过对池中的梅花淡淡的“疏影”以及月光下梅花清幽的“暗香”的描写，既写出了梅花的幽香，也写出了作者对梅花香味的感觉。这两句诗写得很具体，留给人想象的余地，十分形象生动，不仅尽得梅影的骄姿与梅香的特征，而且还异常贴切。在诗中，梅枝与梅影相映，朦胧的月色与淡淡的幽香相衬，动与静、视觉与嗅觉相辅，共同营造了一个迷人的意境，鲜明而微妙地表现出了梅花那种神清骨秀、高洁端庄、幽静贤淑的气质和风韵。

再如毛泽东的七律《登庐山》：一山飞峙大江边，跃上葱茏四百旋。冷眼向洋看世界，热风吹雨洒江天。云横九派浮黄鹤，浪下三吴起白烟。陶令不知何处去，桃花源里可耕田？

其中第一句“一山飞峙大江边”中，“飞峙”二字就用得十分形象、传神。“峙”，直立、耸立之意。试想：一座大山凭空飞来，耸立在鄱阳湖边，是何等的形象生动、气势磅礴！“飞峙”二字，将本无生命的庐山写活了，其效果有如王安石的“春风又绿江南岸”的“绿”字。第二句“跃上葱茏四百旋”的原稿是“欲上逶迤四百盘”，后改为“跃上葱茏四百旋”。这几字之改，同样也极为

形象传神，特别是“跃”字之改，起到了诗眼的作用。“欲”无具体的动作，没有形象感；“跃”则是一个具体的动作，具有形象感。因此，这一字之改，又使得这第二句动感顿生。同时，原句中的“逶迤”虽也有一定的形象感，但比较模糊，不够具体；改为“葱茏”之后，不但具有形象感，还增加了色彩，使人读到这句诗时，眼前仿佛显现出了庐山那满山茂密繁盛、郁郁葱葱的景色。

3. 准　确

所谓“准确”是指诗词所使用的语言要能准确地、恰如其分地表达自己想要表达的思想内容和感情。评价一首诗歌的语言是否准确，要看这首诗歌所用的语言能否真实地再现出事物的特征，能否恰如其分地表达作者的思想感情。如果能，便达到了“准确”的要求；反之，便是用得不准确的语言。

例如，唐代诗人戎昱的《移家别湖上亭》：好是春风湖上亭，柳条藤蔓系离情。黄莺久住浑相识，欲别频啼四五声。

诗中，作者用“系”字抒写不忍离去之情，既切合柳条、藤蔓修长的特点，又符合春日和风吹拂的情景，用得十分准确。而“啼”字既指黄莺的啼叫，也容易使人联想到辞别时离人伤心的啼哭。一个“啼”字，兼言情、景两面，十分准确地传达出了此诗“辞别”的主题。

再如，传说中有这样一个故事：有一次，苏东坡宴请好友黄庭坚时，苏东坡的妹妹苏小妹给他们出了一道题，要他们在“轻风细柳，淡月梅花”的“风”“月”后各填一个动词，变成两句五言诗。黄庭坚很快吟出了“轻风舞细柳，淡月隐梅花”。随后，苏东坡也紧接着吟道：“轻风摇细柳，淡月映梅花。”二人吟出来的诗句，在我们今天看来，已是不错的了。但苏小妹听后，摇摇头说，你们的两句诗，从意义上说，动词都选择得较好，但从整体意境上看，所选的都不是那两个最贴切、最准确的动词。接着，她说出了两个动词，苏东坡、黄庭坚听后连连称赞：妙！妙！妙极了！苏小妹说出的这两个动词是什么呢？原来是“扶”“失”，即“轻风扶细柳，淡月失梅花”。这两句与黄庭坚的“轻风舞细柳，淡月隐梅花”异曲同工，但更有意境。因为一个“扶”字完全将无形的微风人格化。微风恰似一个美女，依偎在柳树边，轻扶着细柳，婀娜多姿；梅花朵朵，似乎融化、消失在如水如银的月光中，突出了月光的皎洁迷人。这“扶”“失”二字，完全与诗的意境准确地融合在一起，创造出一种浮雕美，给人一种立体感，使人如临其境、如见其物。

4. 含　蓄

所谓“含蓄”，是指诗词的语言要有言外之意，要给人留下联想、回味的余地。评价一首诗词的语言是否含蓄，要看这首诗词所用的语言是否委婉，是否能给人以言外之意，是否能使人展开联想，是否能让人掩卷而思，喟然长叹。如果做到了这些，便可说这首诗词在语言上十分含蓄；反之，过于直白，让人一看就懂、一丢就忘，不能引人思考的语言，则用得不好，是不含蓄的语言。

例如，唐代诗人岑参的《白雪歌送武判官归京》的最后几句：“轮台东门送君去，去时雪满天山路，山回路转不见君，雪上空留马行处”便有言不尽意的含蓄美，使人读了之后仿佛身临其境，就像自己正冒着漫天大雪站在城门外，无限惆怅地目送着友人逐渐远去的背影，看着友人的坐骑在白皑皑的雪地上留下了一行孤单的马蹄印，由清晰到模糊，一直延伸到茫茫的大雪之中。诗人眼望着友人的背影越来越小，最后消失在山路的转弯处，心中顿时产生了一种若有所失的空荡荡的感觉……

再如苏东坡的“如今识尽愁滋味，欲说还休，欲说还休，却道天凉好个秋”，不直接说愁到极处，却“王顾左右而言他”，含蓄而又形象地表现出了“识尽愁之味”后的那种沧桑之感。

其他如李白的“孤帆远影碧空尽，唯见长江天际流”也有同样的效果。李煜的“问君能有几多愁，恰似一江春水向东流”，柳永的“今宵酒醒何处，杨柳岸，晓风残月”等，都是十分含蓄的诗的语言。

思考与练习

1. 举例说明应怎样对诗词的思想内容进行鉴赏。
2. 什么是表现手法？它包含哪些具体内容？
3. 举例说明什么是“赋、比、兴”。
4. 什么是“起、承、转、合”？它们在诗词创作中各有什么作用？
5. 从语言艺术方面对诗词进行鉴赏有哪些标准？请举例说明。

第二节　诗词鉴赏的基本要求

诗词鉴赏是一项综合性的工作，鉴赏者自身必须具备一定的甚至较为深厚的古典文学功底，才能保证鉴赏工作的顺利进行。具体来说，对诗词进行鉴赏

的基本要求可以分为两大方面：一是分析鉴赏之前文学功底上的要求，二是分析鉴赏之时写作技能上的要求。

一、在分析鉴赏前文学功底上的要求

（1）要掌握一定的古代诗歌的基本知识。这方面的基本知识主要包括古代诗歌的发展阶段、古代诗歌的分类以及各种类型诗歌的特征等。

首先应对中国古典诗歌的发展变化有相当清晰的认识，按照历史的顺序理清诗歌发展的脉络。本书一开头便讲过，从历史发展顺序的角度来看，中国古代的诗歌主要分为《诗经》、楚辞、汉乐府诗、魏晋南北朝五言古诗、唐代格律诗、宋词、元曲等阶段。对这些阶段的代表作家、代表作品要有一个大概的了解。

其次要对中国古典诗歌的形式有所认识。从诗歌形式的角度来看，中国古代诗歌又可分为二言古歌谣、四言古诗、骚体诗歌、杂言古诗、五言古诗、七言古诗、格律诗、排律诗、词、曲等文学体裁。对这些不同形式的文学体裁主要产生、盛行于什么时期，以及有什么特征也要有一个大概的认识。

最后要掌握现实主义和浪漫主义这两大文学派别的源头及其特点，不但要对各个时期诗歌的总体风格有所了解，还要对各个时期的(特别是唐宋时期)、各诗歌流派的代表人物有比较清晰的认识。

这便是进行诗词鉴赏时必须具备的基本知识。相关具体内容前面已涉及，在此不再赘述。

（2）要掌握一定的诗词格律方面的基本知识。本书讲的古典诗词，主要是指唐宋以来的格律诗和词。其他体裁的古典诗歌（如五言、七言古诗，杂言古诗等）虽也有所涉及，但不是我们学习的重点。因此，要对古典诗词进行分析鉴赏，就必须具备一定的诗词格律基本知识，否则就谈不上鉴赏。

诗词格律方面的基本知识主要包括：① 诗律的基本知识，如平仄知识、押韵知识、对仗知识等。② 词律的有关知识，如词的来源、产生、分类、词牌、词谱等。

（3）要具备一定的古代文论方面的理论知识。这方面的理论知识主要包括前人对诗词创作以及作家作品的论述、评价等。下面把这方面的有关人物和书籍简单提一下，以便需要时查找。

先秦时期的主要有：

《尚书·尧典》。其中的“诗言志，歌永言，声依永，律和声”，被朱自清称为中国历代诗论的“开山纲领”(《“诗言志”辩·序》)。

诸子著作中有关诗歌的论述。如孔子的“思无邪”，诗有“兴、观、群、怨”教化作用的论述等。其他如《孟子》《庄子》《荀子》等书中也有相关论述。

汉代的主要有钟嵘的《诗品》《毛诗序》以及司马迁、杨雄、董仲舒等人有关诗歌的论述。

魏晋时期的主要有曹丕的《典论·论文》、陆机的《文赋》、刘勰的《文心雕龙》。

隋唐时期的主要有皎然的《诗论》以及韩愈、白居易、司空图等人的诗论。

宋金元时期的主要有欧阳修的《六一诗话》及苏轼的诗论。

明清时期的主要有谢榛的《四溟诗话》，李贽、袁宏道等的诗论，李渔的《闲情偶寄》，叶燮的《原诗》，沈德潜的《古诗源》以及王士祯、袁枚等人的诗论。

近代的主要有刘熙载的《艺概》、王国维的《人间词话》等。

这些古代文艺理论是我们进行诗词鉴赏时会经常引用到的。例如：

王勃《别薛华》鉴赏：抒写离情别绪之作，历代诗歌中不计其数，但是，“诗要避俗，更要避熟”①（刘熙载《艺概·诗概》）。

王之涣《登鹳雀楼》鉴赏。沈德潜在《唐诗别裁》中选录这首诗时曾指出：“四语皆对，读来不嫌其排，骨高故也。”②

李煜《浪淘沙·帘外雨潺潺》鉴赏：李煜在政治上虽然是个亡国之君主，然而，“在词中犹不失为南面王”③（沈雄《古今词话》）。

苏轼《水龙吟·似花还似非花》鉴赏：综观全词，沈谦《填词杂说》谓为：“幽怨缠绵，直是言情，非复赋物。”这是就其艺术效果来说的，词已不止于赋物，而充分表达了作者欲言之情。④

秦观词《满庭芳·晓色云开》鉴赏：“凭阑久”以下，今日心情，然而完全写景，但言依阑久立，唯见傍晚时分薄薄的雾气和淡淡的阳光向城墙落下而已。不写情而情自在其中，司空图《诗品》所谓“不着一字，尽得风流”以及《文

---

①《唐诗鉴赏辞典》，上海辞书出版社 1983 年版，第 21 页。

②《唐诗鉴赏辞典》，上海辞书出版社 1983 年版，第 73 页。

③《唐宋词鉴赏辞典》，江苏古籍出版社 1986 年版，第 138 页。

④《唐宋词鉴赏辞典》，江苏古籍出版社 1986 年版，第 370 页。

心雕龙·隐秀篇》所谓“隐之为体，义生文外”，即为此意。[1]

（4）要具备一定的古代汉语方面的理论知识。古典诗词中用的是古代的语言，其中有很多古代汉语中流行的古语词。这些古语词的意义要么和现代汉语有较大差别，要么比较生僻，同时还会涉及一些古代汉语特殊的语法现象，更经常会在古典诗词中碰到用典的情况。如果对这些古语词或特殊语法现象不了解，不知道诗词中所用典故的出处及意义，就读不懂或理解错古典诗词所表达的意思。如杜牧的《山行》：

远上寒山石径斜，白云生处有人家。停车坐爱枫林晚，霜叶红于二月花。

其中，“坐”的古今义就不一样。“坐”在古代有“因、因为”的意思，如“来归相怨怒，但坐观罗敷”（《陌上桑》）；现代则只表示动作“坐下来”。不理解这个词的古今义，便不能正确理解本诗的意思。

再如王昌龄的《出塞》：

秦时明月汉时关，万里长征人未还。但使龙城飞将在，不教胡马度阴山。

第一句“秦时明月汉时关”便用了古代汉语中特有的“互文”修辞格，即上下两句或一句话中的两个部分，表面上看说的是两件事，实际上却互相呼应、互相补充，说的是同一件事，从而表达一个完整句子的意思的修辞方法。译出来就是：秦时的明月和关仍然是汉时的明月和关。如果不理解这种特殊的辞格，也就不能正确理解这句诗的含义。

用典方面最典型的例子则是辛弃疾的《永遇乐·京口北固亭怀古》：

千古江山，英雄无觅、孙仲谋处。舞榭歌台，风流总被、雨打风吹去。斜阳草树，寻常巷陌，人道寄奴曾住。想当年，金戈铁马，气吞万里如虎。　元嘉草草，封狼居胥，赢得仓皇北顾。四十三年，望中犹记、烽火扬州路。可堪回首，佛狸祠下，一片神鸦社鼓！凭谁问，廉颇老矣，尚能饭否？

其中，“孙仲谋”“寄奴”“元嘉”“佛狸祠”“廉颇”等都是用典。

“孙仲谋”：三国时的孙权，字仲谋。他是作者心目中的英雄。辛弃疾《南乡子·登京口北固亭有怀》一词曰“生子当如孙仲谋”，“千古江山，英雄无觅，孙仲谋处，舞榭歌台，风流总被雨打风吹去”，意为孙权虽是一时英雄，但经过历史变迁，经过“雨打风吹”，他当时游乐的舞榭歌台以及他的风流英姿现已荡然无存、无处寻觅了。

①《唐宋词鉴赏辞典》，江苏古籍出版社1986年版，第477页。

“寄奴”：南北朝时期宋武帝刘裕。刘裕的小名叫“寄奴”，出生于京口，后来从京口起兵北伐，收复了洛阳、长安等地，极具声威。“想当年，金戈铁马，气吞万里如虎”是对他北伐声威的赞赏。

“元嘉”：南朝宋文帝刘义隆的年号。

“狼居胥：山名，又叫“狼山”，在今内蒙古西北部。《史记·霍去病传》载：骠骑将军霍去病曾追击匈奴单于至狼居胥，封山（在山上立碑作标记，以记战功）而还。元嘉二十七年（450 年），刘义隆派大将王玄谟引兵北伐北魏。他听了王玄谟陈述北伐的策略后，认为此举肯定成功，于是盲目骄傲，有“封狼居胥”之意。但由于准备不足，料敌不明，草率出兵，结果惨败而逃。事后，刘义隆在诗中伤心地写道：“北顾涕交流”。（宋文帝诗，见《宋书·索虏传》）“元嘉草草，封狼居胥，赢得仓皇北顾”即指此事。

“佛狸祠”：佛狸，是北魏太武帝小名，他打败王玄谟军以后，曾追击宋军至长江北岸的瓜步山。并在山上建立行宫，此行宫后被人们称为佛狸祠。“佛狸祠下，一片神鸦社鼓”意思是：词人站在北固亭上，仿佛听到江北瓜步山上的佛狸祠下，祭神的鼓声咚咚，仿佛看到吃祭品的神鸦（乌鸦）乱飞，人们已忘记了元嘉年间惨败的民族耻辱。

“廉颇”：战国时赵国的名将。《史记·廉蔺列传》载：在廉颇晚年，赵王想再任用廉颇，于是派使者前去控望廉颇，廉颇“为之一饭斗米，肉十斤，披甲上马，以示尚可用”。使者回报赵王时说：“廉将军虽老，尚善饭；然与臣坐，顷之，三遗矢矣。”（廉颇将军虽然已经老了，但还能吃饭；然而，饭后和我相坐的时候，不一会儿，就拉了三次屎。）于是赵王“以为老，遂不召”。这里，词人以廉颇自比，表示自己虽然年纪已老，但雄心尚在，希望自己能为国立功。

如果不了解这些典故，不理解作者用这些典故时所蕴涵的潜台词，就不易读懂这首词。当然也就不能理解这首词所表达的深刻思想内容和情感。

因此，要想鉴赏古典诗词，就必须具备一定的古代汉语方面的理论知识，以便疏通字、词、句，特别是其中古今意义有差别和生僻的古语词以及所用典故等，从而读懂作品。只有读懂了作品，才能进一步对古典诗词和艺术手法、艺术成就进行鉴赏。

二、分析鉴赏时写作上的要求

1. 结合作品的创作背景及创作目的进行分析鉴赏

了解诗词作品的创作背景是分析鉴赏古典诗词必不可少的环节。绝大多数诗词作品都有其特定的创作背景，即该作品是在什么情况、什么心情下创作的。了解了这一点，就能够更加准确、深入地理解掌握该作品所表达的主题、内容及情感。例如，陆游的《钗头凤·红酥手》：

红酥手，黄藤酒，满城春色宫墙柳。东风恶，欢情薄，一怀愁绪，几年离索。错！错！错！　　春依旧，人空瘦，泪痕红浥鲛绡透。桃花落，闲池阁，山盟虽在，锦书难托。莫！莫！莫！

词中叙述了作者与年轻时青梅竹马的恋人唐婉之间的一段凄婉而动人的爱情故事。如果不了解二人之间的这段故事，便不能深刻体会、掌握作者在词中体现的思想感情。

陆游出生于越州山阴一个殷实的书香之家，幼年时期，他母舅唐诚一家与陆家交往甚多。唐诚有一女儿，名叫唐婉，字蕙仙，自幼文静灵秀，不善言语却善解人意。她与年龄相仿的陆游十分相投。两人青梅竹马，耳鬓厮磨。随着年龄的增长，两人心中便渐渐滋生了一种萦绕肝肠的情愫。

唐婉也是一个才女，与青春年华的陆游一样擅长诗词，二人常在花前月下吟诗作对，互相唱和。他们出入成双，形影不离，沉浸在热恋的幸福之中。两家父母和众亲朋好友，也都认为他们是天造地设的一对，于是陆家就以一只精美无比的家传凤钗作信物，订下了唐家这门亲上加亲的婚事。成年后，一夜洞房花烛，唐婉便成了陆家的媳妇。从此，陆游、唐婉更是水乳交融、男欢女爱，沉醉于两个人的天地中，不知今夕何夕，把科举课业、功名利禄甚至家人至亲都暂时抛置于九霄云外。当时，陆游已经补登仕郎，紧接着要赴南宋当时的都城临安参加“锁厅试”以及礼部会试。但新婚燕尔的陆游却流连于温柔乡里，根本无暇顾及应试功课。陆游的母亲唐氏是一位威严而专横的女性。她一心盼望儿子金榜题名，光耀门庭。因此，她对陆游眼下的状况大为不满，几次以姑姑的身份，更以婆婆的立场对唐婉大加训斥，责令她以丈夫的科举前途为重，淡薄儿女之情。但陆唐二人情意缠绵，无以复顾，情况始终未见显著的改善。陆母因之对儿媳大起反感，认为唐婉实在是陆家的“扫帚星”，将把儿子的前程耽误殆尽。于是她来到郊外无量庵，请庵中尼姑妙因为儿、媳卜算命运。妙因一

番掐算后，对唐母说道："唐婉与陆游八字不合，先是予以误导，终必性命难保。"陆母闻言，吓得魂飞魄散，急匆匆赶回家，叫来陆游，强迫他道："速修一纸休书，将唐婉休弃，否则老身与之同尽。"陆游素来孝顺，虽然心中悲如刀绞，但面对态度坚决的母亲，除了暗自饮泣，也别无他法。只得答应把唐婉送归娘家。

然而，陆游不忍与唐婉就此分手。于是悄悄另筑别院安置唐婉，一有机会，便去与唐婉相会，鸳梦重续，燕好如初。终于，纸包不住火，此事很快便被陆游的母亲知道。于是严令二人断绝来往，并为陆游另娶了一位温顺本分的王姓女子为妻，彻底切断了陆唐之间的悠悠情丝。

无奈之下，陆游只得收拾起满腔的幽怨，在母亲的督促下，重理科举课业，埋头苦读，然后赴京师参加礼部会试。

四年以后，赴京参加礼部会试失利的陆游回到了家乡。家乡虽然风景依旧，唐婉却已另嫁，早已物是人非。

在一个繁花竞妍的春日晌午，陆游随意漫步到禹迹寺的沈园。沈园是一个布局典雅的园林花园，园内花木扶疏，石山耸翠，曲径通幽，是当地人游春赏花的一个好去处。正当陆游在园中幽径上漫步时，与唐婉不期而遇了。一刹那间，两人的目光都凝固了，两人深深地注视着对方，都感觉得恍惚迷茫，不知是梦是真，眼中饱含的不知是情、是怨，还是思、是怜。此时的唐婉，早已由家人作主嫁给了同郡士人赵士程。赵家系皇家后裔，门庭显赫。赵士程是个宽厚重情的读书人，他对曾经遭受情感挫折的唐婉，表现出诚挚的同情与谅解。这使得唐婉饱受创伤的心灵渐渐平复，并且开始萌生新的感情苗芽。这次唐婉是与夫君赵士程相偕游赏沈园的，在园子的那边，赵士程正等着她进食。

此时与陆游不期而遇，两人纵有千种情丝、万般柔情，但碍于封建礼教，也只能四目相对，心中的刻骨相思无法说起。一阵恍惚之后，已为他人之妻的唐婉终于提起沉重的脚步，留下深深的一瞥之后，消失在沈园深处，只剩下在花丛中怔怔发呆的陆游。

迷茫之后，陆游情不自禁地循着唐婉的身影追寻而去，来到池塘边柳树下，遥见唐婉与赵士程正在池中水榭上进食。隐隐看见唐婉低首蹙（cù）眉，有心无心地伸出玉手红袖，与赵士程浅斟慢饮。这一似曾相识的场景，是陆游当年自己和唐婉把酒言欢的情景。对着此景此情，陆游的心都碎了。他感慨

万端，回到园中，提笔在沈园的粉壁上写下了这首《钗头凤》。然后惆怅地离开了沈园。

饭毕，唐婉与赵士程游园，在墙上看到了陆游的这首《钗头凤》，不禁感慨万千。回到家中，她追忆似水的往昔，叹惜无奈的世事，心情再难以平静。第二年春天，抱着一种不可名状的心情，唐婉再一次来到沈园。沈园粉壁上，陆游的题词依然在目。唐婉反复吟诵之下，想起往日二人诗词唱和的幸福情景，不由得泪流满面、心潮起伏。于是在陆游的《钗头凤》后面，也提笔写下了一首和词《钗头凤·世情薄》：

世情薄，人情恶，雨送黄昏花易落。晓风干，泪痕残，欲笺心事，独语斜阑。难！难！难！　　人成各，今非昨，病魂常似秋千索。角声寒，夜阑珊，怕人寻问，咽泪装欢。瞒！瞒！瞒！

不久，唐婉在对陆游的思念中，在对往事的追忆中抑郁成疾，日渐憔悴，最后郁郁而终。

如果不了解这段凄美的爱情故事，你就不会对陆游词中那种“错，错，错！”“莫，莫，莫！”的追悔而无奈的思想感情有深刻的体会。

正因为如此，大多数诗词鉴赏文章在开头一般都要简单地介绍叙述一下该作品的创作背景。

2. 要对作品所表现的主题及表达的思想感情进行分析鉴赏

对古典诗词进行鉴赏，主要是对作品的思想内容和艺术价值进行鉴赏。因此，对作品的主题及表达的思想感情进行分析鉴赏，不但是诗词鉴赏必不可少的内容，而且是最主要的内容。古典诗词中表现的主要内容，在前面“诗词创作的内容”中已有详细叙述，这里就不再重复了。

3. 要对作品所使用的表现手法进行分析鉴赏

表现手法的使用是诗词艺术价值构成的主要因素之一。对诗词的表现手法进行分析鉴赏，实际上就对是诗词作品的艺术性进行分析鉴赏。

表现手法分为广义和狭义两种，广义的表现手法是指作者在表达思想感情和行文措辞时所使用的特殊的构思方式和语句组织方式。狭义的表现手法是指各种不同体裁的文学作品中所使用的有利于表达思想感情的具体方法。相关内容前已述及，此处略。

某篇诗词作品中使用了什么样的表现手法，这些表现手法对表达主题和思想感情起了什么样的作用等，便是对作品所使用的表现手法进行分析鉴赏的具体内容。

4. 对作品的结构技巧进行分析鉴赏

对诗词而言，主要是分析鉴赏作品的“起”是否新颖、巧妙；“承”是否对“起”句起到了延续、深化、承上启下的作用；“转”是否自然、别开生面，让诗歌顿生波澜；“合”是否深刻，是否起到了画龙点睛、寓意深远的作用。

5. 对作品所表现的创作风格进行分析鉴赏

风格是作品艺术性的一个重要组成部分。对作品的艺术性进行鉴赏，必然要对作品的风格进行分析鉴赏。要对作品的艺术风格进行鉴赏，就必须了解、掌握古代诗歌作品中所形成的一些主要风格流派。

中国是个诗歌大国，古往今来的作家作品不计其数，所形成的风格也多种多样。就古代诗歌而言，作品中所表现出来的风格，归纳起来主要有以下几种：

（1）绚丽。其特点是：辞藻华丽，色彩绚烂，构思奇幻。这种风格的代表诗人主要有李白、李商隐。如李白的《梦游天姥吟留别》、李商隐的《无题》《锦瑟》等。

（2）直率。其特点是：直抒胸臆，毫不隐晦。如陆游的《钗头凤·红酥手》、苏轼的《江城子·十年生死两茫茫》等。

（3）含蓄。其特点是：不直接写出想要表达的主题思想或情感，而通过描写与诗的主题没有直接关系的其他事物，委婉地表达出内心的感受。诗贵含蓄，实际上古往今来的大多数诗歌作品都具有这种风格。如唐代金绪昌的《春怨》：“打起黄莺儿，莫叫枝上啼。啼时惊妾梦，不得到辽西。”

（4）自然。其特点是：“清水出芙蓉，天然去雕饰。”诗词作品没有雕琢的痕迹，不使人感到矫揉造作。如骆宾王七岁时写的《咏鹅》诗：“鹅，鹅，鹅，曲项向天歌。白毛浮绿水，红掌拨清波。”

（5）清幽。其特点是：诗中的意境清静而又幽深，细细读来却有无穷意味，如王维的《竹里馆》：“独坐幽篁里，弹琴复长啸。深林人不知，明月来相照。”

（6）洗练。其特点是：用最少的语言概括丰富的内容，字字珠玑，如马致远的《天净沙·秋思》。

（7）明快。其特点是：通俗易懂，明朗爽快，如白居易的《卖炭翁》。

（8）雄浑。其特点是：气势磅礴，气魄雄伟。多用于表示气壮山河的雄心壮志、视死如归的慷慨悲歌、豪情横溢的宏伟胸襟、辽阔苍凉的边塞风光等，如刘邦的《大风歌》、项羽的《垓下歌》、曹操的《观沧海》、王维的《使至塞上》。

（9）豪放。其特点是：情感豪迈奔放，格调高亢昂扬，胸襟旷达高远，气势傲骨嶙峋，狂荡不羁，如李白、苏轼、辛弃疾等人的诗词作品。

（10）沉郁。其特点是：情感低沉、浓郁、忧愤，多出现于忧国忧民的诗词作品中。杜甫的诗歌便是沉郁风格的代表作，如他的“三吏”“三别”和《兵车行》《茅屋为秋风所破歌》等。

（11）悲慨。其特点是：触景生情，睹物伤怀，悲壮慷慨，多出现于表达壮志难酬、国恨难消的诗词作品中。如陈子昂的《登幽州台歌》以及辛弃疾、陆游等的诗词作品。

（12）俊爽。其特点是：俊逸秀美，飒爽流利。代表诗人是杜牧。他的诗，一方面纵横古今，畅谈历史，痛砭时弊，忧国忧民；另一方面又矫健豪爽，潇洒风流。如《过华清宫绝句》（长安回望绣成堆，山顶千门次第开。一骑红尘妃子笑，无人知是荔枝来，）、《赤壁》（折戟沉沙铁未销，自将磨洗认前朝。东风不与周郎便，铜雀春深锁二乔）、《山行》（远上寒山石径斜，白云生处有人家。停车坐爱枫林晚，霜叶红于二月花）等。

（13）恬淡。其特点是：闲逸，淡泊，意境深远，多出现于描写田园山水的诗词作品中。如陶渊明的《归田园居》《饮酒》、王维《鸟鸣涧》《鹿柴》等。在这些诗里，没有城市的喧嚣，没有人间的纷争，没有外界的纷扰，只有大自然的宁静、山水花鸟的生机。诗人尽情地消受着、欣赏着、陶醉着，投入大自然的怀抱之中，融入大自然的有机体中。它们反映了诗人淡泊宁静的心情。这种把主观的情思化入客观的景物中，追求忘我无我空寂境界的诗歌，就是恬淡的极致表现。

（14）旷达。其特点是：豁达潇洒，随缘自适。这种风格的代表作家是苏轼。苏轼的词除了豪放外，更多的是旷达。如他的《江城子·密州出猎》《念奴娇·赤壁怀古》《水调歌头·明月几时有》等。

（15）婉约。其特点是：清新雅丽，婉转凄凉。这种风格的代表作家主要有柳永、李清照，如柳永的《雨霖铃》、李清照的《声声慢》。

以上风格分类，并非笔者自创，而是援引了目前较为流行的说法，大致可以囊括多数古代诗词作品所表现出来的风格特征。

此外，每一个诗词作家又有自己独特的风格，因此，风格又可从个人的角度进行分析。如谢朓、谢灵运朴素自然，陶渊明淡泊宁静，王维恬淡优美，李白豪迈飘逸，杜甫沉郁顿挫，李商隐朦胧隐晦，杜牧清健俊朗，李贺雄浑奇特，高适悲壮苍凉，王昌龄雄健高昂，刘禹锡隽永犀利，白居易通俗易懂，苏轼、辛弃疾豪放旷达，柳永、李清照婉约凄清等。

了解了以上作家作品的风格及特征，我们在对诗词（不管是古人写的还是今人写的）进行鉴赏时，就有可资借鉴的参照物了。

思考与练习

1. 应该从哪些方面对诗词作品进行鉴赏？请举例说明。

第三节 诗词鉴赏文章的写作

诗词鉴赏文章可以从以下三个方面进行写作：

（1）从创作背景及创作目的方面来对诗词进行分析鉴赏。

（2）从内容方面对作品进行分析鉴赏，主要是对作品所表现的主题及表达的思想感情进行分析鉴赏。

（3）从艺术性方面对作品进行分析鉴赏。包括：① 创作方法（如赋、比、兴等）；② 表达方式（如记叙、描写、抒情、议论等）；③ 构思技巧（如以动写静，乐景写哀、虚实结合、小中见大、点面结合、想象联想、象征寄托等）；④ 从结构艺术（起、承、转、合等）；⑤ 语言艺术（准确、形象、含蓄等）。

由此，便构成了诗词鉴赏文章在结构上的基本组成部分：导入、内容分析、艺术手法分析、结语。

一、导　入

一般为开头第一自然段。导入的方法很多，主要有：① 通过对作者及写作背

景进行简单的介绍来导入；② 通过对作品在文学史上的地位或影响进行简单的介绍来导入；③ 通过引用一句或一段前人的有关诗歌理论来导入；④ 通过发表感慨，以说明写作目的来导入。

导入部分不宜太长，应尽量简洁明了。请看下面的示例：

例一：

苏轼《江城子·十年生死两茫茫》鉴赏第一部分（第一自然段）[①]

乙卯是宋神宗熙宁八年（1075 年），这时苏轼正在密州（今山东诸城）做知州。这首词是本年正月为悼念妻子王弗而写的。王弗十六岁与苏轼结婚，她聪颖贤惠，又有见识，夫妻感情一向笃厚。但她不幸于宋英宗治平二年（1065 年）二十七岁时在汴京（今开封）逝世，次年归葬于故乡四川祖茔。经过十年宦海沉浮的苏轼，在这首词中表达了对亡妻深挚的思念之情。

此例便对作品的写作背景及主题进行了简单的介绍。

例二：

李煜《浪淘沙·帘外雨潺潺》鉴赏（第一自然段）[②]：

据《西清诗话》说："南唐李后主归朝后，每怀江国，且念嫔妾散落，郁郁不自聊。尝作长短句（词略）。含思凄婉，未几下世矣。"由此可知，这时李煜亡国后的作品，以当时的囚徒生活和片刻欢乐的梦境对比，表现他思念故国的哀痛情思。

此例则引用了前人的评论来说明作品的创作背景及主题。

二、内容分析

即对作品所表现的思想感情进行分析鉴赏。这部分的内容最能显示出作者的鉴赏能力和写作水平。对这一部分进行分析鉴赏的方法一般是：如果是绝句，就逐字逐句分析；如果是律诗，就逐句逐联分析；如果是比较长的齐言杂言古体诗，则一般逐段及选择重点诗句来进行分析。分析时，可以描述诗句所描绘的画面，可以分析诗句中蕴涵的情思，也可以分析诗句营造出来的意境。

① 唐珪章主编：《唐宋词鉴赏辞典》，江苏古籍出版社 1986 年版，第 412 页。
② 唐珪章主编：《唐宋词鉴赏辞典》，江苏古籍出版社 1986 年版，第 137 页。

例三：

苏轼《江城子·十年生死两茫茫》鉴赏第二部分（第二自然段）[①]：

此次发端从夫妻双方十载生死相隔、音容渺茫写起，正所谓开篇顿入正意。“两茫茫”是说自己和亡妻十年来互相遥念又各无消息，“两”字一笔双写，“茫茫”状述出双方实即自己无边惆怅、无限空虚的情怀。沈雄在《柳塘词话》中说：“起句言景者多，言情着少，叙事者更少。”此词开头却兼及叙事与言情，并为全篇定下伤悼的感情基础。作者本在时时思念亡妻，但偏用“不思量”逆接首句，再反跌出“自难忘”三字，笔势摇曳跌宕。即使不去思量，亡妻的影像也时留脑际，愈见感情深挚。如果说上面是写生死相隔时间之久，那么下面则是说分处两地，相距之遥。作者时在山东密州，妻子葬在故乡四川，故曰“千里”。亡妻孑然埋于旧茔，故曰“孤”。既遥远又孤单，满腔凄苦情景无法向亲人倾诉，故接以“无处话凄凉”。夫妻不能共话，不仅由于地域遥远，更在于生死相隔无法超越……

例四：

李煜《浪淘沙·帘外雨潺潺》鉴赏第二部分（第二、三自然段）[②]：

词的上阕说帘外潺潺的雨声惊醒了作者，他觉得春天即将衰残消逝，丝绸被子怎能抵御五更天的春寒袭击呢？由于梦醒，他才更加留恋梦中的一切，因为只有在梦中才忘记了自己是个“客”(俘虏)，也只有在梦里还能贪恋一下片刻的欢娱生活。这是倒叙法。首句写景，以下抒情。“五更寒”既是指自然界的气候，也是暗喻内心中的凄凉与哀痛。李煜原来身为南唐国主，过着骄奢淫逸的帝王生活。但是“一旦归为臣虏”(《破阵子》)，带着个“违命侯”的封号，过着难堪的囚徒生活，他悲叹“往事只堪哀，对景难排”(《浪淘沙》)。因此梦中越是欢乐，就越反衬出现实的冷酷凄凉，何况帘外雨声又在诉说着春光即将消逝呢！……

三、艺术手法分析

这部分最能显示出作者的审美功底和文艺理论功底，也最能增强鉴赏文章的理论性。它具体又包括：

① 唐圭章主编：《唐宋词鉴赏辞典》，江苏古籍出版社 1986 年版，第 412 页。

② 唐圭章主编：《唐宋词鉴赏辞典》，江苏古籍出版社 1986 年版，第 137 页。

（1）从创作方法上进行分析鉴赏。主要回答作品开头或全篇采用了什么方法（如赋、比、兴等），这种方法对整篇作品起到了什么作用等问题。

（2）从表达方式上进行分析鉴赏。主要回答整篇作品主要采用了什么样的表达方式（如记叙、描写、抒情、议论等）、描写了什么景物、抒发了什么样的情感、对什么进行了议论等问题。

（3）从构思技巧上进行分析鉴赏。主要回答整篇作品在构思上有什么精巧之处（如以动写静、乐景写哀、虚实结合、小中见大、点面结合、想象联想、象征寄托等），收到了什么样的艺术效果等问题。

（4）从结构艺术上进行分析鉴赏。主要分析作品在起、承、转、合等方面的特征及巧妙之处。

（5）从语言艺术上进行分析鉴赏。主要分析作品的语言是否准确、形象、含蓄以及分析作品中哪一个或一些词语用得好，为什么好等问题。

例五：

苏轼《江城子·十年生死》鉴赏第三部分（第三自然段）[①]：

用词写悼亡，是苏轼的首创，于此可见作者扩大词境的精神。这首悼亡词运用分合顿挫、虚实结合以及叙述白描等多种艺术方法，来表达怀念亡妻的感情。语言平易朴实，在对亡妻的哀思中又糅进自己的身世感慨，因而能将夫妻之间的感情表达得深婉而执著，感人至深。王若虚在《滹南诗话》中引晁无咎云："眉山公之词短于情。"这种看法是片面的。其实苏轼不仅善于以雄文大手写豪迈之情，也善于以柔婉的语言写健康的朋友之情、夫妻之情。

例六：

李煜《浪淘沙·帘外雨潺潺》鉴赏第三部分（第四自然段）[②]：

这首词艺术上也别具特色，首先是具有鲜明的形象性。它塑造了一个失去故国、一梦醒来无限辛酸的不幸者形象。词中人物的心理活动、人生愁恨等抽象的东西也是通过艺术形象表现出来的。如以"流水落花"形容欢乐的一去不复返，以"天上人间"概括今昔生活对比，都是最好的形象比喻。其次，其语言有高度的概括性。它概括了人生中一些典型的、共同的、容易打动人的东西，如喜怒哀乐、离愁别恨等。人们容易感到共同之处而产生共鸣，却不易区别彼此之间的差异，如"梦里不知身是客"，不就概括了很多他乡作客之人共同的感受

① 唐珪章主编：《唐宋词鉴赏辞典》，江苏古籍出版社 1986 年版，第 412 页、第 138 页。

② 唐珪章主编：《唐宋词鉴赏辞典》，江苏古籍出版社 1986 年版，第 412 页、第 138 页。

吗？最后，白描手法、对照比喻手法，语言精练自然，音韵和谐流畅，都提高了词的表现力。当然，对于李煜词的思想意义过高地评价是不恰当的，然而只注意他是南唐皇帝，却忘记了他还是个多愁善感的杰出词人，或者认为他的词伤感情绪较浓厚而加以贬低也是不恰当的。李煜在政治上虽然是个亡国之主，然而“在词中犹不失为南唐王”（沈雄《古今词话》）。李煜词的艺术成就应当加以肯定。

此外，在写作时，还应根据需要，适当引用一些前人的理论阐述来进行论证，以提高鉴赏文章的品位。必要时，还应专门针对不同诗歌在体裁上的特征进行鉴赏。

当然，也并不是每篇鉴赏文章在分析作品艺术性时都必须要有这些内容，在写作时可根据需要择其重点进行分析。

四、结　语

主要是就上面的分析对作品作一个综合性、概括性的评价，以强化自己的主要观点。根据写作上的需要与否，这一部分可有可无，不必勉强。

以上四部分中，前三部分一般要有，这样的鉴赏文章才算完整。一般来说，对篇幅较短的鉴赏文章来说，写作的重点主要放在第二部分“对内容的分析”上；对那种篇幅较长、理论性较强的鉴赏文章，第三部分“对艺术特征进行分析”的比例可稍微加重一些。

至于鉴赏文章的标题，一般可采用正副标题的写法来拟定。正标题一般揭示主题，副标题一般说明对什么诗词进行鉴赏。其格式一般是

××××××（正标题）

——×××《×××》鉴赏（或读《×××》）（副标题）

下面摘录笔者的一篇拙文，以供参考。

情真方能出好诗

——读《咏兰》

时人作诗，无病呻吟者有之，味同嚼蜡者有之，浅陋卑俗者有之，不知所云者亦有之。格调高雅、意境清新的诗作已不多矣！近日偶读章合祥先生的七律《咏兰》一诗，顿觉眼前一亮，一股清新之气扑面而来。读毕，掩卷细品，更觉余音绕梁，耐人寻味。

（这是第一部分，通过发表感慨，导入所评诗作，目的是起到吸引读者的作用。）

全诗以“兰”为题，既写兰花又写人，寄寓了作者对兰花的一片痴情，更表达了作者高雅的志趣，真可谓情景交融、别具一格。

现将全诗转录如下：

咏兰（七律）

玉佩轻摇细柳身，香波暗涌寄芳魂。餐风啜露居幽远，傲雪凌霜舞孟春。陋室相邀牵素手，孤灯漫叙话尘恩。痴情道尽终无语，顿悟得失未在心。

首先，我们从内容上来解读一下此诗。

首联：“玉佩轻摇细柳身，香波暗涌寄芳魂”。“玉佩”写兰花的形与色。玉者，洁白无瑕也。自古以来皆以玉为高洁的象征。“玉佩”者，小巧玲珑，晶莹剔透也。区区二字，便将一朵仿佛是白玉雕琢、光洁无瑕、体态娇柔的兰花呈现在读者眼前。然而，它又是有动感的，它在微风中轻轻摆动，缓缓地摇曳着“细柳身”。“细柳”二字，更凸现了兰花的纤细娇柔、婀娜多姿。第一句便将兰花颜色的洁白、质地的高雅衬托得栩栩如生。同时，作者对兰花的钟爱也尽在不言中了。“香波”一句，写兰花的香。这香，不是那种浓烈熏人的香，而是一种淡淡的，被孔子喻为“王者之香”“天下第一香”的幽香。“暗涌”便表达了这一意境。作者伫立于兰花前，兰花淡淡的幽香一阵阵涌来，沁人心脾，使人如痴如醉。与李清照的“东篱把酒黄昏后，有暗香盈袖”有异曲同工之妙。“寄芳魂”更是画龙点睛之笔，它以拟人的手法，赋予了兰花人格的魅力。兰花，不像那种浓妆艳抹的妇人，以自己的妖艳来招揽世人，而是以天生的丽质、淡淡的幽香来展现自己高雅、淡泊的君子气质，真所谓“不与众芳争高下，独向幽谷吐清香”。然而，正是这种高洁的君子气质，得到了人们的青睐和颂扬。

颔联：“餐风啜露居幽远，傲雪凌霜舞孟春”。如果说上两句着重写兰花的“形”，这两句着重写的就是兰花的“神”了。“餐风啜露居幽远”展现了兰花苦寒的出身。它并非温室里娇生惯养的富贵之花，经不起风吹雨打，而是迎着自然风雨而生，饮着大地乳汁而长，居住在幽远荒僻之地的山野之花；同时也暗示出兰花秉承了宇宙间的灵气，吸吮了天地间的精髓，是大自然的骄子。正因为这苦寒的出身，兰花才能够“傲雪凌霜”，盛开在初春的寒风里。这又是人们欣赏兰花的一个重要原因。“傲雪凌霜舞孟春”不仅点明了兰花盛开的季节，更因一个“舞”字，将兰花不畏严寒、迎风摇曳、在料峭寒风中蓬勃盛开的神韵和飒爽英姿点染得如诗如画、栩栩如生。此“舞”字，真可谓该诗的诗眼，全诗因它而活，因它而具有神韵！

颈联：“陋室相邀牵素手，孤灯漫叙话尘恩”。诗句到此，笔锋一转，由写景转入抒情。作者将兰花比作自己前世今生的红颜知己。在想象中，他与兰花相约在陋室中、孤灯下，他们深情地手牵着手，窃窃私语，倾诉着互相之间的爱慕之情、感恩之情。《诗经》中“执子之手，与子偕老”的画面，白乐天《长恨歌》中“七月七日长生殿，夜半无人私语时”的意境，又栩栩如生地展现在作者的笔下。这里的“尘恩”，从字面上看，既有作者在尘世中给予兰花的养育之恩，又有兰花在尘世中给作者带来心灵抚慰的赏心悦目、修身养性之恩。然而，其中更深的意韵，则表达了作者对以兰花为象征的高洁品质的执着追求。这种追求似乎是从前世到今生、从今生到来世均痴迷不改的。从这两句中，足见作者对兰花的一片深情，真可谓“情有独钟”。唯有“情真”，才能做到“意切”，也才能写出如此独特的诗句。

尾联：“痴情道尽终无语，顿悟得失未在心”。“痴情”二字，是对上联的总括，可谓精炼之至。而“痴情道尽”以后的“终无语”，更堪称妙笔。作者与诗中的“红颜知己”四目相对，脉脉无语，在这久久的“无语”之中，则又包含千言万语，直给人以“此时无声胜有声”之感。好一个“此情绵绵无绝期”的意境！最后一句：“顿悟得失未在心”，则是整篇诗作的题旨所在。通过与兰花心与心的交流，作者深深地感悟到：兰花深居幽谷时，“不以无人而不芳”；出幽谷后，或居桂殿兰宫，或入茅椽蓬牖，均宠辱不惊，照样“我自清芬我自芳”。这正是兰花的高贵所在。人，也应像兰花一样，不去斤斤计较个人的得失，如此才能以一种良好的心态去坦然、真诚地面对人生，活出滋味，让自身的“寸心”也“容得许多香”。至于尘世间的一切功名利禄、宠辱得失，皆为过眼云烟，何足挂齿。只要有这“傲雪凌霜”、冰清玉洁的兰花相伴，便“此生足矣”……

（这是第二部分，从内容上逐联逐字进行分析鉴赏。）

从艺术上看，此诗以咏兰为主线，既描绘了兰花的色、香、形，又表现了兰花的精、气、神。同时又融入了作者真挚的情感。诗中，作者将兰花比作自己的红颜知己，对它寄予了无限真情。既写兰，又写人，以兰喻人，寓人于兰，兰人合一，两得益彰，且无矫揉造作之感，达到了物我合一、情景交融的境界。

从语言上看，此诗格调清新，立意高雅，既无半句鄙俚之言，更无一点世俗之气，书香之味、清雅之韵，溢于言表。读之，一股文人雅士的书卷之气扑面而来，顿觉甘之如饴。与时下大多数无病呻吟、歌功颂德，或者过于直白、肤浅无物，甚至满篇大白话的“律诗”相比，此诗犹如刮过一阵清风，别有一番滋味在心头。

律诗，讲究起、承、转、合。起，起始也；承，承接也；转，转换也；合，合题也。纵观全诗，《咏兰》的起承转合衔接得自然流畅，一气呵成。律诗也讲究“诗中有画，画中有诗”。可以说，《咏兰》中每一联就是一幅水墨人物画，且栩栩如生，充满诗意。律诗还讲究言外之意，给人以想象的空间。《咏兰》一诗语言含蓄，只读一遍，不能得其神韵，细细把玩，越读越觉得耐人寻味。律诗，更讲究融情于景、情景交融。《咏兰》所表达的感情，全是作者真情的流露，作者在诗中灌注了对兰花的一片痴情，甚至已经将自己与兰花融为一体了。全诗无半点的雕琢痕迹，更无“为赋新诗强说愁”的无病呻吟。

（这是第三部分，从艺术上对诗作进行分析鉴赏。）

王国维在《人间词话》中云：“词以境界为最上。有境界，则自成高格，自有名句。”又云：“能写真景物真感情者，谓之有境界。否则谓之无境界。”填词如此，作诗亦如此。可以说，《咏兰》一诗已达到了有境界的“高格”，而且是情景交融、物我合一的高境界。如果没有作者对兰花的一片深情，《咏兰》一诗是绝不能达到如此境界的。

灵魂与花魂共舞，自我与自然相融。我们期待着合祥君写出更多更美的咏兰诗，以慰我辈拳拳之心，以抚兰花幽幽之情……

（这是结语，主要引用前人的名言，对诗作再一次进行总体评价。）

思考与练习

1. 自找一首律诗、一首词、一首杂言古风诗，各写一篇鉴赏文章。

参考文献

[1] 吕进. 中国现代诗体论[M]. 重庆：重庆出版社，2007.
[2] 徐有福. 诗学原理[M]. 北京：北京大学出版社，2007.
[3] 郑孟彤. 中国诗歌发展史略[M]. 哈尔滨：黑龙江人民出版社，1981.
[4] [清]陈廷敬，等. 钦定词谱[M]. 北京：中国书店出版社，2010.
[5] [清]万树. 词律[M]. 上海：上海古籍出版社，1984.
[6] [清]戈载. 词林正韵[M]. 上海：上海古籍出版社，1981.
[7] 杨文生. 词谱简编[M]. 成都：四川人民出版社，2004.
[8] [清]舒梦兰. 考证白香词谱[M]. 陈小蝶，考证. 上海：上海古籍出版社，1981.
[9] 萧涤非，等. 唐诗鉴赏辞典[M]. 上海：上海辞书出版社，1983.
[10] 唐珪章. 唐宋词鉴赏辞典[M]. 南京：江苏古籍出版社，1986.
[11] 王力. 诗词格律[M]. 北京：中华书局 1977.
[12] 喻守贞. 唐诗三百首详释[M]. 北京：中华书局，1957.
[13] 朱承平. 诗词格律教程[M]. 广州：暨南大学出版社，1999.
[14] 余浩然. 格律诗词写作[M]. 长沙：岳麓书社，2002.
[15] 陈锋. 诗词曲格律[M]. 哈尔滨：黑龙江人民出版社，1981.
[16] 蓝少成，陈振寰. 诗词曲格律与欣赏[M]. 南宁：广西师范大学出版社，1989.
[17] 李啸石. 诗词入门[M]. 乌鲁木齐：新疆人民出版社，2000.
[18] 第二届鲁迅文学奖获奖作品丛书 · 诗歌卷[M]. 北京：华文出版社，2002.
[19] 赵薇. 赋学微义[M]. 武汉：华中师范大学出版社，2014.

再版后记

2017年4月，接到西南交通大学出版社郭发仔编辑的通知，出版社拟再版笔者于2010年编撰并出版的《中国古典诗词创作与鉴赏》一书。希望笔者修改之后再版。

《中国古典诗词创作与鉴赏》是笔者2010年为学校开设“古典诗词创作与鉴赏”选修课程而编写的一本专供大专院校及初学者学习、创作、鉴赏中国古典诗词的入门教程。通俗易懂，深受学生好评。经过七年多的教学实践、创作实践，笔者对古典诗词乃至曲、联、赋等中国传统的韵文体裁又有了更加深刻了解和认识，也有心对第一版作进一步的修改，使之更加准确、完善。出版社的再版通知，正好遂了笔者心愿，由此衷心感谢！

从4月份开始，笔者便静下心来，潜心修改《中国古典诗词创作与鉴赏》一书。经过四个月的反复修改，《中国古典诗词创作与鉴赏》一书终于又以崭新的面貌与读者见面了。修改过后的《中国古典诗词创作与鉴赏》一书，在原有的基础上又增加了曲、联、赋的有关知识，并在相应章节融入了近几年来笔者对诗词学界存在的一些模糊问题、有争议问题的认识与探讨，在知识体系上较第一版更为全面。本书既适合初学者全面了解、学习中国传统韵文的有关知识，又可为已具有一定基础、一定功底的古诗词爱好者深入研究诗词曲联赋提供一定的参考。

笔者相信，本书的再版，一定会更加适应初学者学习古诗词，以及高等院校古诗词创作与鉴赏课程教学的需要。

本书在修改过程中，依然得到了众多师友的关心、鼓励与帮助，更得到了西南交通大学出版社郭发仔编辑的大力支持，在此，笔者一并表示衷心感谢！

曾晓鹰

2017年10月20日于陋室